W0377671

ROYAUME MAGIQUE À VENDRE !

Du même auteur
aux Éditions J'ai lu

Royaume magique à vendre ! :
Royaume magique à vendre !, *J'ai lu* 3667
La licorne noire, *J'ai lu* 4096
Le Sceptre et le Sort, *J'ai lu* 4277
La boîte à malice, *J'ai lu* 4510

Hook, *J'ai lu* 3298

TERRY BROOKS

ROYAUME MAGIQUE À VENDRE !

TRADUIT DE L'AMÉRICAIN
PAR EMMANUELLE PINGAULT

Pour Kennard, Vernon, Bill, John et Mike
cela s'est passé à peu près comme cela...

Titre original :
MAGIC KINGDOM FOR SALE-SOLD !
A Del Rey Book

© Terry Brooks, 1986
This translation published by arrangement with
Ballantine Books, a division of Random House, Inc
Pour la traduction française :
© Éditions J'ai lu, 1994

LANDOVER
Mists and the Fairy World
Mists and the Fairy World
Mists and the Fairy World
Mists and the Fairy World
Eastern Wastelands
Rhyndweir
the Greensward
Lake Country
Elderew
Sterling Silver
the Heart

BEN

C'était un catalogue de chez Rosen. Il s'agissait de la plaquette de Noël du grand magasin, intitulée *Livre des Souhaits*.

Elle était adressée à Annie.

Ben Holiday resta figé devant sa boîte aux lettres ouverte, son regard glissant de la couverture gaiement décorée du catalogue à l'étiquette blanche portant le nom de sa femme disparue. Le hall du grand immeuble de Chicago, désert à l'exception du surveillant et de lui-même, lui semblait étrangement calme dans le crépuscule grisâtre de cette fin d'après-midi. Au-dehors, derrière les cloisons de verre qui marquaient l'entrée de l'immeuble, le vent d'automne balayait de ses rafales glacées le canyon de Michigan Avenue et annonçait en longs soupirs la venue de l'hiver.

Ben caressa de son pouce la couverture lisse du *Livre des Souhaits*. Annie adorait faire du shopping, même par correspondance. Rosen était l'un de ses magasins préférés.

Ses yeux se remplirent soudain de larmes. Il ne s'était toujours pas remis de sa mort, même au bout de deux ans. Parfois, il lui semblait que tout cela n'était qu'un mauvais rêve, et que lorsqu'il rentrerait chez eux, elle serait là à l'attendre.

Il plongea son regard dans le cube sombre de la boîte aux lettres désormais vide. Il se souvenait du jour où il avait appris qu'elle était morte. Il rentrait tout juste du tribunal et réfléchissait à la meilleure façon de persuader son adversaire, un avocat du nom de Bates, que sa dernière offre de dédommagement était dans l'intérêt de tout le monde, lorsque le téléphone avait sonné. Annie avait eu un accident sur l'autoroute. Elle était à l'hôpital, dans un état critique. Pouvait-il venir au plus vite ?

Il secoua la tête. La voix du médecin lui racontant ce qui s'était passé résonnait toujours à ses oreilles. Elle était si calme et rationnelle, cette voix... Il avait tout de suite compris qu'Annie était à l'agonie. Il l'avait deviné immédiatement. Le temps qu'il arrive à l'hôpital, elle était morte. Le bébé était mort lui aussi. Annie n'était enceinte que de trois mois.

– Monsieur Holiday ?

Surpris, il regarda vivement autour de lui. George, le surveillant, l'observait depuis le bureau d'accueil.

– Ça va ?

Ben hocha la tête et se força à sourire rapidement.

– Oui, oui, je pensais à autre chose.

Il referma la boîte aux lettres, fourra dans la poche de son manteau tout ce qu'il en avait sorti, sauf le catalogue, et, tenant ce dernier à deux mains, prit le chemin des ascenseurs. Il n'aimait guère être surpris en position de faiblesse. C'était peut-être son côté avocat.

– Fait pas chaud, hein, dit George en regardant la grisaille extérieure. L'hiver sera rude. Beaucoup de neige, à ce qu'on dit. Comme il y a deux ans.

– Ça y ressemble.

Ben l'avait à peine entendu. Il se remit à contempler le catalogue. Annie avait toujours aimé le *Livre des Souhaits*. Elle lui lisait le descriptif des articles les plus bizarres. Elle échafaudait des théories sur les gens qui achetaient ce genre de choses.

Il prit l'ascenseur jusqu'à son luxueux appartement du dernier étage, jeta son manteau dans un coin et entra dans le salon, tenant toujours le catalogue à la main. Le crépuscule enveloppait les meubles et tachetait d'ombre la moquette et les murs, mais Ben n'alluma pas la lumière et se tint immobile devant la série de baies vitrées qui donnaient sur le solarium et, au-delà, sur les immeubles de la ville. Des lumières scintillaient dans le soir gris, distantes et solitaires, chacune source de vie isolée de milliers d'autres.

On est si souvent seul, pensa-t-il. Comme c'est étrange...

Une nouvelle fois, il regarda le catalogue. Pourquoi l'avaient-ils donc envoyé à Annie ? Pourquoi les commerçants continuaient-ils d'expédier prospectus, dépliants, échantillons et Dieu sait quoi encore à des gens depuis longtemps morts et enterrés ? C'était une violation de leur vie privée. Un affront. Ne révisaient-ils jamais leurs fichiers d'adresses ? Ou bien refusaient-ils simplement de perdre leurs clients ?

Il alluma enfin la lumière et se dirigea vers le bar pour se préparer un scotch, un Glenlivet avec de la glace et un peu d'eau. Il le dosa avec attention et y goûta. Il avait rendez-vous avec des amis dans moins de deux heures et avait promis à Miles que, cette fois, il serait là. Miles n'était pas seulement son associé, c'était probablement son seul véritable ami depuis la mort d'Annie. Tous les autres s'étaient éloignés imperceptiblement, s'étaient perdus en chemin lors de son changement de vie sociale. Les couples et les célibataires ne font pas bon ménage, et la plupart de leurs amis étaient des couples. Il n'avait pas fait d'effort pour entretenir les amitiés, absorbé par son travail et son chagrin privé, personnel. Il n'était plus de très bonne compagnie, et seul Miles avait eu la patience, la persévérance de rester auprès de lui.

Il reprit une gorgée de scotch et retourna à la fenêtre. Les lumières de la ville lui rendaient ses clins d'œil. La solitude n'était pas si désagréable, après tout. C'était l'ordre des choses. Il fronça les sourcils. Enfin, c'était ainsi qu'il le voulait. Il avait choisi d'être seul. Il aurait pu se refaire des amis de plusieurs manières. Il aurait pu rejoindre pratiquement n'importe quel cercle social de la ville, qui en comptait d'innombrables. Il possédait les attributs nécessaires : jeunesse, réussite, et même richesse, si cela avait une quelconque importance. Et dans ce monde, cela comptait presque toujours. Non, rien ne l'obligeait à rester seul.

Et pourtant, il s'en tenait là, car le problème était qu'il n'avait pas sa place dans la société. Il savait que Miles comprenait ce sentiment au moins en partie, sans être du même avis que Ben. Miles, c'était l'homme social par excellence, toujours à l'aise avec les autres, toujours chez lui où qu'il fût. Il voulait que Ben en fasse autant. Il voulait le sortir de cette retraite volontaire et le remettre sur les rails de la vie publique. Pour lui, son ami était une sorte de défi à relever. C'était pour cela que Miles tenait tant à ces réunions d'amis au bar. C'était pour cela qu'il exhortait Ben à oublier Annie et à reprendre le cours de sa vie.

Il finit son scotch et s'en versa un second. Il buvait pas mal depuis quelque temps, peut-être plus que de raison. Il jeta un coup d'œil à sa montre. Quarante-cinq minutes s'étaient écoulées. Encore autant et Miles, son chaperon pour la soirée, serait là. Ben secoua la tête, écœuré. Sur certains sujets, Miles n'était pas si clairvoyant qu'il le croyait.

Son verre à la main, Ben revint une nouvelle fois à la fenêtre, regarda dehors un moment, puis se retourna, tirant les rideaux sur la nuit. Revenu au canapé, il se demandait s'il allait écouter les messages de son répondeur téléphonique lorsque son regard tomba sur le catalogue. Il avait dû le poser là sans s'en apercevoir. Il était sur la table basse, parmi le reste du courrier, et sa couverture glacée réfléchissait la lumière de la lampe.

Rosen's, Ltd. *Livre des Souhaits*.

Il s'assit lentement et le prit en main. C'était un album de Noël, une liste de rêves et de désirs comme il en avait déjà vu. Publié annuellement par le grand magasin qui se targuait de proposer à chacun quelque chose à son goût, ce catalogue était réservé à une certaine élite – une élite fortunée.

Mais il avait toujours plu à Annie.

Il se mit à tourner les pages avec lenteur. Les articles lui sautaient au visage, cadeaux pour ceux qui ont tout, assortiment de curiosités pour la plupart en exemplaire unique, introuvables ailleurs. Dîner pour deux personnes dans la propriété californienne d'une grande star de l'écran, transport compris. Croisière en yacht de dix jours pour soixante passagers, avec équipage au complet et restauration sur mesure. Séjour d'une semaine sur une île privée des Caraïbes, avec accès libre à la cave à vin et à un garde-manger bien garni. Bouteille de vin vieille de cent cinquante ans. Création à la demande d'objets de diamant et verre soufflé à la bouche. Cure-dent en or. Manteaux de poupée en zibeline. Échiquier de collection avec pièces taillées dans l'ébène à l'effigie de personnages de films de science-fiction. Tenture tissée à la main représentant la signature de la Déclaration d'indépendance des États-Unis.

La liste s'étendait, chaque article plus étrange et exotique que le précédent. Ben but un long trait de whisky, à la fois dégoûté et fasciné par tant d'extravagance. Il tourna quelques pages et se retrouva au milieu de la brochure. On y voyait une baignoire transparente dont les parois renfermaient des poissons rouges vivants. Il y avait aussi un nécessaire de rasage en argent personnalisé en lettres d'or. Pourquoi, mais *pourquoi* irait-on acheter de telles...

Il ne termina pas sa pensée, attiré par une illustration correspondant à l'article offert sur la double page étalée devant lui. Le descriptif était le suivant :

ROYAUME MAGIQUE À VENDRE

Landover, terre d'enchantement et d'aventure tirée des brumes du temps, pays de chevaliers et de pages, de dragons et de gentes damoiselles, de sorciers et de jeteurs de sorts. Là, la magie le dispute à la bravoure, la chevalerie y est le mode de vie du véritable-héros. Tous vos rêves deviendront réalité dans ce royaume d'un autre monde. Un seul fil manque à la tapisserie : vous, pour régner sur l'ensemble. Évadez-vous et renaissez au pays des rêves.

Prix : un million de dollars.

Pour entretien personnel et financier préalable,
demander Meeks, maison mère.

C'était tout. L'illustration, fort colorée, représentait un chevalier sur sa monture, aux prises avec un dragon cracheur de feu, une jeune femme assez court vêtue s'abritant derrière une muraille, et un sorcier drapé de sombre qui levait les mains comme pour jeter quelque sort mortel. À l'arrière-plan gambadaient des créatures, peut-être des gnomes ou des elfes, tandis que les tours et les parapets de majestueux châteaux forts se détachaient sur fond de collines embrumées.

Le tout semblait sortir droit de la légende du roi Arthur et des chevaliers de la Table ronde.

– C'est dingue ! murmura Ben presque malgré lui.

Incrédule, il contemplait le catalogue, certain d'avoir mal compris. Puis il relut le texte. Et le relut encore. C'était toujours le même texte. Il vida son verre d'un trait et se mit à croquer les glaçons, agacé par cette offre insensée. Un million de dollars pour un royaume de conte de fées ? Et puis quoi encore ? C'était certainement un canular.

Il posa le catalogue, se dressa d'un bond et gagna le bar pour se servir un autre verre. Il regarda un instant dans le miroir du placard. Il y vit un homme de taille moyenne, mince, musclé, l'air sportif, le visage un peu long, les pommettes et le front hauts, un peu dégarni sur le devant ; son nez était busqué et son regard d'un bleu perçant. Pour un homme de trente-neuf ans, il faisait très quinquagénaire, devenu vieux trop vite et trop tôt.

Évadez-vous au pays des rêves...

Un endroit pareil ne pouvait exister. Le descriptif était exagéré, inventé, « gonflé » comme disent les vendeurs de voitures. La vérité se trouvait ensevelie sous la rhétorique. Il se mordilla la lèvre machinalement. Il n'y avait pas tant de rhétorique que cela dans ces quelques lignes. Et Rosen était un magasin très respecté, qui ne prendrait pas la liberté d'offrir un article à la vente sans pouvoir le livrer à un acheteur éventuel.

Ben sourit. À quoi pensait-il donc ? Un acheteur ? Mais personne ne voudrait jamais... Voilà pourtant qu'il se posait des questions. Lui-même y réfléchissait. Il était là, à boire son whisky en se disant qu'il n'avait pas sa place dans la société, lorsqu'il avait ouvert le catalogue et immédiatement remarqué la page concernant Landover. Lui qui s'était toujours senti étranger dans son propre monde, qui cherchait sans cesse un moyen d'échapper à ce qu'il était, il tenait enfin sa chance.

Son sourire s'élargit. Quelle bêtise ! Il en était réellement à étudier une possibilité à laquelle tout homme sain d'esprit n'accorderait pas dix secondes d'attention !

Le whisky commençait à lui monter à la tête, et il se mit à marcher pour en dissiper les effets. Il regarda sa montre en pensant à Miles, et soudain il n'eut plus envie d'aller à ce rendez-vous. Il ne voulait plus aller nulle part.

Il saisit le téléphone et composa le numéro de son ami.

– Bennett, répondit une voix familière.

– Miles, j'ai décidé de ne pas y aller ce soir. Ça ne t'ennuie pas, j'espère ?

Un temps.

– Ben, c'est toi ?

– Écoute, vas-y sans moi.

– Tu vas venir, répondit Miles d'un ton sans réplique. Tu as dit que tu viendrais et tu tiendras parole. Tu as promis.

– Je reprends ma promesse, alors. Les avocats font ça tout le temps. Tu lis les journaux, non ?

– Ben, tu as besoin de sortir. Tu as besoin de voir autre chose que ton bureau et ton appartement, même si les deux sont plus que confortables. Tu as besoin de montrer au reste de la profession que tu es toujours en vie !

– Je te charge de les mettre au courant. Dis-leur que je serai là la prochaine fois sans faute. Dis-leur n'importe quoi. Mais pour ce soir, ne compte pas sur moi.

Il y eut un nouveau silence, plus long celui-ci.

– Tout va bien ?

– Très bien. Mais je suis absorbé par quelque chose. Je veux finir.

– Tu travailles trop, Ben.

– On en est tous là, non ? À demain.

Il raccrocha avant que Miles puisse ajouter un mot. Il regarda le téléphone un moment. Au moins, il n'avait pas menti. Il était bel et bien absorbé par quelque chose, même si c'était complètement insensé. Il prit une gorgée de scotch. Si Annie avait été là, elle aurait compris. Elle avait toujours compris la fascination qu'il éprouvait devant les énigmes et les défis que les autres se contentaient d'éviter. Elle partageait cela avec lui.

Il secoua la tête. Mais non, si Annie avait été là, il n'aurait pas envisagé de s'évader dans un rêve impossible.

Cette idée impliquait tant de conséquences qu'il retourna au canapé, son verre à la main, et reprit le catalogue pour relire l'article une fois de plus.

Le lendemain, Ben arriva en retard au cabinet Holiday & Bennett, et lorsqu'il s'y montra enfin son humeur s'était passablement dégradée. Il avait prévu de commencer la matinée en plaidant dans une affaire de fusionnement, mais, arrivé au tribunal, il avait découvert que la séance avait été annulée et ne pourrait avoir lieu qu'un mois plus tard. Les regards que lui avaient adressés les clercs et le juge exprimaient clairement leur opinion : c'était ainsi que les choses se passaient dans le domaine de la justice, et lui plus que tout autre aurait dû en être conscient. Et surtout accepter cette réalité.

Mais il refusait de l'accepter, il s'y refusait absolument, et ces pratiques l'écœuraient. D'un autre côté, il n'y pouvait pas grand-chose. Et, à la fois frustré et furieux, il se rendit au bureau, salua les jeunes femmes de la réception d'un grognement, prit ses messages et se retira dans son antre pour fulminer tout à son aise. Cinq minutes ne s'étaient pas écoulées que Miles apparaissait à la porte.

– Alors, j'apprends qu'on est tout guilleret ce matin, hmm ? lança-t-il, taquin.

– Ouais, c'est ça, répondit Ben en se balançant sur son fauteuil. J'irradie la joie et le bonheur.

– Si je comprends bien, ton audience s'est mal passée ?

– Elle ne s'est pas passée du tout, mon audience. Un incapable patenté l'a retirée du rôle. Maintenant je n'ai plus qu'à attendre que les poules aient des dents pour qu'on l'y remette. Quelle vie !

– Oh, ce n'est pas l'enfer. Et puis, c'est le système : il est urgent d'attendre, on a tout le temps.

– Peut-être, mais moi j'en ai jusque-là !

Miles s'avança pour s'installer dans l'un des fauteuils qui faisaient face au long bureau de chêne. C'était un homme grand, la taille épaisse, les cheveux foncés et drus, les traits presque enfantins mais pondérés par une moustache. Ses yeux, toujours à demi fermés, clignèrent lentement.

– Tu sais ce qui ne va pas, Ben ?

– Je devrais le savoir, tu me l'as assez seriné.

– Alors pourquoi tu n'écoutes pas ? Arrête de passer ton temps à vouloir changer ce qui ne peut pas l'être !

– Miles...

– La mort d'Annie, le système judiciaire, tout cela tu n'y peux rien, Ben. Ni maintenant, ni jamais. Tu es comme Don Quichotte et ses moulins à vent ! Tu es en train de gâcher ta vie, tu le sais, ça ?

Ben fit mine d'écarter Miles du revers de la main.

– Non, tu vois, je ne le savais pas. Et puis, ton équation ne tient pas. Je sais que rien ne fera revenir Annie. Je l'ai accepté. Mais il n'est peut-être pas trop tard pour ressusciter le système judiciaire, celui que nous avons connu, celui pour la défense duquel nous sommes entrés dans la profession.

– Non mais si tu t'entendais, des fois, soupira Miles. Mon équation tient très bien la route, mon vieux. Elle est même douloureusement juste. Tu n'as jamais accepté la mort d'Annie. Tu vis replié dans ta coquille parce que tu refuses d'accepter ce qui s'est passé. Comme si vivre ainsi allait changer quoi que ce soit ! Je suis ton ami, Ben, peut-être le seul qui te reste. Alors j'ai le droit de te parler comme je le fais. Parce que tu ne peux pas te permettre de me perdre !

Il se pencha en avant et reprit :

– Et toutes ces salades sur comment c'était avant dans le milieu de la justice, ça me rappelle mon père quand il me racontait qu'il devait faire dix kilomètres à pied dans la neige pour aller à l'école. Qu'est-ce que je dois faire, vendre ma voiture et venir bosser à pied ? Tu ne peux pas remonter le temps, même si tu en as drôlement envie. Tu dois accepter les choses telles qu'elles sont.

Ben le laissa terminer sans l'interrompre. Miles avait raison sur un point : lui seul pouvait se permettre de lui parler ainsi, et c'était bien parce qu'il était son meilleur ami. Mais il avait toujours eu une conception différente de la vie, préférant se mêler à son milieu plutôt que le modifier, choisissant toujours de « faire avec ». Il ne comprenait pas qu'il y a certaines choses qu'un homme ne peut accepter.

– Oublions Annie un instant, dit Ben avant de s'arrêter pour réfléchir. Laisse-moi te dire que le changement fait partie des choses de la vie ; il naît des efforts conjugués d'hommes et de femmes que le statu quo ne satisfait pas, et en général il est bénéfique. J'ajouterai que le changement découle souvent de notre expérience, pas seulement de notre imagination. L'histoire joue son rôle. En conséquence, ce qui fut et n'est plus ne saurait être repoussé pour la seule raison que c'est de l'attendrissement passéiste.

Miles leva la main pour intervenir.

– Je ne dis pas que...

– Est-ce que tu peux me dire en toute honnêteté que tu te félicites de la direction prise par la justice du pays ? Peux-tu soutenir qu'elle est aussi juste et efficace qu'il y a quinze ans, lorsque nous y avons fait nos premiers pas ? Mais regarde ce qui s'est passé, nom de nom !

Miles le fixa du regard, la tête inclinée comme pour le jauger.

– Tu as fini, oui ?

Ben rougit légèrement et fit signe que oui.

– Tu te sens mieux ?

– Beaucoup mieux, merci.

– Parfait. Un dernier mot, tout de même : j'ai écouté attentivement ce que tu m'as dit, j'ai enregistré chaque mot, et il se trouve que je suis d'accord sur presque tout. Malgré cela, je réponds : et alors ? Des discours, on en a donné des milliers, il s'est tenu des milliers de réunions, on a publié des milliers d'articles traitant des problèmes que tu as si éloquemment résumés. Et ça a changé quoi ?

– Pas grand-chose, soupira Ben.

– Je vois qu'on se comprend. Puisqu'il en est ainsi, quelle différence crois-tu pouvoir apporter, toi ?

– Je ne sais pas, mais ce n'est pas la question.

– Non, pour toi, je vois bien que cela n'est pas la question. Si tu veux t'engager seul dans une bataille contre le système dans l'idée de le modifier, libre à toi. Mais un peu de modération dans tes convictions serait bienvenue. Prends un jour de repos et les questions les plus cruciales de l'existence gagneront en relativité, ce qui t'évitera de te brûler les ailes. D'accord ?

– D'accord, ça va, d'accord. Mais la modération, ce n'est pas mon fort.

– À qui le dis-tu... Parlons d'autre chose, hein ? D'hier soir. Crois-moi si tu veux, mais on t'a demandé au bar. Ils ont dit que tu leur manquais.

– Ils doivent avoir drôlement besoin de compagnie, alors.

– Possible, répondit Miles en haussant les épaules. Qu'est-ce qui comptait tant que tu ne puisses pas venir ? Un nouveau dossier ?

Ben réfléchit un moment, puis secoua la tête.

– Non, rien de neuf. Je voulais juste me consacrer à quelque chose.

Il hésita, puis, impulsivement, tira de sa serviette le *Livre des Souhaits*.

– Miles, tu veux voir un truc vraiment bizarre ? Tiens, regarde.

Il feuilleta le catalogue jusqu'à la page de Landover et le fit glisser sur le bureau. Son ami se pencha pour le saisir puis reprit sa position dans le fauteuil.

– Royaume magique à vendre... Landover, terre d'enchantement et d'aventure... Mais qu'est-ce que c'est ? (Il essayait de trouver la couverture.)

– C'est un catalogue de Noël, expliqua Ben. Le *Livre des Souhaits* de chez Rosen, de New York. Tu en as sûrement déjà vu, c'est plein de cadeaux uniques au monde.

Miles reprit sa lecture, arriva au bas du texte et leva la tête.

– Un million seulement, dis-moi, c'est une affaire ! Prenons le premier vol pour New York et posons notre candidature avant tout le monde.

– Qu'est-ce que tu en penses ?

– La même chose que toi, j'espère. Il y a un cinglé qui se balade en liberté !

Ben hocha lentement la tête.

– C'est ce que j'ai cru aussi. Mais Rosen ne passerait pas une publicité pareille dans son catalogue s'il n'y avait rien à la clé.

– Alors c'est une mise en scène. Leurs dragons doivent être des lézards hypertrophiés et leur magie des tours de passe-passe. Chevaliers et gentes dames recrutés par l'agence Truc, dragons fournis gracieusement par le zoo de San Diego !

Ben attendit que le rire de son ami s'épuise pour demander :

– Tu crois vraiment ?

– Évidemment ! Pas toi ?

– Je ne suis pas très fixé.

Miles fronça les sourcils et lut le descriptif une fois encore. Lorsqu'il eut terminé, il repoussa le catalogue sur le bureau.

– C'est à cause de ça que tu es resté chez toi hier soir ?

– En partie, oui.

Il y eut un long silence. Miles finit par s'éclaircir la gorge.

– Ben, ne me dis pas que tu envisages de...

À cet instant, le téléphone sonna. Ben décrocha, écouta et regarda son ami.

– Mme Lang est arrivée.

Miles jeta un coup d'œil à sa montre et se leva.

– Elle veut refaire son testament, je crois.

Il hésita, comme s'il allait dire quelque chose, puis fourra ses mains dans ses poches et se tourna vers la porte.

– Allez, ça suffit. J'ai du travail. À plus tard.

Il sortit de la pièce en fronçant les sourcils. Ben le laissa partir.

Cet après-midi-là, Ben quitta le bureau de bonne heure et se rendit au club de sport. Il passa une heure dans la salle d'haltérophilie, puis une autre à boxer les sacs de sable qu'il avait fait installer plusieurs années auparavant. Il avait été boxeur au cours de sa jeunesse, pendant presque cinq ans. Il avait obtenu les Gants d'argent et aurait pu pousser jusqu'aux Gants d'or, mais d'autres occupations l'avaient accaparé et il avait quitté son quartier pour aller suivre ses études ailleurs. Il était cependant resté dans le circuit, allant jusqu'à faire quelques rounds lorsqu'il en avait le loisir. Sinon, il faisait du sport, se maintenait en forme, entretenait ses muscles. C'était presque devenu une religion depuis la mort d'Annie. Cela l'aidait à soulager une partie de sa frustration et de sa colère. Et à passer le temps.

Miles voyait en lui une sorte de reclus inconsolable, qui se cachait aux yeux du monde pour pleurer sa défunte. C'était peut-être l'idée que tous se faisaient de lui. Mais ce n'était pas la mort d'Annie qui avait créé cette maladie sociale. Elle n'avait fait que la déclencher. Il se retirait de plus en plus en lui-même depuis quelques années, déçu par ce qu'il interprétait comme la détérioration continuelle de sa profession, frustré par la façon dont la justice s'effondrait au lieu de poursuivre les buts pour lesquels elle avait été créée. Miles trouvait curieux qu'il pensât ainsi, lui, l'avocat d'affaires qui avait abattu plus de Goliath que David n'aurait pu en rêver. De quoi se plaignait-il, puisque le système fonctionnait si bien en sa faveur ? Mais les succès personnels n'ont parfois d'autre effet que de souligner les injustices qui frappent les autres. C'était comme ça avec Ben.

Rentré chez lui, il se prépara un whisky à l'eau et s'installa dans le salon, assis sur le canapé pour contempler par la fenêtre les lumières de la ville. Au bout d'un moment, il sortit de sa serviette le *Livre des Souhaits* et l'ouvrit à la page de Landover. Il y avait pensé toute la journée. Il n'avait pensé à rien d'autre depuis que, la veille au soir, il avait pour la première fois posé son regard dessus.

Et si c'était vrai ?

Il resta un long moment, le verre à la main, le catalogue ouvert devant lui, à envisager cette possibilité. Sa vie actuelle, il le voyait bien, ne le menait nulle part. Annie était morte. La profession juridique, pour lui au moins, était tout aussi morte. Il y avait toujours plus de dossiers à traiter, plus de batailles de prétoire à remporter, plus de Goliath à vaincre. Mais les excès et les déficiences du système étaient là pour toujours. En fin de compte, il ne ferait jamais que répéter le même rituel, avec ses frustrations et ses déceptions, sans que rien ait aucun sens. La vie devait bien pouvoir lui offrir davantage.

Il le fallait.

Il détailla le chevalier faisant face au dragon, la demoiselle dans son donjon, le sorcier jetant son sort, les lutins qui assistaient à la scène. Landover. Un rêve tout droit sorti d'un catalogue.

Évadez-vous au pays des rêves…

Pour un million de dollars, évidemment. Mais il avait cet argent. Il avait assez d'argent pour se payer trois Landover. Son père et sa mère, aujourd'hui décédés, étaient riches, et il exerçait une profession lucrative. Le million était là – s'il choisissait de le dépenser ainsi.

Et puis il y avait cet entretien avec le nommé Meeks. Cela l'intriguait. Quel pouvait être le but d'un entretien ? Sélectionner les candidats ? Ils croyaient donc qu'il y en aurait plusieurs et qu'il faudrait choisir ? Peut-être, puisqu'il s'agissait après tout de choisir un roi.

Il prit une profonde inspiration. Quel genre de roi ferait-il ? Il possédait de quoi acheter son titre, mais d'autres en auraient autant. Il était en bonne forme physique et mentale, mais là encore il n'était pas le seul. Il savait s'y prendre avec les gens et les lois, et cela, tout le monde n'en était pas capable. Il était compatissant. Honorable. Clairvoyant.

Fou à lier.

Il finit son verre, referma le catalogue et se dirigea vers la cuisine pour se préparer à dîner. Il prit son temps pour cuisiner un plat de bœuf aux légumes assez extravagant, puis pour se le servir, accompagné de vin. Lorsqu'il eut fini de manger, il retourna au salon et reprit sa place sur le canapé, devant le *Livre des Souhaits*.

Il savait déjà ce qu'il allait faire. Peut-être le savait-il depuis le premier instant. Il avait besoin de croire en quelque chose, comme avant. Il avait besoin de retrouver la magie, le sentiment d'émerveillement et d'impatience qui l'avait jadis poussé à faire du droit. Et, par-dessus tout, il avait besoin d'un but, car c'était cela qui donnait un sens à la vie.

Landover pouvait lui apporter cela.

Il ne savait pas encore avec certitude s'il y trouverait son bonheur, évidemment. Il s'agissait peut-être d'un énorme canular tel que Miles l'avait décrit, avec pour tous dragons des iguanes trop grands et pour chevaliers et enchanteurs des acteurs de l'agence Truc. Ce rêve n'était peut-être qu'un coup monté, une pâle imitation de ce que l'imagination pouvait produire. Et même si c'était vrai, si tout correspondait à la description, si l'illustration était fidèle, rien ne prouvait que cela vaudrait mieux qu'un rêve. La vie y était peut-être aussi ordinaire que dans le monde actuel.

Malgré tout, le jeu en valait la chandelle, parce qu'il avait bien étudié les paramètres de sa vie présente et qu'il n'y restait plus d'inconnues. D'autre part, de manière tout à fait inexplicable, il savait que quelle que soit sa décision, Annie n'étant plus là, la seule mauvaise décision était de n'en pas prendre du tout.

Il se dirigea vers le bar et se prépara un cocktail. Il leva son verre à la santé de son reflet dans le miroir.

Il se sentait euphorique.

Le matin suivant, Ben ne passa au bureau que pour annuler ses rendez-vous de la semaine et ceux de la semaine suivante, et pour régler quelques affaires urgentes. Il prenait quelques jours de vacances, annonça-t-il aux secrétaires et à l'étudiant en droit qui travaillait là à mi-temps pour faire ses recherches. Les dossiers pouvaient attendre son retour. Miles plaidait au tribunal, et ne pouvait donc pas poser de questions. Cela valait mieux.

Il appela l'aéroport et retint une place.

À midi, il était en route pour New York.

MEEKS

New York était froide, grise et inhospitalière ; ses arêtes vives tranchaient le ciel masqué de nuages et de brume ; les étendues planes de sa peau luisaient sous une averse soutenue. Ben observa la ville se matérialiser comme par enchantement tandis que le 727 filait au-dessus des eaux de l'East River avant de descendre vers la piste déserte. Au loin, la circulation ondulait sur les autoroutes comme le sang circule dans les veines, mais la ville avait l'apparence d'un cadavre.

Il prit un taxi pour se rendre de La Guardia à l'hôtel Waldorf, s'installa en silence sur la banquette arrière et entreprit de ne prêter aucune attention au chauffeur, qui écoutait du reggae. Au Waldorf, il loua une chambre, résistant à la tentation de prendre une suite. Il n'y aurait pas de suites modernes à Landover. C'était peut-être un raisonnement absurde, mais il fallait bien commencer quelque part, et le moment lui semblait aussi convenable qu'un autre. Il faut marcher un pied devant l'autre, comme dit l'adage.

Une fois dans sa chambre, il se donna cinq minutes pour défaire sa valise, puis consulta l'annuaire du téléphone afin de trouver le numéro de Rosen. Il y figurait en gros caractères. Ben composa le numéro et attendit. Lorsque le standard général lui répondit, il demanda le service clientèle et attendit à nouveau que l'on transmette son appel. Il expliqua à une deuxième voix que l'un des articles du *Livre des Souhaits* de Noël l'intéressait et qu'il désirait prendre rendez-vous avec M. Meeks. Il y eut un silence au bout duquel on lui demanda le numéro de référence de l'article en question, puis il fut à nouveau aiguillé vers un autre poste.

Cette fois-ci, on le fit patienter plusieurs minutes. Enfin, une troisième voix se fit entendre, toujours féminine, mais plus étouffée et râpeuse. Pouvait-il donner son nom, son adresse et un numéro de carte de crédit ? Il s'exécuta. Quand voulait-il voir M. Meeks ? Le lendemain matin, si possible. Il venait de Chicago et n'était à New York que pour quelques jours. Un rendez-vous à dix heures lui convenait-il ? Parfaitement. Dix heures juste, donc ? Entendu.

Le combiné devint muet. Ben l'observa une minute, puis raccrocha.

Savait-il vraiment ce qu'il faisait ? Appréciait-il pleinement tous les aspects de ce à quoi il se préparait ? Encore une fois, la réponse à ces doutes fut la même. Oui, il savait ce qu'il faisait. Oui, il appréciait pleinement tous les aspects de la question. Enfin, autant qu'il lui était possible de le faire. Un pied devant l'autre, n'est-ce pas ? Il était conscient de devoir laisser beaucoup de choses derrière lui en partant, si ce royaume de Landover s'avérait exister, mais la plus grosse part n'était composée que de biens matériels auxquels il ne tenait plus guère. Voitures, trains, avions, réfrigérateurs, cuisinières, lave-vaisselle, W.-C. intérieurs, rasoirs électriques, toutes choses modernes que l'on abandonnait en partant camper au bord d'un torrent canadien. La différence, c'était qu'en allant camper on ne quittait tout cela que pour quelques semaines. Ce ne serait pas le cas. Il faudrait rester bien plus de quelques semaines, et cela n'aurait rien de commun avec une expédition de plaisance. Telle était du moins son idée.

Comment cela serait-il ? se demanda-t-il soudain. À quoi ressemblerait ce pays de conte de fées nommé Landover, ce royaume qui se retrouvait à vendre dans les pages d'un catalogue ? Serait-ce comme le pays d'Oz avec ses sorcières et son épouvantail qui parle ? Faudrait-il suivre une route de briques jaunes ?

Il se retint de faire sa valise et de quitter soudain New York avant de s'être engagé plus avant dans cette aventure. En allant au fond des choses, ce qui comptait n'était pas tant le bon sens de sa démarche ou le futur dans lequel il choisissait d'entrer. Ce qui comptait vraiment, c'était sa décision délibérée de changer le cours de sa vie et de retrouver ainsi le goût de l'existence. Ceux qui campent sur leurs positions n'avancent plus. Et tout leur passe sous le nez.

Il soupira. Le problème, avec les lieux communs, c'est qu'ils ont toujours l'air plus vrai qu'ils ne le sont.

Le lendemain matin, il s'éveilla de bonne heure après avoir passé une mauvaise nuit, comme chaque première fois qu'il dormait loin de chez lui. Il se doucha, se rasa, enfila un costume bleu marine, descendit dans le hall où il acheta l'édition matinale du *New York Times* et alla prendre son petit déjeuner.

À neuf heures, il était en route pour le grand magasin Rosen.

Il décida d'y aller à pied. Cette décision était un mélange pervers d'entêtement et de lassitude. Le magasin n'était qu'à quelques centaines de mètres de l'hôtel, et une si courte distance se devait d'être couverte à pied. C'était une journée grise et fraîche, mais la pluie était remontée vers la Nouvelle-Angleterre. Prendre un taxi, c'était gaspiller de l'argent. De plus, en marchant, il pourrait gagner le magasin à son rythme et à sa manière, comme pour se préparer à ce qui l'attendait. L'avocat qui était en lui savourait l'avantage de pouvoir peaufiner son entrée en scène.

Il prit donc son temps, laissa à cette matinée d'automne le soin de le réveiller tout à fait, mais il arriva néanmoins à destination vers dix heures moins vingt. Le magasin Rosen était un immeuble de coin, bâti de chrome et de verre sur une hauteur de quinze étages ; il était flanqué de deux gratte-ciel de trente étages qui occupaient l'un, tout un pâté de maisons sur Lexington Avenue, et l'autre, pratiquement autant sur la rue transversale. De construction ancienne, le magasin avait manifestement été remanié lors de l'érection des deux tours, et sa vieille façade de pierre avait laissé la place à une devanture plus moderne. De spacieuses vitrines bordaient Lexington Avenue, garnies de mannequins habillés à la dernière mode malgré leur sourire figé et leur regard vide. Les chalands passaient devant sans sourire ni même voir. Ben longea la série de vitrines vers le sud jusqu'à une entrée ménagée dans un renfoncement et franchit tour à tour deux doubles portes avant de se retrouver dans le magasin proprement dit.

Le rez-de-chaussée s'offrait à son regard, caverneux, astiqué, stérile. Des rangées de présentoirs de métal et de verre, contenant bijoux, produits de beauté et argenterie, occupaient toute la surface ; tout scintillait et étincelait sous un flot de lumière fluorescente. Quelques badauds arpentaient les allées bordées d'étalages sous le regard des membres du personnel, dont aucun n'avait l'air particulièrement désireux de faire des ventes. La scène ressemblait à un rite ésotérique. Ben regarda autour de lui. À sa droite, un escalier mécanique traversait le plafond pour gagner l'étage supérieur. À sa gauche, un ensemble d'ascenseurs occupait un mur éloigné. Droit devant lui, là où même le plus désorienté des clients ne pouvait manquer de la voir, une liste des rayons, placée sous verre, précisait à quel étage se trouvaient les diverses marchandises.

Il passa un moment à lire cette liste. Meeks n'y figurait pas. Il ne s'attendait pas vraiment à l'y trouver. Les rayons étaient disposés par ordre alphabétique. À la lettre S, il lut : *Service clientèle, commandes spéciales, 11ᵉ étage*. Bien, pensa-t-il, il allait essayer ça. Il zigzagua entre les présentoirs jusqu'aux ascenseurs, entra dans celui qui était ouvert et monta au onzième.

En sortant de la cabine, il se retrouva dans un salon d'accueil confortablement meublé de fauteuils et de divans rembourrés à l'excès qui faisaient face à un large bureau en L. Une séduisante jeune femme d'environ trente ans était engagée dans une conversation téléphonique. De petites lumières s'allumaient et s'éteignaient sur le tableau de commande placé devant elle.

Elle mit fin à sa communication, raccrocha et sourit gracieusement.

– Bonjour, monsieur. Puis-je vous renseigner ?

– Je m'appelle Holiday. J'ai rendez-vous à dix heures avec M. Meeks.

Il se faisait peut-être des idées, mais il lui sembla que le sourire de la réceptionniste s'était effacé.

– Bien, monsieur. Prenez l'ascenseur à votre droite et appuyez sur le bouton marqué 15. Cela vous mènera à M. Meeks. Je vais téléphoner pour annoncer votre arrivée à sa secrétaire.

– Merci, répondit Ben. (Il ajouta, gêné :) C'est bien le M. Meeks qui s'occupe des commandes spéciales, n'est-ce pas ?

– Oui, monsieur.

– Si je vous demande ça, c'est parce que sur la liste, il est indiqué *Service clientèle, commandes spéciales*, à cet étage.

La jeune femme se passa nerveusement la main dans les cheveux.

– Monsieur, nous ne faisons pas figurer le nom de M. Meeks sur les tableaux. Il préfère que ses clients passent par nous. (Elle sourit vaguement.) M. Meeks s'occupe exclusivement de nos articles les plus rares ; un éventail d'objets très choisis.

– Comme ceux du *Livre des Souhaits* ?

– Oh, non ! Pour la plupart, ceux-là sont traités par notre personnel régulier. M. Meeks n'est pas employé par Rosen. C'est un négociateur spécialisé qui nous sert d'agent lors de certaines transactions. M. Meeks ne s'occupe que des articles les plus exotiques et les plus inhabituels du catalogue, monsieur Holiday. (Elle se pencha en avant.) Je me suis laissé dire qu'il sélectionnait lui-même sa marchandise.

Ben haussa les sourcils et demanda :

– Quelqu'un de très compétent dans son domaine, si je comprends bien ?

La jeune femme détourna son regard et répondit en décrochant le téléphone :

– Oui, très. Je vais vous annoncer, monsieur Holiday. (Elle désigna le deuxième ascenseur.) On vous attendra à l'arrivée. Au revoir.

Ben salua et, entré dans la cabine, appuya sur le bouton numéro 15. Les portes se fermèrent sur le regard furtif de la secrétaire qui tenait le téléphone à son oreille.

Il attendit en silence, bercé par le bruit de la machinerie. Il n'y avait que quatre boutons sur les panneaux situés au-dessus et à côté des portes : 12, 13, 14 et 15. Ils restèrent éteints au début, puis se mirent à s'allumer à tour de rôle. L'ascenseur ne s'arrêta pas pour prendre de nouveaux passagers.

Ben aurait presque voulu qu'il le fît. Il commençait à croire qu'il jouait dans un épisode de *La Quatrième Dimension*.

La cabine s'immobilisa, les portes s'ouvrirent et il se retrouva dans un salon d'accueil presque identique à celui qu'il venait de quitter. Cette fois, la réceptionniste était plus âgée (cinquante ans, peut-être) et fouillait fébrilement dans une pile de papiers disposée devant elle ; un homme d'âge comparable attendait, le front plissé, tournant le dos à l'ascenseur. D'une voix haut perchée et animée, il râlait :

– On n'a pas à lui obéir au doigt et à l'œil, à ce vieux débris, et un de ces jours je vais lui dire ma façon de penser ! Il s'imagine que nous sommes tous là pour satisfaire ses moindres désirs ! Il a intérêt à arrêter de nous traiter comme des laquais, sinon, je ferai du bruit et...

Il s'arrêta net au moment où la réceptionniste remarqua la présence de Ben. Après une hésitation, il fit demi-tour et s'engouffra dans l'ascenseur. Les portes se refermèrent presque aussitôt.

– Monsieur Holiday ? demanda la femme d'une voix sourde et râpeuse.

C'était à elle qu'il avait parlé la veille.

– Oui, j'ai rendez-vous avec M. Meeks.

Elle se leva et lui fit signe de la suivre.

– Par ici, s'il vous plaît.

Elle le conduisit à un couloir donnant sur l'arrière de son bureau. Il était bordé d'une série de portes closes et se divisait au bout. On ne voyait pas plus loin.

– Suivez le corridor jusqu'au fond et prenez l'escalier à gauche, vers la porte sur le palier. M. Meeks vous attend.

Sur ce, elle retourna à son bureau. Ben Holiday resta planté un instant, regardant alternativement le couloir vide et la silhouette de la réceptionniste qui s'éloignait.

Alors, qu'est-ce que tu attends ? se demanda-t-il, sévère.

Il traversa le couloir et tourna à gauche. Toutes les portes devant lesquelles il passait étaient fermées, et aucune ne portait de nom ou de numéro. Les tubes fluorescents du plafond semblaient pâles à côté des verts et des bleus pastel dont étaient peints les murs. Une moquette épaisse absorbait le son de ses pas. Tout était très calme.

Alors qu'il atteignait l'escalier, il se mit à fredonner la musique de *La Quatrième Dimension*. En haut des marches se trouvait une lourde porte de chêne à panneaux et une plaque de cuivre portant simplement *Meeks*. Il s'immobilisa, frappa, tourna la poignée et entra.

Meeks se tenait juste en face de lui.

Il mesurait plus d'un mètre quatre-vingts ; c'était un vieil homme courbé, le visage taillé à la serpe, les cheveux grisonnants. Sa main gauche disparaissait dans un gant de cuir noir. Sa main et son bras droits manquaient tout à fait ; la manche de sa veste de velours côtelé était glissée dans sa poche. Ses yeux bleus, durs et inflexibles, rencontrèrent ceux de Ben. Meeks avait tout l'air d'avoir livré bien des batailles.

– Monsieur Holiday ?

Il avait une voix très faible, qui rappelait celle de sa secrétaire. Ben fit un signe de tête.

– Je suis Meeks, reprit le vieillard en s'inclinant légèrement.

Il ne tendit pas la main, et Ben s'abstint lui aussi.

– Entrez et prenez place, je vous en prie.

Il se retourna et s'éloigna d'un pas traînant, courbé comme si ses jambes ne faisaient plus assez bien leur travail. Sans un mot, Ben le suivit, jetant un regard alentour. C'était une pièce élégante, richement meublée d'un monumental bureau de chêne à cylindre, de fauteuils assortis entièrement garnis de cuir capitonné, de tables de travail et de guéridons couverts de graphiques, de revues et de ce qui semblait être des dossiers. Trois des murs étaient garnis de bibliothèques contenant des volumes anciens et divers objets d'art. Le quatrième mur était percé de fenêtres, rideaux tirés. Les plafonniers étaient l'unique source de lumière, et encore celle-ci était-elle étrangement tamisée. La moquette haute mèche, couleur de terre, sortait du sol comme de l'herbe sèche. Il flottait une vague odeur d'encaustique et de vieux cuir.

– Asseyez-vous, monsieur Holiday, dit Meeks en désignant un fauteuil disposé devant le bureau.

Il contourna celui-ci et se laissa lentement glisser dans son fauteuil tournant.

– Je ne bouge plus comme avant. C'est le temps qui me raidit les os. Le temps et l'âge. Quel âge avez-vous, monsieur Holiday ?

Ben, qui était en train de s'asseoir, leva les yeux. Le vieux regard perçant était fixé sur lui.

– Quarante ans en janvier prochain.

– Un bon âge, remarqua Meeks en souriant légèrement mais sans humour. À quarante ans, un homme est toujours dans la force de l'âge. Il sait presque tout ce qu'il avait à apprendre, et il a la force de le mettre en pratique. Est-ce votre cas, monsieur Holiday ?

– Euh... oui, je crois.

– C'est ce que disent vos yeux. Les yeux en disent plus long sur un homme que tout ce qu'il peut raconter. Ils sont un reflet de l'âme. Ils sont un reflet du cœur. Parfois, ils révèlent même des vérités que l'on voudrait tenir cachées. (Il marqua une pause.) Puis-je vous offrir quelque chose à boire ? Un café, un cocktail, peut-être ?

– Non, je ne prends rien, merci, répondit Ben en se tortillant impatiemment sur sa chaise.

– Vous n'y croyez pas, hein ? (Le front de Meeks se creusa d'une ride profonde, sa voix se fit plus douce.) Landover. Vous ne croyez pas à son existence.

Ben dévisagea pensivement le vieil homme.

– Je ne sais pas trop.

– Vous soupesez les possibilités, mais vous doutez. Vous recherchez les épreuves promises, mais vous craignez qu'elles ne soient que des moulins à vent. Pensez donc ! un monde qui ne ressemble à rien de ce que les gens de cette terre connaissent ! Mais cela paraît impossible. Si je puis me permettre d'utiliser ce cliché, c'est trop beau pour être vrai.

– En effet.

– Comme de marcher sur la Lune ?

Ben réfléchit un moment tandis que Meeks continuait.

– Ou bien comme un prêt honnête. Comme une paix confiante entre États frères. Ou encore comme la protection offerte au consommateur contre la publicité mensongère... (Il regarda Ben droit dans les yeux.) Vous êtes avocat, monsieur Holiday ?

– Oui.

– Alors, vous croyez en la justice de votre pays ?

– Oui.

– Vous y croyez, mais pourtant vous savez aussi qu'elle ne fonctionne pas toujours ? Vous voulez croire en elle, mais elle vous déçoit trop souvent.

Il attendit.

– C'est assez mon opinion, il me semble, admit Ben.

– Et vous pensez qu'il peut en être de même de Landover.

C'était une constatation, et non une question. Meeks se pencha en avant, son visage marqué portant une expression intense.

– Eh bien, ce n'est pas le cas. Landover correspond en tout à ce que promet la publicité. On y trouve tout ce dont parle le descriptif et plus encore – des choses qui ne sont que mythes dans ce monde, que l'on peut à peine imaginer. Elles sont bien réelles à Landover, monsieur Holiday, bien réelles !

– Les dragons aussi, monsieur Meeks ?

– Toutes les créatures féeriques légendaires, comme promis.

Ben croisa les doigts.

– J'aimerais vous croire, monsieur Meeks. Je suis venu à New York pour me renseigner sur ce... cet article parce que je voulais croire en son existence. Pouvez-vous me montrer n'importe quoi qui prouverait que vous dites vrai ?

– Vous voulez parler de dépliants, de brochures en couleurs, de photographies, de références ? Il n'en existe pas, monsieur Holiday. Cet article est un trésor soigneusement protégé. Les détails concernant son emplacement, son aspect, ce qu'il offre, tout cela est secret, et ne sera révélé qu'à l'acheteur qu'il m'appartient de sélectionner en qualité d'agent exclusif. Vous qui êtes avocat, vous comprendrez certainement les limites que m'impose le terme de *confidentiel*.

– L'identité de l'acheteur est-elle également tenue secrète ?

– Oui.

– Et la raison pour laquelle cet article est offert à la vente... ?

– Confidentielle, monsieur Holiday.

– Pourquoi diable voudrait-on vendre une chose aussi merveilleuse que ce royaume de conte de fées ? Je me pose sans cesse cette question. Je me demande sans arrêt si je ne suis pas en train d'acheter la tour

Eiffel. Qu'est-ce qui me prouve que vous avez autorité pour vendre Landover ?

Meeks sourit d'un air qui se voulait rassurant.

– Tout ceci a été méticuleusement vérifié avant insertion de l'article dans le catalogue. J'ai dirigé l'enquête moi-même.

– Alors on en revient toujours à votre parole ?

– Erreur, monsieur Holiday. On en revient à la réputation mondiale de Rosen, le grand magasin qui fournit toujours ce qu'il promet dans ses catalogues et ses publicités. On en revient aux conditions du contrat que la maison offre à l'acheteur quand il s'agit de transactions spéciales comme celle-ci. Ce contrat garantit au preneur de pouvoir récupérer la totalité de son argent, moins une petite part de frais administratifs, si l'article ne donne pas entière satisfaction. On en revient à notre façon de concevoir le commerce.

– Puis-je consulter ce contrat ?

Meeks appuya ses doigts gantés contre son menton et se mit à caresser les rides de son visage.

– Monsieur Holiday, je voudrais retourner un peu en arrière dans notre conversation, afin de pouvoir remplir pleinement la mission qui m'a été assignée. Vous êtes ici pour décider ou non d'acheter Landover. Mais vous êtes aussi ici pour que je puisse m'assurer que vous feriez un acheteur adéquat. Serait-il indiscret de vous poser quelques questions ?

– Je ne pense pas. Je vous ferai savoir si elles le sont.

Meeks sourit comme le chat du Cheshire et fit signe qu'il avait compris.

Pendant la demi-heure qui suivit, il posa ces fameuses questions. Il le fit un peu à la manière d'un avocat habile qui interroge un témoin lors d'une déposition verbale : avec tact, concision et précision. Il savait ce qu'il cherchait, et il s'y prenait avec l'exactitude délicate d'un chirurgien. Ben Holiday avait vu à l'œuvre un certain nombre d'avocats au cours de sa carrière, dont certains étaient plus doués que lui. Mais il n'en avait jamais vu d'aussi adroit que Meeks.

Il obtint de nombreux renseignements. Ben venait d'une famille très fortunée. Sa mère était née riche, et son père avait gagné de fortes sommes à la Bourse. Ils étaient morts tous les deux. Ben n'avait pas de frères et sœurs. À la mort d'Annie, il s'était retrouvé quasiment seul au monde. Il avait bien quelques cousins éloignés sur la côte Ouest et un oncle en Virginie, mais il ne les avait pas vus depuis facilement cinq ans. Il avait peu d'amis intimes – en fait, il n'avait que Miles. Ses confrères le respectaient, mais il gardait ses distances. Ces dernières années, il s'était presque exclusivement consacré à son travail.

– Avez-vous une quelconque expérience de l'administration publique, monsieur Holiday ?

Le regard voilé et dur du vieux Meeks laissait croire que cette question comptait davantage qu'elle n'en avait l'air.

– Non.

– Des loisirs ?

– Non.

Ben songea alors qu'il n'avait effectivement aucun passe-temps, aucun hobby à part le temps qu'il passait à la salle de sport. Il hésita à corriger sa réponse, mais décida que cela n'avait pas d'importance.

Il tendit à Meeks le bilan financier qu'il avait préparé selon les instructions du catalogue. Meeks l'examina sans mot dire, hocha la tête, satisfait, et le posa sur le bureau.

– Vous êtes le candidat idéal, monsieur Holiday, conclut-il d'une voix si faible qu'elle en devenait sifflante. Vous êtes un homme qui peut facilement larguer les amarres, qui ne s'inquiétera pas de devoir laisser derrière lui une famille ou des amis qui poseraient trop de questions. En effet, il vous sera impossible de communiquer avec qui que ce soit durant votre première année d'absence. Il s'agit là d'une des conditions de sélection. Cela ne devrait vous poser aucun problème. Vous avez également suffisamment de fonds pour pouvoir débourser pareille somme ; je parle de biens réels et non de simples papiers. Vous appréciez la différence, bien sûr. Mais le plus important, à mon sens, c'est que vous avez quelque chose à offrir à Landover en en devenant le roi. J'imagine que vous n'y avez guère songé, mais c'est là un point capital pour ceux dont je suis l'agent. Vous avez quelque chose de très précieux à offrir.

Il se tut.

– À savoir ? demanda Ben.

– Votre expérience professionnelle, monsieur Holiday. Vous êtes homme de loi. Pensez au bien que vous pourrez faire en étant celui qui non seulement interprète la loi mais aussi la rédige. Il faut à tout souverain le sens de la justice. Votre intelligence et votre instruction vous serviront également.

– Vous voulez dire que j'aurai à m'en servir à Landover, monsieur Meeks ?

– Certainement, répondit Meeks, impassible. Tout roi a besoin d'intelligence et d'instruction.

L'espace d'un instant, Ben crut déceler dans la voix de l'autre le ton de celui qui fait une plaisanterie absconse.

– Vous avez donc une connaissance personnelle de ce qu'un roi doit posséder ?

– Si vous voulez dire par là : ai-je une connaissance personnelle de ce qu'un roi de Landover doit posséder, la réponse est oui. Pour des marchandises telles que celle-ci, nous demandons à nos clients de nous renseigner sur le type d'acheteur souhaité, et dans le cas présent les renseignements dont je dispose me laissent à penser que le souverain de Landover devra posséder les qualités dont vous faites preuve.

Ben hocha lentement la tête et demanda :

– Cela signifie-t-il que ma candidature est acceptée ?

Le vieillard s'enfonça dans son fauteuil.

– Et vos questions à vous, monsieur Holiday, ne voulez-vous pas d'abord que nous les traitions ?

– Il le faudra bien à un moment ou à un autre, répondit Ben en haussant les épaules. Autant le faire maintenant. Commençons par le contrat. Celui qui est censé me couvrir contre ce qu'on appelle vulgairement un investissement pourri.

Le visage anguleux de Meeks changea d'expression, et toutes ses rides et tous ses creux se modifièrent à la manière d'un masque de caoutchouc.

– L'accord est le suivant : vous disposez de dix jours pour examiner votre achat à loisir. Si, à la fin de cette période, vous estimez qu'il ne correspond pas à la description donnée, ou pour toute autre raison, vous pourrez revenir ici et être intégralement remboursé, moins une retenue administrative de cinq pour cent. C'est très raisonnable, vous en conviendrez.

– C'est tout ? C'est ça, votre contrat ? Tout ce que j'ai à faire, c'est décider de me dégager ?

– Exactement, répondit Meeks en souriant. Bien sûr, cette décision doit être prise au cours des dix premiers jours.

Ben le regardait en écarquillant les yeux.

– Et tout ce dont parle le catalogue y sera ? Absolument tout ? Les dragons, les chevaliers, les sorcières, les enchanteurs, les lutins ?

– Et vous serez leur roi, monsieur Holiday. Vous serez celui devant qui tous doivent répondre. Cela représente un grand pouvoir, mais aussi une grosse responsabilité. Croyez-vous pouvoir relever le défi?

Le silence s'abattit sur la pièce tandis que Ben, assis face à Meeks, parcourait mentalement les chemins de la vie qui l'avaient mené là. À part Annie, il n'avait pas perdu grand-chose en cours de route. Il avait saisi les occasions importantes et en avait tiré le meilleur profit. On lui présentait maintenant une occasion qui dépassait toutes les autres, et, en la prenant, il ne laisserait rien de bien précieux derrière lui. Annie disparue, l'important était à venir. Il hésitait néanmoins.

– Monsieur Meeks, puis-je voir un exemplaire du contrat ?

Le vieil homme tira du tiroir central de son bureau une feuille en triple copie. Il la tendit à Ben, qui la saisit et la lut attentivement. Le contrat était en tout point conforme aux promesses du vieillard. Le royaume de Landover lui serait vendu pour la somme d'un million de dollars. Les arguments du catalogue étaient repris, assortis des garanties d'usage. Les clauses finales prévoyaient le remboursement intégral du prix d'achat, à l'exception des frais de dossier, si, dans un délai de dix jours après son arrivée sur place, l'acquéreur décidait de rendre l'article et de quitter le royaume. Une clé permettant ce départ devait être fournie au moment de la transaction.

Ben s'attarda sur les toutes dernières lignes. L'acquéreur acceptait de renoncer à la totalité de son argent s'il rendait l'article après expiration du délai de dix jours ou bien s'il abandonnait Landover, pour quelque raison que ce fût, au cours de sa première année de règne.

– Que signifie cette dernière clause ? demanda Ben en relevant les yeux vers Meeks. Pourquoi ne pourrais-je pas m'absenter pour revenir voir des amis ?

Meeks essaya de sourire, mais ce n'était pas très convaincant.

– Mon client redoute que l'acquéreur ne mesure pas pleinement les responsabilités inhérentes à l'état de souverain. Un homme qui ne serait pas prêt à – comment dit-il ? – à *tenir la rampe* pendant au moins une année ne saurait être le candidat idéal pour ce poste. Le contrat prévoit donc que vous ne pourrez aller vous promener, délaissant par là vos devoirs de roi, pendant un an.

– Je comprends l'inquiétude de votre client, dit Ben, les sourcils froncés. (Il replaça le contrat sur le bureau tout en gardant une main posée dessus.) Mais je suis toujours un peu sceptique en ce qui concerne la proposition elle-même. Je vais être franc : cela me paraît un peu facile. Un royaume mythique, peuplé de créatures légendaires, que l'on n'aurait jamais vu ou dont on n'aurait jamais entendu parler ? Un endroit où nul n'est jamais allé, que nul n'a jamais découvert par hasard ? Et tout ce que j'ai à faire pour en devenir propriétaire, c'est verser un million de dollars à Rosen ?

Meeks resta muet. Son visage ridé et buriné était impassible.

– Ce royaume est-il en Amérique du Nord ? reprit Ben.

Pas de réponse.

– Ai-je besoin d'un passeport pour l'atteindre ? Ou encore de vaccinations ?

Meeks secoua lentement la tête.

– Il ne vous faudra ni passeport ni piqûres, monsieur Holiday. Seulement du courage.

– Et un peu de bon sens, il me semble, ajouta Ben en rougissant légèrement.

– Un achat tel que celui que vous vous apprêtez à faire, monsieur Holiday, nécessite du bon sens moins que toute autre chose. Si telle était la base de la transaction, nous ne serions pas en train de tenir cette petite conversation, voyons... (Il eut un sourire froid.) Soyons francs, comme vous le suggérez. Vous êtes à la recherche de quelque chose qui n'existe pas dans le monde que vous connaissez. Vous êtes las de cette vie et de ses artifices. Sinon, vous ne seriez pas ici. Pour ma part, je suis un spécialiste de la vente d'objets uniques, bizarres, qui s'adressent à une clientèle réduite et sont toujours difficiles à mettre sur le marché. Je ne puis me permettre de compromettre ma réputation en vendant un article trompeur. Si je faisais cela, je ne tiendrais pas longtemps dans la profession. Je ne cherche pas à vous mentir, et je crois que c'est également votre cas.

» Cependant, il y a certaines choses que nous devons accepter sur parole. Je dois vous accepter comme souverain potentiel de Landover pratiquement sur parole, sachant peu de chose de votre véritable caractère sinon ce que j'ai pu en comprendre pendant notre entretien. Quant à vous, il vous faut accepter tout ou presque de ce que je vous dis de Landover, car il n'existe pas de moyen efficace de vous en montrer davantage. Vous devez le vivre, monsieur Holiday. Vous devez y aller et voir cela par vous-même.

– En dix jours ?

– C'est suffisant, croyez-moi, monsieur Holiday. Si vous n'êtes pas de cet avis, vous n'aurez qu'à utiliser la clé pour revenir.

Il y eut un long silence.

– Dois-je comprendre que vous avez décidé de m'attribuer l'article ?

Meeks opina.

– En effet. Je vous crois particulièrement qualifié. Qu'en dites-vous, monsieur Holiday ?

– J'aimerais y réfléchir un peu, répondit Ben en baissant les yeux vers le contrat.

– Une vraie prudence d'avocat, ricana Meeks sèchement. C'est bon. Je vous donne vingt-quatre heures pendant lesquelles l'article sera retiré du marché. Mon prochain rendez-vous est fixé à une heure demain. Vous pouvez réfléchir plus longtemps, mais je ne peux rien vous garantir passé ce délai.

– Vingt-quatre heures devraient suffire, approuva Ben.

Il tendit la main vers le contrat, mais Meeks le récupéra vivement.

– J'ai pour habitude (et le magasin aussi) de ne jamais laisser sortir de contrat de ce bureau avant la signature. Mais bien sûr, vous pourrez le réexaminer demain tout à loisir, si vous décidez d'acheter.

Ben se leva et Meeks, grand et voûté, l'imita.

– Vous devriez acheter, monsieur Holiday, l'encouragea le vieux d'un murmure. Vous êtes l'homme de la situation, j'en suis persuadé.

– Possible, dit Ben, tendu.

– Si vous prenez cette décision, le contrat vous attendra à la réception. Vous disposerez de trente jours pour prendre vos mesures quant au règlement du montant. Lorsque le paiement aura été encaissé en totalité, je vous ferai parvenir des instructions complètes sur votre voyage vers Landover et vos responsabilités de souverain.

Il reconduisit Ben à la porte de son bureau, qu'il ouvrit.

– Faites-vous plaisir. Achetez, monsieur Holiday.

La porte se referma, et Ben se retrouva seul.

Il rentra à pied au Waldorf parmi la foule de midi, déjeuna lentement et se retira au salon donnant sur le hall. Sur un bloc de papier jaune, stylo en main, il se mit à prendre des notes sur son entretien avec Meeks.

Un certain nombre de détails le troublaient encore. En premier lieu, Meeks lui-même. Ce vieil homme avait quelque chose d'étrange, qui dépassait son aspect physique. Il avait l'instinct d'un avocat expérimenté : impitoyable et prédateur. Il savait être agréable, mais sous cette surface, il portait une armure de cinq centimètres d'épaisseur. Les fragments de conversation qu'il avait saisis à l'accueil, l'expression du visage des réceptionnistes, tout cela laissait à penser que travailler avec Meeks n'était pas de tout repos.

Mais il y avait autre chose. Ben ne parvenait pas à mettre le doigt dessus.

Sans compter le problème de son ignorance, toujours quasi totale, de Landover. Pas de photos, de brochures, de dépliants. Rien. Trop difficile à décrire, avait dit Meeks en louvoyant. Il faut le voir de ses yeux, accepter la transaction sur parole. Ben fit la grimace. En inversant les rôles, Meeks devenait l'acheteur, et Ben ne pouvait pas croire une minute que le vieil homme aurait conclu l'affaire sur la foi de quelques phrases !

L'entretien ne lui avait rien appris de Landover qu'il n'eût déjà su. Il ignorait toujours son emplacement et son aspect. Il ne savait rien que ce qu'il avait lu dans le catalogue.

Évadez-vous au pays des rêves...

Mouais.

Ce serait peut-être une évasion au pays des cauchemars...

Il ne pouvait se raccrocher qu'à la clause qui lui permettait de se retirer avant dix jours. C'était assez honnête. Plus qu'honnête, en fait. Il n'y perdrait que les cinq pour cent de frais de dossier ; cinquante mille dollars, c'est une somme, mais il pouvait se le permettre. Il pouvait aller visiter ce pays magique, voir ses lutins, ses dragons et ses damoiselles puis, s'il s'estimait truandé, il n'aurait qu'à faire le voyage de retour et réclamer son argent.

Garanti sur facture.

Il griffonna quelques notes sur son bloc, puis releva la tête et regarda le salon désert.

La vérité, c'était que rien de tout cela ne comptait. La vérité, c'était qu'il était prêt à conclure l'affaire dans l'état actuel des choses.

Et c'était bien ça, le problème. C'était cela qui l'ennuyait le plus. Il était tout disposé à dépenser un million de dollars pour acheter un rêve, parce que son existence avait atteint le point où plus rien n'avait d'importance.Tout valait mieux que cela. Même un acte aussi insensé que celui qu'il s'apprêtait à commettre, une folie telle que Landover avec ses iguanes et son carton-pâte hollywoodien. Miles allait lui dire qu'il devrait voir quelqu'un pour avoir envisagé un achat aussi ridicule. Un professionnel, un spécialiste. Et il aurait raison, Miles.

Alors pourquoi toutes ces considérations ne changeaient-elles rien ? Pourquoi était-il tout de même décidé à se lancer ?

Il s'étira dans sa chaise longue. Parce que, se répondit-il. Parce que je veux essayer de vivre ce dont les autres ne font que rêver. Parce que je ne sais pas si j'en suis capable, et que je veux être fixé. Parce que ceci est mon premier vrai défi à relever depuis qu'Annie est morte, et que sans ce défi, sans une perche pour me tirer du marécage de ma vie présente...

Il inspira profondément sans conclure sa phrase. Parce que la vie est une succession de risques, pensa-t-il, et que plus le risque est gros, plus grande est la satisfaction d'avoir réussi.

Il réussirait. Il le savait.

Il arracha les notes de son bloc et les déchira en menus morceaux.

Il attendit sagement le lendemain pour arrêter définitivement sa décision, mais en réalité il était déjà tout décidé. À dix heures du matin, il était au dernier étage de chez Rosen, au bureau de la réceptionniste qui commandait le couloir où Meeks était installé en reclus. La secrétaire ne parut pas autrement surprise de le revoir. Elle lui tendit le contrat avec ses carbones, ainsi que les instructions de la maison, permettant le paiement des articles d'exception à trente jours sans majoration de prix. Il relut le contrat, s'assura qu'il s'agissait du même, et le signa. Une copie dans la poche, il quitta l'immeuble et prit un taxi pour l'aéroport.

Lorsque midi arriva, il était en route pour Chicago. Il ne s'était pas senti aussi bien depuis très longtemps.

LANDOVER

Cette agréable sensation dura jusqu'au lendemain matin, lorsqu'il découvrit qu'il était le seul à qui sa future nouvelle vie plaisait tant.

Il commença par appeler son comptable. Il connaissait Ed Samuelson depuis plus de dix ans ; s'ils n'étaient pas amis intimes à proprement parler, ils travaillaient en étroite collaboration et se vouaient une confiance réciproque. Ed était probablement la seule personne à connaître l'étendue de la fortune de Ben. Il travaillait déjà pour lui à la mort des parents de Ben. Il lui avait conseillé la plupart des investissements auxquels Ben avait souscrit. Il savait que Ben était un homme d'affaires adroit et rusé.

Mais lorsque Ben l'appela ce matin-là pour lui ordonner (lui ordonner et non lui demander) de vendre des obligations et des valeurs estimées à près d'un million de dollars et de le faire avant dix jours, il lui sembla clair que Ben avait perdu la tête. Il explosa de rage par téléphone interposé. Vendre ainsi, c'était de la folie pure ! Les obligations et les titres ne pourraient être liquidés qu'à perte, à cause des pénalités de retrait prématuré, qui étaient lourdes. Il faudrait vendre à la valeur du marché, et dans de nombreux cas la tendance était à la baisse. Ben ne ferait qu'y perdre de l'argent. Même les déductions fiscales liées à un acte aussi précipité ne couvriraient qu'une faible partie des pertes ! Pourquoi fallait-il donc qu'il fasse cela ? Pourquoi avait-il soudain besoin d'un million de dollars en liquide ?

Patiemment mais évasivement, Ben expliqua qu'il avait décidé de s'offrir quelque chose qu'il fallait payer d'avance et immédiatement. Au ton de sa voix, il était clair qu'il n'avait aucune intention de révéler la nature de l'achat. Ed hésita. Ben avait-il des ennuis ? Il l'assura que non. C'était simplement une décision prise après mûre réflexion, et il serait reconnaissant à Ed de l'aider à réunir le capital désiré.

Il n'y avait plus grand-chose à dire. Ed Samuelson accepta à contrecœur de faire ce qu'on lui demandait. Ben raccrocha.

Ce fut pire encore au cabinet. Il convoqua tout d'abord Miles. Lorsque son ami fut assis, sa tasse de café à la main, Ben lui annonça qu'il allait prendre un congé sabbatique. Miles en laissa presque échapper sa tasse.

– Un congé sabbatique ! Mais qu'est-ce que tu racontes, Ben ? Ce cabinet, c'est toute ta vie ! Plaider, c'est toute ta vie, depuis qu'Annie est morte !

– C'est ça le problème, Miles ; j'ai peut-être besoin de tout quitter pour un certain temps, de prendre un peu de recul. C'est toi qui me disais que je devais sortir davantage, voir autre chose du monde que mon bureau et mon appartement.

– C'est vrai, mais je ne vois pas... Attends, de combien tu le prends, ton congé ? Deux semaines ? Un mois ?

– Un an.

Miles ouvrit des yeux ronds.

– Minimum, précisa Ben. Peut-être plus.

– Un an ? Une année entière ? Au moins ? (Miles était rouge de colère.) C'est pas un congé, ça, Ben, c'est un départ à la retraite ! Et nous, qu'est-ce qu'on fait pendant que tu n'es pas là ? Et tes clients ? Ils ne vont pas attendre que tu reviennes, ils vont prendre leur dossier sous le bras et aller voir ailleurs ! Et les procès programmés ? Tes affaires en cours ? Mais enfin, tu ne vas quand même pas...

– Calme-toi un peu, d'accord ? interrompit vivement Ben. Je ne vais pas prendre la porte et laisser couler le navire. J'ai bien réfléchi. Je mettrai tous mes clients au courant personnellement. Les affaires en cours seront liquidées ou réattribuées. Ceux qui ne seront pas contents, je les recommanderai à un autre cabinet. Je pense que la plupart resteront avec toi. Et puis, nous pouvons nous permettre d'en perdre quelques-uns en route si les circonstances l'exigent.

– Mais justement. Les circonstances ne l'exigent pas.

– Et si je mourais, Miles ? Ce soir, comme ça. Mort et enterré. Qu'est-ce que tu ferais ? Il faudrait bien que tu résolves la question. Comment t'y prendrais-tu ?

– Mais ça n'a rien à voir, bon sang, et tu le sais ! Elle est pourrie, ton analogie !

Miles se leva et se pencha soudain, les avant-bras appuyés sur le bureau.

– Je ne sais pas quelle mouche t'a piqué, Ben. Je ne sais vraiment pas. Tu as toujours été si fiable ! Pas toujours très catholique en salle d'audience, d'accord, mais la tête froide, maître de toi. Et excellent plaideur, avec ça. Bon Dieu, si j'avais eu la moitié de ton talent...

– Miles, tu arrêtes ton cirque ?

– Et tu veux aller te promener pendant une année entière ? Comme ça ? Pour commencer, tu vas à New York sans un mot d'explication, pour courir après Dieu sait quoi, tu pars le jour même sans m'en parler, pas un mot depuis le matin où on était assis dans ce bureau à parler de ce truc débile dans un catalogue de Noël, Ross, Rosenberg ou je ne sais quoi, et voilà que tu recommences, comme si...

Il se tut soudain et les mots séchèrent sur sa langue. Son visage se figea en une expression de compréhension stupéfaite.

– Ô, mon Dieu ! murmura-t-il en secouant la tête. Mon Dieu ! C'est cette espèce de pays de cocagne, hein, c'est ça ?

Ben resta silencieux un moment, ne sachant s'il devait répondre. Il avait prévu de garder le secret sur Landover. Il avait résolu de n'en parler à personne. Il finit par dire :

– Miles, assieds-toi, tu veux ?

– M'asseoir ? Tu veux que je m'asseye après...

– Mais assieds-toi donc, nom de nom ! coupa Ben.

Miles s'immobilisa un instant, puis glissa lentement dans son fauteuil. Sa face rubiconde exprimait toujours la stupéfaction.

Ce fut au tour de Ben de se pencher en avant, le visage dur.

– Cela fait longtemps que nous sommes ensemble, Miles, à la fois comme amis et comme associés. Nous nous connaissons très bien. Mais surtout nous partageons une expérience acquise en commun. Nous ne savons pas tout l'un de l'autre parce que c'est impossible. Deux êtres humains ne peuvent jamais se connaître intégralement, même dans les meilleures circonstances. C'est pourquoi certains de nos actes resteront à jamais un mystère pour l'autre.

» Tu te souviens que tu m'as averti qu'il valait mieux laisser tomber certains dossiers parce que quelque chose ne tournait pas rond ? Tu te souviens ? Abandonne cette affaire, tu me disais, ça sent mauvais. C'est un dossier pourri. Parfois, je suivais ton conseil et je laissais tomber. D'autres fois, je n'étais pas d'accord. J'acceptais l'affaire quand même, en te disant que je la prenais parce que cela me semblait bien. Même si tu trouvais que j'avais tort et que tu ne comprenais pas trop, tu respectais mon choix. Et tu me faisais confiance, non ? Eh bien, c'est cela que je te demande de faire aujourd'hui. Tu ne peux pas comprendre et tu ne serais pas d'accord. Alors laisse tout ça de côté et fais-moi confiance.

Miles regarda le bureau, puis releva les yeux.

– Ben, il s'agit d'un million de dollars !

– Non, répondit Ben en secouant lentement la tête. Il s'agit de sauver ma peau. Ce dont je parle n'a pas de prix marqué dessus.

– Mais c'est dingue ! (Miles s'agrippa au bord du bureau, si fort que ses articulations blanchirent.) C'est irresponsable ! Et c'est tout simplement idiot !

– Ce n'est pas mon avis.

– Ah non ? Balancer aux orties tes responsabilités professionnelles, l'œuvre de toute ta vie ? Partir t'enterrer dans un château fort pour combattre des dragons – à supposer qu'il y en ait et que tu ne sois pas en train de te faire plumer ! Plus de télé, plus de football, plus de base-ball, de bière glacée, d'électricité ou de douches chaudes, de W.-C. intérieurs, rien ! Tu vas laisser ta maison, tes amis, et... bon Dieu, Ben !

– Tu n'as qu'à te dire que c'est du camping prolongé, une expédition sauvage.

– Tu parles ! À un million de dollars le voyage !

– Ma décision est prise, Miles.

– Mais nom de Dieu de nom de...

– Ma décision est prise !

Le ton dur de sa voix les laissa tous deux interdits. Ils se regardèrent en silence, comprenant que la distance qui les séparait avait grandi jusqu'à devenir un gouffre. Ben se leva et contourna son bureau. Miles se leva lui aussi, et Ben lui posa la main sur l'épaule.

– Si je ne fais rien, Miles, je vais y laisser ma raison, murmura-t-il. Cela prendra peut-être quelques mois, un an, mais je finirai par sombrer pour de bon. Je ne veux pas laisser cela arriver.

Son ami l'observa sans mot dire, puis soupira et hocha la tête.

– C'est ta vie, Ben. Ce n'est pas à moi de te dire comment la vivre. Je n'ai jamais su. (Il se redressa.) Voudrais-tu au moins prendre quelques jours pour y réfléchir ? Ce n'est pas trop demander, si ?

– J'y ai déjà réfléchi de mille façons différentes. Cela suffit. J'ai assez cogité.

– Même un aveugle s'en rendrait compte.

– Maintenant je vais annoncer mon départ aux autres. Je te serais reconnaissant de garder tout cela pour toi.

– Bien sûr. Pourquoi aller crier sur tous les toits que le fer de lance de la société est un pauvre fêlé ?

Il jeta un dernier regard à Ben, haussa les épaules et fit marche vers la porte.

– Tu es cinglé, Ben.

– Oui, toi aussi tu me manqueras, conclut Ben en l'accompagnant.

Il réunit les membres du personnel et leur exposa sa décision de prendre un congé exceptionnel. Il leur expliqua qu'il avait besoin de sortir de sa vie actuelle, de la ville, du métier, de tout ce qui lui était familier. Il annonça que son départ aurait lieu quelques semaines plus tard et qu'il serait absent pour plus d'un an peut-être. Après un moment de silence étonné, il fut assailli de questions auxquelles il répondit patiemment. Puis il partit et rentra chez lui.

Il ne parla à personne de Landover. Miles non plus.

Il lui fallut presque trois semaines pour mettre ses papiers en ordre. Il passa presque tout ce temps à liquider les affaires en cours : parler à ses clients, libérer son agenda de plaidoiries, redistribuer les dossiers. La transition était difficile. Les membres de son personnel avaient accepté sa décision avec stoïcisme, mais il y avait dans leur regard et leurs conversations un indéniable mécontentement. Ils estimaient qu'il désertait, qu'il se dérobait. Et, pour dire la vérité, il avait lui-même des sentiments mêlés à ce sujet. D'un côté, défaire les liens avec sa profession et son cabinet lui donnait une sensation nouvelle de liberté et de soulagement. Il avait l'impression de sortir d'un piège, comme s'il reprenait sa vie à zéro avec une nouvelle chance de découvrir ce qu'il avait raté la première fois. Mais d'un autre côté, il doutait parfois et regrettait de quitter ce qu'il avait passé presque toute sa vie d'adulte à construire. Il ressentait ce que l'on ressent toujours avant un grand voyage : il abandonnait un monde familier pour aller vers l'inconnu.

Il pouvait tout de même revenir quand il le voulait. Il n'y avait rien de permanent dans tout cela, pas encore du moins.

Au bout de ces trois semaines, il avait terminé la transition au bureau. Il était libéré de ses obligations professionnelles, libre de prendre la direction qui lui chantait. Dans le cas présent, la direction choisie était celle d'un royaume mythique du nom de Landover. Seul Miles savait la vérité, et il ne dirait rien. Ni à lui, ni à personne.

Miles avait la trouille. Miles était convaincu que Ben était fou.

– Un jour viendra, Ben, dans un futur pas si éloigné que ça, si je ne me trompe, où une petite ampoule s'allumera dans ta tête encombrée ; et alors tu comprendras, dans un éclair de sagesse tardive, que tu as fait une énorme bêtise. Ce jour-là, tu reviendras au bureau en rampant, un peu plus modeste et beaucoup plus pauvre, et j'aurai l'immense plaisir de te répéter au moins une demi-douzaine de fois : Je te l'avais bien dit. Mais cela ne regarde que toi et moi. Alors on va garder pour nous cette histoire de folie médiévale. Inutile de faire honte à toute la boîte.

Ce fut l'ultime commentaire que Miles prononça sur la décision de Ben d'acheter Landover.

Les jours passaient lentement, et Ben n'en pouvait plus d'attendre. Ed Samuelson téléphona pour annoncer que les actions et les obligations avaient été liquidées et que l'argent était disponible – si toutefois Ben était certain de vouloir agir ainsi sans en discuter plus avant. Sans relever cette suggestion déguisée, Ben l'assura qu'il était toujours aussi sûr de lui, et il fit virer le montant de son achat sur le compte de Rosen à New York, à l'attention de Meeks. Il paya douze mois de loyer d'avance et prit ses dispositions pour que l'appartement soit nettoyé et surveillé. Il pria George, le surveillant, d'avoir l'œil ; George avait l'air de sincèrement lui souhaiter bon voyage et bon séjour, où qu'il aille. Il était sans doute le seul à réagir ainsi, se dit Ben. Il mit son testament à jour, annula ses abonnements, téléphona au club de sport pour prévenir de son absence tout en précisant bien qu'il ne faudrait pas supprimer son équipement de boxe, fit arrêter son courrier à la poste et confia la clé de son coffre bancaire à Ed Samuelson.

Puis il s'arrêta et attendit encore.

Son attente prit fin la quatrième semaine, trois jours avant la fin du mois. Quelques flocons de neige tourbillonnaient dans l'après-midi gris, et la ville était prise d'assaut par les badauds en folie qui faisaient des emplettes dans le but de célébrer la naissance du Christ en échangeant leur argent contre des marchandises diverses. Le mécontentement dû à l'attente rendait Ben méchamment cynique. Il observait la frénésie depuis sa tour d'ivoire lorsque George lui annonça par l'interphone qu'une enveloppe était arrivée de New York par porteur spécial.

Cela venait de Meeks. Il y avait une lettre, des billets d'avion, une carte routière de l'État de Virginie et un reçu d'aspect inhabituel. La lettre était la suivante :

Cher Monsieur,

Je vous confirme par la présente l'acquisition de l'article désigné sous le nom de Landover, tel que le mentionne notre dernier catalogue de Noël. Le règlement intégral de votre achat a été bien reçu et encaissé, sous réserve du délai contractuel de dix jours.

Vous trouverez ci-joint des billets d'avion qui vous permettront de vous rendre de Chicago à Charlottesville, en Virginie. Ces billets seront honorés sur présentation aux représentants de la ligne aérienne adéquate à n'importe quel moment au cours des sept prochains jours.

En arrivant au terminal de Charlottesville, présentez le reçu ci-joint au bureau de renseignements. Une voiture a été louée à votre nom et vous sera fournie dès votre arrivée. On vous remettra également un paquet et des instructions écrites. *Lisez attentivement ces instructions et prenez bien soin du contenu du paquet*.

La carte routière ci-jointe est annotée de manière précise afin de vous permettre d'achever sans encombre la dernière partie de votre trajet pour Landover. On vous attendra à l'arrivée.

De la part de Rosen's Ltd., je vous souhaite un agréable voyage.

Meeks

Il lut plusieurs fois la lettre, examina rapidement les billets d'avion et le reçu, puis la carte. Une ligne tracée au stylo rouge suivait une route à l'ouest de Charlottesville, jusqu'à une petite croix au beau milieu des Blue Ridge Mountains, juste au sud de Waynesboro. D'autres explications remplissaient les marges, en paragraphes serrés. Il les lut, lut de nouveau la lettre, puis replia le tout et le glissa dans l'enveloppe.

Il resta assis sur le canapé sans bouger, le regard perdu dans le jour gris et les flocons blancs. Puis il alla à la salle de bains, prit quelques affaires de toilette et appela George pour lui demander de héler un taxi.

Il arriva à l'aéroport avant cinq heures.

La neige redoublait.

Nulle trace de neige en Virginie. Il faisait doux et clair, le ciel était éclatant d'un soleil dont les rayons caressaient les lointaines montagnes boisées qui luisaient dans la rosée cristalline du matin. Ben pilotait sa voiture bleu acier vers la file de droite de l'autoroute 64, quittant Charlottesville par l'ouest pour gagner Waynesboro.

La matinée était bien avancée. La veille, il avait pris l'avion jusqu'à Washington, où il avait dormi, puis il avait pris le vol de sept heures pour Charlottesville. Une fois arrivé, il avait présenté son étrange reçu aux renseignements et avait obtenu en échange les clés de la voiture et une petite boîte enveloppée de papier brun, adressée à son nom. Elle contenait un message de Meeks et un médaillon. Voici ce que disait ce message :

Le médaillon est votre clé pour entrer à Landover et en sortir. Portez-le, et vous serez reconnu comme héritier légitime du trône. Retirez-le, et vous vous retrouverez à l'endroit de la carte marqué d'une croix. Vous seul pouvez ôter le médaillon. Nul ne peut vous le prendre. Si vous le perdez, à vous d'en assumer les conséquences.

Meeks

Il s'agissait d'un médaillon de métal ancien, terni, gravé d'un chevalier en habit de combat, chevauchant dans le soleil du matin sur fond de château fort entouré d'un lac. Une chaîne double était fixée au médaillon. C'était un superbe objet, mais il était fort usé. Même si l'on frottait, la souillure qui le tachait ne partait pas. Il le passa à son cou, prit la voiture et s'engagea sur l'autoroute.

Jusqu'ici, tout va bien, pensa-t-il. Tout se déroule selon les instructions. Il avait déposé la carte sur le siège à côté de lui après avoir mémorisé les précisions qui s'y trouvaient. Il devait suivre l'autoroute presque jusqu'à Waynesboro, sortir vers Lynchburg, puis, trente kilomètres plus tard, il trouverait une aire de stationnement sur un promontoire dominant une série de montagnes et de vallées faisant partie de la forêt nationale George-Washington. Elle serait signalée par un petit panneau vert portant le numéro 13 en caractères noirs. Il y aurait un téléphone de secours et un abri. Il devait s'y garer, fermer la voiture en laissant les clés à l'intérieur et traverser la route jusqu'à un petit sentier sur l'autre bord. Il suivrait le sentier de montagne pendant environ trois kilomètres. Là, il serait attendu.

Par qui, ni la lettre ni la carte ne le précisaient.

Il était tout de même inscrit sur la carte que quelqu'un passerait plus tard récupérer la voiture. Quant au téléphone, il pourrait éventuellement lui servir à se faire rapatrier, s'il décidait de rebrousser chemin. Il y avait un numéro à appeler.

Il eut soudain un doute. Il était très loin au milieu de nulle part, et seul Meeks savait où il se trouvait. Si Ben venait à disparaître, Meeks se trouverait d'un coup plus riche d'un million de dollars, en supposant que tout ceci ne fût qu'une escroquerie bien montée. On en avait vu de plus belles, et pour moins que ça.

Il réfléchit un instant et secoua la tête. Non, cela ne se pouvait pas. Meeks travaillait comme agent pour Rosen, et un homme nommé à un tel poste était impitoyablement sélectionné. D'autre part, il existait de nombreuses façons pour Meeks de se faire prendre. Miles savait que Ben avait pris contact avec le grand magasin, et pourquoi. On pourrait remonter la piste des fonds qu'il avait fait transférer. Il avait déposé dans son coffre des copies de la lettre de confirmation signée Meeks. Enfin, l'annonce du catalogue était connue du public.

Il chassa ces doutes de son esprit et se concentra sur la route. Son impatience le travaillait depuis des semaines. Il était si remonté qu'il pouvait à peine se contenir. Il avait mal dormi la nuit précédente et s'était réveillé dès avant l'aube. Cela le rendait vulnérable à toutes sortes d'idées saugrenues.

Au bout de vingt minutes, il distingua l'aire de repos et le panneau vert porteur du numéro 13 peint en noir. Il leva le pied et quitta la route, s'arrêtant devant l'abri et le téléphone de secours. Il sortit de la voiture et observa les environs. À sa droite, le chemin descendait de plusieurs dizaines de mètres jusqu'à une barrière constituée d'une chaîne tendue entre des poteaux et à un promontoire qui dominait des kilomètres de forêts et de crêtes faisant partie du parc national. À sa gauche, de l'autre côté de la route déserte, le flanc de la montagne s'élevait dans le soleil du matin, labyrinthe d'arbres et de rocs enveloppés de fines bandes de brume. Il leva les yeux vers le sommet pour regarder la brume tourbillonner et danser en rubans mouvants. L'air était calme et vide, et même le passage du vent ne faisait aucun bruit.

Il tira de la voiture son petit bagage. Ce n'était rien de plus qu'un sac de marin usé empli de quelques possessions qu'il avait pensé à emporter : une bouteille de son cher Glenlivet, à réserver aux grandes occasions, des affaires de toilette, de quoi écrire, des livres, deux paires de gants de boxe, quelques revues récentes qu'il n'avait pas fini de lire, de la bande adhésive, du désinfectant, un vieux survêtement et des chaussures de course. Il ne s'était guère encombré de vêtements. Il savait qu'il vaudrait mieux adopter ce qui se portait à Landover.

Il referma la voiture en laissant les clés à l'intérieur. Il glissa son portefeuille dans son baluchon, jeta un dernier regard alentour et traversa la route. Il était vêtu d'un survêtement léger bleu marine orné d'un passepoil rouge et blanc et de chaussures de sport bleu marine. Il en avait apporté deux paires car il ne voyait rien de mieux à mettre pour un tel voyage, et parce qu'il doutait qu'il y eût à Landover rien de plus confortable. Il trouvait curieux que Meeks ne lui ait donné aucune précision concernant les effets personnels ou les vêtements à emporter.

Il s'arrêta sur le bord opposé de la route et examina la pente boisée qui s'étirait devant lui. Un petit torrent dévalait parmi les rochers toute une série de rapides, éclaboussant d'argent le soleil tacheté. Un sentier zigzaguait le long et disparaissait sous les arbres. Ben hissa le sac de marin sur son épaule et se mit en marche.

Le sentier décrivait une succession de tournants et de courbes sur la rive, devenant plat dans les clairières où des bancs de bois offraient un peu de repos au promeneur fatigué. L'eau gargouillait et clapotait contre ses berges de terre et par-dessus les rochers. C'était l'unique son audible de cette matinée de novembre. À mesure qu'il s'élevait, la route et la voiture disparaissaient derrière lui, et bientôt il ne vit plus que la forêt. La montée se faisait moins raide, mais la forêt se refermait sur lui de chaque côté et le sentier devenait plus difficile à distinguer. Enfin, le torrent prit la direction d'une falaise élevée, et le sentier continua seul.

La brume descendit peu à peu sur Ben.

Il s'arrêta alors et regarda de nouveau autour de lui. Il n'y avait rien à voir. Il écouta. Rien à entendre. Il avait tout de même la désagréable sensation d'être suivi. Un doute entama momentanément sa détermination. Toute cette affaire n'était peut-être qu'une erreur grosse comme lui. Il balaya rapidement ce soupçon et reprit sa route. Il s'était engagé plusieurs semaines auparavant. Il était bien décidé à trouver le fin mot de l'histoire.

La forêt s'épaissit, tout comme le brouillard. Les arbres l'enserraient de près, sentinelles sombres et squelettiques avec leurs feuilles mourantes et leurs rameaux persistants, leurs lianes longilignes et les carrés de chiendent à leur pied. Il devait se frayer un chemin entre les pins et les épicéas pour ne pas quitter la piste, et la brume couvrait lourdement ce qui avait été une matinée ensoleillée. Les aiguilles de pin et les feuilles tombées craquaient sous ses pieds ; trop loin pour qu'il puisse les voir, de petits animaux détalaient sur cet épais tapis.

Au moins, il n'était pas totalement seul, pensa-t-il.

Il avait de plus en plus soif, mais n'avait pas pensé à emporter de bouteille d'eau. Il aurait pu rebrousser chemin et tenter de boire l'eau du torrent, mais il hésitait à perdre ainsi son temps. Pour oublier sa soif, il se mit à penser à Miles. Il essaya de l'imaginer avec lui dans ces bois, peinant le long du chemin, essoufflé et de mauvaise humeur. Il sourit. Miles détestait l'exercice sous toutes ses formes, sauf celles qui incluaient la présence de canettes de bière et d'assiettes pleines. Il jugeait que Ben était fou de s'obstiner à s'entraîner pour la boxe après avoir cessé la compétition depuis tant d'années. Pour lui, les athlètes étaient des petits garçons qui n'avaient jamais grandi.

Ben secoua la tête. Miles entretenait beaucoup d'opinions insensées.

Il ralentit son allure : le sentier se perdait dans les hautes herbes. Un groupe de pins serrés les uns contre les autres barrait le passage. Il franchit l'obstacle et s'arrêta.

– Oh là... chuchota-t-il.

La muraille rugueuse d'un tronc de chêne immense se dressait devant lui, tout enveloppée d'ombres. Son centre était percé d'un tunnel comme creusé par les mains d'un géant. C'était un tunnel noir et vide, un trou interminable, un terrier qui s'enfonçait dans des rubans de brouillard qu'agitaient des mains invisibles. Des bruits montaient du fond, lointains et non identifiés.

Ben, debout à l'entrée du tunnel, plongea son regard dans le brouillard et les ténèbres. Le passage mesurait sept mètres de large et le double de hauteur. Jamais il n'avait rien vu de semblable. Il sut immédiatement que rien appartenant à ce monde n'avait pu le créer. Il comprit aussi où il menait. Pourtant, il hésitait. Ce tunnel avait quelque chose qui le mettait mal à l'aise, en plus du fait qu'il était né d'un acte surnaturel. Il avait un air, une allure, qui le gênait profondément.

Il jeta un œil prudent à l'intérieur. On ne voyait rien. Il aurait pu se croire la seule créature vivante de la forêt s'il n'avait entendu ces sons venus de là-bas, ces espèces de voix...

Il ressentit soudain un violent désir de retourner là d'où il était venu. Le sentiment était si puissant qu'il fit un pas en arrière avant de se reprendre. L'air issu du tunnel semblait venir le chercher d'une main de velours qui laissait sa peau humide. Il serra plus fort son sac de marin et se redressa pour résister à ce qu'il éprouvait. Il respira profondément. Y aller ou rebrousser chemin ? Que choisissait l'intrépide aventurier Ben Holiday ?

– Bon, souffla-t-il.

Il se mit en marche. Le tunnel avait l'air de s'ouvrir pour lui : les ténèbres se retiraient exactement au rythme de son avance. Le brouillard le caressait comme les mains tendres et ferventes d'une amante. Il allait d'un pas ferme, décidé, jetant de brefs regards à droite et à gauche, sans rien distinguer. Les sons continuaient de monter d'un lointain invisible et toujours indéterminé. La terre molle et spongieuse s'enfonçait sous son poids. Des troncs et des branches obscurs se tordaient autour de lui, formant des murs et un plafond qui ne laissaient filtrer pas même la moindre lumière, comme un réseau d'écorce humide et de feuilles séchées.

Ben se hasarda à regarder derrière lui. La forêt d'où il venait avait disparu. La bouche du tunnel n'était plus là. Il était aussi loin de l'entrée que de la sortie, et chaque côté avait le même aspect.

– Pas mal, les effets spéciaux.

Il se força à sourire rapidement, avec une pensée pour Miles ; il se trouvait ridicule d'éprouver ce qu'il éprouvait, et toute cette histoire lui plaisait de moins en moins...

C'est alors qu'il entendit le hurlement.

Il était monté des ténèbres et de la brume quelque part derrière lui. Il se retourna de nouveau, sans s'arrêter. On bougeait dans le tunnel obscur. Des silhouettes jaillissaient des arbres – humaines en apparence, mais si frêles et élancées qu'elles en étaient presque éthérées. Des visages apparurent, fins, anguleux, avec, derrière une moisson de cheveux de mousse et de sourcils en épi, des yeux perçants qui jetaient des regards alentour.

Le hurlement retentit une nouvelle fois. Ben cligna des yeux. Une monstrueuse apparition noire planait dans l'air humide, formée d'écailles et d'ailes de cuir garnies de griffes et de piques. C'était cela qui avait crié.

Ben cessa complètement de marcher et regarda. Vraiment, les effets spéciaux étaient de plus en plus réussis. On aurait juré que celui-ci était vrai. Il laissa tomber son sac sur le chemin, posa ses poings sur ses hanches et observa la chose, qui prenait maintenant trois dimensions. Elle était très laide, aussi grande qu'une maison et plus terrifiante que le pire des cauchemars. Mais il savait faire la différence entre la réalité et l'illusion. Meeks allait devoir faire mieux s'il voulait que Ben...

Il interrompit brusquement le cours de ses pensées. L'apparition venait droit sur lui, et n'avait plus l'air aussi bidon. Elle avait même un aspect de plus en plus vrai. Il ramassa son sac et recula. La chose cria. Et même ce cri sembla réel.

Ben avala sa salive avec peine. Peut-être était-ce parce que la chose était bel et bien réelle.

Il cessa d'être rationnel et se mit à courir. L'apparition le suivit, lançant encore une fois son cri. Elle était tout près de lui, comme un cauchemar dont on n'arrive pas à sortir. La chose se posa sur le sol du tunnel et commença à courir à quatre pattes, les ailes repliées contre le corps, qu'elle avait compact et brûlant, comme chauffé par quelque feu intérieur. Et sur son dos, il y avait quelque chose, une ombre aussi noire que la chose, contrefaite mais portant armure, dotée de mains noueuses qui tenaient des rênes pour diriger la bête.

Ben courut plus vite ; sa respiration devenait difficile et exprimait sa terreur. Il était bien entraîné, mais la peur le privait de ses forces et il ne parvenait pas à gagner sur la créature qui le poursuivait. Tout autour de lui, il voyait les étranges visages apparaître et s'évanouir, esprits venus des brumes, perdus dans les arbres, spectateurs de la course qui avait lieu dans le tunnel. Il songea un instant à quitter le sentier et à s'enfoncer dans la forêt parmi les visages. La chose ne pourrait peut-être pas l'y suivre. Elle était si massive que, même en essayant de continuer la chasse, elle serait ralentie par le lacis des branches. Mais il serait perdu dans l'obscurité et le brouillard, et ne retrouverait jamais son chemin. Il resta donc sur le sentier.

L'apparition qui le traquait cria encore. Ben sentait le sol du tunnel trembler à mesure qu'elle approchait.

– Meeks, va au diable ! hurla-t-il désespérément.

Il sentait le frottement du médaillon contre sa poitrine, sous l'épaisseur du survêtement. Il saisit instinctivement le talisman qui lui avait été fourni pour lui permettre d'entrer sans encombre à Landover et, si besoin était, d'en repartir. Le médaillon pourrait peut-être faire fuir cette chose...

Soudain, un cavalier apparut à la lisière des ténèbres ; c'était une forme trouble et imprécise. Il s'agissait d'un chevalier à l'armure bosselée et déformée ; il tenait sa lance si bas qu'elle touchait presque le sol devant lui. L'homme et sa monture étaient également sales et mal tenus, et leur apparence était aussi hostile que la chose qui talonnait Ben. Le cavalier dressa la tête à son approche, et la lance se releva. Il y eut derrière elle une trace rapide de lumière.

Ben redoubla de vitesse. Le tunnel touchait à sa fin. Il devait en sortir ; il fallait qu'il fuie.

Le monstre lancé à ses trousses poussa un cri qui se termina en un terrifiant sifflement.

– Ne m'approche pas, espèce d'horreur ! hurla Ben, affolé.

Le cheval et son cavalier surgirent alors devant lui, soudain grandis, impressionnants malgré la saleté qui les couvrait. Ben laissa échapper une exclamation de surprise. Il avait déjà vu ce chevalier. Le médaillon qu'il portait était gravé à son effigie !

L'haleine fétide et âpre de la chose noire léchait sa nuque. Saisi de terreur, il ressentait l'emprise glaciale de quelque chose d'inhumain dans sa poitrine. Là-bas, dans le soleil éblouissant qui marquait la fin du tunnel, le chevalier donna des talons. Les visages de la forêt tournoyèrent comme des fantômes désincarnés. Ben hurla. La chose noire et le chevalier le prenaient en tenaille et fondaient sur lui comme s'il n'était pas là.

Le chevalier l'atteignit le premier et passa au grand galop ; les flancs du cheval en pleine charge le bousculèrent et il s'étala sur le chemin. Il tomba dans les ombres la tête en avant, et il ferma les yeux de toutes ses forces pour se protéger d'une soudaine explosion de lumière.

Les ténèbres s'abattirent sur lui et le monde se mit à tourbillonner. Il avait perdu son souffle en tombant et avait du mal à le retrouver. Il gisait face contre terre et sentait sur son cou l'humidité de l'herbe et des feuilles. Il tint ses yeux fermés et attendit que cesse le tournoiement.

Lorsqu'il cessa enfin, Ben rouvrit prudemment les yeux. Il se trouvait dans une clairière. Autour de lui, la forêt s'élevait de toutes parts, brumeuse et noire, mais il devinait vaguement le jour à travers la frondaison. Il se releva lentement.

Alors, il vit le dragon.

L'incrédulité le cloua sur place. Le dragon était endormi à quelques dizaines de mètres sur sa gauche, roulé en boule contre une rangée de troncs sombres. Il était monstrueux, tout en écailles, piquants, griffes et crêtes épineuses. Ses ailes étaient repliées le long de son corps et son mufle caché sous ses pattes de devant. Des jets de vapeur irréguliers montaient de ses naseaux au rythme de ses ronflements satisfaits. Les ossements blancs et nus de son repas le plus récent étaient éparpillés un peu partout.

Ben étouffa lentement son souffle, certain pendant un instant que c'était là la chose noire qui l'avait poursuivi dans le tunnel. Mais non, la chose était totalement différente...

Il cessa de se demander ce qu'il avait sous les yeux et se mit à chercher comment y échapper. Il aurait bien voulu savoir si tout cela était ou non réel, mais il n'avait pas de temps à consacrer à la question.

Prudemment, il se glissa entre les arbres, se faufilant près du dragon pour atteindre la lumière. Il tenait son sac sur l'épaule et le serrait fortement contre lui. Le dragon avait l'air profondément assoupi. Il ne faudrait que quelques secondes pour passer devant. Retenant sa respiration, Ben continua à placer un pied devant l'autre en silence. Il avait presque doublé le cap lorsque la bête souleva une paupière.

Ben se figea sur place. Le dragon le regardait de travers, fixant un seul œil sur lui, immobile parmi les arbres. Ben resta ainsi un moment, puis entreprit de reculer lentement.

La tête du dragon tourna vivement en descendant vers le sol. Ben n'en recula que plus vite, tandis qu'autour de lui les arbres se faisaient plus clairsemés et que la lumière augmentait. Le dragon roula sa lèvre presque avec dédain pour révéler plusieurs rangées de dents noircies.

Et il souffla sur Ben comme un homme soufflerait sur une mouche agaçante. L'haleine puissante saisit Ben et l'expédia dans la brume comme une poupée de chiffon. Il ferma les yeux, se roula en boule et se prépara au pire. Il heurta violemment le sol, rebondit une ou deux fois et s'arrêta après quelques tonneaux.

Lorsqu'il rouvrit les yeux, il se trouvait seul dans une prairie de trèfle.

Le soleil passait à travers les trouées du ciel nuageux et baignait la prairie de taches de chaleur. Ben cligna des yeux et plissa le front pour se protéger de l'éblouissement. La forêt embrumée, le tunnel ténébreux, tout avait disparu. Les apparitions aussi : la chose noire, le chevalier cabossé, et même le dragon.

Ben se redressa. Qu'est-ce qui avait bien pu lui arriver ? Il essuya la sueur qui luisait sur son front. Tout cela n'était-il donc pas vrai ?

Il avala sa salive. Mais non, il n'y avait rien d'authentique là-dedans ! C'était impossible ! Ce n'était qu'une sorte de mirage. Il regarda rapidement autour de lui. Le pré dans lequel il était assis s'étendait comme un tapis d'herbes aux tons doux, verts, bleus et roses. Il n'en avait jamais vu de pareilles. Le trèfle était blanc, mais tacheté de rouge vif. En contrebas du pré se déroulait une vallée qui, à des kilomètres de distance, épousait les courbes du relief et remontait pour délimiter l'horizon d'une ligne sombre. Derrière lui, les arbres de la forêt se dressaient gravement sur les flancs de la montagne. Partout s'attardaient des rubans de brume.

Les apparitions avaient eu lieu quelque part sous les arbres, pensa-t-il. Où étaient-elles donc passées ?

Et où était-il ?

Il s'accorda un instant pour reprendre ses esprits. Il était toujours sous le coup de l'épreuve subie dans le tunnel, sous le choc des choses noires qui avaient fondu sur lui, sous la surprise d'être assis là dans un pré. Il respira régulièrement pour se calmer. Quoi qu'il ait vu de menaçant dans cette forêt, il était en sécurité à présent. Il était revenu dans les Blue Ridge Mountains. Il était en Virginie, à quelque trente kilomètres au sud de Waynesboro, et à quelques kilomètres de la route qui traversait la forêt nationale George-Washington.

À ceci près que...

Il examina encore une fois les environs, plus attentivement cette fois. Quelque chose clochait. Le temps, pour commencer. Il faisait trop chaud pour une fin novembre dans les monts de Virginie. Il transpirait dans son survêtement et cela n'était pas normal, même après une telle frayeur. L'air était plus frais d'au moins quinze degrés lorsqu'il était entré dans le tunnel.

Le trèfle clochait lui aussi. Le trèfle ne fleurit pas en novembre, surtout quand il a cette allure : une fleur blanche à pois rouges ! Il se tourna encore une fois vers la forêt. Pourquoi restait-il des feuilles aussi vertes que des bourgeons fraîchement éclos ? Elles auraient dû porter les couleurs de l'automne. Seuls les pins et les épicéas auraient dû être verts.

Il se dressa en hâte sur un genou, saisi d'un mélange de panique et d'euphorie. Le soleil se trouvait pile au-dessus de lui, à sa place normale. Mais au loin, deux sphères flottaient dans le ciel, l'une orange pâle, l'autre d'un mauve délavé. Ben sursauta. Deux lunes ? Non, c'étaient certainement des planètes. Mais depuis quand les planètes du système solaire étaient-elles visibles si distinctement à l'œil nu ?

Que se passait-il donc ?

Il se rassit doucement et se força à garder son calme. Il y avait une explication logique à tout cela, se dit-il en contenant son affolement et son impatience. L'explication était simple. Tout ceci était ce qu'on lui avait promis. C'était Landover. Il hocha la tête d'un air entendu. Il n'y avait pas de souci à se faire. Des effets spéciaux, toujours, comme dans le tunnel. Il y en avait simplement davantage, concentrés dans un petit coin sauvage et retiré des Blue Ridge Mountains. Comment cela avait été monté, surtout au beau milieu d'un parc national, il n'en savait rien, mais il était certain d'avoir compris. Et il devait reconnaître que c'était rudement bien fait. La vallée et son climat estival pouvaient n'être qu'une découverte agréable, mais la création des drôles de fleurs, des sphères qui figuraient des planètes ou des lunes, et des apparitions du tunnel avait dû coûter bien des efforts et du savoir-faire scientifique.

Il se leva, reprenant peu à peu confiance. Mais s'arrêta net. Son regard, qui balayait le fond de la vallée tandis qu'il réfléchissait à sa situation, avait aperçu quelque chose. C'était un château fort.

Il se mit à le détailler. La partie centrale de la vallée était dominée par une immense étendue de verdure, un damier de prés et de champs découpé de rivières ondulantes. Le château se trouvait à l'extrémité la plus proche de ce damier. La brume légère qui planait sur la vallée tout entière l'avait d'abord empêché de le distinguer. Mais il commençait à s'y retrouver, à voir plus clairement.

Le château se trouvait distant de quelques kilomètres, enrubanné de vapeur et d'ombres au-delà d'une profonde forêt. Il reposait sur une île au milieu d'un lac, tout entouré de bois et de collines. C'était une citadelle sombre et imposante, presque fantomatique dans les tourbillons de vapeur.

Ben cligna des yeux sous la lumière voilée du soleil pour tenter d'y voir mieux. Mais le brouillard se referma soudain et le château disparut.

– Flûte ! jura-t-il tout bas.

Une voix retentit alors derrière lui, et il fit un bond de cinquante centimètres.

– Ah, vous voilà enfin ! Vous vous promenez dans les prés alors que ce n'est pas du tout là que vous devriez être. Vous vous êtes éloigné du chemin ? Vous avez l'air un peu fatigué, si je puis me permettre. Ça va ?

Ben se retourna en un éclair. Son interlocuteur se tenait à quelques mètres de lui. C'était une curieuse caricature de romanichel : un homme grand, mesurant plus d'un mètre quatre-vingts, mais si maigre qu'il avait l'air d'une perche à haricots. Une touffe de cheveux blancs bouclés retombait sur ses grandes oreilles, se mêlant à sa barbe et à ses sourcils de même couleur. Un habit de cérémonie gris enveloppait cette silhouette d'épouvantail, orné d'une série de ceintures colorées, de petits sacs de toile et de bijoux qui donnaient à leur propriétaire un air de petit arc-en-ciel accroché à un ciel d'orage. Ses bottes de cuir souple, taillées généreusement, rebiquaient à la pointe, et son nez en bec d'aigle dominait son visage de hibou pincé. Un bâton noueux l'aidait dans sa marche. Il s'avança d'un pas.

– Vous êtes bien Ben Holiday, n'est-ce pas ? demanda-t-il d'un ton empreint d'un léger doute.

Un cristal volumineux pendait à une chaîne autour de son cou, mais il le fourra dans les plis de son habit avec maladresse.

– Avez-vous le médaillon ?

Ben n'appréciait guère le regard qui pesait sur lui.

– Qui êtes-vous ? répliqua-t-il pour tenter de mettre son interlocuteur sur la défensive.

– Ah, je vous ai demandé le premier, dit l'autre avec douceur. La politesse exige que vous répondiez d'abord.

Ben se raidit, piqué par ce jeu de cache-cache verbal.

– D'accord, je suis Ben Holiday. Maintenant, qui êtes-vous ?

– Oui, bon, mais il va falloir me montrer le médaillon. (Son sourire s'élargit légèrement.) Vous pourriez être n'importe qui, après tout. Le fait de dire que vous êtes Ben Holiday ne prouve pas que vous le soyez.

– Vous aussi, vous pourriez être n'importe qui, non ? Qu'est-ce qui vous donne le droit de me poser des questions sans d'abord me révéler votre nom ?

– Je suis celui qu'on a envoyé vous chercher, en supposant, bien entendu, que vous soyez celui-là. Puis-je voir le médaillon ?

Ben hésita, puis tira le médaillon de sous ses vêtements. Sans le retirer, il le souleva pour l'exposer. Le grand homme se pencha en avant, l'examina un instant et hocha la tête.

– Vous êtes bien celui que vous dites. Je vous demande de me pardonner mes questions, mais la prudence est toujours de mise pour ces choses-là. À présent, à mon tour de me présenter. (Il fit une profonde révérence). Questor Thews, enchanteur royal, premier conseiller au trône de Landover, et votre dévoué serviteur.

Ben balaya le paysage du regard.

– Enchanteur royal… Alors je suis bien à Landover !

– En effet, vous êtes là, et bien là. Bienvenue, Noble Seigneur Ben Holiday.

– Alors c'est donc ça, murmura Ben, dont la tête était près d'exploser. (Il se tourna vers l'homme.) Où sommes-nous exactement ?

Questor Thews eut l'air dérouté.

– À Landover, Noble Seigneur.

– Oui, mais où se trouve Landover ? Je veux dire, dans quelle partie des Blue Ridge Mountains ? On ne doit pas être loin de Waynesboro, non ?

– Oh, mais vous n'êtes plus dans votre monde, répondit l'enchanteur en souriant. Je croyais que vous l'aviez compris. Landover fait la passerelle entre un nombre d'univers infini ; un peu comme un pont, si vous voulez. Les brumes du pays des fées le relient au vôtre et aux autres. Certains sont plus proches, évidemment, et il y en a qui n'ont même pas de barrière de brume. Mais vous apprendrez tout cela bientôt.

– Je ne suis pas dans mon monde ? Ceci n'est pas la Virginie ?

Questor Thews secoua la tête.

– Ni même les États-Unis, l'Amérique du Nord ou la Terre ? Rien de tout cela ?

– Non, Noble Seigneur. Pensiez-vous que le royaume enchanté que vous avez acheté se trouverait dans votre monde ?

Ben ne l'entendit pas, saisi peu à peu d'une obstination désespérée.

– Et bien sûr, ces planètes là-bas ne sont pas fausses non plus ? Elles sont vraies, c'est ça ?

– Ce sont des lunes, et non des planètes, précisa Questor en se tournant. Durant la journée, on n'en voit que deux, mais les six autres sont visibles après le coucher du soleil, et ce presque toute l'année.

Ben écarquilla les yeux, puis secoua lentement la tête.

– Je n'en crois rien. Pas un mot.

Questor Thews le regarda d'un air curieux.

– Et pourquoi n'y croyez-vous pas, Noble Seigneur ?

– Parce qu'un endroit pareil, ça n'existe pas, bon Dieu !

– Mais vous avez choisi d'y venir, non ? Pourquoi seriez-vous venu à Landover si vous n'aviez pas cru à son existence ?

Ben n'en avait pas la moindre idée. Il n'était plus sûr de savoir pourquoi il était venu. Il n'était sûr que d'une chose : il ne pouvait accepter l'idée que Landover fût ailleurs que sur la Terre. Cela signifiait que tous les liens avec son ancienne vie étaient rompus à jamais, que rien de ce qu'il avait connu n'existait plus. Cela signifiait qu'il se trouvait seul dans un univers inconnu...

– Noble Seigneur, voudriez-vous que nous marchions tout en continuant cette conversation ? Nous avons une certaine distance à couvrir avant la nuit.

– Ah ? Où allons-nous ?

– À votre château, Noble Seigneur.

– Mon château ? Attendez... Vous parlez du château que j'ai aperçu juste avant votre arrivée, celui qui est construit sur une île au milieu du lac ?

– Exactement, répondit Questor Thews. Mettons-nous en route, voulez-vous ?

Ben s'entêta.

– Rien à faire. Je ne bougerai pas d'ici avant de savoir exactement ce qui se passe. Ce qui m'est arrivé dans la forêt, par exemple ! Vous n'allez pas me dire que c'était réel ? Qu'il y avait effectivement un dragon endormi parmi les arbres ?

Questor haussa les épaules d'un air dégagé.

– C'est bien possible. Un dragon habite la vallée, et souvent il fait la sieste à la lisière des brumes. Il y a vécu jadis.

– Tiens donc ! Et cette espèce de chose noire avec des ailes et un cavalier ?

L'enchanteur haussa légèrement ses sourcils touffus.

– Une chose noire avec des ailes, vous dites ? Qui ressemblait à un cauchemar ?

– Oui, répondit Ben avec impatience, c'était tout à fait ça.

– C'était la Marque d'Acier, reprit Questor en pinçant les lèvres. La Marque est un seigneur démoniaque. Je m'étonne qu'il vous ait poursuivi dans les brumes. J'aurais cru que...

Il s'interrompit, sourit d'un air rassurant et haussa les épaules.

– Il arrive qu'un démon s'aventure jusque dans Landover de temps à autre. Vous avez simplement croisé l'un des plus redoutables.

– Croisé, mon œil ! s'écria Ben. Il m'a poursuivi, oui ! Il m'a couru après dans ce tunnel et m'aurait attrapé si le chevalier n'était intervenu !

Cette fois-ci, les sourcils de Questor Thews montèrent nettement plus haut.

– Un chevalier ? Quel chevalier ? demanda-t-il vivement.

– Le chevalier, celui du médaillon !

– Vous avez vu le chevalier du médaillon, Ben Holiday ?

Ben hésitait, surpris par l'intérêt aigu de Questor.

– Dans la forêt, après que la chose noire s'est jetée sur moi. Il est apparu devant moi et a foncé sur le monstre. J'étais coincé au milieu, mais le cheval m'a bousculé et fait tomber hors du chemin. Quand j'ai repris conscience, j'étais assis dans ce pré.

Questor Thews plissa le front d'un air songeur.

– En effet, cela expliquerait votre présence ici et non à l'endroit où vous étiez attendu...

Il s'éloigna de quelques pas, puis revint lentement, se pencha en avant et plongea ses yeux dans ceux de Ben.

– Je crois que vous avez pu imaginer ce chevalier, Noble Seigneur. Vous avez cru le voir, probablement. Si vous y réfléchissiez, vous verriez peut-être tout autre chose.

– Si j'y réfléchissais, je reverrais exactement la même chose, répliqua Ben, un peu rouge. Je verrais le chevalier du médaillon.

– Nous devons nous mettre en route, Noble Seigneur, conclut rapidement Questor Thews. La journée s'avance et il vaudrait mieux arriver au château avant la nuit. Allez, venez. C'est assez loin d'ici.

La longue silhouette un peu voûtée se mit à descendre la pente d'un pas lent, tandis que les pans de son habit traînaient dans les herbes. Ben le regarda sans mot dire, jeta un regard alentour, hissa son sac sur son épaule et suivit son guide de mauvaise grâce.

Ils quittèrent la prairie et entamèrent la descente vers le fond lointain de la vallée. Celle-ci s'étirait en contrebas, tel un patchwork de cultures, de champs, de bois, de lacs, de rivières, de marais et de désert. Les montagnes l'enserraient fermement, couvertes de noires forêts, généreusement couronnées d'un brouillard épais dont les bancs descendaient jusque dans la vallée et faisaient planer leur ombre sur toute chose.

Le cerveau de Ben s'emballait. Il ne cessait de vouloir faire correspondre ce qu'il voyait à une portion des Blue Ridge Mountains. Cela ne marchait pas. Ses yeux parcouraient les collines et identifiaient des vergers dans lesquels il distingua des pommiers, des cerisiers, des pêchers, des pruniers, mais aussi une dizaine d'autres fruits, dont beaucoup de couleurs et de formes inconnues. L'herbe était de plusieurs nuances de vert, mais également rouge, lavande et turquoise. Poussant çà et là dans cette inhabituelle collection de végétaux, s'élevaient des groupes d'arbres qui ressemblaient vaguement à des chênes, à ceci près qu'ils étaient d'un bleu lumineux depuis les racines jusqu'aux feuilles.

Ben savoura attentivement l'odeur et la sensation que dégageait ce pays et se rendit alors compte qu'il croyait presque à ce que Questor Thews avait dit : Landover était véritablement un autre monde.

Et pourtant, il y était. Quelle autre explication existait-il, sinon celle fournie par Questor Thews ? L'odeur, l'aspect et la sensation étaient réels. Tout semblait authentique. Mais en même temps tout était si différent de son univers que cela dépassait tout ce qu'il avait pu savoir ou entendre dire. Ce pays était un rêve, un mélange de couleurs, de formes et de réalités qui le surprenait et l'étonnait à chaque pas – et aussi qui lui faisait peur.

Il jeta un regard furtif à Questor Thews. La grande silhouette courbée cheminait patiemment à ses côtés, sa robe grise égayée d'écharpes, de ceintures et de petits sacs de soie vive, son visage de hibou encadré de cheveux et d'une barbe poivre et sel. Questor avait tout à fait l'air d'être chez lui.

Ben tourna ses regards vers les courbes de la vallée et ouvrit dans son esprit quelques portes mentales jusque-là cadenassées. La logique et la raison devraient peut-être provisoirement céder le pas à l'instinct.

Mais quelques questions discrètes ne feraient de mal à personne.

– Comment se fait-il que nous parlions la même langue ? demanda-t-il soudain. Où avez-vous appris l'anglais ?

– Mmmm ?

L'enchanteur était absorbé par d'autres pensées.

– Si Landover appartient à un autre univers, comment est-il possible que vous parliez si bien anglais ?

– Je n'en parle pas un mot, objecta Questor en secouant la tête. Je parle la langue de mon pays, enfin, celle qu'utilisent les humains de mon pays.

– Mais en ce moment, vous parlez bien anglais, bon sang ! Sinon, nous ne pourrions pas communiquer !

– Ah, je comprends ! s'écria Questor avec un sourire. Je ne parle pas votre langue, Noble Seigneur. C'est vous qui parlez la mienne.

– Hein ?

– Oui, les propriétés magiques du médaillon qui vous ouvre la porte de Landover vous permettent en plus de communiquer instantanément avec ses habitants, oralement ou par écrit. (Il farfouilla dans l'un de ses sacs et en sortit une carte décolorée.) Tenez, lisez ceci pour voir.

Ben prit la carte et l'étudia. Les noms des villes, des rivières, des chaînes montagneuses et des lacs étaient tous en anglais.

– C'est de l'anglais ! insista-t-il en rendant la carte.

– Non, Noble Seigneur, tout ceci est rédigé en landovérien, la langue de ce pays. Ce n'est de l'anglais qu'en apparence, et seulement à vos yeux. En ce moment, je vous parle landovérien, mais vous m'entendez en anglais. Grâce au médaillon magique.

Ben réfléchit un moment, cherchant d'autres questions à poser ayant trait à la langue et à la communication, mais trouva enfin qu'il n'y avait plus rien à demander. Il changea donc de sujet.

– Je n'ai jamais vu d'arbres comme ceux-là, remarqua-t-il en montrant du doigt les curieux chênes bleus. Comment s'appellent-ils ?

– Ce sont des Bonnie Blues, répondit Questor en s'immobilisant. À ma connaissance, ils ne poussent qu'à Landover. Ils ont été magiquement créés voilà des milliers d'années et nous ont été offerts. Ils tiennent le brouillard à distance et nourrissent le sol.

– Je croyais que c'étaient la pluie et le soleil qui se chargeaient de cette tâche, dit Ben, intrigué.

– Non, ils ne jouent qu'un rôle secondaire dans le processus. C'est la magie qui est source de toute vie à Landover, et les Bonnie Blues en sont une source très puissante.

– Vous parlez de magie ; s'agit-il de celle qui nous permet de communiquer ?

– Exactement, Noble Seigneur. Les fées l'ont donnée au pays en le créant. Aujourd'hui, elles vivent dans les brumes qui nous entourent.

– Les brumes ?

– Là-bas.

Questor décrivit du bout du doigt un cercle qui englobait les montagnes entourant la vallée, avec leurs sommets et leurs arbres enroulés dans la grisaille.

– Elles habitent là-bas. Avez-vous aperçu des visages en traversant la forêt entre votre monde et le nôtre ? C'étaient elles. Seul le chemin que vous avez emprunté apprtient aux deux univers à la fois. C'est pourquoi je craignais que vous vous en soyez trop éloigné.

Il y eut un moment de silence.

– Et si cela avait été le cas ? demanda enfin Ben.

La silhouette grise tira sur un pan de son habit qui s'était pris dans les broussailles.

– Eh bien, vous vous seriez peut-être enfoncé trop profondément dans le monde des fées, et vous vous seriez perdu à tout jamais. (Il se tut, puis reprit :) Avez-vous faim, Noble Seigneur ? Je me rends compte que vous n'avez rien dû manger ni boire depuis longtemps.

– Je n'ai rien pris depuis ce matin, en effet.

– Bien, suivez-moi.

Questor passa devant lui et descendit vers un petit bosquet de Bonnie Blues croissant à l'orée d'une chênaie. Il attendit que Ben le rejoigne, puis tendit le bras et cassa une branche. Elle céda nettement et sans un bruit. L'enchanteur s'agenouilla, saisit la base de la branche d'une main tandis que de l'autre il la dépouillait de ses feuilles. Celles-ci tombèrent dans les plis de sa robe.

– Tenez, goûtez, proposa-t-il en offrant l'une d'elles. Mordez dedans.

Ben prit la feuille, l'examina, puis enfonça prudemment ses dents et se mit à mâcher. Son visage s'illumina de surprise.

– Mais... cela a un goût de melon !

Questor sourit et approuva d'un signe de tête.

– La tige, à présent. Tenez-la comme ceci, le bout cassé en haut. À présent, sucez-la. C'est cela, à la brisure.

Ben s'exécuta.

– Ça alors ! On dirait du lait !

– C'est la base de l'alimentation humaine dans cette vallée, expliqua Questor tout en mâchonnant une feuille. À défaut d'autre chose, on peut survivre en ne consommant que du Bonnie Blue et un peu d'eau. Et nombreux sont ceux qui n'ont rien d'autre. Cela n'a pas toujours été, mais les temps changent...

Il s'éloigna, puis se retourna vers Ben.

– Les Bonnie Blues poussent à l'état sauvage dans toute la vallée. Leurs facultés reproductives sont étonnantes, même de nos jours. Tenez, regardez ce qui se passe.

Il montrait l'arbre auquel il avait arraché une branche. La blessure était déjà en cours de cicatrisation et recommençait à bourgeonner.

– D'ici demain matin, une nouvelle branche aura apparu, et dans une semaine l'arbre sera exactement tel que nous l'avons trouvé. Enfin, si tout se passe bien.

Ben hocha la tête sans rien dire. Il se répétait toutes les réserves qu'émettait Questor Thews : les temps changent ; leurs facultés reproductives sont étonnantes, même de nos jours ; si tout se passe bien... Il examina les Bonnie Blues situés derrière celui choisi par l'enchanteur. Ils étaient moins épanouis, leurs feuilles étaient un peu fanées et leurs branches pendantes. Quelque chose n'allait pas. Questor l'interrompit dans ses pensées.

– Bon, maintenant que nous avons goûté les Bonnie Blues, nous pourrions peut-être nous offrir quelque chose de plus consistant. (Il se frottait les mains avec vigueur.) Des œufs au jambon, du pain frais et un verre de bière, ça vous va ?

Ben se retourna.

– Vous cachez un panier de pique-nique quelque part dans vos sacs ?

– Un quoi ? Oh non, Noble Seigneur. Je vais simplement faire apparaître notre repas.

– Faire app... Par magie ?

– Bien sûr ! Après tout, je suis magicien. Alors, voyons un peu...

Il plissa sa mine de hibou et rapprocha ses sourcils. Ben se pencha en avant. Il n'avait rien mangé depuis son petit déjeuner, mais la curiosité l'emportait sur la faim. Ce curieux bonhomme était-il vraiment doué de pouvoirs ?

– Un peu de concentration, les doigts tendus, un mouvement vif comme ceci, et hop !

Il y eut un éclair, un nuage de fumée, et sur le sol apparurent une demi-douzaine de coussins tout brodés et ornés de pompons. Ben en restait stupéfait.

– Oui, bon, de toute façon, il nous fallait bien quelque chose pour nous asseoir... J'ai dû tourner les doigts un peu trop à gauche. Donc, on recommence... Concentration, doigts, geste vif...

Un second éclair brilla, de la fumée s'éleva et ils découvrirent sur le sol toute une caisse d'œufs et un cochon entier tenant une pomme entre les dents.

Questor regarda Ben.

– La magie n'est pas toujours fidèle. Mais il suffit d'essayer encore. (Il tendit ses deux bras maigres.) À présent, regardez bien. Concentration, doigts tournés, mouvement rapide, et...

Cette fois, l'éclair fut plus vif et la fumée plus haute, et il apparut soudain une immense table à tréteaux chargée d'assez de victuailles pour nourrir une armée. Ben, surpris, fit un bond en arrière. Questor Thews était certainement magicien, mais il n'était pas infaillible.

– Crénom, ce n'est pas ce que... Le problème est de... (Questor, très agité, ne quittait pas la table du regard.) Je suis fatigué, je crois. Je vais essayer encore une fois.

– Ce n'est pas la peine, intervint Ben qui avait vu assez de magie comme ça.

L'enchanteur lui jeta un regard mécontent.

– Je veux dire que je n'avais pas si faim, après tout. Il vaudrait mieux reprendre la marche.

Questor hésita, puis s'inclina avec révérence.

– Si tel est votre bon plaisir, Noble Seigneur...

Il fit un geste du poignet et les coussins, le cochon, la caisse d'œufs et toute la table avec son déjeuner disparurent.

– Comme vous le voyez, je dispose de la magie à ma guise, annonça-t-il avec dignité.

– En effet.

– Vous devez comprendre que ces pouvoirs sont de la plus haute importance, Noble Seigneur, expliqua Questor qui tenait à mettre les points sur les *i*. Vous en aurez besoin si vous devenez roi. Il y a toujours eu des enchanteurs pour assister les souverains de Landover.

– Je comprends.

Questor le fixa du regard. Ben en fit autant. Ce qu'il comprenait, c'était surtout qu'à part ce magicien à la manque il n'avait personne dans ce pays dont il ne savait rien, et aucune envie de se brouiller avec son unique compagnon.

Sans un mot, ils reprirent leur voyage.

À mesure que l'après-midi s'écoulait, les brumes semblaient peser plus lourd sur la région. Le jour baissait, les ombres formaient des taches obscures, et la couleur des champs, des prés, des forêts et des lacs avait perdu toute luminosité. L'air était tout à coup menaçant comme si un orage approchait, ce qui n'était manifestement pas le cas. Le soleil brillait toujours, aucun souffle n'agitait les feuillages. Une nouvelle lune flottait sur l'horizon, récemment sortie des limbes.

Ben en était toujours à se demander dans quel pétrin il s'était fourré. Il était de plus en plus clair que Landover n'avait rien de la mise en scène annoncée par Miles Bennett. La magie de Questor n'était pas du style lapin dans le chapeau, mais ressemblait plutôt à ce qu'on trouvait dans les revues de science-fiction à bon marché. Le coup de la table et du festin aurait laissé Miles comme deux ronds de flanc ! Comment était-il possible de faire ainsi apparaître des choses s'il n'y avait pas de véritable magie derrière ?

Malheureusement, c'était là le revers de la médaille. Landover n'était ni en Virginie, ni en Amérique du Nord, ni ailleurs sur la Terre. Landover était un monde tout à fait à part, et Ben avait franchi une quelconque frontière spatio-temporelle pour l'atteindre.

C'était à la fois passionnant et terrifiant !

Il l'avait cherché, évidemment. Il s'était porté acquéreur en pleine connaissance de cause : il achetait un royaume magique, ou plutôt le trône d'un royaume magique. Mais il n'avait jamais cru que cela fût possible. Il n'avait jamais imaginé qu'il trouverait exactement ce que le catalogue et le vieux Meeks avaient promis.

Tout à coup, il pensa à Annie et regretta qu'elle ne fût pas là avec lui. Elle aurait su lui faire accepter ce qui lui arrivait. Mais elle n'était plus, et c'était justement pour cette raison qu'il était venu. Landover était l'échappatoire à ce que la perdre lui avait coûté.

Il secoua la tête d'un air de reproche. Allons, il devait absolument garder à l'esprit qu'il avait rejoint ce nouvel univers pour refaire sa vie, laisser le passé en arrière, trouver une existence différente de ce qu'il avait toujours connu. Son intention était de couper les ponts, de repartir de zéro. Dans de telles conditions, il était idiot de se plaindre d'avoir obtenu exactement ce qu'il désirait.

Il se mit à étudier le paysage. En posant la course du soleil pour un critère adéquat, ils se dirigeaient vers l'est. La partie sud de la vallée était constituée de lacs et de rivières, l'Est d'un désert de broussailles, le Nord de collines et l'Ouest de bois touffus. Le centre de la vallée était formé de plaines verdoyantes, de champs et de prairies. On y voyait également des châteaux forts ; leurs tours étaient visibles à travers la brume. Au nord-ouest se trouvait une cuvette obscure et profonde, une dépression où brumes et ombres concentrées formaient comme une soupe fumante. Tout ceci, Ben le vit au cours de la descente depuis le pré où Questor Thews l'avait trouvé. Ce fut en arrivant dans la vallée qu'il aperçut ses premiers sujets.

Ils n'étaient qu'une poignée de personnages d'assez triste figure : des fermiers accompagnés de leur famille, des bûcherons et des chasseurs, quelques colporteurs chargés de marchandises, et un unique cavalier portant une oriflamme héraldique. À part ce cavalier, tous avaient un aspect des plus misérables. Ils portaient de méchants vêtements, leurs outils et leurs charrettes étaient mal tenus, leur bétail efflanqué. Quant aux bâtiments, ils avaient connu des jours meilleurs et manquaient de l'entretien le plus élémentaire. Chacun semblait épuisé.

Questor Thews ne fit aucun commentaire.

Vers le milieu de l'après-midi, l'enchanteur signifia à Ben de prendre le chemin du Nord. Devant eux s'étendait une série de collines boisées, qu'ils traversèrent en silence, suivant avec attention le chemin ombragé par les branches et les feuilles. Ils étaient loin au nord de la région de rivières que Ben avait vue plus tôt, mais soudain apparut entre les arbres un réseau de lacs et de mares. De petites étendues d'eau sombre renvoyaient la lumière tamisée du soleil en éclairs brillants. Ben promena son regard alentour avec appréhension. Il y avait dans ce bois une atmosphère qui rappelait le monde des fées.

Ils gravirent une haute crête qui dominait la cime des arbres, et Questor fit signe à Ben de s'arrêter.

– Regardez là-bas, dit-il en tendant le doigt.

Ben obéit. À plusieurs kilomètres, encerclée d'arbres, de brume et d'ombres, se trouvait une clairière baignée de lumière. Elle brillait de couleurs comme un arc-en-ciel, et il semblait que des drapeaux flottaient doucement dans la brise forestière, qui ne montait pas jusqu'au talus où se tenait Ben.

– Voici le Cœur, Noble Seigneur. C'est là que vous serez couronné roi de Landover dans quelques jours, lorsque votre arrivée aura été proclamée. Tous les rois de Landover ont été couronnés là, depuis la création du royaume.

Ils demeurèrent sur le promontoire pendant encore quelques instants, les yeux tournés vers ce petit point de lumière perdu au milieu du brouillard et de l'obscurité. Ils ne parlèrent pas.

Puis Questor fit demi-tour.

– Venez, Noble Seigneur. Votre château n'est plus très loin.

Ben le suivit docilement.

BON ALOI

Les arbres se refermèrent, la brume s'épaissit ; Questor Thews et Ben Holiday se retrouvèrent en pleine forêt. Ben cheminait résolument, suivant de près la silhouette du magicien. Ce n'était pas facile, car Questor progressait vite en dépit de sa curieuse démarche traînante. Ben changea son sac d'épaule : il commençait à sentir ses muscles se contracter. Il massa ses épaules de sa main libre et remonta les manches de son survêtement. Le dos de son pullover était imprégné de sueur.

On aurait pu croire que pour le nouveau roi, il aurait été prévu une escorte et un carrosse, et non une marche forcée, pensa-t-il. On n'utilisait peut-être pas de carrosses à Landover. On montait peut-être des chevaux ailés. Si seulement Questor Thews avait pu leur en faire apparaître deux... Il se mordit la lèvre en se remémorant les tentatives de Questor pour lui fournir un déjeuner. Il valait peut-être mieux marcher.

Ils escaladèrent une nouvelle crête où les épicéas poussaient si bien que leurs aiguilles formaient au sol un épais tapis. Les deux voyageurs baissaient la tête pour se protéger des rameaux qui griffaient et cinglaient leur visage. Enfin, les arbres s'écartèrent, la crête laissa la place à une prairie, et le château apparut devant eux.

Ben Holiday regarda de tous ses yeux. C'était celui qu'il avait vu plus tôt. Mais à présent il le voyait clairement. Il était bâti à sept cents mètres de la rive environ, au milieu d'un lac dont l'île était juste assez grande pour le château. L'eau était gris fer, l'île dépourvue de végétation à part quelques buissons. Le château lui-même, construit de pierre, de bois et de métal, était un labyrinthe de tours, de parapets, de passages et d'allées qui s'élançaient vers le ciel comme les doigts d'une main brisée. Là encore, la brume enveloppait toute l'île et les eaux du lac bouillonnaient comme dans un chaudron sans soleil. Il n'y avait de couleur nulle part : nul étendard, nul pavillon, nulle bannière. Le bois et la pierre avaient l'air souillés, tandis que le métal était corrodé. Le mortier et le roc paraissaient solides et les remparts ne s'éboulaient pas, mais le château était comme une coquille vide et sans vie.

Il ressemblait un peu au manoir du comte Dracula.

– C'est ça, le château des rois de Landover ? demanda Ben, incrédule.

– Mmmm ? Oh, oui, c'est bien ça. C'est Bon Aloi.

Le sac de Ben tomba avec un bruit sourd.

– Bon Aloi ?

– C'est son nom.

– Bon Aloi, comme l'*argent de bon aloi*, poli et brillant ?

– Il le fut jadis, Noble Seigneur, confirma Questor en haussant les sourcils.

– Ah bon ? Dans des temps très reculés, je parie.

La déception lui serrait l'estomac.

– Il ressemble plus à Mauvais Augure qu'à Bon Aloi.

– Ce sont les effets du Ternissement, annonça Questor en croisant les bras et en portant son regard loin au-dessus du pré. Cela fait vingt ans qu'il est ainsi, Noble Seigneur, ou presque. Par la faute du Ternissement. Avant, il était brillant et poli comme il se doit. La pierre était blanche, le bois propre et le métal luisant. Il n'y avait pas de brouillard pour cacher le soleil. L'île était vibrante de fleurs multicolores et le lac d'un bleu cristallin. C'était le plus bel endroit du royaume.

Ben suivit le regard du magicien, qui revenait au cauchemar présent.

– Que s'est-il donc passé ?

– Lorsque le dernier roi de Landover s'est éteint il y a vingt ans sans qu'aucun héritier monte sur le trône, la décoloration a commencé. Au début, elle était graduelle, puis, le temps passant et le pays n'ayant toujours pas de roi, elle s'est accélérée. La vie s'échappe de Bon Aloi, et le Ternissement en marque le départ. Rien ne servirait de nettoyer, de frotter ou de polir la pierre, le bois ou le métal. Il se meurt, Noble Seigneur. Il suit son maître dans la tombe.

– Vous en parlez comme s'il était vivant

– Il l'est en effet, Noble Seigneur, aussi vivant que vous et moi.

– Mais à l'agonie ?

– Une agonie longue et douloureuse.

– Et c'est là que vous voulez que je vive – dans un château à l'agonie ?

– Vous le devez, affirma Questor avec un sourire. Vous êtes le seul à pouvoir le guérir. (Il saisit le bras de Ben et le poussa en avant.) Venez maintenant, Noble Seigneur. Vous le trouverez fort agréable, à l'intérieur, où son cœur est toujours chaud et sa vie bien réelle. Les choses ne sont pas si terribles qu'elles en ont l'air. Venez donc. Vous y serez très confortable. Venez.

Attachée à la rive était une longue barque à proue relevée portant gravée la tête d'un chevalier. Les plats-bords étaient bas et la poupe, dépourvue de gouvernail, était posée sur la berge. Ben prit place à l'avant tandis que Questor s'asseyait à la poupe. Ils étaient à peine installés que l'embarcation se mit à bouger. Elle se dégagea de la rive et glissa silencieusement sur les eaux. Ben regardait tout autour, très étonné. Il ne voyait aucune source de propulsion.

– Ce sont vos mains qui lui impriment sa direction, dit soudain Questor.

Ben baissa les yeux : ses mains tenaient fermement le plat-bord.

– La barque, tout comme le château, est vivante. C'est ce qu'on appelle un rase-lac. Il obéit au toucher de ceux qu'il sert. Vous êtes maintenant le premier de ceux-là. Formez le désir que la barque vous transporte et elle le fera.

– Que dois-je désirer ?

– Eh bien, répondit Questor en riant, désirez donc la porte d'entrée, Noble Seigneur.

Ben saisit le plat-bord et forma sa pensée en silence. Le rase-lac s'ébranla et fila à toute allure sur la surface des eaux obscures, laissant dans son sillage une écume blanche.

– Doucement, Noble Seigneur, doucement ! s'écria Questor Thews. Vous exprimez vos pensées trop vivement.

Ben relâcha à la fois son étreinte et son esprit, et le rase-lac ralentit. C'était amusant de faire usage d'un peu de magie. Il passa ses doigts sur le bois lisse. Celui-ci était chaud et palpitant, comme un être vivant.

La sensation de vie qui émanait de l'embarcation le gênait, mais il laissa ses mains en place. Ben se tourna vers le magicien.

– Questor ? Qu'avez-vous dit à propos de guérir le château ?

– Bon Aloi, comme Landover, a besoin d'un roi. Sans roi, le château dépérit. Votre présence à l'intérieur le revigorera. En en faisant votre maison, vous lui rendrez la force.

Ben jeta un regard vers l'apparition spectrale avec ses tours et ses créneaux noirs, ses murailles de pierre décolorées et ses yeux caves.

– Et si je ne veux pas en faire ma maison ?

– Oh, je crois que vous le voudrez, répondit l'enchanteur, énigmatique.

Crois tout ce que tu veux, pensa Ben. Il restait concentré sur le château qui approchait, sur la brume et l'obscurité qui l'étreignaient. Il s'attendait à voir paraître à la fenêtre quelque créature aux canines démesurées et à voir des chauves-souris monter la garde en tourbillonnant.

Mais il ne vit rien.

Le rase-lac accosta en douceur et Ben, suivi de Questor, débarqua. Devant eux s'élevait, comme une invitation à se faire avaler tout rond, une voûte équipée d'une herse relevée. Ben changea son sac de main, hésitant. Le château était d'aspect encore plus formidable de près que de loin.

– Questor, je ne sais pas si...

– Venez, Noble Seigneur, interrompit le magicien en le saisissant par le bras pour le pousser en avant. Vous ne verrez rien d'intéressant d'ici. Et puis, les autres vous attendent.

Ben avança en trébuchant ; il observait nerveusement les parapets et les tours au-dessus de sa tête. La pierre était rongée d'humidité et tous les coins et toutes les fissures envahis de toiles d'araignée.

– Les autres ? Quels autres ?

– Ceux qui sont au service du trône, voyons, votre suite. Tous n'ont pas quitté la Cour.

– Comment ça, pas tous ?

Mais Questor, soit qu'il n'ait pas entendu ou ait décidé d'ignorer cette question, pressa le pas et força Ben à accélérer pour ne pas se faire distancer. Après avoir franchi l'entrée, ils débouchèrent dans une cour exiguë, d'apparence aussi sombre et minable que le reste du château. Ils pénétrèrent ensuite dans un second passage, plus petit que le premier, puis traversèrent un couloir et se retrouvèrent dans un vestibule. Une lumière tamisée filtrait à travers de hautes fenêtres cintrées et venait se mêler à l'obscurité et aux ombres du lieu. Le bois des murs d'appui et de la charpente était propre et brillant, la pierre bien nette, les murs et les sols couverts de tapis et de tentures ayant conservé un peu de leur couleur. Il y avait même quelques meubles austères. Sans la grisaille qui régnait sur tout, l'endroit aurait pu sembler presque accueillant.

– Comme vous le voyez, l'intérieur est beaucoup mieux, fit remarquer Questor.

– Ravissant, approuva Ben sans enthousiasme.

Ils gagnèrent ensuite une porte qui donnait sur une gigantesque salle à manger où était dressée une table à tréteaux de dimensions impressionnantes, entourée de chaises à dossier haut, capitonnées de soie écarlate. Des lustres d'argent terni pendaient au plafond. Malgré la température estivale, un feu flambait dans la cheminée à l'autre bout de la salle.

À droite de la table, trois silhouettes se tenaient alignées. Leurs yeux rencontrèrent ceux de Ben.

– Votre suite personnelle, Noble Seigneur, annonça Questor.

Ben regarda ses serviteurs : un chien et deux singes à grandes oreilles – enfin, deux créatures pour le moins simiesques. Le chien se tenait debout sur ses pattes de derrière et portait un haut-de-chausses à bretelles, une tunique frappée d'un écusson et une paire de lunettes. Son poil était doré, et il avait en guise d'oreilles deux petits triangles mous qui semblaient avoir été ajoutés là après coup. Les poils qui garnissaient sa tête et son museau lui donnaient l'air d'avoir été croisé avec un porc-épic. Quant aux créatures simiesques, elles portaient une culotte courte retenue par une bandoulière de cuir. Le plus grand des deux animaux avait des jambes de faucheux ; l'autre, plus corpulent, était ceint d'un tablier de cuisinier. Ils avaient des oreilles dignes de Dumbo et des orteils préhensiles.

Questor fit signe à Ben, et ils s'avancèrent vers le chien.

– Voici Abernathy, scribe royal et premier valet.

Le chien se courba légèrement en regardant Ben par-dessus ses lunettes.

– Soyez le bienvenu, Noble Seigneur, dit-il.

Ben en sursauta de surprise.

– Questor, il parle !

– Aussi bien que vous, Noble Seigneur, répondit froidement le chien.

– Abernathy est un terrier blond à poil long ; c'est une race qui a produit bien des champions, en matière de chiens de chasse, intervint rapidement Questor. Cependant, il n'a pas toujours été chien. Auparavant, c'était un homme. Il est devenu chien à la suite d'un malheureux accident.

– Je suis devenu chien à cause de ta stupidité, grogna Abernathy. Et je le suis resté à cause de ta stupidité.

– Oui, bon, soupira Questor. D'une certaine façon, c'était ma faute, si on veut. J'essayais de le déguiser et la magie a fait de lui ce que vous voyez. Malheureusement, je n'ai pas encore découvert le moyen de lui rendre son apparence. Mais il aime bien sa condition de chien, pas vrai, Abernathy ?

– Je valais mieux en tant qu'homme.

– Tu aurais peut-être préféré que je te transforme en chat !

Pour toute réponse, Abernathy aboya. Questor le foudroya du regard, puis se tourna vers les créatures qui se tenaient à côté de lui.

– Ceux-là sont des kobolds, expliqua-t-il à Ben toujours aux prises avec l'idée que son premier valet était un chien. Ils parlent leur langue à eux et refusent absolument la nôtre, quoiqu'ils la comprennent assez bien. Ils ont un nom, mais il est dans leur langue également et ne vous dirait rien. C'est pourquoi ils ont bien voulu que je les rebaptise. Le plus grand, c'est Ciboule, messager royal. Quant au plus gros, il s'appelle Navet et remplit la fonction de cuisinier. Saluez votre seigneur, kobolds.

Ils s'inclinèrent, puis se redressèrent en découvrant derrière un sourire terrifiant plusieurs rangées de dents acérées. Ils sifflèrent doucement.

Ben prit Questor Thews à part. Il avait du mal à dissimuler son irritation.

– Qu'est-ce qui se passe ici, exactement ?

– Mmmm ?

Questor le regardait sans saisir.

– Si je comprends bien, le roi de Landover habite dans un bouge et est servi par une ménagerie. Vous avez d'autres surprises ? Qu'est-ce que j'ai comme armée ? Un troupeau de bœufs ?

L'enchanteur eut l'air gêné.

– Eh bien, pour ne rien vous cacher, Noble Seigneur, vous n'avez pas d'armée du tout.

– Pas d'armée ? Et pourquoi ?

– Elle s'est dispersée voilà plus de douze ans.

– Dispersée ? Et les serviteurs, les domestiques, les valets, ceux qui s'occupent du quotidien en général ? Qui se charge de tout cela ?

– Nous quatre, répondit Questor Thews en désignant d'un geste large Abernathy et les deux kobolds.

– Pas étonnant que le château dépérisse. Pourquoi n'engagez-vous pas d'autres gens ?

– Nous n'avons pas de quoi les payer.

– Comment ça, pas de quoi les payer ? Il n'y a pas de trésor royal ?

– Les coffres sont vides. Il n'y reste pas la plus petite piécette.

– Mais le trône ne lève-t-il pas d'impôts de manière à faire rentrer de l'argent ? continua Ben d'une voix de plus en plus forte.

– Cela s'est fait. (Questor jeta un regard de colère à Abernathy, qui agitait la tête, amusé.) Malheureusement, le système fiscal s'est enrayé il y a plusieurs années. Rien n'a été versé au trésor depuis.

Ben laissa tomber son sac et mit ses poings sur ses hanches.

– Arrêtez-moi si je me trompe. J'ai acheté un royaume dans lequel le souverain n'a ni armée, ni gens à part vous quatre, ni argent ? J'ai déboursé un million de dollars pour ça ?

– Vous exagérez, Ben Holiday.

– Tout dépend de quel côté on se trouve !

– Il vous faut être patient. Vous n'avez pas encore tout vu ni appris tout ce qu'il y a à apprendre de Landover. Les questions urgentes que sont les impôts, les serviteurs et l'armée peuvent se résoudre si l'on s'occupe de trouver des solutions. N'oubliez pas que nous sommes sans roi depuis plus de vingt ans. Dans ces conditions, vous ne pouvez pas vous attendre à autre chose.

– C'est la meilleure de l'année, ricana Ben sans le moindre humour. Dites-moi, Questor, allons au fond des choses. Que dois-je savoir d'autre sur la condition de roi de Landover ? Quelles autres mauvaises nouvelles avez-vous à m'annoncer ?

– Oh, je crois que vous savez le pire, Noble Seigneur, dit Questor avec un sourire désarmant. Nous aurons tout le temps d'en parler plus tard, mais un petit dîner s'impose tout d'abord, il me semble. La journée a été longue, le voyage aussi, et je sais que vous mourez à la fois de faim et de fatigue. Navet va s'occuper de notre repas. La magie du château n'a pas encore cessé d'approvisionner le garde-manger. Pendant ce temps, Abernathy vous montrera vos appartements, où vous pourrez vous laver, changer de vêtements et vous reposer un peu. Abernathy, escorte notre Noble Seigneur à sa chambre et veille à ce qu'il ne manque de rien. Je vous rejoindrai dans un instant.

Il tourna les talons et quitta la pièce avant que Ben puisse protester.

Ce fut un véritable exercice de santé. Ensemble, ils montèrent de nombreux escaliers et suivirent une demi-douzaine de couloirs obscurs avant d'atteindre les appartements royaux. Ben passa son temps perdu dans ses pensées, ressassant les désagréables nouvelles : il n'était qu'un roi sans apparat, il régnait sur le château de Dracula, et c'était tout. Il aurait dû faire attention à leur itinéraire, se dit-il en arrivant à destination, ne serait-ce que pour pouvoir retrouver son chemin tout seul. Il se souvenait vaguement de salles dallées de pierre et de plafonds à poutres de bois, de portes en chêne à ferrures, de tapisseries et de blasons, de couleurs sourdes et du Ternissement. Mais c'était à peu près tout.

– Votre salle de bains, Noble Seigneur, annonça Abernathy en s'arrêtant devant une lourde porte sculptée.

Ben jeta un coup d'œil à l'intérieur. Il vit une baignoire en fonte à pieds de lion, pleine d'eau fumante, un plateau garni de savonnettes, une pile de serviettes de lin, une tenue complète et une paire de bottes posées sur un tabouret.

Le bain était tentant.

– Comment avez-vous fait pour empêcher l'eau chaude de refroidir ? demanda Ben que surprenait la vapeur.

– C'est le château, Noble Seigneur. Il lui reste toujours quelques-uns de ses pouvoirs. La nourriture dans le garde-manger, l'eau chaude pour les bains, c'est à peu près tout.

Abernathy se tut brusquement et s'apprêta à sortir.

– Un instant ! cria Ben. Je... Je voulais juste vous dire que je regrette d'avoir été si surpris de vous entendre parler, tout à l'heure. Je ne voulais pas vous froisser.

– J'ai l'habitude, Noble Seigneur.

Ben ne savait pas trop s'il voulait parler d'être froissé ou de surprendre les gens. Le chien le regarda par-dessus ses lunettes.

– D'ailleurs, bien que l'on s'accorde à dire dans tout Landover que je suis une curiosité unique, je crois pouvoir affirmer que ce n'est pas moi qui vous surprendrai le plus.

– Ce qui veut dire ?

– Que vous avez beaucoup à apprendre, et que les leçons seront pour le moins stupéfiantes.

Sur ce, il salua rapidement, recula jusqu'à la porte et referma celle-ci derrière lui. Ben était de plus en plus intrigué. Ce dernier commentaire avait tout d'un avertissement. C'était comme si Abernathy le prévenait que le pire était encore à venir.

Il chassa la question de son esprit, se déshabilla et se laissa glisser dans la baignoire, où il s'étendit avec délices. Il y resta presque une heure, réfléchissant à tout ce qui lui était arrivé. Assez curieusement, l'objet de ses pensées avait complètement changé depuis son arrivée à Landover. En arrivant, il s'était demandé si oui ou non ce qu'il vivait et voyait était réel ou bien provenait d'effets spéciaux habiles rendus possibles par la technique moderne. À présent, il en était à se demander s'il était sage d'être là. Les révélations de Questor concernant l'état du royaume étaient décourageantes. Il avait payé un million de dollars un trône qui ne régnait sur rien : ni domestiques, ni armée, ni trésor, ni impôts. Il était plus disposé à accepter que Landover était un monde différent du sien dans lequel la magie jouait un rôle véritable qu'à reconnaître qu'il avait acheté un trône sans pouvoir.

Mais il n'était pas entièrement honnête avec lui-même, se dit-il. Il avait acheté le titre de roi, d'accord, mais aussi le pays, et celui-ci semblait correspondre à la description fournie. D'autre part, après vingt ans de vacance du trône, la monarchie landovérienne ne pouvait être qu'ébranlée. La situation s'était dégradée peu à peu, tout naturellement. C'était logique, il aurait du travail pour remettre le pays sur pied.

Alors pourquoi s'inquiétait-il ? Comparé à son attente initiale, Landover ne pouvait que dépasser toutes ses espérances.

Il acheva sa toilette et sortit de la baignoire, puis se sécha. L'eau était restée à la même température tout le temps de son bain. La pièce aussi était agréable. Même le sol dallé de pierre était chaud sous ses pieds nus. L'air était étrangement vibrant, comme si le château respirait...

Il enfila des chausses, des sous-vêtements flottants retenus par des lanières, un haut-de-chausses vert forêt à lacets et bretelles, et une ample tunique crème qui fermait par un système d'anneaux et de crochets métalliques. L'ensemble, entièrement dénué des habituels boutons, fermetures à glissière, Velcro ou élastiques, lui parut étrange, mais il lui allait bien et il s'y sentait à l'aise.

Il venait de chausser une paire de bottes de cuir souple et se demandait où était passé Abernathy lorsque la porte s'ouvrit sur Questor.

– Vous paraissez reposé et rafraîchi, Noble Seigneur, dit-il en souriant. Votre bain était-il satisfaisant ?

– Très, répondit Ben en lui rendant son sourire. Questor, pourquoi ne pas laisser tomber toutes ces salades et…

– Ces quoi ?

– Ces salades, répéta Ben en cherchant un autre mot. Ces... salamalecs.

– Salamalecs ?

– Les règles de l'étiquette royale, bon sang ! Je veux savoir dans quoi je me suis fourré.

Questor pencha la tête d'un air songeur.

– Oui, je vois. Que diriez-vous si je vous montrais exactement de quoi il retourne ?

– Très bien. Parfait, même.

– Bon. Veuillez me suivre.

Le magicien se tourna et se dirigea vers la porte. Ils sortirent de la pièce et Questor conduisit Ben au cœur du château, devant une lourde porte à deux vantaux qui s'ouvrait sur une tour et un escalier en colimaçon. Sans un mot, ils se mirent à monter. Lorsqu'ils eurent atteint le palier, tout en haut des marches, Questor fit signe à Ben de poser ses mains fermement contre le relief de l'image du château et du chevalier (la même que celle du médaillon), gravée dans le bois d'une massive porte en chêne et en métal ménagée dans le mur de la tour. La porte s'ouvrit sans un bruit, et ils entrèrent.

Ils se trouvaient dans une petite pièce circulaire. Devant eux, depuis le plafond jusqu'au milieu du mur, une ouverture béait sur les nuages et la brume qui tournoyaient devant les tours du château à l'approche de la nuit. Une rambarde d'argent cintrée, montée sur étançons, barrait l'ouverture à hauteur de la taille. En son milieu était fixé un lutrin, d'argent lui aussi. Ben examina le tout un instant, puis regarda Questor. La pièce ressemblait à une tribune de conférencier destinée aux discours que le roi adressait dans les nuages à l'on ne sait quel public.

– Ceci est le contempleur, expliqua Questor. Avancez jusqu'à la rambarde, je vous prie.

Ben obéit. L'argent de l'appui et du lutrin était atteint par le Ternissement, mais sous les taches, Ben devinait des milliers de petits personnages gravés dans le métal, nés de la main d'un artisan d'une patience infinie. Questor fouilla dans les sacs accrochés à sa ceinture et ressortit la carte fatiguée qu'il avait utilisée pour prouver à Ben qu'il parlait et lisait le landovérien. Il la déplia soigneusement et la plaça sur le lutrin.

– Posez les mains sur la rambarde, Noble Seigneur.

Ben s'exécuta, bientôt imité par Questor lui-même. Ils restèrent ainsi un instant à regarder la brume qui s'assombrissait. Il faisait presque nuit.

Soudain, une chaleur inattendue se répandit à travers le métal, et Ben perçut la même vibration que celle qu'il avait remarquée dans la salle de bains.

– Gardez les mains fermement appuyées à la barre, ordonna Questor. Regardez la carte placée devant vous et choisissez-y n'importe quel point que vous désirez voir. Le contempleur vous le montrera.

Ben, incrédule, se tourna vers lui un instant, puis revint à la carte. Toute la vallée figurait sur le parchemin, avec différentes couleurs d'encre pour désigner forêts, rivières, lacs, montagnes, plaines, déserts, villes, territoires et donjons, dont le nom était méticuleusement consigné. Les couleurs avaient passé, le parchemin s'était usé. Ben plissa les yeux et les posa sur Bon Aloi, puis sur le creux sombre et terrifiant qu'il avait vu des hauteurs plus tôt dans la journée. Le nom de l'endroit était taché et illisible.

– Là, dit-il en inclinant la tête. Cette cuvette, au nord. Montrez-moi cela.

– Le Gouffre Noir, murmura Questor. Bon. Tenez-vous bien, Noble Seigneur, respirez profondément et concentrez-vous sur la carte.

Ben serra les doigts et fixa son regard sur le parchemin. Alors, tout le château disparut au-dessous de lui, murailles de pierre, tours, créneaux, tout se dissipa dans l'air vide, les brumes s'estompèrent et le ciel nocturne, clair et étoilé, l'enveloppa. Il volait dans l'espace avec pour seuls supports le garde-fou d'argent et son lutrin. Sous le choc, il écarquilla les yeux et regarda vers le bas. La vallée défilait dans un grand vide d'ombres et de clair de lune.

– Questor ! cria-t-il, terrorisé, en s'agrippant à la barre.

L'enchanteur était près de lui. Une main saisit la sienne.

– N'ayez crainte, Noble Seigneur, le rassura-t-il d'une voix si calme et si normale qu'ils auraient pu se croire toujours en sécurité dans la tour. Ce n'est que de la magie. Vous ne courez aucun danger tant que vous vous tenez à la rambarde.

Ben étreignait si fort la barre que ses articulations en étaient blanches. Il découvrit qu'il était bien accroché : il éprouvait une sensation de mouvement, mais ne sentait pas le frottement du vent sur lui ou sur la carte. Les lunes de Landover s'étaient toutes levées, et leurs sphères colorées éclairaient le ciel de couleurs : pêche, vieux rose, jade, béryl, vert glauque, mauve passé, turquoise, et, pour la plus grande d'entre toutes, blanc éclatant. Il n'avait jamais rien vu de plus curieux ; c'était un feu d'artifice immobile.

Il se détendit, se sentant déjà plus à l'aise. Il avait fait une ascension en ballon une fois. Cela produisait un peu le même effet.

Ils survolèrent la vallée en décrivant une large courbe et passèrent au-dessus des brumes du monde des fées.

– Voici d'où vient la magie de Landover, Noble Seigneur, expliqua Questor. Le monde des fées, voilà d'où elle est née. C'est un lieu sans temporalité et d'existence infinie, de partout et de toujours. Il borde tous les univers et a accès à chacun d'entre eux. Des couloirs le traversent, qui relient les mondes extérieurs. On les appelle les couloirs temporels. Ce sont des passages qui mènent d'un monde à l'autre. Vous avez emprunté l'un des ces chemins pour passer de votre univers à Landover.

– Voulez-vous dire que le monde des fées se trouve entre mon pays et Landover ?

Il se rendit compte qu'il criait alors que cela n'était pas nécessaire.

– Pas exactement. Le monde des fées est un lieu de non-être éphémère, Noble Seigneur. Il existe et n'existe pas tout à la fois, étant simultanément partout et nulle part. Il ne saurait être indépendant, mais il n'est pas non plus la source de toute chose. Vous comprenez ?

– Pas un mot.

– Alors disons les choses ainsi : il est plus proche de Landover que d'aucun autre monde auquel il touche. Landover est en quelque sorte son enfant adoptif.

Drôle de comparaison, se dit Ben en regardant les brumes s'évanouir. Ils descendaient rapidement vers le Gouffre Noir, qui s'ouvrait juste au-dessous d'eux. Il s'agissait d'une étendue forestière envahie de broussailles emmêlées, toute proche des hautes montagnes qui délimitaient la vallée à son extrémité nord-ouest. C'était un bois sinistre et terrifiant que la lumière semblait ne jamais pénétrer. La nuit planait sur tout, et les brumes du monde des fées, qui entouraient toute la vallée, paraissaient l'envelopper comme le coin d'une couverture.

– Ici habite la sorcière Nocturna. On dit qu'elle est venue de chez les fées à une époque si lointaine que tous l'ont oubliée depuis, sauf elle. Elle serait venue chez les mortels pour prendre un amant, et l'ayant fait, n'aurait jamais pu retourner là d'où elle venait.

Ben regarda le trou noir. On aurait dit un puits qui descendait jusqu'en enfer.

Ils reprirent leur route à travers le pays. Ils filaient d'un horizon à l'autre, et Ben relevait des noms sur le parchemin, l'un après l'autre. Il découvrit le pays du Maître des Eaux, autre créature féerique. Il s'agissait d'un esprit qui avait pris forme humaine et élu domicile parmi les lacs et les rivières qui pullulaient dans la moitié sud de la vallée. Il régnait sur les ondines et les nymphes peuplant les eaux. Ben explora également les collines et falaises situées au nord de la fange du Gouffre Noir, où vivaient de nombreuses tribus de gnomes, de trolls et de kobolds. Certains étaient mineurs, fermiers, chasseurs, marchands, tandis que d'autres s'étaient faits voleurs et coupe-jarrets. Certains étaient industrieux et honnêtes, d'autres paresseux et méchants. Certains étaient pacifiques, d'autres non. Les seigneurs de Vertemotte revendiquaient toute la vallée centrale. Leurs possessions immenses, principalement des terres arables et du bétail, formaient la richesse de ces quelques familles dont le lignage remontait à des générations. C'étaient des barons féodaux dont les sujets, des serfs, travaillaient aux récoltes et à l'élevage pour leurs maîtres.

– Des esclaves ? s'exclama Ben, révolté.

– Des serfs ! répéta Questor en insistant sur le terme. Ce sont des hommes et des femmes libres, mais ils ne reçoivent de la terre et de ses fruits que ce qui leur est attribué par les barons.

Des esclaves tout de même, pensa Ben. Qu'on appelle ça comme on voudra...

La voix de Questor continuait à égrener des commentaires, mais Ben n'entendait plus rien, trop captivé par quelque chose de nouveau. Au début, il pensa que cela n'était rien qu'un petit point sombre sur l'une des lunes de Landover. Et puis, il vit que ce point bougeait.

Vers eux.

Venant du sud, c'était une énorme et noire silhouette ailée qui grandissait dans le ciel. D'abord indistincte, elle avait pris une forme plus précise en approchant. Des ailes de cuir se déployaient, hérissées de piques, se courbaient comme les montants d'un monstrueux cerf-volant gonflé à l'extrême. Un corps de serpent ondulait au rythme des battements d'ailes, couvert d'écailles et de plaques. De grandes serres griffues étaient repliées contre ce corps tubulaire, et au-dessus se tendait un cou de lézard surmonté d'une tête si atrocement laide que Ben tressaillit malgré lui.

C'était le dragon.

– Questor ! murmura Ben d'une voix rauque, n'osant crier.

Le sorcier se tourna et leva les yeux vers l'énorme bête.

– Strabo !

Il y avait presque du respect dans sa voix.

Ils cessèrent de bouger, suspendus au milieu des airs. Le dragon passa devant eux, si près qu'il sembla qu'il allait les frôler. Il ne les vit pas, car ils n'étaient pas vraiment visibles. Mais il sembla à Ben que l'animal avait ressenti leur présence. La tête écailleuse les survola et deux yeux injectés de sang se fixèrent sur eux. Les naseaux irréguliers s'ouvrirent largement. Un sifflement aigu et terrifiant déchira le silence de la nuit, puis s'éteignit lentement.

Le dragon ne ralentit pas plus qu'il ne changea de trajectoire. Il vola vers le nord-est jusqu'à redevenir un petit point sombre. Ben et Questor le suivirent du regard jusqu'à ce qu'il disparaisse.

– Mon Dieu ! soupira enfin Ben.

Sa soif d'aventure se trouvait soudain satisfaite.

– J'en ai assez de ce petit jeu, Questor ! Ramenez-nous à notre point de départ.

– La carte, Noble Seigneur, répondit calmement le sorcier. Fixez vos yeux sur la carte et cherchez Bon Aloi.

Ben obéit immédiatement, rendu presque frénétique par l'envie de sentir un sol ferme sous ses pieds. Il retrouva le château et concentra ses pensées dessus. Presque immédiatement, il fut de retour dans la tour, debout devant le mur ouvert.

Il lâcha la rambarde comme si elle lui brûlait les mains et recula rapidement.

– Cette bête... C'est le dragon que j'ai rencontré dans la forêt !

– En effet, Noble Seigneur, c'est bien lui. Il a nom Strabo. Il habite dans l'Est, là où la vallée est un désert de marais et de broussailles. Il y vit seul, dernier représentant de sa race.

Ben se croisa les bras sur la poitrine, frissonnant soudain de froid.

– Il était assez proche pour qu'on puisse le toucher.

– Oh, ce n'était qu'apparence. La magie vous a fait croire le contraire, mais en vérité nous n'avons jamais quitté cette pièce.

– Quoi ?

– Vous pourrez vous y essayer seul un jour, Noble Seigneur. Il vous appartient d'exercer la magie du contempleur, maintenant que vous avez vu comment cela fonctionne.

– On peut le dire, oui : j'ai vu !

– En avez-vous assez appris sur Landover pour ce soir ? Voulez-vous dîner à présent ?

– Très bonne idée, répondit Ben qui avait retrouvé tout son calme.

Ils redescendirent les escaliers et retraversèrent les couloirs jusqu'à la salle à manger. Ben avait toujours besoin de réponses à certaines questions, mais, fatigué et affamé, il décida que cela pouvait attendre. Il se laissa conduire et asseoir au haut bout de la table. Son estomac se remettait, son corps se réchauffait. Il avait survécu, et sans dégâts apparents. Alors, si c'était là le pire de ce qu'il devrait endurer…

– Voulez-vous du vin, Noble Seigneur ?

Questor interrompit le cours de ses pensées. Le jour avait disparu, et l'obscurité qui régnait sur le château se faisait plus profonde. L'enchanteur leva la main et tendit le doigt, et tout à coup les lustres s'allumèrent d'une lueur dorée sans flamme ni fumée, qui n'avait pas de source apparente.

– Encore un peu de magie, dit Ben.

Questor sourit.

– Vous voulez du vin, avez-vous dit ?

– Oui, et vous pouvez me laisser la bouteille, répondit Ben en s'installant au fond de son fauteuil.

Je vais me répéter, Questor, mais je ne veux plus de surprises. Je veux tout savoir. Le médaillon, Meeks, qui a vendu Landover et pourquoi. Je veux tout savoir.

Abernathy, assis à sa gauche, posa ses pattes sur la table et regarda Ben comme à son habitude, par-dessus la monture de ses lunettes.

– Si j'étais vous, Noble Seigneur, je boirais d'abord mon vin.

Le visage poilu lança un clin d'œil complice à Ciboule, assis juste à côté. Le kobold siffla et sourit de toutes ses dents.

Ben tendit la main vers le vin.

Il avait eu le temps de vider une bonne partie de la bouteille lorsque Navet reparut avec le repas. Il apportait un ragoût de bœuf aux légumes, du pain frais, du fromage et des pâtisseries. Même si tout ne tournait pas rond, au moins on ne mourait pas de faim, se dit Ben.

Lorsque l'on repassa le plat, Questor trouva le ragoût refroidi et suggéra qu'il fût réchauffé. Navet siffla en montrant les dents, tandis qu'Abernathy déclarait qu'il préférait qu'on le mangeât froid. Questor, qui n'était pas d'accord, régla le conflit en utilisant la magie pour réchauffer à la fois marmite et ragoût. La marmite explosa et mit le feu à toute la table, ainsi qu'à la nappe qui la couvrait. Tout le monde se leva d'un bond, émettant force sifflements, cris et aboiements. Questor utilisa de nouveau ses pouvoirs et cette fois il plut dans la salle pendant un quart d'heure.

C'en était trop pour Ben. Le verre à la main, guidé par Abernathy, il se retira dans ses appartements, échaudé, trempé et ivre. Demain serait un autre jour, se dit-il sous les couvertures.

COURONNEMENT

Le lendemain aurait peut-être effectivement été un jour meilleur, mais Ben Holiday n'eut pas l'occasion de le savoir.

Il dormit d'un sommeil peuplé de rêves véridiques et fantastiques. Il rêva qu'il retrouvait Annie vivante, mais que son euphorie d'être avec elle et de l'aimer était troublée par le sentiment diffus de ne pas pouvoir rester et de devoir la perdre encore. Il rêva que Miles, caustique et cynique, lui répétait à chaque détour d'une promenade dans les rues de Chicago, bordées de Bonnie Blues : Je te l'avais bien dit. Il rêva encore d'avocats, de salles d'audience où des jurés kobolds poussaient des sifflements et où les juges avaient des airs de chiens hirsutes.

Il rêva, et le monde lui échappa.

Lorsqu'il s'éveilla, c'était le matin. Il était couché dans sa chambre, une vaste pièce tendue de tapisseries et de tentures de soie, décorée de chêne ciré et d'armoiries taillées dans la pierre. Son lit à baldaquin était un grand sarcophage de chêne et de fer qui aurait tout aussi bien pu faire office de péniche. Il sut que le matin était là car un rai de lumière filtrait par les hautes fenêtres cintrées. Mais cette lumière restait un halo gris filtré et décoloré par la brume. Sa chambre était baignée de silence, tout comme les pièces alentour. Le château était une coquille de pierre.

Cependant, il y régnait une douce température. Bon Aloi avait l'aspect d'un cachot et n'avait même pas l'attrait esthétique du plus spartiate des gratte-ciel de chrome et d'acier, mais à l'intérieur, on se sentait chez soi. Tout y était chaud au toucher, depuis le sol sur lequel Ben avait marché jusqu'aux murs qu'il avait frôlés. Cette douceur était dans l'air, malgré le brouillard et la grisaille. Elle circulait comme un fluide vital. Le château était bien, comme le disait Questor, un être vivant.

Le réveil fut agréable. Ben se sentait en sécurité et protégé, comme lorsqu'on est dans sa propre maison. Il s'étira et jeta un coup d'œil à la table de nuit, sur laquelle il avait posé son sac, et aperçut Questor Thews qui le regardait, assis sur une chaise à haut dossier.

– Bien le bonjour, Ben Holiday, salua-t-il.

– Bonjour.

– Vous avez bien dormi, j'espère ?

– Très bien, je vous remercie.

– Parfait. Vous avez devant vous une journée bien remplie.

– Ah bon ?

– Oui, Noble Seigneur, reprit Questor en souriant d'une oreille à l'autre. C'est votre couronnement. Aujourd'hui, vous serez sacré roi de Landover.

– Aujourd'hui ? (Ben cligna des yeux et sentit son estomac se nouer.) Attendez, Questor. Vous voulez dire que c'est aujourd'hui le couronnement ? Mais hier encore, vous m'avez dit qu'il n'aurait pas lieu avant plusieurs jours, parce qu'il vous fallait le temps d'annoncer la nouvelle à tous ceux que cela concernait.

– Euh... oui, j'admets que j'ai dit cela, mais... (L'enchanteur contorsionnait son visage comme un enfant qui a fait une bêtise.) Le problème, c'est que ce n'était pas hier.

– Ce n'était pas... ?

– Parce que nous ne sommes pas demain.

Ben, devenu rouge, s'assit soudain dans son lit.

– Mais qu'est-ce que vous êtes en train de me dire, enfin ?

– Noble Seigneur, vous avez dormi une semaine.

Ben le regarda en silence. Le magicien lui rendit son regard. La pièce était plongée dans un tel silence que Ben entendait le son de sa propre respiration.

– Comment ai-je pu dormir si longtemps ? demanda-t-il enfin.

Questor joignit les doigts devant son visage.

– Vous vous souvenez du vin que vous avez bu ? Celui que je vous ai donné ? Eh bien, j'y avais ajouté une pincée de soporifique pour vous permettre de passer une bonne nuit. C'était dans la magie que j'ai utilisée, juste un petit mouvement et une certaine inflexion dans la voix. (Il joignit le geste à la parole.) Le problème, c'est que j'en ai trop fait. La pincée est devenue poignée, et... vous avez dormi une semaine.

– Une simple erreur de formule, hein ? ironisa Ben.

– Oui, c'est cela, je crois... s'excusa Questor, très nerveux.

– Eh bien moi, je n'en crois rien ! Vous me prenez pour le dernier des imbéciles ? Vous l'avez fait exprès, je parie ! Vous m'avez endormi pour m'empêcher de partir ! Vous croyez peut-être que j'avais oublié la période de réflexion de dix jours qui figure au contrat ? J'avais dix jours pour me retourner et récupérer mon argent si je n'étais pas satisfait. Ne me dites pas que vous l'ignoriez ! À présent, huit de ces dix jours se sont écoulés ! Cela tombe drôlement bien, vous ne trouvez pas ?

– Un instant, je vous prie, coupa Questor, raide d'indignation. Si mon intention avait réellement été de vous retenir ici à Landover, je ne me serais pas compliqué l'existence à vous parler du somnifère ! Je me serais contenté de vous faire croire que vous n'en étiez qu'à votre deuxième jour, et ainsi les dix jours complets seraient passés sans même que vous le soupçonniez !

Ben le considéra un instant, puis retomba sur son oreiller.

– Je crois que vous avez raison. Je vous dois certainement des excuses, mais franchement je suis trop furieux pour vous les présenter. J'ai perdu toute une semaine à cause de vous ! Et pendant mon sommeil, vous avez continué comme si de rien n'était à préparer le couronnement, envoyé les invitations et tout et tout ! Heureusement que je me suis réveillé à temps, sinon vous auriez dû organiser la cérémonie au pied de mon lit !

– Oh, j'ai su que vous vous réveilleriez à temps lorsque je me suis rendu compte de mon erreur, se hâta de préciser Questor.

– Dis plutôt que tu espérais savoir, intervint Abernathy apparu sur le pas de la porte avec un plateau dans les pattes. Petit déjeuner, Noble Seigneur ?

Il apporta le plateau et le déposa sur la table de nuit.

– Merci, grommela Ben qui foudroyait toujours Questor du regard.

– Je savais, insista celui-ci.

– Quelle belle journée pour un couronnement, dit Abernathy. J'ai préparé vos vêtements de cérémonie. Ils ont été retouchés afin de vous aller à la perfection. J'ai eu tout le temps de prendre vos mesures pendant votre sommeil.

– Je crois bien ! Une semaine entière ! s'écria Ben en mâchant une tartine.

– Pas tout à fait, objecta Abernathy. Nous aussi avions bu du vin, Noble Seigneur.

– C'était une maladresse involontaire, répéta Questor, les sourcils froncés.

– Comme tu en fais si souvent, répliqua Abernathy.

– Tu préférerais peut-être que je m'abstienne totalement de vous aider !

– Rien ne me ferait plus plaisir, en effet !

Ben leva les mains en signe de paix.

– Du calme ! Ça suffit ! (Il les regarda tour à tour.) Je ne veux plus de disputes. J'en ai eu assez lorsque j'étais avocat. Je veux des réponses. J'ai dit hier soir que je voulais connaître toute l'histoire de la vente de ce royaume, enfin, pas hier soir, mais le dernier soir où je vous ai parlé. C'est peut-être le moment, Questor.

Le magicien se leva, jeta un regard noir à Abernathy et se tourna vers Ben.

– Vous aurez toutes les explications, Noble Seigneur. Mais vous devez vous résoudre à ne les entendre que lorsque nous ferons route vers le Cœur. Le couronnement doit avoir lieu à midi, et nous devons partir immédiatement si nous voulons arriver à l'heure. J'ajoute qu'avec les deux jours qui vous restent vous avez tout le temps d'utiliser le médaillon afin de retourner chez vous, si tel est votre bon plaisir.

Il suivit Abernathy et tous deux quittèrent la pièce. Ben les regarda partir.

– Une semaine entière, murmura-t-il.

Il repoussa le plateau et descendit de son lit.

Ils partirent sur l'heure : Ben, Questor, Abernathy et les deux kobolds. Lorsqu'ils eurent pénétré dans la forêt, Questor dit à Ben :

– Je crois qu'il vaut mieux commencer par le commencement.

Ils cheminaient côte à côte un peu en avant des autres ; la démarche étudiée et mal assurée, l'enchanteur se tenait courbé en avant, la tête basse.

– Les problèmes de la monarchie ont commencé à la mort du vieux roi, il y a plus de vingt ans. Les choses étaient très différentes alors. Le vieux roi avait le respect de tout le peuple de Landover. Depuis cinq générations, sa famille régnait avec compétence. Personne ne défiait son autorité, ni Nocturna, ni même la Marque d'Acier. Il y avait une armée, des serviteurs et des lois pour gouverner le tout. Les coffres étaient pleins, le trône protégé par la magie. Bon Aloi n'était pas atteint par le Ternissement. Il était astiqué et brillait comme un sou neuf, et l'île sur laquelle il est bâti était le plus bel endroit du royaume. Il y avait des fleurs, du soleil, et pas de brume ni de nuages.

Ben se tourna vers lui. Il portait une tunique de soie rouge à attaches d'argent et un pantalon, avec des bottes montant jusqu'au genou. Abernathy tenait son habit de cérémonie, sa couronne et les chaînes, symboles de sa fonction de roi.

– Questor, j'ai le regret de vous dire que votre explication commence comme un mauvais conte de fées.

– La suite est pire encore, Noble Seigneur. Le vieux roi mourut en ne laissant qu'un fils, encore enfant, comme héritier au trône. Le précepteur du garçon était un magicien de grand talent, mais sans scrupules. Il était plus proche de l'enfant que son père lui-même, s'étant occupé de lui depuis la mort de sa mère et durant les longues absences du roi. Ce petit prince était un garnement que Landover ennuyait et que les responsabilités attachées à sa naissance contrariaient. Le magicien usa de ces faiblesses. Il cherchait depuis quelque temps un moyen de quitter son existence, selon lui limitée. Il était enchanteur royal, comme moi aujourd'hui, et se croyait appelé à de plus hautes destinées. Mais les magiciens royaux sont liés au trône et au royaume par un sortilège, et il ne pouvait quitter le roi que si celui-ci le libérait expressément. Il employa donc sa grande éloquence et parvint à convaincre le prince qu'ils devaient tous deux quitter Landover.

Il s'interrompit et tourna légèrement son visage de hibou vers Ben.

– Ce sorcier est mon demi-frère, Noble Seigneur. Vous le connaissez sous le nom de Meeks.

– Ah ! Je commence à comprendre, dit Ben en secouant lentement la tête.

– Le problème, quand on quitte Landover, c'est qu'on ne peut rien emporter. La magie ne le permet pas. Ni mon demi-frère ni le fils du roi ne pouvaient supporter cette idée, alors ils ont mis au point un plan consistant à vendre le trône à quelqu'un venu d'un autre monde. Si un étranger venait à acheter Landover, mon demi-frère et le prince ratisseraient l'argent dans cet autre monde et contourneraient ainsi les lois d'ici, qui leur interdisent d'emporter quoi que ce soit. De cette façon, ils pourraient vivre à l'aise quel que soit l'univers d'origine de l'acheteur.

– Comment leur choix s'est-il porté sur le mien ?

– Ils se sont documentés. Les habitants de votre monde étaient les plus susceptibles d'être attirés par la vie d'ici. Landover correspond à leurs rêves fantastiques.

– Oui, enfin presque... objecta Ben.

– Hum ! Le temps passait, et mon demi-frère continuait à corrompre le prince, qui devint bientôt un jeune homme. Celui-ci n'avait jamais voulu du trône, de toute façon. Il l'aurait vite abandonné, si les circonstances l'avaient demandé, et pourvu qu'il soit assuré de son confort ailleurs. La responsabilité de faire en sorte que cela se réalise incombait à mon demi-frère. Il lui fallut de la patience et de l'habileté. Et durant tout ce temps, le royaume s'effondrait. La magie ne fonctionne que proportionnellement au dévouement du souverain, qui était maigre à l'époque. Le trésor fondit. L'armée se dispersa. Les lois furent bafouées. La population perdait peu à peu son unité et se scindait en factions armées. Le commerce cessa presque entièrement. Bon Aloi, qui n'avait ni maître ni gens pour s'occuper de lui, tomba sous la coupe du Ternissement. Les cultures furent elles aussi affectées, car elles se desséchèrent et furent perdues. Mon demi-frère et le prince se trouvèrent forcés de vendre... euh... comment dites-vous dans votre monde, Noble Seigneur ? *chat en poche* à un client naïf.

Ben leva les yeux au ciel.

– Vous êtes d'une éloquence rare, Questor.

– Mais vous savez, Noble Seigneur, les choses n'en resteront pas forcément là, et c'est ce que j'essaie de vous expliquer. Un roi fort et avisé peut rendre à Landover son abondance d'antan. C'est pourquoi j'ai repris l'habit d'enchanteur royal lorsque mon demi-frère l'a délaissé, et accepté de l'aider à trouver preneur pour le trône. C'est même moi qui ai rédigé le descriptif du catalogue.

– C'est vous qui avez fabriqué ce tissu de mensonges ? demanda Ben, stupéfait.

– C'était pour attirer la personne qu'il fallait : courageuse et visionnaire ! (Il tendit un doigt décharné vers Ben.) Et ce n'est pas un tissu de mensonges ! Ce que j'ai fait était indispensable, Noble Seigneur. Landover doit revivre. Il n'a que trop dépéri avec la déchéance de l'autorité du vieux roi, et perdre la magie serait le détruire tout à fait.

– On l'a déjà entendu, ton discours, grogna Abernathy qui marchait derrière lui. Épargne-le-nous.

L'enchanteur lui jeta un regard courroucé.

– Je ne dis que ce qu'il est nécessaire de dire. Si tu es fatigué de m'entendre, ferme tes oreilles.

– Questor, il y a quelque chose que je ne comprends pas dans tout cela, dit Ben pour remettre la conversation sur le bon chemin. Si vous tenez tellement à Landover, pourquoi avez-vous laissé votre demi-frère et le prince mettre le pays à genoux ? Qu'avez-vous fait pendant toutes les années qui ont suivi la mort du roi ? Où étiez-vous lorsque le trône était vide ?

Questor Thews leva les mains et implora :

– Je vous en prie, Noble Seigneur, une seule question à la fois ! Vous devez comprendre qu'à ce moment-là je n'étais pas enchanteur royal. Mon demi-frère l'était. Et même s'il m'en coûte de l'admettre, je ne suis pas aussi doué que lui. Je ne suis que l'ombre de son talent.

– Ma plume, mon vélin, je veux noter ça ! s'écria Abernathy.

Questor fit semblant de n'avoir rien entendu.

– Pourtant, je fais des progrès, maintenant que je suis officiellement enchanteur royal. Lorsque mon demi-frère occupait ce poste, je n'avais pas de titre, je n'étais qu'un apprenti, trop vieux pour rester mais incapable de trouver du travail dans le royaume. J'ai pas mal voyagé, pour essayer d'apprendre un peu de magie chez les fées, pour tenter de trouver de quoi m'occuper. Plusieurs années après la mort du vieux roi, mon demi-frère m'a fait appeler afin que j'aide à l'administration de la Cour. Il m'a expliqué ses projets de départ et de vente du trône, et m'a nommé enchanteur royal et conseiller du nouveau souverain.

» Il pensait que je lui causerais peu d'ennuis, n'étant qu'un mauvais magicien, un raté. Il croyait que, tout heureux de mon titre, je lui obéirais aveuglément. Je l'ai laissé croire cela, Noble Seigneur. J'ai fait semblant de coopérer, car c'était la seule façon de sauver le pays. Il fallait un nouveau roi, si l'on voulait que les choses s'arrangent. J'étais bien décidé à trouver ce roi. J'ai même persuadé mon demi-frère de me laisser rédiger la légende de l'avis de vente.

– Et me voilà, conclut Ben.

– Vous voilà, répéta Questor.

– Plus pauvre d'un million de dollars.

– Et plus riche d'un royaume.

– Mais mon argent est parti pour toujours, hein ? Le contrat que j'ai signé, c'était une arnaque ? Meeks et le prince se sont envolés avec mon argent et je suis coincé ici pour le restant de mes jours ?

Questor observa longuement Ben, puis secoua la tête.

– Non, Noble Seigneur, vous ne resterez ici qu'aussi longtemps que vous le désirerez. Le contrat était valide, la clause de réflexion aussi, et l'argent vous attend, si vous repartez sous dix jours.

Ce fut au tour de Ben de regarder son interlocuteur avec des yeux ronds.

– Ça alors, murmura-t-il. Vous n'étiez pas obligé de me dire cela, vous savez. Vous auriez pu me faire croire que l'argent était parti et que je devais rester.

– Non, répondit l'enchanteur tristement, jamais je ne pourrais faire cela, Noble Seigneur.

Ils continuèrent à cheminer en silence. Ben passa en revue tout ce que Questor venait de lui apprendre. Huit des dix jours dont il disposait pour se dédire s'étaient écoulés. Cela lui laissait le jour même et le lendemain pour décider si oui ou non il allait abandonner son achat et rentrer chez lui. Il le pouvait, Questor le lui avait assuré. Et il croyait Questor. La question n'était pas tant de pouvoir, mais de vouloir. Rien à Landover ne correspondait à la publicité du catalogue, sauf au sens large – très large. En termes légaux, la somme perçue était démesurée par rapport aux prestations fournies.

Et pourtant... (le plaignant laissa la place au défendeur) et pourtant, il y avait à Landover quelque chose d'indéfinissable qui le retenait. Certainement le défi que cela représentait. Il se força à le reconnaître, à être honnête avec lui-même. Il n'aimait guère reculer. S'avouer vaincu. Admettre qu'il avait eu tort de venir là, de payer un million de dollars un rêve qui n'était vraiment rien d'autre qu'un rêve (mais pas celui qu'il aurait voulu), cela lui faisait mal. Il était avocat et avait l'instinct et la ténacité d'un avocat ; il détestait reculer devant un combat. Il y avait certainement un combat à livrer à Landover, car la souveraineté du trône était réduite en miettes, et il faudrait fournir un effort titanesque pour la restaurer. S'en croyait-il incapable ? Était-il incapable de se mesurer aux sujets qu'il devait gouverner ?

Miles lui aurait dit que cela ne valait pas le coup. Il aurait levé les yeux au ciel et serait retourné à la civilisation, aux ascenseurs et aux taxis. Tous ses confrères en auraient fait autant.

Ben croyait toujours qu'il pouvait faire de Landover son pays. Et puis, l'argent n'est jamais que de l'argent. *Un million de dollars ?* Il entendait encore l'exclamation incrédule de Miles et le revoyait agiter les bras en signe de dégoût.

Ben se surprit à sourire à cette idée.

Il était midi juste lorsque le brouillard et les arbres s'effacèrent presque sans transition. La petite troupe entra dans une clairière baignée de soleil, où croissait une brillante herbe verte, dorée et cramoisie. Des Bonnie Blues poussaient tout autour, régulièrement espacés et parfaitement formés, et seuls ceux placés au fond, près de la forêt, montraient les signes de flétrissement que Ben avait remarqués en arrivant. Des troncs de chênes brunis formaient une estrade et un trône au centre de la clairière. Des montants d'argent poli s'élevaient aux quatre coins et portaient de gros cierges blancs tout neufs. Des drapeaux de diverses couleurs, des insignes flottaient derrière l'estrade, et partout gisaient des coussins de velours blanc.

Le bras de Questor décrivit un large demi-cercle.

– Voici le Cœur, Noble Seigneur, dit-il doucement, c'est là que vous serez couronné roi de Landover. Venez.

Ils s'avancèrent en silence, se glissant entre les rangées de coussins de velours jusqu'au centre de la clairière, où attendaient le trône et l'estrade. De douces senteurs emplissaient l'air de midi, et les couleurs brillantes des herbes et des arbres se mêlaient avec une aisance presque liquide. Ben trouva qu'il émanait de ce lieu une sensation de paix et de recueillement rappelant l'église où on l'emmenait le dimanche matin, lorsqu'il était petit garçon. Il s'étonna d'en avoir conservé le souvenir.

Ils s'arrêtèrent devant l'estrade. Ben promena son regard alentour. Le Cœur était pratiquement désert. Quelques bergers et fermiers d'aspect misérable, avec femme et enfants, se tenaient d'un air gauche à la lisière de la clairière, et chuchotaient entre eux tout en observant Ben. Une demi-douzaine de chasseurs, en tenue de forestiers, étaient groupés dans l'ombre de la forêt, où le soleil ne pénétrait pas. Un mendiant, attifé d'un pantalon de cuir craquelé et d'une tunique, était assis en tailleur au pied d'un chêne desséché.

À part eux, il n'y avait personne.

Ben fit la grimace. Il y avait dans les yeux de ces bougres une expression troublante de lassitude et de terreur.

– Qui sont-ils ? demanda Ben tout bas.

Questor jaugea la maigre foule et détourna son regard.

– Ce sont les spectateurs.

– Les spectateurs ?

– Oui, du couronnement.

– Comment ? Où sont tous les autres ?

– Ils se font attendre, comme les jolies femmes, peut-être, plaisanta Abernathy sans l'ombre d'un sourire.

Ben prit Questor par l'épaule et le força à s'approcher.

– Qu'est-ce qui se passe, Questor ? Où sont-ils tous ?

Le magicien se frotta nerveusement le menton.

– Il est possible, évidemment, que ceux qui viendront soient un peu en retard, peut-être retenus par un événement imprévu et...

– Une minute, interrompit Ben. Répétez-moi ça un peu ? Ceux qui viendront ? Insinuez-vous que certains n'ont pas l'intention de venir ?

– Eh bien, euh, ce n'était qu'une façon de parler, Noble Seigneur. Je ne doute pas que tous ceux qui le peuvent se déplaceront.

Ben croisa les bras sur sa poitrine et regarda Questor droit dans les yeux.

– Et moi, je suis le père Noël. Écoutez, Questor, je suis au monde depuis assez longtemps pour savoir faire la différence entre une vessie et une lanterne. Alors, qu'est-ce qui se passe ?

Gêné, l'enchanteur dansait d'un pied sur l'autre.

– Euh... eh bien, vous voyez, la vérité, c'est qu'il ne viendra presque personne.

– C'est-à-dire ?

– Peut-être deux ou trois spectateurs.

Abernathy intervint et lança :

– Il veut dire qu'il n'y aura que nous quatre, Noble Seigneur, et ces malheureux, là, sous les arbres.

– Nous quatre, c'est tout ? C'est le premier couronnement depuis plus de trente ans à Landover, et personne ne vient ?

– Vous n'êtes pas le premier, Noble Seigneur, souffla Questor.

Il y eut un long silence.

– Comment ?

– Il y en a eu d'autres avant vous, d'autres souverains de Landover depuis la mort du vieux roi. Vous n'êtes que le dernier en date à monter sur le trône. Je regrette que vous deviez entendre cela maintenant. J'aurais préféré vous le dire plus tard, après la cérémonie, et...

– Combien d'autres ? demanda Ben, rouge de colère.

– ... ainsi, nous aurions... Que dites-vous ?

– De rois, bon sang ! Combien de rois ?

– Plusieurs dizaines, peut-être. Pour ne rien vous cacher, j'ai oublié.

– Plusieurs dizaines ?

Ben n'y croyait pas. Ses bras tombèrent le long de son corps et les muscles de son cou se contractèrent.

– Je comprends que vous ayez renoncé à les compter ! Et aussi pourquoi personne ne se donne plus la peine d'assister aux couronnements !

– Au début, ils venaient, bien sûr, continua Questor d'une voix au calme insupportable. Ils venaient parce qu'ils y croyaient. Et même après avoir cessé d'y croire, ils ont continué à venir par curiosité. Mais pour finir, ils ne sont même plus curieux. Nous avons eu trop de rois, Noble Seigneur, qui n'étaient pas de vrais monarques. (Il fit un geste vers les quelques spectateurs assemblés à l'orée de la forêt.) Ceux-là ne viennent que parce qu'ils n'ont rien de mieux à faire.

On entendit alors un roulement de tonnerre, sonore et assez proche, profond et soutenu, qui résonna dans les arbres et ébranla le sol. Les kobolds sifflèrent et couchèrent les oreilles. Ben se redressa, attentif. Abernathy grognait. Questor saisit le bras de Ben et lui ordonna :

– Montez sur l'estrade, Noble Seigneur ! Vite ! Allez, dépêchez-vous ! Ce sont les démons qui arrivent !

Cette raison suffit à décider Ben. Les kobolds couraient déjà, et il les suivit. Le tonnerre grondait autour d'eux.

– On dirait bien que vous aurez du public, après tout, dit Abernathy.

Il gravit à quatre pattes les marches de l'estrade, perdant presque les habits de cérémonie et les chaînes honorifiques. Ben monta à sa suite, jetant un regard inquiet par-dessus son épaule. À part les quatre compagnons, le Cœur était vide. Les fermiers, les bergers, leurs familles, les chasseurs et le mendiant, tous s'étaient égaillés parmi les ombres protectrices de la forêt. La brume et les ténèbres, de plus en plus denses, semblaient se resserrer autour de la clairière ensoleillée.

– Aide notre Noble Seigneur à passer son habit et ses chaînes, lança Questor à Abernathy tout en se hâtant de les rejoindre sur l'estrade. Vite !

Abernathy se dressa sur ses pattes arrière et aida Ben à s'habiller. Celui-ci regardait avec appréhension l'entrée noire du tunnel qui leur faisait face.

– Attendez, Questor, je ne suis plus très sûr de vouloir faire cela.

– C'est trop tard, Noble Seigneur, vous le devez ! Faites-moi confiance. (Son visage exprimait une détermination infaillible.) Il ne vous arrivera rien.

Ben trouvait qu'il y avait de quoi se poser des questions, mais Abernathy attachait déjà sur lui la robe de cérémonie et les chaînes. Pour un chien, il était étonnamment adroit, mais Ben s'aperçut en observant ses pattes que celles-ci comportaient des doigts grossiers à plusieurs phalanges.

– Même cette partie-là, il l'a ratée, ironisa Abernathy en surprenant le regard de Ben. Espérons qu'il vous réussira mieux.

Les ombres et la brume se rejoignirent et tourbillonnèrent à l'extrémité de la clairière comme de l'encre qu'on mélange. L'air calme se transforma soudain en un vent sonore. Le tonnerre annonçant l'approche des démons culmina en un tremblement violent qui secoua toute la forêt. Les rafales s'acharnaient sur les vêtements de Ben comme pour les lui arracher. Abernathy recula d'un pas, grognant sauvagement, et les kobolds sifflèrent comme des serpents en découvrant largement les dents.

Alors les démons sortirent du brouillard et des ténèbres, et se matérialisèrent comme s'ils étaient passés à travers un trou dans les airs. C'était une armée de minces silhouettes en armure, aussi sombres que la nuit. Leurs armes et leurs cuirasses cliquetaient, et les sabots de leurs monstrueuses montures serpentines tambourinaient sur la pierre et la terre. Le groupe ralentit et s'arrêta. Des dents blanches et des yeux rouges brillaient dans la nébulosité, des griffes et des épines dorsales s'élevaient de toutes parts, comme si tous ne formaient qu'un. Forte de plusieurs centaines d'individus, l'armée faisait face à l'estrade, mal alignée, se pressant entre la forêt et les coussins. Le son de leur souffle emplissait le vide laissé par la disparition du tonnerre. Le vent hurla une fois encore, puis tomba.

La clairière résonnait de nombreux souffles rauques et lourds.

– Questor ? demanda tout bas Ben, figé sur place.

– Tenez-vous bien droit, Noble Seigneur, chuchota le magicien.

La horde de démons s'agita, tous levèrent leurs armes dans un même mouvement, et un hurlement démentiel sortit de cent gorges. Abernathy recula en claquant des mâchoires. Les kobolds semblaient devenus fous, ils sifflaient et criaient furieusement, agenouillés de part et d'autre de Ben.

– Questor...

C'est alors que parut la Marque d'Acier. Les démons ouvrirent leurs rangs et il sortit d'entre la masse. Il chevauchait son serpent ailé, créature mi-reptile, mi-loup, sortie du plus affreux des cauchemars. La Marque portait une armure noire, opaque et usée, toute hérissée d'armes et de pointes dentelées. Un heaume à tête de mort reposait sur ses épaules, visière baissée.

Ben Holiday aurait donné cher pour être ailleurs. Questor Thews fit un pas en avant.

– À genoux, Noble Seigneur, siffla-t-il.

– Quoi ?

– À genoux ! Vous allez être couronné ! Les démons sont venus pour en être témoins, et nous ne devons pas les faire attendre. Agenouillez-vous pour prêter serment !

Ben obéit sans quitter les démons des yeux.

– Posez vos mains sur le médaillon, ordonna Questor. (Ben sortit le bijou de sous ses vêtements et s'exécuta.) Maintenant, répétez : « Je ne ferai qu'un avec le royaume et son peuple, serai fidèle à tous et ne me rendrai coupable de trahison, obéirai aux lois de la monarchie et de la magie, tel que j'en fais le serment devant le monde auquel je suis venu – roi, de ce jour. »

Ben hésitait toujours.

– Questor, je n'aime pas...

– Répétez, Ben Holiday, si vous voulez vraiment être le roi que vous avez promis de devenir !

L'admonestation était directe et ferme, comme venue d'un autre que Questor Thews. Ben soutint son regard. On entendait les démons s'agiter.

Ben leva le médaillon afin que chacun pût le voir clairement. Il garda ses yeux fixés sur ceux de Questor.

– Je ne ferai qu'un avec le royaume et son peuple, serai fidèle à tous et ne me rendrai coupable de trahison, obéirai aux lois de la monarchie et de la magie, tel que j'en fais le serment devant le monde auquel je suis venu – roi, de ce jour.

Il avait parlé calmement et courageusement. Il fut un peu surpris de s'être rappelé la formule si facilement, presque comme s'il l'avait sue d'avant. Tout était calme dans la clairière. Il laissa le médaillon retomber sur sa poitrine.

Questor Thews hocha la tête et passa la main dans les airs au-dessus de Ben.

– Levez-vous, Sire, dit-il doucement. Ben Holiday, roi de Landover, seigneur et suzerain.

Ben se redressa et le soleil l'inonda comme s'il transperçait le plafond de brume. Le silence se fit plus pesant. Questor Thews se pencha lentement et posa un genou au sol. Abernathy l'imita et les deux kobolds se joignirent à eux.

Mais les démons ne bougèrent pas. La Marque était resté en selle et nul ne remuait autour de lui.

– Montrez-leur une nouvelle fois le médaillon ! ordonna tout bas Questor.

Ben se tourna et tendit le médaillon de la main droite, passant ses doigts sur le relief du chevalier, du lac, du château et du soleil levant.

On s'agitait dans les rangs des démons. À cheval sur sa monstrueuse monture ailée, la Marque s'avançait derrière l'écran de brume et d'ombres. Ceux qu'il menait avançaient avec lui.

Ben se figea sur place.

– Questor !

Soudain, un rayon de lumière éclata dans le Cœur, comme si quelque objet brillant avait réfléchi un rayon de soleil. Cela venait de l'orée de la forêt, entre l'estrade et les démons menaçants. Ceux-ci ralentirent, désorientés. Ben et ses amis se tournèrent.

Un cavalier sortit des brumes.

C'était le chevalier que Ben avait rencontré dans le couloir temporel qui reliait son monde à celui-ci, le chevalier qui figurait sur le médaillon, statue de fer cabossée et sale sur un cheval fatigué. Sa lance était posée, droite, dans un étui ménagé sur le côté de sa botte. Il se tenait immobile. On l'aurait cru taillé dans la pierre.

– Le Paladin ! murmura Questor, incrédule. Il est revenu !

La Marque se dressa sur sa selle, sa tête de mort tournée vers le chevalier. Les démons s'évanouirent dans la brume autour de lui, et l'on entendit des gémissements de crainte. Le chevalier ne bougeait toujours pas.

– Questor, que se passe-t-il ? demanda Ben.

Mais le magicien secoua la tête sans mot dire.

Le démon et le chevalier se toisèrent encore un instant dans la tache de soleil du Cœur, comme deux animaux qui se jaugent. Puis, la Marque leva un bras et sa tête s'inclina imperceptiblement vers Ben. Cabrant sa monture, il retourna dans les ténèbres, son armée derrière lui. Des cris et des geignements brisèrent le silence, le vent se leva et les sabots se remirent à tambouriner. Les démons disparurent dans les airs, comme ils étaient venus.

L'obscurité recula, et le soleil revint. Ben cligna des yeux. Lorsqu'il se tourna vers l'endroit où s'étaient tenus le chevalier et son destrier, ils avaient eux aussi disparu. La clairière était vide, à l'exception des cinq personnes debout sur l'estrade.

Il y eut du mouvement dans le sous-bois. Les quelques fermiers et bergers, leurs familles, les chasseurs et le mendiant solitaire revinrent et s'attroupèrent timidement à ras des arbres. Leurs yeux exprimaient la peur et l'incrédulité. Ils n'avancèrent pas davantage, mais un à un s'agenouillèrent.

Le cœur de Ben battait à tout rompre, et son corps était couvert de sueur. Il inspira profondément et se tourna brusquement vers Questor.

– J'exige de savoir ce qui se passe ici, et je veux une réponse immédiate !

Questor Thews, pour la première fois depuis qu'ils se connaissaient, avait véritablement l'air de ne pas trouver ses mots. Il tenta de parler, s'arrêta, recommença et secoua la tête. Ben regarda les autres. Abernathy haletait comme s'il venait de courir. Les kobolds étaient accroupis l'un contre l'autre, les oreilles couchées, les yeux réduits à une mince fente. Ben saisit le bras de Questor.

– Mais répondez-moi, bon sang !

– Sire, je... comment dire... Je n'aurais jamais cru... (Il reprit son souffle, pencha la tête d'un air pensif et haussa les épaules.) Noble Seigneur, je ne sais comment vous dire cela. Ce chevalier, celui du médaillon, qui vient de faire face à la Marque... Il n'existe pas. Sire, nous venons de voir un fantôme !

Miles disait souvent qu'il y a avocat et avocat, et que malheureusement on en avait trop des premiers et pas assez des seconds. Il disait cela lorsqu'il fulminait à cause d'une preuve d'incompétence donnée par un de ses confrères.

Ben Holiday se répéta cette expression tout le long du chemin de retour à Bon Aloi, ayant adapté les termes à son dilemme présent. Il y avait fantôme et fantôme. On pouvait distinguer entre les fantômes imaginaires et les fantômes authentiques, ceux de l'esprit et ceux, bien réels, qui se cognaient aux murs la nuit. On pouvait dire sans se tromper que les premiers étaient trop nombreux et les seconds trop rares, même si cela valait mieux pour tout le monde.

Quoi qu'il en soit, le chevalier gravé sur le médaillon, qui s'était par deux fois interposé entre la Marque et lui, qui se matérialisait puis disparaissait comme s'il était fait de fumée, appartenait certainement à la deuxième catégorie, et n'avait rien d'une illusion provoquée par une réaction chimique après un repas en pays étranger. Il savait cela aussi sûrement que Questor Thews lui cachait encore certaines choses sur les circonstances de la vente du trône de Landover.

Il était bien décidé à apprendre la vérité sur ces deux questions.

Apparemment, il n'allait rien apprendre de sitôt, car Questor, après avoir déclaré que le chevalier était un fantôme qui n'existait plus, refusa d'en dire davantage jusqu'à ce qu'ils fussent en sécurité au château de Bon Aloi. Ben avait protesté véhémentement, Abernathy avait fait quelques remarques sur ses pieds gelés, les kobolds avaient encore une fois sifflé et montré les dents aux démons évanouis, mais le magicien était demeuré inflexible.

Ah, il avait fière allure, le roi Ben Holiday ! Il était à peu près aussi roi que président des États-Unis. Il avait été sacré par un sorcier incapable, un homme transformé en chien et une paire de singes siffleurs. Il avait payé ce privilège un million de dollars (il serra les dents à cette pensée), mais il n'était guère plus qu'un étranger arrivé en terre inconnue, ignorant des coutumes et parlant à peine la langue.

Mais cela changerait, se promit-il. Il veillerait à ce que cela change.

Il leur fallut une bonne partie de l'après-midi pour rentrer, et le crépuscule tombait sur la vallée et les cours d'eau lorsqu'ils parvinrent en vue de Bon Aloi. La sinistre lumière qui baignait le château acheva de démoraliser Ben Holiday, qui n'avait pas besoin de cela. Il repensa aux dix jours qu'il avait pour retourner chez lui, et pour la première fois la sagesse qu'il y aurait à prendre cette décision lui apparut clairement.

Lorsqu'ils furent tous rentrés au château, Questor envoya Navet préparer le dîner et Ciboule chercher des vêtements propres pour Ben. Puis, suivi d'Abernathy et du nouveau roi, il se lança dans une expédition qui les conduisit jusque dans les entrailles de la forteresse. Ils suivirent de nombreux couloirs et traversèrent des salles plus nombreuses encore, toutes moisies et tachées par le Ternissement, mais éclairées de lampes sans fumée et chauffées par la vie du château.

Ils passèrent une porte en chêne à ferrures et se trouvèrent dans une petite cour au centre de laquelle se dressait une chapelle. Celle-ci était délabrée et décolorée comme tout le reste, mais en cet endroit la grisaille était moins épaisse et quelques traces de soleil traînaient çà et là sur la pierre et le bois, les murs et le toit, et les vitraux des hautes fenêtres. Ils traversèrent la cour et montèrent les quelques marches du perron jusqu'à deux portes de chêne sculpté à chevilles métalliques. Ils entrèrent.

Le sol, le plafond, les murs étaient badigeonnés de blanc et de rouge passé ; tout l'intérieur de la chapelle était gris et moisi. Il n'y avait ni autel, ni bancs. Aux murs figuraient des blasons sous lesquels étaient pendus des écus et des armes. Un unique prie-Dieu était tourné vers une estrade qui occupait le centre de la salle. Une silhouette solitaire s'y tenait. C'était le chevalier du médaillon.

Ben sursauta. Il crut un instant que le chevalier était vivant et montait la garde. Puis il comprit qu'il ne s'agissait que d'une armure vide que rien n'occupait.

Questor remonta la nef.

– Venez, Sire.

Ben le suivit sans quitter des yeux la silhouette. Abernathy fermait la marche. L'armure était abîmée, bosselée comme par de nombreux combats, ternie et même presque noire. Une immense épée à deux tranchants était glissée dans un fourreau reposant sur une hanche, et sur l'autre, dans un harnais de cuir, pendait une masse d'armes à tête en forme de coin. Une grande lance à pointe de fer était posée sur son manche, retenue par l'une des mains de métal. Ces trois armes étaient aussi corrodées que l'armure et couvertes de poussière et de crasse. Un écusson ornait la cuirasse de métal et l'écu posé près de la lance ; il représentait le soleil se levant sur Bon Aloi.

– On l'appelait le Paladin, dit Questor. C'était le champion du roi.

– Ah bon ? Que lui est-il arrivé ?

– Il a disparu après la mort du vieux roi, et personne ne l'a jamais revu. (Son regard perçant rencontra celui de Ben.) Jusqu'à maintenant, je veux dire.

– Alors, vous ne dites plus que mon imagination travaille trop, comme quand je suis sorti du couloir temporel ?

– Je ne l'ai jamais cru, Sire, mais j'avais peur que vous n'ayez été abusé.

– Abusé ? Par qui ?

Ils se regardèrent sans un mot. Abernathy se grattait l'oreille.

– Ce silence profond m'incite à croire qu'un terrible et lourd secret va m'être révélé, dit enfin Ben. Cela veut-il dire que je vais apprendre ce que vous me cachez encore ?

– Oui, confirma Questor Thews.

– Parfait, claironna Ben en croisant les bras sur sa poitrine. Mais cette fois-ci, lâchez tout, Questor, pas juste un petit morceau comme les autres fois. Plus de surprises pour plus tard, d'accord ?

– Plus de surprises, Sire. En fait, c'est votre manque de confiance en moi qui m'a incité à prendre Abernathy avec nous. Il est historien de la Cour en plus de scribe. Il saura me reprendre promptement si je commets quelque erreur. Vous ajouterez peut-être plus facilement foi à ses paroles qu'aux miennes.

Ben attendit. Questor Thews contempla un moment l'armure, puis promena lentement son regard dans la chapelle vide. Il était comme absorbé en lui-même. À mesure que les secondes passaient, le silence se faisait plus lourd, et le halo du crépuscule étendait ses ombres dans la lumière déclinante.

– C'est quand tu veux, grogna Abernathy. Le dîner refroidit sur la table, pendant ce temps.

– J'ai du mal à trouver par où commencer, répliqua Questor en se tournant vers Ben. C'était une autre époque, vous savez. Il y a vingt ans. Le vieux roi régnait et le Paladin était son champion, comme il avait été celui de tous les souverains depuis la création du royaume. Il a été magiquement créé par les fées, tiré des brumes de leur monde pour entrer dans le nôtre au moment de la naissance de Landover. Nul n'a jamais vu son visage. Nul ne l'a jamais vu qu'ainsi : portant la cuirasse que vous voyez ici, enveloppé de métal des pieds à la tête, visière baissée. Pour tous, il était un mystère. Même mon demi-frère voyait en lui une énigme sans solution.

» Landover est davantage qu'un autre monde qui a une frontière commune avec le monde des fées. Il en est la passerelle. C'est pour cela qu'il a été créé. Mais alors que le monde des fées est atemporel et ubiquiste, Landover est un point fixe dans le temps et l'espace. Il est l'aboutissement des couloirs temporels de tous les autres mondes. Dans bien des cas, ses habitants sont les descendants de créatures féeriques émigrées, perdues ou simplement chassées. Une fois sorties du monde des fées, elles ne peuvent jamais plus y retourner. Rares sont celles qui se sont trouvées heureuses en exil. La plupart ont cherché à retourner chez elles. Pour elles, Landover a toujours été le point de passage obligé.

– J'espère que tout cela nous mène quelque part, interrompit Ben avec une impatience contenue.

– Ça dépend, vous aimez les longs voyages ? ironisa Abernathy.

Questor haussa les épaules, les bras enfouis sous les plis de ses vêtements.

– Le Paladin était donc le protecteur du roi, qui à son tour était le protecteur du pays. Nul ne pouvait se mesurer au Paladin. Lorsque le vieux roi est mort et que son fils, au lieu de monter sur le trône, a cherché à abandonner Landover, ceux qui avaient toujours convoité le royaume se mirent à trépigner à ses portes. Le Paladin était parti, ayant disparu à la mort du roi, et personne ne trouvait moyen de le faire revenir. Les mois, puis les années passèrent. Mon demi-frère mit en œuvre ses pouvoirs immenses pour le retrouver, mais en vain. Le Paladin avait bel et bien disparu, et il semblait peu probable qu'il reparaisse un jour.

» Naturellement, tous ces événements ne firent qu'encourager ceux qui rôdaient autour des frontières du royaume. Si le Paladin était parti, si la magie était affaiblie, Landover était à eux. N'oubliez pas, Sire, que cette passerelle vers le monde des fées est un atout précieux que d'aucuns auraient tout donné pour avoir. Mon demi-frère s'en est rendu compte et a vu qu'il devait agir rapidement, sinon Landover échapperait à son contrôle.

» Alors, il a mûri un plan. Le trône du royaume serait vendu à quelqu'un venant d'un univers très lointain, ce qui donnerait un roi à Landover et libérerait le prince et mon demi-frère des liens qui les y attachaient. Mais ils ne vendraient le royaume que pour une période limitée, six mois par exemple, ou un an. Ainsi, le trône leur reviendrait et ils le vendraient une nouvelle fois. De cette façon, ils amassaient une fortune personnelle, le fils du roi vivait où il voulait, et mon demi-frère accroissait son pouvoir dans d'autres mondes. La difficulté, c'était de trouver preneur pour le royaume.

– Alors il est allé trouver le magasin Rosen ? demanda Ben.

– Pas tout de suite. Il a commencé par travailler en indépendant. Ses clients étaient des plus douteux, riches mais sans principes, comme lui. Souvent, il s'agissait d'hommes qui voulaient s'échapper temporairement de leur univers. Pour eux, Landover était un abri parfait. Ils jouaient au roi, vivaient plutôt bien de la générosité de Bon Aloi et rentraient chez eux à la fin de leur bail.

– Des criminels, murmura Ben. Il vous a envoyé des criminels. (Il secoua la tête, écœuré, puis la releva vivement.) Et ceux qui ne voulaient plus repartir ? Cela n'est jamais arrivé ?

– Si, de temps en temps, reconnut Questor. Mais j'étais toujours là pour m'assurer qu'ils partiraient à temps, qu'ils y soient prêts ou non. J'avais assez de pouvoirs magiques pour y parvenir. Pourtant, je me suis souvent demandé comment mon demi-frère avait fait pour récupérer le médaillon auprès de ces enquiquineurs, après leur retour chez eux. (Il réfléchit un instant à la question, puis revint à son récit.) N'y pensons plus. Toujours est-il que pendant assez longtemps il a vendu la Couronne pour une durée limitée et a récolté pas mal d'argent. Mais ses clients étaient assez imprévisibles, et l'état de Landover ne faisait qu'empirer sous cette succession de pseudo-rois. Et surtout, l'argent ne rentrait pas assez vite. Alors, il s'est décidé à offrir le royaume à la vente pour de bon. Pas aux personnages avec lesquels il avait eu affaire pour commencer, non. Au grand public. Ayant pris contact avec la maison Rosen, il expliqua qu'il était négociant en objets rares et services inhabituels. Il les convainquit de sa valeur professionnelle en découvrant par magie quelques trésors et curiosités que l'on croyait perdus. Une fois démontré son talent, il leur proposa de vendre Landover. Je pense qu'au début ils n'y croyaient guère, mais il a trouvé moyen de les persuader. Il a fait venir l'un d'eux pour une petite visite.

À ce point de son récit, Questor eut un sourire féroce et ses yeux se rétrécirent.

– Les gens de chez Rosen ne savaient pas tout sur cette vente, Sire. Mon demi-frère et le fils du roi n'avaient aucune intention de laisser filer la poule aux œufs d'or. Il fut négocié l'exclusivité totale du choix des acheteurs. Ainsi, ils pouvaient vendre le trône à quelqu'un de trop faible, qui ne pourrait en assumer les responsabilités, pour le récupérer et le revendre. Ils pouvaient même encaisser des extra, par exemple pour placer un candidat en tête d'une liste d'attente imaginaire. La maison Rosen n'en saurait jamais rien. La difficulté n'était pas de trouver des clients intéressés, mais d'en dénicher qui avaient à la fois les moyens de payer et la faiblesse de caractère adéquate !

– Comme moi, alors ? demanda Ben en rougissant.

– Vous avez demandé tout à l'heure combien de rois s'étaient succédé à Landover depuis le vieux roi. Il y en a eu plus de trente.

– Très exactement trente-deux, précisa Abernathy. Déjà deux cette année. Vous êtes le troisième.

– Bon Dieu, tant que ça ? s'exclama Ben.

– Oui, confirma Questor. Le plan de mon demi-frère a parfaitement fonctionné. Jusqu'à aujourd'hui. (Il marqua une pause.) Je crois qu'en vous choisissant il a commis une erreur.

– Si j'étais vous, Sire, j'attendrais avant de me faire une opinion là-dessus, objecta Abernathy. Les choses sont plus complexes que vous ne le croyez. Dis-lui la suite, enchanteur.

– Oui, à condition que tu te taises ! Ce dernier plan était bon, mais il avait deux points faibles. Tout d'abord, même s'il avait avec chacun des candidats un entretien personnel, mon demi-frère courait toujours le risque de choisir quelqu'un qui ne se déroberait pas devant les problèmes posés par la direction du royaume. Dans ce cas, il était possible qu'il ne parvienne pas à récupérer Landover pour le revendre. Le second défaut était plus sérieux encore. Plus Landover attendait un roi fort et subissait une succession d'échecs, plus l'administration se désorganisait, et plus il devenait difficile au nouveau roi de réussir. C'est ce que voulait mon demi-frère. Mais il savait aussi que cela augmentait les risques de voir la Couronne usurpée par l'un de ceux qui rôdaient autour du pays. Et cela, il ne le voulait surtout pas.

» Alors, il a résolu les deux questions d'un seul coup : il a défié la Marque de revendiquer le trône.

– Oh ! Oh ! souffla Ben qui commençait à voir de quoi il retournait.

– La Marque règne sur Abaddon, l'enfer qui se trouve sous Landover. Abaddon est la demeure des démons, le puits noir de l'exil pour presque tous ceux que le monde des fées a rejetés depuis la naissance du temps. Les démons qui y vivent ne demandent pas mieux que de retourner dans ce monde, et le seul chemin existant passe par Landover. Lorsque mon demi-frère a posé ce défi à la Marque d'Acier, et que celui-ci a été convaincu que le Paladin était parti, il est sorti des enfers d'Abaddon et s'est proclamé roi.

» Il y avait une astuce, bien sûr, et mon demi-frère le savait. La Marque ne pouvait devenir roi tant qu'un autre régnait légalement et sous la protection des pouvoirs du médaillon. Il ne pouvait que se prétendre roi et inviter l'autre à se battre pour ce titre. Et, chaque année au milieu de l'hiver, lorsque les Bonnie Blues blanchissent, la Marque quitte Abaddon et vient à Landover défier le roi. Jusqu'ici, personne n'a accepté.

– J'imagine, souffla Ben. Juste pour être sûr, Questor, quelle forme prend ce combat ?

– C'est à qui maniera le mieux les armes, Sire.

– Vous voulez dire une joute à la lance ?

Abernathy posa sa patte sur son épaule.

– Il veut parler d'un combat à armes choisies – d'une lutte à mort.

Il y eut un silence interminable. Ben prit enfin une profonde inspiration et s'enquit :

– C'est ça qui m'attend ? Une lutte à mort avec ce démon ? (Incrédule, il secouait la tête.) Je ne m'étonne plus que les rois ne tiennent pas le coup bien longtemps. Même s'ils le voulaient, même s'ils étaient prêts à essayer de redresser la situation, tôt ou tard ils devraient affronter la Marque. Quel intérêt y a-t-il à tenter quoi que ce soit ? (À mesure qu'il parlait, sa colère lui revenait.) Alors, qu'attendez-vous de moi, Questor ? Vous croyez que je vais relever un défi que tout le monde refuserait ? Il faudrait que je sois fou !

La silhouette voûtée du magicien se dandinait d'un pied sur l'autre.

– Peut-être. Mais avec vous, ce sera différent, je crois. Les autres n'avaient pas d'aide. Et par deux fois, après plus de vingt ans d'absence, le Paladin est venu à vous.

Ben se tourna immédiatement vers Abernathy.

– Il dit vrai ? Le Paladin n'est venu pour personne avant moi ?

– Pour personne, Sire, dit Abernathy. Il me déplaît de l'avouer, mais l'enchanteur a peut-être raison. Cela pourrait être différent avec vous.

– Mais je n'ai rien à voir avec l'apparition du Paladin, insista Ben. Et je ne sache pas qu'il soit venu pour moi expressément. Il était là, c'est tout. D'autre part, vous avez dit vous-même que c'était un fantôme. Fantôme ou pas, il m'avait l'air assez abîmé. La Marque était le plus fort des deux, et pas le moins du monde intimidé par ce prétendu champion sur la protection duquel le roi doit compter. Franchement, je ne crois pas à tout cela. Et je ne suis pas sûr d'avoir tout compris. Revenons un peu en arrière. Questor, votre demi-frère Meeks vend le trône à un étranger comme moi pour une coquette somme, choisissant quelqu'un qui ne tiendra pas. Même si par erreur il choisit un homme qui va se montrer résistant, la Marque est là pour assurer son échec final. Mais la Marque ne peut être roi tant qu'un autre possède le médaillon, d'accord ? Alors qu'est-ce que la Marque y gagne ? Puisque Meeks fait sans cesse venir de nouveaux candidats, mois après mois, année après année ?

– Mais la Marque est un démon, Sire, et les démons vivent longtemps. Le temps compte moins lorsqu'on peut attendre, et il peut attendre très, très longtemps. Tôt ou tard, le fils du roi et mon demi-frère se lasseront de ce petit jeu et auront amassé assez de richesses pour penser à autre chose qu'au trône de Landover. Lorsque ce moment sera venu, ils cesseront de s'intéresser à cette affaire et abandonneront Landover à son sort.

– Ah, je comprends, dit Ben. À ce moment-là, la Marque d'Acier gagnera la bataille par défaut.

– C'est une possibilité. Une autre est que le démon trouve moyen de s'assurer le contrôle du médaillon. Il ne peut s'en emparer par la force. Mais un jour, l'un des rois de Landover commettra une imprudence... ou bien acceptera le combat...

– Ne dites pas cela ! interrompit Ben. Et les autres prédateurs ? Ceux dont l'univers borde Landover ? Que font-ils pendant ce temps ?

– Ils ne sont pas encore assez forts pour affronter la Marque et les démons d'Abaddon. Ils le seront peut-être un jour. Seul le Paladin a jamais possédé une telle force.

– Ce que je ne comprends pas, objecta Ben, c'est que ce fameux Paladin se soit évaporé après la mort du vieux roi. S'il était réellement protecteur du pays et de la Couronne, pourquoi disparaître ainsi simplement parce qu'il y avait changement de roi ? Et les fées ? N'avez-vous pas dit qu'elles avaient créé

Landover pour avoir une passerelle vers leur monde ? Pourquoi ne le protègent-elles pas, alors ?

Questor secoua la tête sans rien dire. Abernathy se taisait lui aussi. Ben les étudia un moment, puis se tourna vers l'armure sur l'estrade. C'était tout ce qu'il restait du protecteur de Landover et de son roi. Il s'avança jusqu'au prie-Dieu et contempla l'enveloppe de métal. C'était bien cela qu'il avait vu dans les brumes du couloir temporel et dans les arbres qui entouraient le Cœur. N'avait-ce été qu'une formation dans le brouillard ? Sur le moment, il ne l'avait pas cru, mais n'en était plus si sûr à présent. Ce pays était une terre de magie et non de science exacte. Rêves et visions étaient peut-être plus véridiques ici.

– Questor, dit-il enfin, vous avez dit que le Paladin était un fantôme. Comment un fantôme pourrait-il m'aider ?

– Il n'a pas toujours été un spectre, répondit Questor après un long silence. Il ne le restera peut-être pas éternellement.

– La vie après la mort, hein ?

– Il a été créé par magie. La vie et la mort n'ont pas de sens pour lui, qui sait ?

– Avez-vous une idée de la manière de se renseigner là-dessus ?

– Non.

– Une suggestion pour essayer de le retrouver ?

– Non.

– C'est bien ce que je pensais. Tout ce que je peux faire, c'est espérer qu'il se montre avant que la Marque d'Acier ne lance son prochain défi et fasse de moi le dernier d'une longue série de rois ratés !

– Il vous reste une autre possibilité. Vous pouvez utiliser le médaillon. Il peut vous ramener dans votre propre monde à n'importe quel moment. La Marque ne pourra vous arrêter. Vous n'aurez qu'à en former le souhait pour vous retrouver chez vous.

Ben fit la grimace. Merveilleux. Vraiment merveilleux. Évidemment, il allait falloir se décider dans les vingt-quatre heures, s'il ne voulait pas se retrouver délesté d'un million de dollars. Et, qu'il parte dans ce délai ou bien qu'il attende que la Marque vienne le trouver, sorti tout droit de son trou noir, dans l'un et l'autre cas ce serait une fuite, et il quitterait Landover comme il l'avait lui-même dit : le dernier d'une longue série de rois ratés.

Il serra les dents. Il n'aimait pas perdre. Il n'aimait pas abandonner. D'un autre côté, il ne tenait pas vraiment à mourir.

– Comment ai-je pu me fourrer dans une situation pareille ? se demanda-t-il tout bas.

Il faisait presque nuit lorsqu'ils quittèrent la chapelle et refirent en sens inverse le chemin dans les couloirs et les salles du château.

– Quel est votre intérêt dans tout cela ? s'enquit Ben auprès de Questor. Vous touchez votre part du produit des ventes du trône ?

– Sire !

– Vous avez bien écrit la publicité, non ?

Questor était rouge de colère et de confusion.

– Je ne reçois rien de l'argent dépensé pour acquérir Landover ! répliqua-t-il.

Ben haussa les épaules et jeta un coup d'œil à Abernathy. Pour une fois, le scribe ne fit pas de commentaires.

– Désolé, s'excusa Ben. Je me demandais simplement pourquoi vous marchiez dans cette combine.

Questor ne répondit pas et Ben laissa tomber la discussion. Il y repensa en marchant, et finit par se dire que Questor trouvait dans ces ventes successives ce qu'il avait probablement toujours voulu : le titre et la place d'enchanteur royal. Son demi-frère avait occupé ce poste avant lui, à l'époque où Questor Thews n'avait pas de but dans la vie. À présent qu'il avait trouvé ce but, il se contentait sûrement de pouvoir le faire valoir.

D'ailleurs, se dit-il soudain, ne peut-on en dire autant de moi ?

Cette idée le frappa. Pourquoi avait-il acheté le trône de Landover ? Pas pour y prendre sa retraite, ni y jouer au golf en méditant sur le sens de l'existence humaine. Il avait voulu échapper à un monde et à une vie qu'il ne trouvait plus stimulants. Il était le vagabond que Questor Thews avait un jour été. Régner sur Landover lui donnait une direction. C'était le défi qu'il avait longtemps cherché.

Alors de quoi se plaignait-il ?

La réponse était facile : il se plaignait parce que ce genre de défi pouvait littéralement lui coûter la vie. Il n'était plus dans une salle d'audience, avec un juge, un jury et des lois. Il était sur un champ de bataille, en armure, et la seule loi était celle du plus fort.

Il resta perdu dans ses pensées pendant le dîner.

Il mangea de nouveau dans la grande salle. Questor, Abernathy et les deux kobolds lui tinrent compagnie. Il aurait mangé seul s'il n'avait insisté pour qu'ils restent avec lui. Questor avait fait remarquer qu'ils étaient les serviteurs du roi de Landover et qu'en tant que tels ils ne devaient pas dîner en présence du roi, sauf si celui-ci le demandait expressément. Ben avait alors décrété que, jusqu'à nouvel ordre, ils étaient tous invités à chacun de ses repas.

Le dîner fut moins mouvementé que le soir précédent. Il y avait des chandelles et un service de porcelaine. La nourriture était excellente, et nul ne songea à l'améliorer. La conversation resta réduite au minimum. Ciboule et Navet mangeaient en silence tandis que Questor et Abernathy échangeaient quelques traits d'esprit concernant la façon de manger des hommes et des chiens. Ben goûta de tout, ayant plus faim qu'il n'aurait dû, mais évita de boire du vin et garda ses pensées pour lui. Il ne fut fait aucune allusion au couronnement, à la Marque ni au Paladin.

Le lendemain, il se réveilla peu après le lever du soleil. Il se débarbouilla dans la cuvette placée près de son lit, enfila un survêtement et des chaussures de sport, et traversa sans bruit les couloirs de Bon Aloi jusqu'à la porte. Il était très discret, mais Abernathy, qui avait l'oreille fine, l'attendait à la herse.

– Petit déjeuner, Sire ? proposa-t-il tandis que ses lunettes glissaient vers le bout de son nez.

– Non ! je veux courir d'abord, répondit Ben.

– Courir ?

– C'est bien cela. Je le faisais tout le temps avant de venir à Landover, et cela me manque. Mes séances d'entraînement au club sportif me manquent, ainsi que le combat et le sac de sable. On appelle ça la boxe. Mais cela ne vous dit rien.

– Il est vrai que les chiens ne boxent pas, répondit Abernathy. Mais ils courent. Où comptez-vous courir ce matin, Sire ?

– Je ne sais pas encore. Peut-être à la limite de la vallée, où il y a du soleil.

– Je vais envoyer quelqu'un pour vous accompagner, annonça Abernathy.

– Je n'ai besoin de personne, merci.

– Je n'en serais pas si sûr, si j'étais vous, dit Abernathy en disparaissant dans le couloir.

Ben le suivit des yeux, puis sortit sans attendre et franchit pont-levis et portail jusqu'au rase-lac. Il embarqua, et ses pensées firent filer la barque sur les eaux grises. Il n'avait pas besoin d'être escorté partout, se disait-il avec entêtement. Il n'était pas un enfant sans défense.

Il aborda sur l'autre rive et se mit à courir dans le noir. Il gagna lentement la vallée, puis commença à monter. En atteignant la crête, il tourna à droite et suivit la lisière de la forêt. Au-dessous, la vallée s'étirait, enveloppée dans l'obscurité, tandis qu'au-dessus de sa tête le soleil lavait la brume de lumière jaune pâle.

Il courait sans effort, laissant ses pensées dériver au rythme de ses pieds qui frappaient le sol humide. Il se sentait les idées claires et vives, et ses muscles étaient puissants. Il n'avait pas ressenti cette agréable impression depuis son arrivée à Landover. Les arbres défilaient rapidement sur les côtés, le sol glissait régulièrement sous ses pieds. Il respirait l'air frais et laissait la raideur de son corps se dissiper peu à peu d'elle-même.

Les questions de la veille le hantaient toujours. Ce jour-là était le dernier qui lui était accordé pour se retirer, selon le contrat signé avec Meeks. Il avait le choix : rester et tenter de redresser la situation en tant que roi de Landover, risquer une confrontation avec la Marque et renoncer au million de dollars ; ou bien partir, reconnaître que cet achat était l'arnaque flairée par Miles, retourner à son ancienne vie et récupérer la plus grosse part de son argent. Aucune des deux issues n'était plaisante. Dans aucun cas il ne lui restait beaucoup d'espoir.

Il respirait plus vite et sentait l'effort de la course qui tirait agréablement sur ses muscles. Il força un peu, augmentant sa vitesse pour essayer de dépasser son seuil de résistance. Il vit soudain, en un éclair, passer quelque chose de noir dans la forêt. Il en rechercha la source du regard, mais il n'y avait plus rien que les arbres. Il continua à courir. Il avait certainement des visions.

Il se remit alors à penser au Paladin, chevalier errant du royaume. Ce Paladin était la clé de tout ce qui n'allait pas à Landover. La coïncidence était trop énorme pour en être une : à la mort du vieux roi, le

Paladin avait disparu et tout s'était détraqué dans le pays. Il y avait là un lien qu'il voulait mettre au jour. Cela lui serait peut-être possible si, comme Questor le croyait, le Paladin avait vraiment fait deux apparitions pour lui, Ben. Il pourrait trouver un moyen de le faire venir une troisième fois, et découvrir alors s'il n'était qu'un fantôme.

Le soleil s'élevait, et la matinée était bien avancée lorsque Ben se mit à redescendre la pente vers le rase-lac. Deux fois encore il crut voir quelque chose bouger dans les arbres, mais chaque fois il ne put rien distinguer. Il se souvint de l'avertissement voilé d'Abernathy, mais repoussa cette pensée. On disait toujours de ne pas fréquenter les rues de Chicago, mais qui voudrait vivre enfermé dans une boîte ?

Il reprit la barque en se disant qu'il y avait toujours des risques dans la vie, et qu'il fallait vivre avec, sinon à quoi bon exister ? Il était important de mesurer ces risques, bien sûr, mais il fallait aussi les côtoyer. C'était ce qu'il avait essayé d'expliquer à Miles. Parfois, on agit parce que l'on sent qu'il faut agir ainsi.

Soudain, il revit les fermiers, les bergers et leurs familles, les chasseurs et le mendiant qui s'étaient rendus au Cœur pour assister à son couronnement. Il avait cru lire sur leur visage une sorte de désespoir, comme si ces gens avaient voulu croire qu'il serait roi. Ils n'étaient qu'une poignée, bien entendu, et il n'était pas vraiment responsable d'eux, mais...

Il laissa mourir ses pensées lorsque le rase-lac accosta devant les portes du château. Il se leva et reprit le cours de sa réflexion qui l'absorbait entièrement. Il vit à peine Abernathy apparaître dans l'ombre de la herse.

– Petit déjeuner, Sire ?

– Quoi ? dit Ben en sursautant. Ah, oui, oui, très bien. Et envoyez-moi Questor sans tarder.

– Oui, Sire, répondit le chien dont les griffes cliquetaient sur la pierre derrière lui. Avez-vous bien couru ?

– Oui, très bien. Désolé d'être parti sans attendre, mais je n'avais pas besoin d'escorte.

Il y eut un court silence. Ben sentit sur lui le regard du chien et se retourna.

– Il est de mon devoir de vous dire, Sire, que Ciboule vous a accompagné pas à pas. Je l'ai chargé de veiller à votre protection.

– Il me semblait bien avoir vu quelque chose, dit Ben en souriant, mais il n'était pas nécessaire de l'envoyer, si ?

– Tout dépend de votre capacité à vaincre le loup sylvestre, le farfadet cavernicole et le troll des marais. Il les a chassés après les avoir repérés à votre poursuite. Eux aussi ont besoin d'un petit déjeuner. Le vôtre vous attend dans la salle à manger. Je vais faire mander le magicien.

Ben resta interdit. Farfadet cavernicole ? Troll des marais ? Quelques gouttes de sueur perlèrent sur son front. Il n'avait pourtant rien vu ni entendu ! Abernathy faisait-il de l'humour ? Il hésita un instant, puis se mit en route. Il ne croyait pas Abernathy capable de ce genre de plaisanteries. Apparemment, il avait couru un certain danger à l'extérieur sans même s'en douter.

Il prit son petit déjeuner seul, et avait presque terminé lorsque Questor entra enfin. Il repoussa son assiette et ordonna à l'enchanteur de s'asseoir avec lui.

– Questor, je veux savoir exactement où en sont les choses aujourd'hui par rapport au temps du vieux roi. Je veux savoir ce qui marchait à l'époque et ne marche plus de nos jours. Je veux comprendre ce qu'il faut faire pour redresser la situation.

Questor Thews hocha gravement la tête, sourcils froncés. Il croisa ses mains sur la table.

– Je vais essayer, Sire, mais certaines choses échapperont sûrement à ma mémoire. Vous en savez déjà une partie. Il y avait une armée qui servait le roi de Landover ; elle est partie. Il y avait une cour, des serviteurs ; seuls restent Abernathy, Navet, Ciboule et moi-même. Il y avait un trésor ; il a fondu. Il y avait un système de taxes et de dons annuels ; il ne fonctionne plus. Il existait des programmes de travaux publics, de réformes sociales et de protection des terres ; ils n'existent plus. Nous avions des lois qui étaient appliquées ; à présent on les ignore ou on les applique partiellement. Les différents peuples du pays avaient passé des accords, des alliances et des pactes de paix ; la plupart ont été délaissés ou ouvertement bafoués.

– Un instant, interrompit Ben en se frottant le menton. Qui, parmi les sujets de la Couronne, est aujourd'hui l'allié de qui ?

– Pour autant que je le sache, nul n'est l'allié de personne. Humains, demi-humains, créatures féeriques, tous ont adopté la politique du chacun pour soi.

– Et tout le monde pourrait se passer du roi, je suppose ? Non, inutile de répondre. Je pourrais le faire moi-même. Quelqu'un est-il assez fort pour se mesurer à la Marque d'Acier ?

– Mmmm... Nocturna, peut-être. Elle détient des pouvoirs magiques très importants. Mais même elle aurait du mal à survivre à un affrontement avec la Marque. Seul le Paladin possédait la force nécessaire à le vaincre.

– Et si tout le monde s'y mettait ensemble ?

Cette fois-ci, Questor Thews hésita plus longtemps.

– Oui, alors la Marque et ses démons pourraient être mis en échec.

– Mais il faudrait que quelqu'un se charge d'unir tout le monde d'abord.

– Oui, il faudrait quelqu'un.

– Cela pourrait être le roi de Landover.
– Possible.
– Mais à l'instant même, le roi de Landover n'est pas capable de faire venir les foules à son couronnement...
Questor ne répondit rien. Ben et lui se dévisageaient de part et d'autre de la table.
– Questor, qu'est-ce qu'un troll des marais ?
– Un troll des marais, Sire ? C'est une variété de loup sylvestre, une créature carnivore qui creuse son terrier dans la terre des marais et paralyse ses victimes avec sa langue.
– Est-ce qu'il chasse le matin de bonne heure ?
– Oui.
– Les humains ?
– Cela arrive. Mais, Sire... ?
– Et Ciboule, serait-il de taille à se battre avec l'un d'eux ?
La mâchoire de Questor se referma sur ce qu'il allait dire. Son visage se rida.
– Les kobolds sont de taille à se battre avec presque toute créature vivante. Ce sont des lutteurs acharnés.
– Pourquoi Ciboule et Navet sont-ils toujours à Bon Aloi alors que tout le reste de la Cour est parti ?
Cette fois, Questor se rida tant qu'il ressembla à une vieille pomme.
– Ils sont ici parce qu'ils ont fait serment de se consacrer au service du trône et du roi. Les kobolds ne prennent pas leurs engagements à la légère. Jamais ils ne reprennent leur parole. Aussi longtemps qu'il y aura un roi à Landover, Ciboule et Navet seront là.
– Et Abernathy ?
– C'est la même chose. Il a choisi d'être là.
– Et vous ?
Il y eut un long silence.
– Oui, Sire, c'est mon cas également.

Ben se cala dans son siège. Pendant un moment, il ne dit rien et resta les yeux fixés sur ceux de Questor, les bras croisés sur la poitrine. Puis, il se força à sourire.

– J'ai décidé de rester et de remplir mon rôle de roi de Landover.

Questor Thews, l'air réellement content, lui rendit son sourire.

– Je vois. Je m'en doutais.

– Ah bon ? demanda Ben en riant. Alors vous en étiez plus sûr que moi. Je viens seulement de me décider.

– Si vous me permettez cette question, qu'est-ce qui vous a fait rester ?

Le sourire de Ben s'effaça. Il hésita, pensant un instant aux quelques bougres qui étaient venus au Cœur assister à son couronnement. Ils n'étaient pas si éloignés des clients qu'il avait juré de représenter, et lui n'était pas si différent de l'avocat qui avait prêté ce serment. Il leur devait peut-être quelque chose, après tout.

Il ne souffla mot de ceci à Questor et se contenta de hausser les épaules.

– J'ai pesé le pour et le contre. Si je reste, cela me coûtera un million de dollars (à supposer que je m'en sorte vivant). Si je pars, cela me coûtera ma dignité. J'aime à penser que ma dignité vaut plus d'un million de dollars...

– Elle les vaut peut-être, approuva Questor.

– D'autre part, je n'aime pas m'interrompre en plein travail. Cela m'agace de penser que Meeks m'a choisi parce qu'il pensait que je fuirais. Je tiens absolument à le décevoir sur ce point. Là d'où je viens, nous avons un proverbe : « La vengeance est un plat qui se mange froid. » Plus longtemps je resterai, plus j'aurai de chances de trouver moyen d'y parvenir. Cela vaut la peine de prendre des risques.

– Des risques substantiels.
– Je le sais. Et je ne crois pas que quiconque à part moi y réfléchirait à deux fois.
– Peut-être que non. Mais il n'y a que vous dans vos chaussures, Sire.
– Eh bien, voilà qui est réglé. Je reste, et voilà. (Il soupira, puis se redressa lentement.) À présent, je dois me concentrer sur les moyens de traiter les problèmes de Landover avant qu'ils ne me survivent. Et le premier de ces problèmes est le refus des sujets de me reconnaître comme roi. Ou de se reconnaître comme sujets. Il faut qu'ils prêtent serment à la Couronne.
– Comment allez-vous faire ?
– Je ne sais pas encore. Mais ce que je sais, c'est que personne ne viendra prêter serment ici. Puisqu'ils refusent de venir, je vais aller à eux. Où qu'ils soient.
– Sire, j'ai des réserves sur un tel plan. Il pourrait se révéler très dangereux.
– Certes, mais je ne crois pas que nous ayons grand choix. (Il se leva.) Avez-vous une idée de l'endroit par où commencer ?
Le magicien soupira à son tour.
– Je suggère, Sire, que nous commencions par le commencement.

SEIGNEURS DE VERTEMOTTE

Nombreux étaient ceux qui, au cours des ans, avaient prêté serment d'allégeance au roi de Landover. Certaines familles avaient combattu dans les armées du souverain et avaient occupé une place auprès du trône pendant des générations. Nombreux aussi étaient ceux qui s'enorgueillissaient de leur loyauté et de leur fidélité. Mais personne n'avait servi mieux ni plus longtemps que les seigneurs de Vertemotte, et c'était eux que Ben devait aller trouver en premier.

– Les barons font remonter leur lignée à plusieurs millénaires, certains même jusqu'au temps de la création du royaume, expliqua Questor Thews. Ils ont toujours défendu le roi. Ils formaient le pivot de son armée, ainsi que le plus gros de la Cour et des conseillers royaux. Certains ont même été rois de Landover, mais pas depuis plusieurs siècles. Eux qui étaient toujours les premiers à offrir leurs services ont été les derniers à partir lorsque le vieux roi est mort. Si quelqu'un devait un jour vous apporter son soutien, Sire, ce serait eux.

Ben accepta cette suggestion, qu'il trouvait plus proche d'un avertissement, et quitta Bon Aloi le lendemain à l'aube afin de se rendre sur les terres des barons. Questor Thews, Abernathy et les deux kobolds l'accompagnaient encore. Ben, le magicien et le scribe étaient à cheval, car la route jusqu'à Vertemotte était longue. Les kobolds auraient eux aussi pu chevaucher, s'ils l'avaient voulu, mais les chevaux ne les tentaient guère, puisqu'ils allaient plus vite à pied et avaient davantage de souffle que le meilleur des trotteurs. D'autre part, un cheval monté par un kobold devient très nerveux. Ben le comprenait sans peine : toute créature capable d'éloigner un loup sylvestre, un farfadet cavernicole ou un troll des marais le rendait lui-même nerveux.

C'est un curieux groupe qui prit le départ ce matin-là. Questor ouvrait la marche, sa grande silhouette drapée de couleurs vives courbée sur une vieille jument grise qui aurait dû être reléguée au pré des années auparavant. Ben le suivait, monté sur un alezan clair marqué d'une étoile blanche et doté d'une forte tendance à prendre le mors aux dents et à partir comme une flèche. Il en fit deux fois la démonstration à Ben, qui ne put que s'agripper de son mieux. Abernathy chevauchait un hongre bai à tête blanche et brandissait l'étendard du roi, représentant le Paladin à cheval, sortant du château au lever du soleil, brodé en écarlate sur fond blanc. C'était un étrange spectacle de voir un terrier blond à poil long, portant lunettes et tunique, monter à cheval en jouant les porte-drapeaux. Mais Ben se retint de sourire, car Abernathy n'y trouvait manifestement rien d'amusant. Navet venait ensuite, conduisant une longue caravane d'ânes chargés de vivres, de vêtements et de couvertures. Ciboule était parti en avant sur ordre de Questor, avec mission de prévenir les barons de l'arrivée du roi.

– Ils n'auront pas le choix, ils doivent vous recevoir, déclara Questor. La courtoisie leur interdit de chasser un seigneur de statut supérieur ou égal au leur. Bien entendu, ils devraient également vous donner asile si vous n'étiez qu'un voyageur demandant l'hospitalité, mais en qualité de roi, vous êtes au-dessus de cela.

– Je ne suis pas au-dessus de grand-chose, plaisanta Ben.

Ils avançaient dans la brume et les ombres du petit matin, et contournèrent le lac, prirent la route de l'est et se mirent à descendre dans la vallée. À plusieurs reprises, Ben Holiday se retourna pour regarder la silhouette sévère et grise de Bon Aloi dans le ciel de l'aurore, ses tours, ses créneaux, ses murs ravagés par un mal sans nom. Il se surprit à regretter de le quitter. Au premier abord, il n'avait rien pour charmer l'œil, mais Ben avait éprouvé sa chaleur et avait touché la vie qu'il abritait. Le château avait été accueillant envers lui, lui avait fait sentir qu'il était le bienvenu. Il souhaitait pouvoir faire quelque chose pour aider Bon Aloi.

Un jour, il en serait capable, se dit-il pour se consoler.

Enfin, château, brouillard et vallée disparurent derrière eux tandis que la petite troupe, en route vers le centre de Landover, traversait en direction de l'est un pays de collines boisées. Ils menèrent bon train pendant la plus grande partie du jour, s'arrêtant pour déjeuner et pour quelques périodes de repos, et lorsque la nuit tomba ils étaient en vue d'une large étendue de champs, de prairies et de cultures diverses : Vertemotte.

Ils dressèrent leur bivouac dans un boqueteau de sapins en contrebas duquel paissaient des bovins et des chèvres. On apercevait, à quelque distance vers l'est, un petit groupe de huttes et de maisons de bois. Lorsque Questor arrêta la caravane, Ben se laissa agilement glisser à terre. Il y avait longtemps qu'il n'avait pas fait d'équitation. Cela faisait même presque vingt ans. D'un coup, il se rappelait la sensation que causaient les longues chevauchées : le corps endolori, la terre qui bouge toujours lorsqu'on tente de marcher, l'impression d'avoir toujours le ventre du cheval entre les genoux. Il savait qu'au réveil il serait courbatu des épaules aux pieds.

– Voulez-vous faire quelques pas avec moi, Sire ? demanda Questor.

Ben aurait voulu étrangler le magicien pour lui passer son envie d'exercice, mais il prit sur lui et s'inclina.

Ils s'éloignèrent jusqu'au bord du monticule où se trouvait le bosquet et restèrent côte à côte à contempler la plaine qu'ils dominaient. D'un geste du bras, Questor embrassa le paysage et dit :

– Vertemotte, Sire. Le domaine des vieilles familles, des barons de Landover. Ils sont maîtres de plus de la moitié du royaume. Au dernier décompte, il n'y avait que vingt familles, qui à elles seules dirigent tout le pays, ses serfs, ses villages et son bétail. Selon la volonté du roi, bien entendu.

– Bien entendu. Vous avez dit vingt familles au dernier décompte. Qu'est-ce que cela veut dire ?

– Certaines se regroupent par mariage, d'autres acceptent la tutelle de familles plus fortes. D'autres encore s'éteignent – avec un peu d'aide, dans certains cas.

Ben lui jeta un regard du coin de l'œil.

– Charmant. Elles ne s'entendent donc pas toutes si bien, alors ?

– Comme ci, comme ça. Unies sous le règne du vieux roi, elles étaient alors moins disposées à profiter les unes des autres. Aujourd'hui, en l'absence d'un monarque, elles sont divisées, méfiantes et comploteuses.

– Croyez-vous que je puisse faire jouer ceci en ma faveur ?

– C'est une possibilité.

– Sans parler de celle-ci : ils pourraient tous se liguer pour se débarrasser de moi.

– Tss, tss. Je serai avec vous, Sire. D'autre part, il est peu probable qu'ils perdent leur temps et consacrent des efforts inutiles à se défaire d'un roi qu'ils considèrent comme sans pouvoir. Après tout, ils ont refusé d'assister à votre couronnement.

– Vous êtes une véritable source d'inspiration, Questor, dit Ben sèchement. Que ferais-je sans vous ?

– Disons que cela fait partie de mes devoirs envers le trône.

Soit Questor était passé à côté de ce coup de griffe, soit il avait décidé de l'ignorer.

– Continuez, dites-moi ce qu'il me faut savoir.

– Il y a encore ceci : en des jours meilleurs, ces terres étaient fertiles, le bétail engraissait, et il y avait assez de serfs dévoués pour lever douze armées en vue de défendre le roi de Landover. La situation s'est bien dégradée, comme vous le verrez demain. Mais cela peut être rattrapé, si vous trouvez moyen de vous assurer la fidélité des seigneurs de Vertemotte.

– Je m'y emploierai, bredouilla Ben.

Dresser le camp prit une heure de plus que prévu. Il fallait assembler les tentes, et Questor se mit en tête d'utiliser la magie pour aller plus vite. Les tentes se retrouvèrent gonflées comme des ballons et s'envolèrent dans les airs, où elles se perchèrent sur les plus hautes branches des arbres. Navet dut déployer ses talents de grimpeur pour les rapporter à terre. Les chevaux rompirent leurs attaches lorsqu'ils entendirent Abernathy aboyer (ce qui l'embarrassa beaucoup) à la vue d'un chat errant, et ils ne purent être ramenés au camp qu'après de longues recherches. Puis on déchargea les vivres, on planta les étendards du roi, on nourrit et on abreuva les bêtes, et le couchage fut disposé sans autre incident.

Peu avant l'heure du coucher, Ciboule rentra de Vertemotte en annonçant que les seigneurs attendraient la visite du nouveau roi de Landover à son arrivée à Rhyndweir. Ben ignorait ce qu'était Rhyndweir et s'en moquait. Il était trop fatigué pour s'en soucier et alla dormir sans plus y penser.

Ils atteignirent Rhyndweir le lendemain en milieu d'après-midi, et Ben put alors se rendre compte par lui-même de ce dont il s'agissait. C'était un monstrueux et immense château fort situé sur un plateau au confluent de deux rivières. Des tours et des parapets se dressaient vers le ciel au sommet de murailles hautes de plus de trente mètres. Ils chevauchaient vers l'est depuis le lever du soleil, suivant la route sinueuse qui ondulait dans les basses terres de la vallée entre les champs et les villages, les fermes et les huttes de bergers. Une ou deux fois, ils avaient pu apercevoir au loin le mur d'un château, presque un mirage sous le soleil scintillant de Landover. Mais aucun n'avait l'air grandiose et terrifiant de Rhyndweir.

Ben secoua la tête. Bon Aloi ne souffrait pas la comparaison, et cela lui faisait de la peine.

Les maisons et les villages du peuple de Vertemotte n'étaient pas très reluisants. Les champs étaient clairsemés, les récoltes semblaient frappées de diverses sortes de maladies. Les chaumières et les huttes des laboureurs étaient mal tenues, comme si leurs propriétaires n'en faisaient plus leur fierté. Les magasins et les échoppes des villages, exposés au mauvais temps, tenaient à peine debout. Tout tombait en ruine. Questor lança à Ben un regard qui en disait long. Les seigneurs passaient trop de temps à se sauter à la gorge.

Ben étudia en silence le château de Rhyndweir tandis qu'ils approchaient depuis la vallée qu'il commandait. La route suivait la rivière située le plus au nord. Quelques maisons et boutiques se dressaient au confluent, au pied du château, comme un seuil devant ses portes. Les serfs regardèrent d'un air curieux la caravane qui traversait le pont de bois menant à l'entrée du château ; ils baissèrent leurs outils et levèrent la tête en une contemplation muette. Tous ou presque portaient sur le visage cette expression lasse mais pleine d'espoir que Ben avait remarquée à son couronnement.

– Ils n'ont pas vu de roi se rendre au château de leur maître depuis vingt ans, Sire, précisa Questor tout bas. Vous êtes le premier.

– Personne ne s'est donc donné cette peine ?

– Personne d'autre.

Les sabots de leurs chevaux résonnèrent sur les planches du pont, puis s'abattirent sur la terre molle avec un bruit mat. La route montait vers les murailles et les portes ouvertes. Des fanions avaient été disposés sur chaque tour, leur soie brillante s'agitant dans le vent. Au-dessus de l'entrée, des bannières pendaient à des étançons, et des hérauts firent un pas en avant pour faire sonner leurs trompes, dont l'éclat déchira le silence de l'après-midi. Des chevaliers et leur monture formaient une haie d'honneur de part et d'autre du portail, brandissant leur lance en signe de salut.

– Ce n'est pas un peu exagéré, étant donné leur attitude envers le couronnement ? s'étonna Ben.

Son estomac était noué, comme toujours avant une plaidoirie importante.

– En effet, dit Questor, la mine sévère, cela me paraît un peu excessif.

– Dans mon monde, lorsque quelqu'un fait une telle démonstration d'amitié, c'est qu'il est temps de numéroter ses abattis.

– Il n'y a aucun danger, Sire.

Ben sourit sans rien ajouter. Ils étaient arrivés à la porte et passaient entre les deux rangs d'hommes à cheval, accompagnés du son de la trompe qui résonnait dans la vallée. Ben compta rapidement les chevaliers : il y en avait au moins une centaine. Leurs cuirasses et leurs armes brillaient d'un vif éclat. Les heaumes fermés regardaient droit devant. Ces chevaliers étaient des statues de fer immobiles. Ben se tenait raide sur sa selle. Chaque muscle de son corps lui faisait mal depuis la veille, mais il refusait de laisser voir sa douleur. Tout ceci n'était pas seulement une cérémonie d'accueil ; c'était aussi une démonstration de force. C'était à qui impressionnerait l'autre. Il se retourna pour regarder son équipage : Questor, Abernathy et les kobolds. Il regretta de n'avoir rien de mieux.

Une délégation, composée d'hommes à pied revêtus de leurs plus beaux atours et portant bijoux, les attendait dans la cour.

– Ce sont les seigneurs de Vertemotte, indiqua Questor. Le grand, celui qui se tient en avant des autres, c'est Kallendbor, maître de Rhyndweir. C'est lui qui possède le plus vaste domaine, et donc il est le plus puissant. Il va diriger la suite des événements.

Ben acquiesça et garda le silence. Il avait oublié ses douleurs et son estomac s'était dénoué. Il pensait déjà à ce qu'il allait dire, comme s'il devait s'adresser à une salle d'audience.

Questor fit arrêter la compagnie à quelques dizaines de mètres de l'assemblée des seigneurs et regarda Ben. Ils mirent tous deux pied à terre. Des pages vinrent prendre les rênes de leurs montures. Abernathy resta à cheval, la bannière du roi pendante le long de sa hampe. Ciboule et Navet étaient accroupis de chaque côté, en alerte. Personne n'avait l'air très à l'aise.

Kallendbor sortit des rangs et s'avança. Sans un regard pour Ben, il inclina brièvement la tête devant Questor et lui dit :

– Bienvenue, Questor Thews. Je vois que tu nous as amené le dernier de nos rois.

Ben se plaça immédiatement devant l'enchanteur.

– C'est moi qui ai décidé de venir ici, messire Kallendbor. J'ai pensé qu'il serait plus rapide de me déplacer que d'attendre votre visite.

Il y eut un instant de silence. Les deux hommes se dévisageaient. Les yeux de Kallendbor se réduisirent à une fente, mais son visage resta impassible. Plus grand que Ben de plusieurs centimètres, il était aussi plus gros, avait les cheveux roux et portait la barbe. Il était très musclé. Il se tenait droit, et donnait l'impression de regarder Ben de haut – littéralement.

– Les couronnements sont chose si fréquente de nos jours qu'il est difficile d'assister à tous, dit-il d'un ton plein de sous-entendus.

– Je crois que leur fréquence va décliner désormais, répliqua Ben. Le mien sera le dernier avant longtemps.

– Ah, vous croyez ? reprit Kallendbor avec sarcasme. Cette décision sera peut-être difficile à appliquer.

– C'est possible, mais j'entends tenir parole. Comprenez-moi, messire Kallendbor. Je ne suis pas comme les autres, ceux qui sont venus à Landover pour repartir au premier coup de vent. Je suis ici pour régner, et je régnerai.

– Le fait d'acheter une couronne ne suffit pas à devenir roi, murmura une voix derrière Kallendbor.

– Et le fait d'être né dans une famille de barons ne suffit pas à devenir noble, repartit Ben. Ni l'achat d'un domaine, ni le mariage, ni le vol par tromperie, ni la conquête par les armes, ni aucun autre moyen ou artifice. Rien de tout cela ne fait de personne un noble ni un roi. Ce sont les lois qui fabriquent les rois et les nobles. Or vos lois, seigneurs de Vertemotte, ont fait de moi le roi de Landover.

– Des lois plus vieilles que nous et que nous n'avons pas écrites, grogna Kallendbor.

– Et auxquelles vous êtes pourtant assujettis, conclut Ben.

Il y eut un murmure et quelques regards de colère. Kallendbor considérait Ben sans rien dire. Puis il s'inclina, toujours impassible.

– Vous avez fait montre d'une certaine initiative à venir nous trouver ici, Noble Seigneur. Soyez donc le bienvenu. Ne restons pas plus longtemps dans cette cour. Entrons dans la salle et dînons. Vous pourrez vous baigner auparavant, si vous le désirez. Reposez-vous un peu, vous semblez las. On vous a préparé des chambres. Nous pourrons discuter plus tard.

Ben répondit d'un geste et fit signe à sa suite de venir avec lui. Il se pencha vers l'oreille de Questor et demanda :

– Comment on s'en tire, jusqu'à présent ?

– Ils acceptent de nous loger, répondit le magicien. C'est plus que je n'espérais.

– Comment ça ? Ce n'est pas ce que vous m'aviez expliqué plus tôt !

– Je sais. Mais je ne voulais pas vous inquiéter.

– Vous m'étonnerez toujours, Questor, soupira Ben. Jusqu'où croyez-vous que l'on puisse leur faire confiance ?

– À peu près autant qu'à un sanglier en colère, dit Questor en souriant. Si j'étais vous, je veillerais à garder toute ma tête au cours du repas, Sire.

Vers le coucher du soleil, on les appela à dîner. Le repas était servi dans la grande salle du château, sur une longue table à tréteaux chargée de nourriture et de dizaines de bouteilles de vin, auxquelles Ben ne toucha pas. Il commençait à se dire qu'il était un peu paranoïaque à propos du vin, mais il n'y pouvait rien. Il prit place en milieu de table, Kallendbor à sa droite et un autre seigneur du nom de Strehan à sa gauche. Questor avait été exilé en bout de table, tandis qu'Abernathy et les kobolds dînaient à une autre table plus petite. Ben comprit tout de suite qu'on cherchait à l'isoler. Il pensa contester le placement des invités, mais décida de ne pas insister. Tôt ou tard, on le mettrait à l'épreuve, alors... Il devait convaincre les seigneurs de Vertemotte qu'il était capable de se défendre seul.

Pendant la première partie du repas, la conversation fut agréable mais limitée. Ce ne fut qu'à la fin du second plat (du porc rôti et de jeunes faisans) que la question monarchique resurgit. Ben se demandait à part lui si les seigneurs mangeaient toujours ainsi ou bien s'ils avaient fait un effort pour l'impressionner, lorsque Kallendbor prit la parole.

– Vous me paraissez homme de courage, Noble Seigneur, le complimenta-t-il en levant son verre en son honneur.

Ben répondit d'un signe de tête, mais laissa son verre sur la table. Kallendbor vida puis reposa délicatement le sien.

– Si nous voulions tuer le roi de Landover, nous ne l'empoisonnerions pas, vous savez. Nous n'aurions qu'à attendre que la Marque d'Acier se charge de lui.

– C'est là ce que vous me réservez ? demanda Ben avec un sourire désarmant.

Le visage tanné du seigneur se plissa d'amusement. Ses cicatrices ressortaient contre le hâle de sa peau.

– Nous ne vous réservons rien de mal. En fait, nous ne vous réservons rien du tout. Nous sommes ici pour écouter ce que vous avez à nous dire.

Strehan ajouta :

– Nous sommes de loyaux sujets, et nous avons toujours défendu le roi. Mais il est devenu difficile de savoir exactement qui est le roi.

– Nous servirions loyalement si nous pouvions être certains que le roi est un véritable souverain et non un de ces amateurs dont les intérêts personnels vont contre les nôtres, continua Kallendbor. Depuis la mort du vieux roi et l'exil de son fils, nous avons été soumis à un flot de faux monarques qui duraient quelques mois ou même quelques jours, et qui repartaient avant même que nous ayons appris leur nom. Prêter serment à de tels personnages n'est pas dans notre intérêt.

– Ce serait même un acte de trahison envers ceux des rois qui ont protégé le royaume depuis la nuit des temps, insista Strehan. À quoi bon prêter serment à un homme qui ne fera rien pour nous ?

Ben le regarda sans un mot en pensant : Ça va être le moment de sortir mon discours.

– Vous êtes peut-être l'un d'eux, dit Strehan.

Ben sourit. Strehan avait le visage fin, la silhouette anguleuse, et était plus grand encore que Kallendbor.

– Mais ce n'est pas le cas, répondit Ben.

– Alors, vous devez nous expliquer quels sont vos projets à notre égard, dit Kallendbor. Dites-nous quels privilèges vous nous offrez en échange de notre allégeance.

Oh la la ! pensa Ben.

– Il me semble que les avantages que vous trouverez à me prêter serment sont évidents ; le roi est la figure centrale de l'autorité qui gouverne tout un pays. Il écrit et annonce des lois ensuite appliquées équitablement à chacun. Il protège ses sujets de l'injustice, qui sans lui se développerait partout.

– L'injustice n'existe pas à Vertemotte ! explosa Strehan.

– Ah bon ? dit Ben d'un petit air étonné. Je croyais pourtant savoir que même entre pairs il existe parfois des dissensions, et que souvent, en l'absence d'une autorité supérieure, celles-ci se transforment en incidents violents.

– Vous croyez que nous nous cherchons querelle entre nous ? demanda Kallendbor en fronçant les sourcils.

– Je crois que si l'occasion s'en présentait, vous pourriez être soumis à la tentation de vous débarrasser les uns des autres ! (Ben laissa le choc créé par cette déclaration se dissiper un peu, puis reprit :) Allons droit au but, si vous le voulez bien. Landover a besoin d'un roi. Il y en a toujours eu un, et il y en aura toujours un. C'est la forme de gouvernement que le peuple reconnaît et que la loi préconise. Si vous laissez le trône inoccupé, ou bien si vous continuez à refuser de reconnaître celui qui s'y installe de manière légitime, vous risquez de tout perdre. Ce pays est constitué de divers peuples dont les problèmes s'aggravent. Il faut résoudre ces problèmes, et vous ne pouvez le faire à vous seuls. Vous ne vous entendez pas bien depuis la mort du vieux roi, et vous avez besoin de quelqu'un pour le remplacer. Je suis celui qu'il vous faut, et je vais vous expliquer pourquoi.

Toute la tablée se taisait ; la conversation entre Ben et les deux seigneurs s'échauffait, et à présent tout le monde écoutait. Ben se leva lentement.

– Je suis venu ici parce que les seigneurs de Vertemotte ont toujours été les premiers à prêter serment au trône de Landover. Questor me l'a dit. Il m'a conseillé de commencer ici si je voulais remettre de l'ordre dans les affaires du royaume. Et c'est *votre* royaume. Le trône et les lois qu'il promulgue vous appartiennent, ainsi qu'à tous les peuples de la vallée. Vous avez perdu les deux et vous devez les reprendre avant que Landover ne tombe en miettes sous vos yeux comme une planche pourrie. Je puis accomplir cela. J'en suis capable parce que je ne viens pas de Landover, mais d'un autre monde. Je n'ai pas de préjugés pour me retenir, pas d'obligations postérieures à honorer, pas de favoris à soigner. Je peux être honnête et juste. J'ai tout abandonné pour venir, et vous pouvez donc être certains de la fermeté de mes intentions. J'ai été formé aux lois de mon pays, ce qui me permettra d'interpréter les vôtres avec équité.

» Vous avez besoin que ces lois soient appliquées, messires. Vous avez besoin d'elles pour qu'il y ait dans votre vie une stabilité autre que celle acquise par les armes. La confiance naît de la foi et d'une assistance mutuelle, non des menaces. Je sais que tout n'est pas paisible entre les domaines. Il en est de même entre les peuples de Landover. Il n'en sera jamais ainsi, sauf si vous acceptez de vous ranger derrière moi, votre roi. L'Histoire et l'ordre le réclament.

– Nous nous en sommes bien tirés jusqu'ici sans roi pour nous gouverner, intervint un seigneur en colère.

– Ah oui ? Je n'en suis pas si sûr. Le Ternissement qui étouffe le château de Bon Aloi ravage également Vertemotte. J'ai vu vos récoltes frappées de maladie et l'expression de frustration de vos serfs. La vallée tout entière dépérit. Il vous faut un roi ! Regardez-vous ! Vous ne vous faites pas confiance les uns aux autres. Moi qui viens de l'extérieur, je le sens ! Vous vivez sous la menace de démons et de tous ceux qui convoitent le pays. Divisés, vous ne pourrez plus protéger vos possessions bien longtemps.

Un autre seigneur se leva à son tour.

– Même si ce que vous dites était vrai, pourquoi prêter serment à vous ? Pourquoi croyez-vous valoir mieux que vos prédécesseurs ?

– Parce que je vaux mieux qu'eux ! (Ben inspira profondément et son regard croisa celui de Questor.) Parce que je suis plus fort qu'eux.

– Je ne veux pas tremper là-dedans, grommela un seigneur assis au bout de la table. Vous prêter serment, c'est prendre des risques avec la Marque d'Acier et les démons qui le servent !

– Vous êtes déjà en danger, souligna Ben. Si aucun roi ne se mesure à la Marque, un jour viendra où tout le pays sera sous sa coupe. Joignez-vous à moi et nous pourrons éviter cela.

– Comment ça, *nous* ? objecta Strehan en bondissant sur ses pieds. Quel espoir avons-nous ? Avez-vous jamais combattu contre la Marque ? Où sont vos cicatrices ?

Ben rougit et tenta de répondre :

– Si nous faisons front, nous...

– Si nous faisons front, nous ne vaudrons pas mieux que si nous restons seuls ! acheva Strehan. À quoi nous servirez-vous si vous n'avez pas de valeur au combat ? Ce que vous voulez, c'est que les seigneurs de Vertemotte risquent leur vie pour vous !

Des murmures d'approbation s'élevèrent. Ben sentit qu'il commençait à perdre le contrôle de la situation.

– Je ne demande à personne de prendre des risques pour moi. Je demande que se crée une alliance entre vous et le trône, comme celle qui vous liait au vieux roi. Je le demanderai à chacun des sujets de Landover, mais c'est vers vous que je suis venu en premier.

– Bien parlé, Noble Seigneur, mais si c'était *nous* qui vous demandions de vous allier ?

La question venait de Kallendbor. Il se dressa lentement à côté de Ben, le visage dur. Strehan se rassit sur son siège. Les autres seigneurs se taisaient.

Ben lança un regard rapide à Questor, mais ne lut sur le visage du magicien qu'une confusion profonde. Il se tourna alors vers Kallendbor.

– À quel genre d'alliance pensez-vous ?

– À un mariage.

– Un mariage ?

– Le vôtre, Noble Seigneur. À la fille de n'importe quelle maison de votre choix. Prenez femme parmi nous, une femme qui vous donnera des enfants et vous attachera à nous par les liens du sang. (Il eut un bref sourire.) Alors, nous vous prêterons serment de fidélité. Alors, nous vous reconnaîtrons roi de Landover !

Silence interminable. Ben était si stupéfait que pendant un temps il ne comprit même pas ce qu'on lui demandait. Lorsqu'il parvint enfin à enregistrer ce que Kallendbor venait de lui proposer, il vit clairement ce qui se cachait derrière : il lui était demandé de fournir aux seigneurs de Vertemotte un héritier légitime au trône de Landover, qui régnerait après lui. Il comprit que, une fois né, cet héritier n'aurait pas à attendre longtemps avant de monter au pouvoir. Il vit dans son esprit le visage juvénile d'Annie, et ce souvenir lui fit de la peine.

– Je ne puis accepter, répondit-il enfin. Je ne puis accepter, car j'ai récemment perdu ma propre femme, et je ne veux pas en prendre une autre si vite. Je ne peux pas.

Il se rendit compte immédiatement que les autres ne comprenaient pas ce qu'il disait. Une expression de colère apparut sur tous les visages. Dans les baronies de Landover, le mariage n'était peut-être qu'affaire de convenance, comme dans beaucoup de royaumes anciens. Il l'ignorait, et il était de toute façon trop tard pour se renseigner. Pour les seigneurs de Vertemotte, il avait pris la mauvaise décision.

– Vous n'êtes même pas un homme ! ricana Kallendbor.

Les autres l'approuvèrent à grands cris.

– Je suis légalement roi, répéta Ben.

– Vous n'êtes qu'un roi de comédie, comme les autres ! Un usurpateur !

– Il porte le médaillon, messire Kallendbor ! intervint Questor depuis le bout de la table.

– Peut-être bien, mais le résultat n'est pas glorieux !

Le seigneur à barbe rousse fixait Ben du regard. Les cris fusaient toujours. Kallendbor les encourageait en lançant à pleine voix :

– Il ne commande pas au Paladin, si ? Il n'a pas de champion pour le défendre contre homme ou démon ! Il n'a que toi, Questor Thews ! Viens donc le chercher, le mage !

– Je n'ai besoin de personne pour me défendre ! dit Ben en s'interposant entre Kallendbor et Questor qui s'approchait. Je peux me battre contre n'importe qui !

Il regretta aussitôt d'avoir prononcé ces mots. La salle retomba dans le silence. Il vit le visage de Kallendbor se fendre d'un sourire narquois.

– Voulez-vous mesurer votre force à la mienne, Noble Seigneur ? demanda-t-il calmement.

Ben sentit la sueur envahir son dos. Il voyait bien qu'il était pris au piège, sans savoir comment s'en tirer.

– La force ne prouve rien, messire Kallendbor, répliqua-t-il sans quitter le seigneur des yeux.

Le sourire de Kallendbor était de plus en plus inquiétant.

– Je m'attendais bien à ce genre de réponse, de la part d'un homme qui compte sur la loi pour le défendre.

– Très bien, dit Ben en qui la colère montait. Comment voulez-vous vous mesurer à moi ?

– Sire, vous ne pouvez permettre... commença Questor.

Mais sa voix fut bientôt couverte par les cris des convives. Kallendbor se frottait le menton en réfléchissant.

– Voyons, il y a plusieurs possibilités, dont toutes sont...

Il fut interrompu par un bref aboiement venu du bout de la table. C'était Abernathy qui, dans son agitation, en était revenu à la forme de communication la plus fruste de sa race.

– Pardon, dit-il tandis que les moqueries fusaient. Messire Kallendbor, il me semble que vous oubliez les règles du duel. C'est vous qui avez lancé le défi. C'est donc votre adversaire qui a le choix des armes.

Kallendbor fronça les sourcils.

– Comme il vient d'un autre monde, je pensais qu'il ignorait nos usages et nos jeux.

– Il lui suffit d'en connaître une variation, répondit Abernathy. Veuillez m'excuser un moment, je vous prie.

Il quitta la table sur les pattes de derrière, la tête haute. Il y eut quelques rires étouffés tandis qu'il quittait la pièce. Ben jeta un regard rapide à Questor, qui haussa les épaules en secouant la tête. Il n'avait aucune idée des intentions du scribe.

Abernathy revint au bout de quelques minutes, porteur de deux paires de gants de boxe : celles que Ben avait emportées avec lui pour continuer à s'entraîner.

– Lutte aux poings, messire Kallendbor, annonça le chien.

Kallendbor renversa la tête en arrière et se mit à rire.

– Une lutte aux poings ? Avec ça ? J'aimerais mieux me battre à mains nues qu'avec des... des moufles de cuir rembourré !

Abernathy apporta les gants aux deux adversaires.

– Sire, dit-il en s'inclinant profondément devant Ben, peut-être vaudrait-il mieux que vous pardonniez à messire Kallendbor ses vives paroles. Il serait malséant qu'il fût blessé à cause de son incapacité à manier vos armes.

– Non ! Je ne retire pas mon défi! rugit Kallendbor en arrachant des pattes du scribe une des paires de gants.

Strehan l'aida à les enfiler. Abernathy donna la seconde paire à Ben.

– Il est très fort, Sire. Méfiez-vous.

– Je croyais que vous ne connaissiez rien à la boxe, Abernathy, chuchota Ben en mettant un gant avec l'assistance de Questor. Où avez-vous trouvé ceux-là ?

– C'est moi qui ai défait vos paquets à votre arrivée à Bon Aloi. Ces gants étaient dans votre sac, avec un magazine qui en démontrait l'usage. J'ai longuement examiné les images et les croquis. Nos sports ressemblent beaucoup à celui-ci. Vous appelez le vôtre boxe, nous appelons le nôtre lutte aux poings.

– Ça alors ! souffla Ben.

Kallendbor avait lacé ses gants et s'était mis torse nu. Sa poitrine et ses bras étaient modelés par une musculature puissante, et son corps était tout couturé de cicatrices. On aurait dit un gladiateur.

Pendant ce temps, on dégageait un espace au centre de la pièce, autour duquel se rangèrent des serviteurs du château ainsi que les autres seigneurs. Cet espace couvrait à peu près la surface de deux rings de boxe.

– Quelles sont les règles du jeu ? demanda Ben en respirant profondément pour se calmer.

– Il n'y en a qu'une, répondit Questor. Celui qui reste debout le dernier a gagné.

Ben frappa ses gants l'un contre l'autre pour éprouver la solidité du laçage et se défit de sa tunique.

– C'est tout ? Pas trop dur à se rappeler, au moins.

Il contourna la table et entra dans le cercle où l'attendait Kallendbor. Il s'arrêta un instant au premier rang de la foule. Questor, Abernathy et les deux kobolds se pressèrent autour de lui.

– C'en est fini de mes méthodes d'avocat, soupira Ben.

– Je vais m'occuper de vous, souffla Questor en hâte.

– Pas de magie, Questor.

– Mais, Sire, vous ne...

– Pas de magie. Je suis formel.

Le magicien fit la grimace et accepta à contrecœur.

– De toute manière, le médaillon vous protège, ajouta-t-il.

Mais il n'avait pas l'air bien convaincu.

Ben n'y pensa plus et entra dans le cercle des spectateurs. Kallendbor en fit autant, les poings repliés, les bras écartés, prêt à lutter. Ben lui lança un direct du gauche et fit un pas de côté. Le gros homme se tourna en grognant et Ben le frappa à nouveau, une, deux, trois fois. Ses coups nets et précis renversaient la tête de Kallendbor. Ben dansait en tous sens, se déplaçant rapidement ; il sentait l'adrénaline commencer à monter dans son corps. Kallendbor rugit de rage et se jeta sur lui en battant l'air des deux bras. Ben se plia en deux et reçut les coups sur les bras et les épaules, puis se mit à bombarder le corps de l'autre d'une série de petits coups brefs, avant de reculer pour lancer un nouveau direct ; enfin, un crochet du droit atteignit Kallendbor en pleine mâchoire.

Il s'effondra, une expression de surprise sur le visage. Ben continuait à sautiller. Il entendait Questor qui lui criait quelques encouragements. Les seigneurs de Vertemotte juraient et hurlaient. Le sang de Ben circulait avec force dans ses veines, et il lui semblait qu'il entendait le bruit de son cœur à ses oreilles.

Kallendbor se releva lentement, les yeux brillants de fureur. Il était aussi fort qu'Abernathy l'avait dit. Il ne se laisserait pas vaincre facilement.

Il revint vers Ben, avec prudence cette fois, tenant ses poings devant son visage pour le protéger. Les combattants se firent quelques feintes tout en décrivant des cercles. La face barbue de Kallendbor était rouge et crispée. Il jetait ses gants contre ceux de Ben, les repoussant, cherchant l'ouverture.

Puis, d'un coup, il chargea. Il était rapide et surprit Ben, qui perdit l'équilibre. Les coups se mirent à pleuvoir sur le malheureux et démolirent sa garde pour s'abattre en plein sur son visage. Ben s'échappa, rendant les coups. Mais Kallendbor ne ralentit pas la cadence. Il venait sur Ben comme un mastodonte et finit par le mettre au tapis. Ben se relevait avec peine, mais les coups sauvages de Kallendbor le prirent par deux fois à la tempe, et il retomba.

Les cris des seigneurs se transformèrent en rugissement général aux oreilles de Ben, et des lumières colorées dansèrent devant ses yeux. Kallendbor était debout au-dessus de lui et le frappait des deux mains ; l'air était chargé de l'odeur de sa sueur. Ben roula au loin et vint buter contre le cercle des spectateurs. Des mains le repoussèrent vers le centre de l'arène. Les bottes et les genoux de Kallendbor s'acharnèrent sur lui et il sentit la douleur des coups rayonner dans tout son corps. Il se roula en boule, les gants serrés contre le visage, les avant-bras repliés sur la poitrine.

Il sentait le médaillon s'imprimer dans sa chair.

La douleur devenait insupportable. Il savait qu'il allait perdre conscience s'il n'agissait pas rapidement. Il rassembla ses forces et roula pour se mettre à genoux. Lorsque Kallendbor se jeta une nouvelle fois sur lui, il s'agrippa désespérément à ses jambes pour le faire basculer et tomber à terre.

Ben se releva immédiatement, chassa son vertige et ramena ses gants devant lui. Kallendbor s'était aussi relevé, la respiration sifflante. Une étrange lueur était apparue derrière le gaillard et la foule des spectateurs. Elle semblait se faire plus vive. Ben secoua la tête pour se concentrer sur Kallendbor qui avançait. Mais les autres étaient aussi conscients de la présence de cette lumière. Les têtes se tournaient et les rangs se fendaient comme pour la laisser passer. Au cœur de la lueur, il y avait une silhouette : celle d'un chevalier en armure cabossée dont le heaume était fermé.

Toute la salle suffoqua de surprise.

C'était le Paladin.

Chacun regardait, des murmures couraient dans le silence soudain. Quelques personnes tombèrent à genoux et poussèrent des gémissements semblables à ceux jetés par les démons lors de l'apparition du Cœur. Kallendbor, hésitant, se tenait au centre du cercle, les bras ballants, les yeux fixés sur le spectre.

Le Paladin brilla encore un long moment, puis la lueur faiblit et il disparut.

L'instant d'après, Kallendbor faisait face à Ben.

– Quelle est cette diablerie, roi de comédie ? Pourquoi avoir amené ce fantôme à Rhyndweir ?

– Je n'ai rien amené... commença Ben avec colère.

– Messire Kallendbor, interrompit Questor, vous vous trompez sur ce qui vient de se passer. Par deux fois, le Paladin est venu alors que le Noble Seigneur était menacé. C'est un avertissement, seigneurs de Vertemotte ; cet homme, Ben Holiday, est le véritable roi de Landover !

– Un fantôme lumineux nous avertit ? railla Kallendbor dont les lèvres fendues saignaient. Tu t'es servi de tes pouvoirs pour nous effrayer, Questor Thews, et tu as échoué ! (Il jeta à Ben un regard dédaigneux et ajouta :) La rencontre est terminée. Je vous ai assez vus, vous et votre ménagerie ambulante. Je ne veux pas de vous pour mon roi !

Les cris des autres seigneurs retentirent en écho à cette déclaration. Ben resta cloué sur place.

– Que vous le vouliez ou non, je suis tout de même votre souverain ! Vous pouvez fermer les yeux sur moi comme sur toute vérité, mais je resterai bien réel ! Vous croyez pouvoir ignorer les lois qui m'ont fait roi, Kallendbor, mais vous ne pourrez le faire éternellement ! Je saurai trouver le moyen de vous en empêcher !

– Inutile de chercher bien loin, roi de comédie ! explosa Kallendbor en jetant à Ben les gants qu'il avait retirés. Vous vous dites roi de Landover ? Vous prétendez commander au Paladin ? Fort bien, prouvez-le en nous débarrassant de celui qui empoisonne notre existence et que nous ne pouvons chasser ! Débarrassez-nous de Strabo ! Chassez le dragon !

Il s'avança jusqu'à dominer Ben.

– Depuis maintenant vingt ans, le dragon s'abat sur nos bêtes et détruit nos terres. Nous l'avons poursuivi d'un bout à l'autre du royaume, mais il possède la magie de l'ancien monde et nous ne pouvons le tuer. Vous aussi êtes héritier de cette ancienne magie, si vous êtes celui que vous dites ! Alors, débarrassez-nous du dragon et je m'inclinerai devant vous pour vous faire serment de ma vie.

Un hurlement s'éleva de toutes les gorges :

– Chassez le dragon !

Les yeux de Ben restaient fixés sur ceux de Kallendbor.

– Jusqu'à ce moment, je vous mépriserai comme je méprise les fourmis qui rampent à mes pieds ! murmura encore Kallendbor tout près de son visage.

Sur ce, il tourna les talons et quitta l'assemblée, suivi des autres seigneurs. La salle se vida peu à peu. Ben se retrouva seul avec Questor, Abernathy et les kobolds. Ils s'avancèrent vers lui pour lui ôter ses gants et essuyer le sang et la sueur qui couvraient son visage et son corps.

– Qu'est-ce que c'est que cette histoire de dragon ? demanda immédiatement Ben.

– Plus tard, Sire, répondit Questor en tamponnant un cocard déjà en formation autour de son œil. Un bain et une bonne nuit de sommeil s'imposent pour commencer.

– Pas ici. Je ne passerai pas un instant de plus ici, même s'il fallait traverser un désert ! Faites les paquets. Nous partons à l'instant. Nous parlerons du dragon en chemin.

– Mais, Sire...

– Tout de suite, Questor !

Personne ne voulut discuter plus longtemps. Une heure plus tard, la petite troupe était sur la route, en direction de l'ouest.

SALICA

La décision de partir de Rhyndweir si précipitamment n'était pas fameuse. La caravane avait à peine quitté l'alignement de boutiques et de maisonnettes qui s'élevaient aux abords du château qu'il se mit à pleuvoir. La pluie était fine au début, consistant en quelques gouttes qui les frappaient au visage, légères et stimulantes. Mais elles devinrent plus nombreuses, et ce fut bientôt un véritable déluge. Les nuages cachaient les lunes et les étoiles distantes, et il faisait aussi noir que dans une cheminée. Le vent hurlait sur les pâtures et les champs sans relief de Vertemotte, secouant les voyageurs comme le souffle d'un géant. Il ne fallut pas longtemps pour qu'ils décident de chercher un abri, mais ils étaient déjà trempés jusqu'aux os.

Ils passèrent la nuit dans une grange en ruine où l'on avait jadis logé du bétail. La pluie coulait par les trous du toit et des murs, et il restait bien peu d'endroits secs. L'air devint glacial, et leurs vêtements mouillés leur parurent encore plus froids. Ils se blottirent dans une grande stalle sombre au bout de la grange. Il y faisait plus sec que dans tout le reste du bâtiment, et il s'y trouvait de la paille où dormir. Il n'était pas question de faire du feu, et chacun dut se contenter de changer de vêtements et de partager les couvertures. Questor proposa d'exercer ses talents pour faire apparaître un appareil de chauffage sans flamme, qu'il avait déjà créé avec succès en d'autres occasions, mais Ben le lui interdit. Les pouvoirs de Questor avaient tendance à mal tourner, la grange était leur seul abri. Et puis, insista Ben, passer la nuit dans de telles conditions lui servirait de punition pour s'être si mal tiré de sa visite à Rhyndweir.

– J'ai déraillé, dit Ben. J'ai tout fait de travers. Je me suis laissé attirer par Kallendbor dans le piège du combat singulier. J'ai perdu ma dignité. J'ai complètement dérapé. (Il soupira et s'adossa contre la cloison de la stalle.) J'aurais pu m'en tirer beaucoup mieux. Je fais un fameux avocat ! Et un fameux roi !

– Je trouve que vous avez plutôt bien mené votre barque, Sire.

Ben regarda Questor sans y croire.

– Ah bon ?

– Il était évident que votre volonté de faire prêter serment aux seigneurs de Vertemotte ne serait respectée qu'à condition que vous acceptiez leur marché. Si vous aviez accepté d'épouser une des filles de leurs maisons, leur allégeance vous était acquise. Vous auriez eu une femme et une belle-famille très fournie pour faire bonne mesure, et votre règne aurait été considérablement raccourci... Mais vous aviez compris cela aussi bien que moi, n'est-ce pas ?

– Oui, j'avais compris.

– Alors vous avez eu raison de refuser leur proposition, et je trouve qu'étant donné les circonstances vous avez fait montre d'une grande dignité. Il me semble que si le combat avait pu continuer, vous l'auriez peut-être battu.

– Merci pour le vote de confiance, dit Ben en riant. Je remarque tout de même que vous n'avez rien laissé au hasard.

– Comment ça ?

– Je veux dire que vous êtes passé outre mes ordres de ne pas recourir à la magie et que vous avez fait apparaître l'image du Paladin juste au moment où mon affaire était faite !

La silhouette vague du visage de hibou de Questor le considéra, et le magicien posa les chiffons ensanglantés avec lesquels il nettoyait les blessures de Ben.

– Mais je n'ai rien fait de tel, Sire. *C'était* le Paladin.

Il y eut un long silence.

– Il est donc venu trois fois, murmura enfin Ben, très étonné. Mais il semble n'être que ce que vous avez dit, Questor, un fantôme. On dirait une image faite de lumière. Qu'est-il vraiment ?

– Peut-être ce qu'il semble être, peut-être davantage.

Ben ramena ses genoux contre lui pour tenter de se tenir chaud.

– Je le crois bien présent. Je crois qu'il essaie de faire son grand retour.

Il regarda Questor pour obtenir confirmation, mais l'enchanteur secoua la tête.

– Je n'en sais rien, Sire. C'est possible.

– Par le passé, qu'est-ce qui le faisait venir ? Il y a bien quelque chose que vous pouvez me dire. Pourquoi et comment il apparaissait au vieux roi, par exemple.

– Il venait lorsqu'on le mandait, répondit Questor. Cette convocation venait toujours de celui qui portait le médaillon. Ce médaillon fait partie de l'enchantement, Sire. Il existe entre lui, le roi de Landover et le Paladin un lien magique. Mais seuls les rois de Landover ont compris pleinement la nature de ce lien.

Ben tira le médaillon de sous sa tunique et l'examina.

– Peut-être que si je le frotte, que je lui parle ou que je le saisisse... Qu'en pensez-vous ?

Questor ne dit rien. Ben expérimenta les trois méthodes, mais en vain.

– J'aurais dû me douter que ce ne serait pas si facile, soupira-t-il.

Il laissa retomber le médaillon sur sa tunique et le sentit tirer sur la chaîne qu'il portait au cou.

– Parlez-moi du dragon et des seigneurs de Vertemotte.

La silhouette voûtée de Questor s'approcha encore un peu.

– Vous avez presque tout entendu de la bouche de Kallendbor. Les seigneurs sont en guerre avec Strabo, contre qui ils sont vaincus d'avance. Il se nourrit à leurs dépens depuis bientôt vingt ans. Il brûle leurs champs et leurs maisons, dévore les troupeaux et parfois les serfs. Il ravage leurs terres comme il lui chante, et ils restent impuissants face à ce fléau.

– Parce que le dragon fait partie de la magie du royaume, c'est ça ?

– Oui, Sire. Strabo est le dernier représentant de sa race. Il appartenait au monde des fées jusqu'à son exil il y a des milliers d'années. Il ne peut être vaincu par les armes, mais seulement par magie. C'est pourquoi Kallendbor vous a mis au défi de le débarrasser du dragon : il vous prend pour un usurpateur. Un véritable roi de Landover utiliserait les pouvoirs magiques du médaillon pour faire apparaître le Paladin à volonté.

– On en revient toujours au Paladin, si je comprends bien. Dites-moi, Questor, pourquoi le dragon met-il à sac la région de Vertemotte ?

– C'est un dragon.

– Merci, j'ai compris. Mais il n'a pas toujours chassé ainsi, j'imagine. Pas sous le règne du vieux roi, au moins.

– C'est juste. Il restait sur ses terres, au temps jadis. Peut-être avait-il peur du roi. Ou bien le Paladin l'y a tenu jusqu'à la mort de celui-ci. Vous en savez autant que moi là-dessus.

Ben, agacé, poussa un grognement. Tout son corps était douloureux.

– Comment se fait-il que vous ne puissiez pas répondre à la moindre de ces questions, Questor ? Vous êtes censé tenir le rôle d'enchanteur royal et de premier conseiller, mais vous ne savez rien à rien !

Questor détourna le regard et répondit :

– Je fais de mon mieux, Sire.

Ben regretta aussitôt ses paroles blessantes et lui posa la main sur l'épaule.

– Je sais. Je suis désolé.

– J'ai dû apprendre mon art pratiquement seul. Je n'ai pas eu de professeur ni de maître pour m'instruire. J'ai tenté de protéger le trône de Landover tout en servant de guide à un troupeau de rois qui avaient peur de leur ombre et ne recherchaient rien de plus excitant que le spectacle d'une joute ! J'ai tout donné pour que la monarchie subsiste, même lorsque j'étais assailli de problèmes qui auraient rompu le dos d'un autre...

Abernathy l'interrompit d'un jappement vif.

– Allons, le mage, assez soliloqué ! Nous nous ennuyons à mourir au récit de tes malheurs, et nous n'en pouvons plus !

La bouche de Questor se referma et l'on put entendre ses dents s'entrechoquer. Ben sourit involontairement. Cela lui faisait mal de bouger son visage.

– J'espère n'être pas au nombre des infortunés dont vous venez de parler, Questor.

– Pas le moins du monde, répondit Questor qui foudroyait toujours le scribe du regard.

– Bien. Encore une chose. Peut-on compter sur la parole de Kallendbor ?

– En ce qui concerne le dragon, oui : il a prêté serment.

– Alors, nous n'avons qu'à nous débarrasser de ce fameux animal, conclut Ben.

Malgré l'obscurité, il comprit que ses compagnons se regardaient en silence.

– Vous avez une idée sur la manière de s'y prendre ?

– Personne n'y est jamais parvenu, souligna Questor.

– Il y a une première fois à tout, répliqua Ben avec entrain. (Il se demandait tout de même qui il était en train de convaincre.) Vous avez dit qu'il faudrait recourir à la magie. Qui pourrait nous fournir un moyen ?

– Mmm... Nocturna, évidemment. De tous les exilés du pays des fées, c'est elle la plus puissante. Mais elle est aussi dangereuse que le dragon. Je crois que nous aurions plus de chance en nous adressant au Maître des Eaux. Lui, au moins, a prouvé sa loyauté envers le trône.

– Qui est-ce, une créature féerique ?

– Il l'a été un jour. Il a quitté le monde des fées depuis des siècles. Mais il garde un certain savoir de ce temps-là et pourra peut-être nous conseiller. De toute façon, c'est à lui que je voulais vous proposer de rendre visite, même si les seigneurs de Vertemotte avaient prêté serment.

– Alors, c'est entendu. Demain, nous irons chez le Maître des Eaux.

L'aube mit un terme à la pluie, et un faible rayon de soleil filtra à travers le labyrinthe de nuages et de bancs de brouillard qui s'attardaient dans le ciel. Le petit groupe reprit son voyage dans la vallée, en direction du sud. Ils cheminèrent toute la journée, et cette fois encore Ciboule partit en avant pour avertir de leur arrivée. Ils quittèrent les basses terres de Vertemotte en milieu d'après-midi, laissant derrière eux les larges étendues de champs et de terres arables. Lorsque le crépuscule tomba, ils étaient profondément enfoncés dans le pays de collines du Maître des Eaux.

La vie y était d'une autre couleur. Tout avait une teinte plus claire, plus vraie, comme si la magie qui ailleurs déclinait y était restée intacte. C'était une région de lacs et de rivières entourés de creux et de vallées, de vergers et de bois poussant sur de douces collines, d'herbes et de fougères qui ondulaient dans le vent comme les vagues d'un océan vert. Même les Bonnie Blues n'étaient pas si malades, malgré quelques taches sombres qui en altéraient la beauté.

Ben demanda pourquoi il en était ainsi.

– Le Maître des Eaux et ceux qui le servent sont restés plus proches des anciens usages que les autres peuples, expliqua Questor. Ils disposent toujours de fragments, de restes de pouvoirs magiques, qu'ils utilisent à nettoyer la terre et les eaux de leur territoire. Mais ces pouvoirs ne les protègent que partiellement. Certains signes de dépérissement sont déjà bien visibles. Le Maître des Eaux et ses sujets ne peuvent que repousser le moment fatidique et inéluctable où leur pays se fanera comme les autres.

– Tout ça parce qu'il n'y a pas de roi à Landover ? s'étonna Ben, qui avait toujours du mal à accepter la relation de cause à effet.

– Parce qu'il n'y *avait* pas de roi, Sire. Pendant vingt ans.

– Je suppose que les trente-deux intérimaires ne comptent guère ?

– Contre ce mal qui se répand ? Non. Vous serez le premier à avoir une influence quelconque.

Mouais, se dit Ben, ça reste à prouver, au vu de ma rencontre avec les seigneurs de Vertemotte.

– Je ne comprends pas, reprit-il, les gens ne voient donc pas le problème ? Le royaume agonise sous leurs yeux tout simplement parce qu'ils ne sont pas fichus de s'entendre sur un roi !

– Je ne vois pas les choses ainsi, Sire, dit Abernathy en rapprochant son cheval.

– Comment ça ?

– Ce qu'il veut dire, intervint Questor, très irrité, c'est que je suis le seul à affirmer qu'il existe un rapport entre la disparition du roi et l'affaiblissement de la magie dans le pays. Il veut dire que personne ne conçoit le problème du même point de vue que moi.

– Mon opinion, reprit Abernathy, est que le manque de lucidité des habitants de ce pays ne concerne pas le problème mais sa solution. Pour la plupart, ils se rendent bien compte que la magie a commencé à se détériorer à la mort du vieux roi. Mais personne ne pense que le couronnement d'un nouveau souverain apportera une amélioration. Certains demandent que l'on impose des restrictions sur la solution recherchée. D'autres pensent que l'on devrait chercher une solution toute différente. Enfin, d'autres encore sont d'avis qu'il ne faut pas chercher de solution du tout.

– Comment ça, pas de solution ? Qui pense cela ? s'étonna Ben.

– Nocturna, répondit Questor. Elle ne s'intéresse qu'au Gouffre Noir, et ses pouvoirs le conservent en l'état où elle le désire. Si le reste du pays perdait ses pouvoirs, elle deviendrait le personnage le plus puissant de Landover.

– Quant aux seigneurs de Vertemotte, ils n'accepteront que l'un des leurs comme roi, ajouta Abernathy. Ils acceptent notre solution, mais sous certaines conditions.

– Enfin, le Maître des Eaux voudrait que l'on adopte une tout autre politique : l'autoguérison.

La nuit tombait rapidement sur tout le pays lorsqu'ils firent entrer leurs chevaux dans un petit bois de peupliers pour y dresser le camp. À l'ouest, le ciel était délimité par une crête boisée ; le soleil s'était glissé derrière les branchages et inondait le soir de rayons dorés. Au sud du campement se trouvait un lac, étendue grise et luisante sur laquelle traînaient d'épais rubans de brume tandis que des arbres dissimulaient des dizaines de petites anses et de criques. Des groupes d'oiseaux décrivaient de grands cercles paresseux dans le crépuscule.

– Ce lac s'appelle Irrylyn, annonça Questor à Ben.

Ils mirent pied à terre et tendirent les rênes à Navet.

– On dit que, certaines nuits, au cœur de l'été, les ondines et les nymphes du Maître des Eaux s'y plongent pour conserver leur jeunesse.

– Quelle délicieuse coutume, bâilla Ben qui ne souhaitait rien de plus délicieux qu'une bonne nuit de sommeil.

– Les gens croient n'importe quoi, gronda Abernathy. Je me suis baigné plusieurs fois dans ce lac, et tout ce que j'y ai gagné, c'est de sentir meilleur.

– Personne ne t'empêche de recommencer, dit Questor en plissant le nez de dégoût.

Abernathy lui répondit d'un grognement et s'éloigna au petit trot. Ben le regarda partir, puis se tourna vers Questor.

– Je vais peut-être en faire autant, après tout. J'ai l'impression d'être passé sous un rouleau compresseur. Pourquoi ne pas me débarbouiller un peu ?

– Pourquoi pas, en effet, approuva Questor. Je vais donner des ordres pour le dîner.

Ben prit le chemin du lac mais s'arrêta après quelques pas.

– Y a-t-il un danger quelconque qu'il vaudrait mieux connaître ?

Il se rappelait soudain le loup sylvestre, le troll des marais et autres charmantes créatures dont il n'avait peut-être pas encore fait la connaissance. Mais Questor était déjà trop loin pour l'entendre. Ben hésita, puis reprit sa route. Si les nymphes et les ondines s'y baignaient, quel danger pouvait-il y avoir ? Et d'ailleurs, Abernathy y était déjà.

Il gagna la rive avec précaution. La surface argentée du lac reflétait les lunes colorées de Landover. Des saules, des trembles et des cèdres formaient une voûte au-dessus de lui, comme des géants penchés dans la pénombre, et des oiseaux lançaient des cris stridents. Ben retira ses vêtements et ses bottes en cherchant Abernathy du regard. Le chien restait invisible, et l'on n'entendait aucun bruit d'eau remuée.

Ben, nu, entra dans le lac. Il fut immédiatement paralysé par la surprise. L'eau était chaude ! Chaude comme un bain, doucement et agréablement chaude. Ses muscles douloureux en furent soulagés. Il tendit la main et toucha la surface, croyant que c'était la différence de température entre l'air et l'eau qui produisait cette illusion. Mais non, c'était bien vrai, l'eau était chaude comme celle de certaines sources.

Il avança jusqu'aux genoux. L'ombre de son corps s'étendait sur les eaux. Il y avait autre chose qui le surprenait. Cette impression de marcher sur du sable... Il se pencha pour aller chercher au fond un peu de terre. C'était bien du sable ! Il vérifia dans le clair de lune qu'il ne s'était pas trompé. Il se trouvait en plein milieu des terres, dans un lac de forêt, où il aurait dû ne trouver que de la vase ou des rochers, mais au lieu de cela le fond était couvert de sable !

Il continua à avancer. C'était peut-être un tour de magie propre à Irrylyn. Il regarda encore une fois autour de lui, mais Abernathy n'était pas là. Il s'enfonça dans l'eau jusqu'au cou et sentit la chaleur l'envahir. Il se régala de cette sensation. Il se trouvait maintenant à plusieurs dizaines de mètres du rivage. Le fond descendait en pente très douce. Il se mit à nager dans le noir, étira son corps endolori en respirant régulièrement. En remontant pour respirer, il aperçut un petit bras secondaire qui continuait celui où il se trouvait. C'était une crique minuscule, d'à peine trente mètres de large, qu'il traversa pour en gagner une troisième. Il abandonna le crawl et passa à la brasse, plus silencieuse, la tête dressée vers sa destination. Le clair de lune inondait l'eau de rayons colorés. Ben ferma les yeux et nagea.

Le troisième bras du lac, large de moins de vingt mètres, était encore plus petit. La berge était bordée de joncs, de cèdres et de saules qui faisaient comme un toit et projetaient leur ombre sur l'eau. Ben plongea et glissa sans bruit vers les hauts-fonds.

Il refit surface à une dizaine de mètres de la rive et vit une femme debout juste devant lui. Elle était à quelques pas seulement, dans l'eau jusqu'aux chevilles, et tout aussi nue que lui. Elle ne tenta pas de se tourner ni de se couvrir. Comme un petit animal fasciné par la lumière, elle restait figée, hésitante.

Ben Holiday la regarda et vit quelque chose qu'il avait cru perdu à jamais. L'eau lui coulait sur les yeux et il cligna pour la chasser.

– Annie ? souffla-t-il.

Alors, les ombres et la brume qui la couvraient s'écartèrent, et il vit que ce n'était pas Annie. C'était une autre femme.

Ou même peut-être une autre... chose.

Sa peau parfaitement lisse était vert tendre, presque argentée sous les reflets du lac Irrylyn. Ses cheveux étaient également verts, mais d'une nuance profonde, et ses tresses ornées de fleurs et de rubans descendaient en cascade jusqu'à sa taille. Des poils lui poussaient en lignes étroites le long des avant-bras et sur les mollets ; ces crinières soyeuses ondulaient doucement dans le murmure du vent nocturne.

– Qui es-tu ? demanda-t-elle tout bas.

Il ne put se résoudre à répondre. Il la voyait très clairement à présent et la trouvait merveilleuse au-delà de toute imagination. C'était ainsi que le plus doué des artistes aurait dépeint une reine des fées soudain amenée à la vie. Elle était la plus belle créature qu'il lui eût été donné de voir.

Elle fit un pas en avant. Son visage était si juvénile qu'elle semblait à peine sortie de l'enfance. Mais son corps...

– Qui es-tu ? répéta-t-elle.

– Ben.

Il pouvait à peine parler, et il ne lui serait pas venu à l'esprit de répondre autrement.

– Je m'appelle Salica, dit-elle. Je t'appartiens désormais.

Il fut encore plus interloqué. Elle s'avançait vers lui, et son corps ondulait suivant ses gestes. Ce fut à Ben de se retrouver dans le rôle de l'animal trop fasciné pour s'enfuir.

– Ben.

Sa voix avait une douce cadence bien rythmée.

– Je suis une sylphide, née d'un ondin devenu homme et d'une nymphe des bois restée sauvage. J'ai été conçue au milieu de l'année, alors que les huit lunes étaient pleines, et ma destinée a été tissée avec les fleurs et les lianes des jardins dont mes parents ont fait leur couche. Deux fois par an, disait cette destinée, je devais aller à Irrylyn dans le noir sans me faire remarquer et me plonger dans ses eaux. J'appartiendrais à l'homme qui m'y verrait, et à aucun autre.

Ben secoua rapidement la tête en agitant les lèvres.

– Mais c'est id... Ce n'est pas normal ! Je ne te connais pas ! Tu ne me connais pas !

Elle s'immobilisa devant lui, assez près pour pouvoir le toucher en tendant le bras. Il voulait qu'elle le fasse. Le désir de ce contact le consumait. Il le combattit de toutes les forces qu'il put rassembler, pris au piège des émotions qui le submergeaient.

– Ben.

Elle murmura son nom et il crut voir le son de sa voix l'envelopper.

– Je t'appartiens. Je le sens. Je sais que les fées de la destinée avaient raison. Je suis offerte, comme les sylphides des temps anciens. Je suis offerte à celui qui me voit ainsi.

Elle leva son visage aux traits parfaits sur lequel brillait l'arc-en-ciel du clair de lune.

– Tu dois me prendre, Ben.

Il ne pouvait détacher d'elle son regard.

– Salica.

Il l'appelait par son nom, tentant toujours de vaincre ses émotions en folie.

– Je ne peux pas prendre... ce qui n'est pas à moi. Je ne suis même pas de ce monde, Salica. Je ne sais même pas...

– Ben, murmura-t-elle avec insistance en lui coupant la parole. Rien ne compte que ceci : Je t'appartiens. (Elle fit un pas en avant.) Touche-moi, Ben.

Il leva la main. Des souvenirs d'Annie défilèrent dans son esprit, mais sa main s'élevait toujours. La chaleur des eaux d'Irrylyn et l'air autour de lui l'enserraient de si près qu'il lui semblait ne plus pouvoir respirer. Elle toucha le bout de ses doigts.

– Viens avec moi, Ben.

Ben était en feu, une chaleur blanche lui dévorait la raison. Elle était le besoin qu'il n'avait jamais connu. Il ne pouvait la refuser. La couleur, la chaleur le rendaient aveugle à tout ce qui n'était pas elle, et le monde entier s'écroulait autour de lui. Il referma sa main sur la sienne, et il sentit qu'ils se rejoignaient.

– Viens avec moi, maintenant.

Elle pressa son corps contre le sien. Il tendit les bras vers elle et la serra contre lui. La douceur de son corps l'étonna.

– Sire !

Tout devint flou. Il y eut des craquements de broussailles, un bruit de pas. Les joncs s'écartèrent et le silence de la nuit disparut. Salica se glissa hors de son étreinte.

– Sire !

Abernathy apparut au bord de l'eau, haletant, épuisé, ses lunettes de travers. Ben le regarda, surpris, puis jeta un regard fou autour de lui. Il était seul dans la crique, nu et tremblant. Salica était partie.

– Mon Dieu, ne vous éloignez plus ainsi sans l'un de nous ! gronda Abernathy avec, dans la voix, un mélange d'irritation et de soulagement. Je croyais que votre aventure à Bon Aloi vous aurait servi de leçon !

Ben l'entendit à peine. Il examinait l'eau et la rive à la recherche de Salica. Le besoin qu'il avait d'elle le dévorait toujours comme le feu, et il ne pouvait en détacher ses pensées. Mais elle resta introuvable.

Abernathy s'assit sur son derrière sans cesser de ronchonner.

– Enfin, on ne peut pas dire que ce soit votre faute. C'est surtout celle de Questor Thews. Vous lui avez bien dit que vous alliez vous baigner dans le lac et il aurait dû savoir qu'il fallait vous envoyer Navet en escorte. Ce magicien est incapable de comprendre les risques que ce pays comporte pour vous. (Il marqua une pause.) Sire ? Ça va ?

– Oui, répondit Ben sans tarder.

Salica n'avait-elle été qu'une hallucination ? Elle semblait si vraie...

– Vous m'avez l'air un peu agité, remarqua Abernathy.

– Non, non, tout va bien, répondit Ben en s'éloignant. Je croyais seulement... Je pensais avoir vu quelque chose.

Il se dirigea vers le rivage et sortit de l'eau. Abernathy avait apporté une couverture dont il l'enveloppa. Ben en tira les pans contre lui.

– Le dîner nous attend, Sire, dit Abernathy tout en observant Ben de près. Un peu de soupe vous réchauffera peut-être.

– Bonne idée, approuva Ben sans conviction. Abernathy, savez-vous ce qu'est une sylphide ?

Le chien l'étudia de plus près encore.

– Oui, Sire. C'est une sorte de fée des bois, enfant femelle d'un ondin et d'une nymphe, je crois. Je n'en ai jamais vu, mais on les dit d'une grande beauté. Enfin, selon des critères humains, évidemment. Pour un chien, c'est autre chose.

– Oui, je m'en doute, dit Ben, les yeux dans le vague. Vous avez parlé de soupe ? Je crois qu'un bol me fera du bien.

Abernathy se leva et se mit en marche.

– Le campement est par ici, Sire. La soupe devrait être délicieuse, si Questor ne s'est pas mêlé d'y apporter quelque amélioration avec ses pouvoirs magiques si limités.

Ben se retourna brièvement vers le lac. L'eau calme scintillait au clair de lune. La rive était déserte.

Il secoua la tête et se hâta de rattraper Abernathy.

La soupe était bonne. Elle réconforta Ben Holiday et dissipa le froid qui l'avait saisi lorsqu'il s'était découvert seul dans l'eau. Questor était soulagé de le voir revenu et se disputa pendant tout le repas avec

Abernathy pour déterminer qui était responsable de la disparition du Noble Seigneur. Ben n'écoutait pas. Il les laissa se chamailler, répondit quand on lui parlait, et garda ses pensées pour lui. Deux bols de soupe et plusieurs verres de vin plus tard, il se sentit agréablement étourdi et resta les yeux fixés sur le feu. Il ne lui vint même pas à l'esprit de se méfier du vin.

Il alla se coucher peu après. Roulé dans ses couvertures, il se tourna dos au feu pour regarder le lac. Il écouta le silence qui s'installait sur les collines. Il scrutait l'obscurité à la recherche de formes.

Il dormit bien cette nuit-là, et rêva. Il ne vit ni Annie, ni Miles. Il ne vit pas sa vie d'avant, ni Landover et sa myriade de problèmes.

Il vit Salica.

LE MAÎTRE DES EAUX

Ciboule revint à l'aube. C'était un matin frais et humide. Le restant de la troupe était assemblé pour le petit déjeuner lorsque le kobold sortit d'entre les arbres comme un fantasme échappé d'un rêve. Il alla directement trouver Questor, lui parla dans cette incompréhensible langue faite de grognements et de sifflements mêlés, adressa un signe de tête aux autres, puis s'installa pour finir ce qui restait de pain, de baies et de bière.

Questor annonça à Ben que le Maître des Eaux avait accepté de les recevoir. Ben opina sans un mot. Son esprit était ailleurs. L'image de Salica le hantait toujours, si réaliste qu'elle devait être autre chose qu'une simple vision. En se réveillant, il avait voulu bannir le souvenir de ses rêves, qu'il considérait comme une trahison envers Annie. Mais ces impressions étaient si puissantes qu'il avait ressenti un désir étrange de les conserver malgré sa honte. Pourquoi avait-il rêvé de Salica ? Pourquoi des songes si intenses ? Il termina son repas tout absorbé par sa rêverie et ne remarqua rien des regards qu'échangeaient Questor et Abernathy.

Ils quittèrent le camp peu après. Le groupe ressemblait à une procession de fantômes misérables qui se suivaient en silence dans le demi-jour. Ils longèrent Irrylyn en file indienne, suivant au bord de l'eau un sentier à peine assez large pour un cheval. Ce fut un voyage au pays de Fantasia. Il montait de la vallée des serpents de vapeur qui, mêlés à l'air froid et à la terre chaude, se perdaient dans les brumes de la forêt. Les arbres se dressaient, sombres et humides, contre le ciel gris ; c'était un enchevêtrement de gigantesques chênes à l'écorce noire, d'ormes, de noyers noueux, de cèdres. Des apparitions surgissaient puis s'évanouissaient en un clin d'œil, créatures souples et espiègles qui aimaient à agacer. Ben fut étourdi par l'étrangeté du paysage, comme s'il n'était pas entièrement éveillé, ou comme s'il avait été drogué.

Ce fut en fin de matinée que le génie des bois leur apparut.

Ils avaient fait contourner à leurs chevaux quelques troncs d'arbres abattus. Ciboule menait la marche, et soudain un génie sorti des brumes sauta vers lui. Il était mince et délié, à peine plus grand que le kobold ; sa peau était plus brune et plus rugueuse que l'écorce d'un arbrisseau, ses cheveux poussaient dru sur sa nuque et ses bras étaient couverts de poils. Des vêtements couleur de terre flottaient autour de son corps. Les manches de sa tunique et les jambes de son pantalon étaient taillées court et ses pieds étaient glissés dans des bottes lacées sur le mollet. Son apparition ralentit à peine la procession.

– Questor ! s'écria Ben d'une voix rauque et plus forte qu'il n'aurait voulu, qui est-ce ?

L'enchanteur, qui chevauchait devant lui, se pencha sur sa selle, un doigt sur les lèvres.

– Tout doux, Sire. Notre guide est un génie des bois au service du Maître des Eaux. Il y en a d'autres tout autour de nous.

Ben scruta rapidement les environs, mais ne vit personne.

– Notre guide ? Pour aller où ? murmura-t-il.

– Pour nous rendre à Elderew, demeure du Maître des Eaux.

– Il nous faut donc un guide ?

– C'est plus sûr. Il y a tout autour d'Elderew des marécages où plus d'un voyageur s'est perdu. La région des lacs est assez dangereuse. Ce guide est un cadeau du Maître des Eaux, qu'il envoie toujours à ses invités lorsqu'ils approchent.

– J'espère que ce cadeau est renouvelé au moment du départ, balbutia Ben à part lui.

Ils s'avancèrent sous les arbres. D'autres silhouettes apparurent bientôt, fines et sveltes comme le guide, certaines ayant cette même apparence granuleuse, d'autres ressemblant à des bâtons noueux, d'autres encore lisses et brillantes, dotées d'une peau presque argentée. Elles venaient se ranger en silence de chaque côté de la colonne et saisissaient les rênes des chevaux pour les conduire. Le long de la piste se matérialisaient des flaques et des marais envahis de roseaux, de vastes étendues où rien ne bougeait que le vent. Le sentier rétrécissait toujours et parfois disparaissait complètement. Ils se retrouvaient alors dans l'eau, qui arrivait à la taille de leurs guides et à la cuisse des chevaux. Diverses créatures y nageaient, qui pourvues de nageoires, qui couvertes d'écailles reptiliennes, qui à visage presque humain. Il sortait de l'air trouble des personnages qui dansaient à la surface des marais comme des libellules sans pesanteur. Ils apparaissaient au loin et repartaient en un éclair. Ben sentait qu'il se réveillait pour de bon, que les rêves de la nuit étaient bel et bien dissipés et que les souvenirs vagues et les sensations étranges le laisseraient désormais tranquille. Son esprit s'aiguisait à mesure qu'il étudiait à travers la pénombre les êtres qui l'entouraient et le laissaient perplexe. Il fut saisi d'un sentiment profond d'impuissance. Génies, nymphes, naïades, lutins, élémentaux, tous les mots lui revenaient tandis qu'il avait sous les yeux ces créatures aquatiques. Il se souvint de ses lectures anciennes, alors qu'il explorait le monde du fantastique et de l'épouvante (transgression presque impensable) et revécut l'étonnement qu'il avait connu alors en faisant la rencontre de ces organismes stupéfiants. Pareilles créatures ne pouvaient exister que dans l'imagination d'un écrivain et ne venir à la vie que par l'intermédiaire d'un stylo, avait-il pensé, tout en souhaitant que le contraire fût possible. Et ils étaient là, ces personnages, habitants d'un monde qu'il avait rejoint, et qu'il connaissait moins bien que les inventions des auteurs de sa jeunesse. Réciproquement, eux ne savaient rien de lui. Comment allait-il donc les convaincre de le prendre pour roi ? Que pourrait-il dire pour s'assurer leur loyauté ?

Son impuissance le submergea. Pendant un instant, il fut si terrifié qu'il en resta paralysé. Les silhouettes des sujets du Maître des Eaux glissaient près de lui, et il voyait en eux des étrangers pour qui il n'était qu'une curiosité. Avec les seigneurs de Vertemotte, les choses avaient été différentes. Ils étaient d'apparence similaire, ou au moins comparable. Il n'en était rien avec les sujets du Maître des Eaux.

Il chassa de son esprit l'indécision et la peur. De tels sentiments n'étaient que des prétextes pour abandonner la lutte, et jamais il n'en arriverait là. On peut toujours jeter un pont entre deux mondes, si différents soient-ils. D'autres rois avant lui avaient gouverné ces gens. Il pourrait le faire tout aussi bien. Il trouverait le moyen de le leur faire comprendre. Il faudrait ce qu'il faudrait, mais jamais il n'abandonnerait. Jamais.

– Sire ?

Les yeux bruns d'Abernathy le questionnaient. Ben baissa la tête. Ses mains s'étaient serrées autour du pommeau de sa selle à en devenir blanches. La sueur imprégnait le dos de sa tunique. Il savait que son visage reflétait l'intensité de ses sentiments.

Il respira profondément et se redressa ; ses mains desserrèrent leur étreinte.

– Ce n'est rien, un coup de froid, prétexta-t-il en regardant au loin.

Il éperonna son cheval et prit de l'avance afin qu'Abernathy se retrouve derrière lui. C'était plus prudent.

Un volumineux massif de cyprès couverts de duvet blanc se détachait sur le ciel. Des filaments de lichen pendaient à leurs branches et leurs racines tortues s'enfonçaient dans le sol spongieux comme des griffes. Le petit groupe et ses guides passèrent au-dessous et furent avalés par les ténèbres et l'odeur de terre fétide. Le sentier serpentait entre les troncs séculaires, contournait des mares d'eau noire et luisante qui scintillaient comme des miroirs sombres, et quelques marais à fumerolles. C'était un bois immense dans lequel ils s'enfoncèrent comme pour se perdre. Les minutes passaient et le jour se transformait en un crépuscule pâlissant.

Puis, les arbres se firent plus clairsemés et le terrain se mit à remonter. Des couleurs filtraient à travers les feuilles, des guirlandes de fleurs pendaient aux branches, et un bruit d'eau mouvante emplissait l'air. Les troncs s'écartèrent enfin devant eux, la piste s'élargit, et un immense amphithéâtre en plein air apparut dans la lumière. Il était formé d'arbres vivants décrivant un cercle presque complet autour d'une arène d'herbe et de fleurs ; des allées et des sièges faits de tronçons et de bûches s'étageaient tout autour comme des gradins. Le feuillage se rejoignait au-dessus pour tisser un toit naturel, et quelques rayons de soleil le perçaient pour tomber sur l'herbe en longues bandes arc-en-ciel, comme dans les forêts tropicales après la mousson.

– Sire, dit tout bas Abernathy, regardez.

Il montrait du doigt non pas l'amphithéâtre mais ce qui se trouvait derrière. Ben sentit le souffle lui manquer. Ce qu'il voyait était presque irréel. Des arbres deux fois plus gros que ceux de l'arène s'élevaient vers le ciel, piliers de proportions si monstrueuses qu'ils réduisaient à la condition de nains même les séquoias de Californie. De hautes branches anguleuses s'entrelaçaient et liaient les arbres les uns aux autres ; ce réseau inextricable les réunissait tous en un seul géant.

Toute une cité était construite dans ces branchages et au-dessous.

C'était une vision magnifique, un pays féerique, imaginaire. Des maisonnettes et des magasins étaient installés très haut sur les branches, reliés par des voies et des passages qui descendaient graduellement vers le sol, où la plus grande partie de la ville se trouvait. Là, des canaux étaient alimentés par une rivière qui traversait le centre de la cité. C'était le bruit de ses eaux qu'ils avaient entendu peu avant. Habitations et commerces étaient égayés de fleurs colorées, de jardins et de haies, de voies navigables et de mails. La cité était enveloppée de brume comme par un voile de gaze qui tamisait la lumière, et la grisaille hivernale, qui régnait sur une si grande partie de la vallée, n'existait pas ici.

– Voici Elderew, annonça inutilement Questor.

Un comité d'accueil, composé d'hommes et de femmes, les attendait à la sortie de l'un des tunnels qui conduisaient des gradins à l'amphithéâtre. Ben ne pouvait pas distinguer leur visage, mais il identifiait sans peine des vêtements forestiers identiques à ceux de leur guide, et des carrés de la même peau.

Ils s'arrêtèrent au centre de l'arène, mirent pied à terre et se rendirent à pied vers leurs hôtes. Les kobolds et Abernathy suivaient Ben et Questor, et le guide resta en arrière avec les chevaux. Ben jeta un coup d'œil au magicien.

– Si vous avez des conseils de dernière minute à me donner, Questor, c'est le moment. Le Maître des Eaux, comment est-il ? Quel genre d'homme ?

– Vous voulez dire quel genre de créature, lança Abernathy d'un ton acide.

– C'est un esprit des bois, répondit Questor, une créature féerique devenue à demi humaine en s'installant à Landover, où il a élu domicile dans cette vallée. C'est un être de bois et d'eau, un... euh... (Il s'arrêta pour réfléchir, puis reprit :) Il est vraiment difficile à décrire, Sire, si vous voulez mon avis.

– Laisse-le s'en rendre compte par lui-même, déclara Abernathy.

Ils étaient désormais trop près de l'assemblée pour que Ben puisse se renseigner davantage ; après avoir entendu cela, il l'aurait pourtant bien voulu. Il se mit donc à examiner ses hôtes. Il reconnut le Maître des Eaux immédiatement. Il se tenait au centre du groupe, en avant des autres. Il était grand et mince, portait un pantalon, une tunique et un manteau, tous trois vert forêt, des bottes et des bandoulières de cuir verni, ainsi qu'un fin diadème d'argent autour du front. Il avait la peau argentée et granuleuse comme celle de leur guide, presque comme si des écailles la couvraient, mais ses cheveux étaient noirs et épais sur son cou et ses avant-bras. On aurait dit que ses yeux et sa bouche étaient sculptés au ciseau, et il n'avait pratiquement pas de nez. Il ressemblait à un objet taillé dans le bois.

Les autres membres du comité d'accueil étaient groupés autour de lui, presque tous plus jeunes, de taille et d'allure différentes. Tous avaient la même peau que le guide, un ou deux étaient argentés comme le Maître des Eaux ; il y en avait un au visage presque sans traits, un autre couvert d'une fourrure couleur de feuille morte ; un troisième était reptilien d'aspect et de teint ; un autre encore, d'une blancheur de spectre, avait de profonds yeux noirs, une...

Ben ralentit soudain, luttant pour ne pas exprimer le choc qui l'avait saisi. L'une de ces personnes, celle qui était directement à gauche du Maître des Eaux, était Salica.

– Questor ! siffla-t-il. La fille à gauche, qui est-ce ?

– Qui ? demanda Questor en se tournant vers Ben.

– La fille, là, à gauche ! Celle qui a la peau et les cheveux verts, enfin !

– Oh, la sylphide ?

Questor n'avait cessé de sourire à ceux qui les attendaient et répondait à Ben du coin des lèvres.

– Elle s'appelle Salica. C'est la fille du Maître des Eaux. Mais pourqu...

Ben lui intima le silence. Ils marchaient toujours, et l'esprit de Ben tournait à toute allure, tandis que ses yeux allaient de Salica à ses compagnons. Elle le contemplait hardiment, le défiant du regard.

– Bienvenue, Noble Seigneur, bienvenue à Elderew, dit le Maître des Eaux lorsque Ben et sa suite furent arrivés à sa hauteur.

Il fit un petit signe de tête en guise de révérence, et ceux qui l'accompagnaient l'imitèrent. Cachant sa surprise à la vue de Salica, Ben rassembla ses pensées.

– Merci de votre accueil. Merci également de nous recevoir chez vous si promptement.

Le Maître des Eaux éclata d'un bon rire franc qui emplit l'amphithéâtre. Mais son visage taillé au couteau restait de marbre.

– Le fait que vous soyez venu est tout à votre honneur, Noble Seigneur. Vous êtes le premier depuis la mort du vieux roi. Je serais un bien piètre hôte si je refusais de vous recevoir après une si longue attente !

Ben sourit poliment. Son sourire se figea lorsqu'il remarqua que le Maître des Eaux avait des branchies sur le cou.

– Je crois que l'attente a été longue pour tout le monde, parvint-il à articuler.

– En effet. (Il se tourna et ajouta :) Voici ma famille, Noble Seigneur : mes épouses, mes enfants, et mes petits-enfants. Nombre d'entre eux n'ont jamais vu de roi à Landover et ont insisté pour être présents.

Il les présenta un à un, et lorsqu'il parlait, ses branchies s'ouvraient et se fermaient. Ben l'écouta patiemment, adressa à chacun un signe de tête, y compris à Salica. Il sentit le regard de celle-ci le brûler. Ben présenta à son tour sa maigre suite.

– Soyez tous les bienvenus, conclut le Maître des Eaux en tendant la main à chacun. Il y aura une fête en votre honneur ce soir, ainsi qu'une procession. Vous devez vous considérer à Elderew comme chez vous tant que durera votre séjour. Et maintenant, je pense que vous et moi, Noble Seigneur, devrions parler de ce qui vous amène. Dans la région des lacs, il est d'usage de régler les affaires avec diligence. Pendant que vos compagnons s'installent au village, nous pouvons discuter en tête à tête. D'accord ?

– Très bien, dit Ben.

Il ne jeta même pas un coup d'œil à Questor pour s'assurer qu'il était d'accord. Questor ne pouvait l'aider en rien. Ben savait ce qu'il avait à faire, et savait aussi qu'il devait le faire seul. D'ailleurs, le Maître des Eaux n'avait pas l'air bien féroce, quoi qu'en eût dit Abernathy.

Le Maître des Eaux renvoya sa famille avec ordre de conduire Questor, Abernathy et les kobolds à leurs logements, puis se tourna vers Ben.

– Voudriez-vous visiter un peu notre village tandis que nous parlerons ?

C'était bien plus une proposition qu'une question, mais Ben accepta néanmoins avec plaisir. Il suivit son hôte dans l'un des tunnels qui passaient sous l'amphithéâtre. Il aperçut une dernière fois Salica qui le regardait, puis les ténèbres se refermèrent sur lui.

Lorsqu'il arriva au bout du passage, le Maître des Eaux conduisit Ben le long d'un canal bordé de massifs de fleurs et de haies soigneusement entretenus et taillés, d'où ils gagnèrent un parc qui donnait sur l'arrière de l'amphithéâtre. Des enfants y jouaient, et leurs silhouettes de différentes tailles reflétaient la diversité de leurs origines. Leurs voix résonnaient, claires et gaies, dans le silence de l'après-midi. Ben sourit avec mélancolie. Il y avait longtemps qu'il n'avait pas entendu le bruit d'enfants qui jouent. Sans cette étrange apparence, ils auraient pu appartenir à son monde.

Mais son monde était ici à présent.

– Je sais que vous êtes venu à Elderew pour me demander de vous prêter serment, Noble Seigneur, commença soudain le Maître des Eaux dont le visage restait inexpressif. Je sais aussi que vous êtes d'abord allé trouver les seigneurs de Vertemotte et qu'ils ont refusé d'accéder à cette même demande.

Ben lui lança un regard rapide, que le Maître des Eaux écarta d'un haussement d'épaules.

– Ne soyez pas surpris que je sache cela, Noble Seigneur. Je suis issu du monde des fées, auquel j'appartiens toujours, et je conserve une partie de mes anciens pouvoirs. J'ai des yeux dans tous les coins de la vallée, ou presque. Je respecte l'initiative et le courage dont vous avez fait preuve en entreprenant ce voyage chez les différents peuples du royaume. Je vous crois plus fort que ceux qui, avant vous, ont revendiqué le trône de Landover. Votre conduite à Rhyndweir le suggère, en tout cas. Je vous crois également droit et décidé, aussi je vais vous épargner les manœuvres et circonvolutions de la diplomatie. J'ai réfléchi à votre demande, et je me vois dans l'obligation de la rejeter.

Ils continuèrent à marcher en silence. Ben était stupéfait.

– Puis-je demander pourquoi ? dit-il enfin.

– Je ne vois pas quel bien cela me ferait de vous prêter serment.

– Je pourrais objecter que vous devriez y voir de nombreux avantages.

– Oui, je sais, vous pourriez dire que l'union fait la force, qu'un pouvoir central bénéficierait à tous. Et encore que l'on ne peut se faire confiance tant qu'il n'y a pas de roi, que nous sommes menacés par plusieurs de nos voisins et par la Marque d'Acier et ses démons. Ou bien que le pays est frappé d'une maladie causée par l'affaiblissement de la magie dont il est né, et que tôt ou tard celle-ci s'éteindra. Allons, ai-je correctement résumé vos arguments ?

– Oui. Et comment y répondriez-vous ?

– En vous racontant une histoire.

Il ralentit le pas et mena Ben à un banc taillé dans un roc. Ils s'assirent.

– Les habitants de la région des lacs sont originaires du monde des fées, Noble Seigneur. La plupart l'ont quitté à une époque depuis longtemps oubliée de tous sauf de nous-mêmes. Nous sommes des créatures féeriques ayant décidé de vivre dans le monde des humains. Nous avons choisi de devenir mortels, alors que jadis le passage du temps ne nous affectait pas. Nous sommes des élémentaux : créatures de bois, d'air et d'eau, c'est-à-dire des génies, des nymphes, des naïades, et bien d'autres encore. Nous avons élu domicile dans la région des lacs, dont nous avons fait ce qu'elle est : un pays de beauté, de grâce, de santé. C'était notre but lorsque nous sommes arrivés ici. Nous sommes venus apporter la vie, non seulement à la région des lacs, mais à toute la vallée.

» Nous avons ce pouvoir, Noble Seigneur, le pouvoir de donner la vie. (Il se rapprocha comme un professeur qui instruit son élève.) Nous n'avons pas perdu toute notre magie, vous comprenez. Nous savons toujours guérir. Nous pouvons prendre un pays qui souffre et lui rendre la santé. Venez avec moi, je vais vous donner une démonstration de ce que je dis.

Il se leva et fit quelques pas jusqu'à un buisson. Ses feuilles portaient quelques traces de dépérissement, comme les Bonnie Blues que Ben avait vus en arrivant à Landover.

– Vous voyez la maladie sur ces feuilles ?

Il posa la main sur la tige du buisson, un peu audessus de la terre. Son visage se concentra, sa respiration ralentit et sa tête se pencha jusqu'à toucher sa poitrine. L'arbrisseau trembla lentement en réponse à ce contact. Les taches disparurent, les couleurs revinrent et le buisson se dressa dans la lumière.

– Nous avons le pouvoir de guérir, répéta le Maître des Eaux en se relevant. Nous pourrions l'appliquer à tout le pays si l'on nous le permettait. Mais nombreux sont ceux qui n'ont pas confiance en nous. Et aussi ceux qui se moquent de notre travail. Ils préfèrent que nous restions confinés dans notre région, et nous avons respecté leurs vœux. S'ils nous croient dangereux parce que nous sommes différents, tant pis. Mais ils vont continuer à endommager le pays par l'utilisation qu'ils en font, Noble Seigneur. Ils répandent la maladie par leur irresponsabilité et leur insouciance. Ils rendent malades non seulement ceux qui vivent chez eux dans la vallée, mais aussi les rivières et les forêts qui nous appartiennent !

Ben hocha la tête. Peut-être avaient-ils trouvé là un terrain d'entente.

– Votre monde n'est pas si différent du mien, Maître des Eaux.

– Alors, Noble Seigneur, vous comprendrez la conclusion que j'appose à cette histoire. La région des lacs nous appartient, à nous qui y vivons et l'entretenons. Nous sommes ici chez nous. Si ceux de la vallée décident de détruire leur habitat, cela ne nous regarde pas. Nous savons guérir nos rivières et nos forêts, et nous le ferons aussi longtemps qu'il le faudra. La diminution de la magie qui a suivi la mort du vieux roi ne nous a guère affectés. Les seigneurs de Vertemotte, les trolls, les gnomes, les kobolds et tous les autres avaient répandu leur mal dans le royaume bien avant. Pour nous, rien n'a changé. Nous avons toujours été à part, et je pense que nous le resterons.

» Je vous souhaite de réussir, Noble Seigneur, mais je ne prêterai pas serment. Votre arrivée sur le trône ne change rien à nos affaires.

Ben baissa les yeux vers le buisson que le Maître des Eaux avait soigné, puis croisa solennellement les bras sur sa poitrine.

– Questor Thews m'avait dit que le Maître des Eaux et son peuple s'attachaient à chasser la maladie qui s'étend sur Landover. Mais n'est-il pas vrai que chaque jour votre travail devient plus difficile ? L'affaiblissement de la magie aide à la propagation du mal. Un jour viendra où vos pouvoirs ne suffiront plus, un jour où la pourriture sera si enracinée que la magie du pays elle-même mourra.

– Les autres mourront peut-être parce qu'ils n'ont pas les moyens de survivre, Noble Seigneur. Ce ne sera pas notre cas.

– Cette déclaration d'indépendance me semble un peu trop optimiste, objecta Ben avec une certaine irritation dans la voix. Et la Marque d'Acier, ses démons ? Pouvez-vous leur survivre ?

– Ils ne peuvent même pas nous voir si nous en décidons ainsi. Il nous suffit d'un instant pour nous fondre dans la brume. Ils ne sont aucunement dangereux pour nous.

– Et s'ils occupaient Elderew ?

– Eh bien, nous reconstruirions. Nous l'avons déjà fait. Ce pays offre toujours les moyens de survivre à ceux qui maîtrisent des pouvoirs magiques.

Sa certitude placide était agaçante. Il ressemblait trait pour trait au vieux savant qui vit dans ses livres et ne voit du monde que ce qui y est imprimé. Finalement, le cynisme d'Abernathy n'était pas injustifié. Le Maître des Eaux avait manifestement décidé de ne prêter serment à aucun roi, et rien ne semblait devoir le faire changer d'avis. Pourtant, Ben savait qu'il fallait trouver un moyen.

Une petite lumière s'alluma soudain dans sa tête.

– Et la raison pour laquelle vous êtes venu à Landover, Maître des Eaux ? Votre œuvre ?

– Mon œuvre, Noble Seigneur ? interrogea la face de bois.

– Oui, l'œuvre qui a fait venir tout votre peuple à Landover. Vous avez quitté le paradis et une existence éternelle pour entrer dans le monde du temps et de la mort. Vous avez accepté de devenir humains. Si vous avez fait cela, c'était pour venir nettoyer Landover, pour rendre ses arbres, sa terre, ses montagnes, ses eaux sains et vigoureux ! Je ne sais pas pourquoi vous avez pris cette décision, mais vous l'avez prise. Et maintenant vous avez l'air de me dire que vous voulez tout abandonner. Vous n'êtes pas cet homme-là. Vous voudriez donc laisser toute la vallée tomber malade et se faner rien que pour prouver que vous aviez raison ? Une fois que le mal sera répandu assez loin et assez profondément, il sera trop tard pour rassembler vos pouvoirs !

Le Maître des Eaux le regarda sans un mot. Un petit froncement apparut sur son front, une lueur de doute au fond de ses yeux.

– Si vous me prêtez serment, je mettrai fin à la pollution des voies d'eau et des forêts. Je circonscrirai la maladie, non seulement ici mais dans toute la vallée.

– Une noble ambition pour un Noble Seigneur. Et comment vous y prendrez-vous ?

– Je saurai bien.

– Comment ? Vous ne disposez même pas du peu de magie qu'avait le vieux roi, celle qui lui permettait de commander au Paladin. Vous portez le médaillon, que je vois à travers votre tunique, mais il n'est guère plus qu'un symbole de votre charge. Noble Seigneur, vous n'avez de roi que le nom. Comment pourriez-vous accomplir la moitié de ce que vous promettez ?

Malgré la douleur que lui causaient ces paroles, Ben veilla à éliminer de sa voix toute trace de colère.

– Je ne sais pas. Mais je saurai trouver un moyen.

Le Maître des Eaux resta un moment silencieux, perdu dans ses réflexions. Puis il prononça d'un ton calme et mesuré :

– Très bien, Noble Seigneur. On ne perdra rien à vous laisser essayer. Vous avez fait une promesse à laquelle je vous rappellerai s'il le faut. Mettez un terme à la pollution, arrêtez la propagation du mal. Obtenez des autres peuples de la vallée l'engagement de travailler avec nous pour sauvegarder le pays. Lorsque vous aurez accompli cela, je vous prêterai serment. (Il tendit la main.) Entendu, Noble Seigneur ?

– Entendu, Maître des Eaux, répondit Ben en serrant cette main.

Les cris des enfants résonnaient dans le lointain. Ben soupira intérieurement. Encore un serment conditionnel. Il construisait un château de cartes. Il adressa au Maître des Eaux son plus beau sourire d'avocat et dit :

– Vous ne connaîtriez pas un moyen de tenir le dragon loin de Vertemotte, par hasard ?

Le Maître des Eaux ne connaissait aucun moyen. Et d'ailleurs, personne n'en connaissait, sauf peut-être Nocturna. La sorcière du Gouffre Noir possédait plus de pouvoirs magiques que tous les habitants de la vallée. Mais pourtant, elle n'avait jamais proposé d'éliminer Strabo. Une chose était sûre, expliqua le Maître des Eaux : elle n'accepterait jamais d'aider Ben, même en supposant qu'elle en eût les moyens. Elle détestait depuis toujours les rois de Landover, parce qu'ils commandaient au Paladin, qui était plus fort qu'elle.

Les temps changent, se dit tristement Ben.

Il y avait les fées, évidemment, ajouta le Maître des Eaux presque après coup. Elles avaient toujours su comment vaincre les dragons, et c'était d'ailleurs pourquoi ceux-ci s'étaient enfuis (ou avaient été chassés) du pays des fées pour venir s'installer dans la vallée. Malheureusement, elles non plus ne pouvaient aider Ben. Elles n'aidaient jamais personne, sauf de leur propre chef. Elles se tenaient dans leurs brumes, cachées dans ce monde sans âge ni temps, et y vivaient leur vie comme il leur chantait. Ben ne pourrait même pas aller leur demander assistance : nul n'entrait dans le monde des fées pour en ressortir vivant.

Le soir tomba, et le Maître des Eaux déposa Ben devant son logis pour la nuit. C'était une maisonnette de plain-pied comportant plusieurs terrasses et appartements, des jardins fermés et un impressionnant bosquet de Bonnie Blues. Dans le ciel, les avenues de la cité, brillamment éclairées, s'enroulaient dans la forêt en arches dorées. Des rires et des cris de joie résonnaient dans le noir. Pour certains, c'était la fin d'une journée de travail.

Ben entra dans la maison, sentant la soirée de réjouissances promise par le Maître des Eaux pendre au-dessus de lui comme une épée de Damoclès. Il n'avait vraiment pas envie de faire la fête.

Ses compagnons l'attendaient à l'intérieur. Il les salua d'un air las et s'effondra dans un fauteuil à bascule confortablement rembourré.

– Encore un coup pour rien, annonça-t-il.

– Il a refusé de prêter serment ? demanda Questor.

– Plus ou moins. Il m'a promis sa loyauté à condition que je mette fin à la pollution de la vallée par ceux qui y vivent. Je dois leur arracher la promesse qu'ils travailleront à conserver la propreté des lieux avec les habitants de la région des lacs.

– Je vous avais bien dit que ce serait difficile, Sire, triompha Abernathy.

Ben lui jeta un regard. Il ne se souvenait pas exactement que le scribe se fût exprimé ainsi, mais il n'avait rien à gagner à lui en faire la remarque.

– Je crois que vous avez bien manœuvré, Sire, le félicita Questor sans s'occuper d'Abernathy.

– Je vous en prie, Questor, grogna Ben.

– Mais je suis très sérieux, je vous assure ; je craignais qu'il ne refuse catégoriquement. Il était resté loyal au vieux roi par respect pour une monarchie installée au pouvoir depuis des centaines d'années, et par désir de ne créer aucun trouble. Mais les gens de la région des lacs ne se sont jamais vraiment sentis Landovériens ; et ils n'ont jamais été véritablement acceptés par les autres.

– Il existe une autre façon de voir les choses, interrompit Abernathy. Les sujets du Maître des Eaux n'ont fait aucun effort pour s'associer aux autres peuples. Ils restent presque toujours isolés, tout en insistant pour que les autres adoptent leurs valeurs. Ils accusent les autres de répandre par leurs mauvais calculs la maladie et la destruction, mais ils restent bien à l'abri dans leur brouillard et leur forêt !

– Cette pollution dont ils se plaignent tant, est-elle vraiment si terrible ? demanda Ben.

– Assez, oui, répondit Questor. Les seigneurs de Vertemotte exploitent la terre pour y installer des cultures ou du bétail, et ils chassent en forêt. Les trolls creusent des mines au nord et leurs hauts-fourneaux empoisonnent les sources qui alimentent la vallée. Et j'en passe.

– Il est difficile de satisfaire tout le monde, Sire, remarqua Abernathy.

Ben se leva, s'étira et secoua la tête.

– À quelle heure commencent les festivités ?

– Très bientôt, répondit l'enchanteur.

– Un bain, Sire ? Des vêtements frais ? proposa Abernathy.

– Les deux. Et des idées, si vous en avez, pour satisfaire tout le monde et faire reconnaître ce satané trône !

Ciboule et Navet sourirent en sifflant. Ben leur lança un regard noir, fit quelques pas en direction de la sortie, puis s'arrêta.

– Vous savez, cette soirée ne m'ennuierait pas tant si je pouvais trouver un moyen de faire changer d'avis le Maître des Eaux. Mais je n'y crois guère. (Il se tut pour réfléchir.) De combien de temps je dispose ?

– Ces réceptions durent en général toute la nuit, Sire, déclara Questor.

Ben poussa un profond soupir.
– Formidable...
Et il quitta la pièce.

L'évaluation de Questor s'avéra très précise. La fête commença peu après le coucher du soleil et s'éternisa jusqu'à l'aube. Elle était dédiée à la visite du Noble Seigneur de Landover, mais Ben resta sur l'impression que les habitants de la région des lacs auraient pu faire la fête sous n'importe quel prétexte.

La cérémonie s'ouvrit par une procession. Ben fut installé dans l'amphithéâtre avec ses compagnons, ainsi que le Maître des Eaux, sa famille (y compris Salica) et plusieurs centaines d'autres personnes. Des enfants et des jeunes gens porteurs de torches et de bannières colorées défilèrent dans l'arène et y tournèrent tout en chantant, comme un kaléidoscope lumineux.

Des cercles concentriques se formaient et gravitaient lentement les uns autour des autres, sous les cris de joie et les encouragements enthousiastes des spectateurs. Un orchestre rassemblé juste au-dessous de Ben jouait de la flûte, des instruments à cordes et de la cornemuse. C'était une musique légère et cadencée, qui soulevait le défilé et se faisait peu à peu plus rapide.

Bientôt, les cercles se brisèrent en roues plus petites, le tempo accéléra, et les marcheurs devinrent danseurs. Ils tourbillonnaient et tournoyaient dans l'herbe tandis que leurs torches et leurs bannières vacillaient dans les airs. Le vin et la bière circulaient en abondance dans l'arène et sur les gradins ; tous se mirent à taper des mains et à chanter. On entendait dans la forêt d'Elderew les échos de la musique qui emplissait la nuit, tant et si bien que nul autre son ne perçait. Le brouillard se dissipa et l'on put voir les lunes de Landover qui occupaient le ciel comme des ballons gigantesques et colorés. Quelques rubans d'arc-en-ciel filtraient à travers les arbres pour venir se mêler aux flammes des torches et repousser les ombres.

Ben abandonna rapidement l'idée de discuter du serment au trône avec le Maître des Eaux. Nul ne cherchait rien d'autre qu'un moment agréable. Les chants, les cris ruinaient tout effort de conversation normale, et le vin se but à une vitesse qu'il trouva étonnante. Il en accepta un verre par politesse et le trouva fort bon. Il en but un second, car quelle différence un deuxième verre pouvait-il faire ? Puis plusieurs autres furent avalés, et en un rien de temps Ben se trouva très éméché et fort gai. Questor et les kobolds, eux aussi de bonne humeur, burent avec lui, et seul Abernathy s'abstint en murmurant que le vin n'était pas bon pour les animaux. En quelques minutes, ils se retrouvèrent tous à chanter et à taper des mains, sans vraiment savoir pourquoi.

Le Maître des Eaux semblait ravi que Ben s'amusât si bien. Il venait souvent le voir, le visage rouge et les yeux brillants, pour lui souhaiter une nouvelle fois la bienvenue ou lui demander s'il avait besoin de quelque chose. Ben fut tenté de lui donner la réponse la plus évidente, mais il tint sa langue. De toute évidence, le Maître des Eaux était de bonne foi et la gaieté était contagieuse. Ben n'avait pas passé un si bon moment depuis longtemps, bien avant son départ pour cet étrange pays.

La nuit s'écoula, la fête s'emballa, et les spectateurs commencèrent à descendre dans l'arène pour se mêler aux membres de la procession. Les chants et les danses devinrent plus frénétiques, les créatures glissant dans les ombres et la lumière comme si elles étaient restées les êtres magiques de jadis. Le Maître des Eaux prit par la main l'une de ses épouses, une délicate ondine, et la tira avec lui vers l'arène. Il invita à les suivre sa famille, Ben et ses amis, ses sujets. La plupart allèrent avec lui. Ben se leva, hésita, jeta un regard vers l'endroit où Salica était installée, vit que le siège était vide, et se rassit. À quoi pensait-il ? Quelle raison y avait-il de se réjouir ? Les effets du vin se dissipèrent à une vitesse foudroyante, et il se retrouva face à ses échecs de roi, ce qui lui ôta le goût de la fête.

Il se releva, encore étourdi, s'excusa en hâte et se dirigea rapidement vers la sortie de l'amphithéâtre. Abernathy le suivit, mais il renvoya le scribe assez violemment. Il avait vu assez de monde pour un jour, et voulait être seul.

Il se sentit déprimé et découragé. Il avait tellement cru en lui-même au début. Il savait qu'il pouvait être roi de Landover. Il était intelligent, capable, compréhensif, savait travailler en équipe, et comprenait l'impact d'une loi sur la société. Et surtout, il avait besoin de cette épreuve et s'était cru prêt à l'affronter. Mais tout cela ne pesait pas bien lourd dans le déroulement des événements. Ses efforts pour obtenir ne serait-ce qu'une reconnaissance minimale n'avaient servi à rien, et il n'avait récolté qu'une série de serments conditionnels. Les plus proches alliés du vieux roi l'avaient rabroué. Les autres l'ignoraient. Il avait perdu les services du protecteur du roi, qui en était réduit à jouer le rôle d'un revenant dans une maison déserte. Enfin, la Marque d'Acier et ses démons n'étaient qu'à deux doigts de lui tomber dessus.

– Tu es vraiment formidable, Ben Holiday, soupira-t-il.

Un mouvement dans les arbres derrière lui le fit sursauter.

– Ben ?

C'était Salica. Elle sortit du bois et approcha de lui sa silhouette étrange de fantôme vêtu de soie blanche. Sa chevelure verte brillait dans la lumière. Elle ressemblait à un banc de brume qui traverse un lac à minuit sous la lune. Sa beauté était éphémère, mais infinie. Elle vint à lui, la soie de ses vêtements collée contre son corps.

– Je t'ai suivi, Ben, dit-elle dans un souffle. Je savais que tu te fatiguerais et que tu irais dormir. Mais ne dors pas encore. D'abord, viens avec moi. Viens voir ma mère danser.

Il sentit sa gorge se serrer tandis qu'elle se rapprochait.

– Ta mère ?

– Elle est nymphe des bois, Ben, si sauvage qu'elle ne veut pas vivre avec le peuple d'Elderew. Mon père n'a jamais pu la faire venir. Mais la musique l'attire et elle se languit de danser. Elle va venir me chercher sous les vieux pins. Viens, Ben. Je veux que tu sois là.

Elle tendit la main vers lui et s'arrêta.

– Oh, ton visage ! Tu as été battu !

Il avait presque oublié la raclée que Kallendbor lui avait administrée. Salica toucha légèrement son front.

– Je n'avais pas vu de blessures au lac Irrylyn. Tiens.

Elle glissa rapidement la main sur son visage, et en un instant la douleur s'évanouit. Il ne put cacher sa stupéfaction.

– Les petites blessures se guérissent, Ben, chuchota-t-elle. Celles qui se voient.

– Salica...

– Je ne te demanderai plus de venir avec moi – jusqu'à ce que tu sois prêt. (Ses doigts, chauds et doux, s'attardaient sur sa joue.) Je sais qui tu es à présent. Je sais que tu viens d'un autre monde et que tu n'as pas encore trouvé la paix ici. J'attendrai.

– Salica... répéta Ben en secouant la tête.

– Viens, Ben ! (Elle saisit fermement sa main et le tira vers elle.) Allons, dépêche-toi ! Ma mère n'attendra pas.

Ben ne tenta plus de résister. Ils coururent dans la forêt. Elle, vision d'une chose qu'il avait crue impossible ; lui, ombre qu'elle entraînait derrière elle. Ils filèrent entre les arbres, la main dans la main, et il fut bientôt totalement désorienté sans s'en inquiéter. La chaleur de son contact le brûlait, et son désir d'elle se réveilla.

Ils finirent par ralentir, se trouvant dans un bois sombre et humide bien loin de celui d'Elderew. Les échos de la fête résonnaient toujours entre les troncs, lointains et étouffés. Des rayons de lune glissaient jusqu'au sol, où ils formaient comme des taches de peinture. La crinière qui poussait sur le bras de Salica caressait le poignet de Ben comme des barbes de maïs. Elle se faufilait entre les arbres et les fourrés, passant sans bruit entre ces sentinelles géantes et leurs rejetons.

Enfin, les grands feuillus laissèrent la place à des sapins et à des résineux. Salica et Ben se frayèrent un chemin à travers les branches couvertes d'aiguilles et entrèrent dans une clairière. Là, la mère de Salica dansait dans un prisme de lumière colorée.

Elle était minuscule, à peine plus grande qu'un enfant, et ses traits étaient fins et délicats. Ses cheveux d'argent descendaient au-dessous de sa taille, et la peau de son corps svelte était du même vert pâle que celle de sa fille. Elle était entièrement vêtue de gaze blanche, et il émanait d'elle un rayonnement qui semblait produit par quelque lumière intérieure. Tournoyant et bondissant comme animée d'une folie toute personnelle, elle dansait dans la clairière sous la lune, aux accents de la musique lointaine.

– Maman ! appela doucement Salica, les yeux brillant d'excitation et de bonheur.

Le regard de la nymphe des bois croisa celui de sa fille un instant. Mais elle n'interrompit pas sa danse. Salica s'agenouilla au bord de la clairière et attira Ben à côté d'elle. Assis en silence, ils contemplèrent la créature qui exerçait devant eux sa magie.

Combien de temps elle dansa, combien de temps ils la regardèrent, Ben ne le savait pas. Le temps semblait s'être suspendu. Les soucis qui le rongeaient quand il avait quitté l'amphithéâtre avaient perdu toute importance et étaient oubliés. Il ne restait que Salica, lui et cette femme qui dansait. Ils ne faisaient plus qu'un par la grâce et la beauté de cette danse. Il sentait qu'ils étaient désormais étroitement liés par une force qu'il ne comprenait pas, mais qu'il désirait ardemment. Il ne résista pas.

La danse cessa soudain. Il y eut un silence inattendu, et il sembla un instant que la musique s'était éteinte. La mère de Salica se retourna sur eux, puis disparut en un éclair. Ben écarquilla les yeux et entendit de nouveau la musique de la fête. Mais la nymphe des bois s'était éclipsée comme si elle n'était jamais venue.

– Oh, maman ! soupira Salica en pleurant. Elle est tellement belle, Ben. N'est-ce pas qu'elle est belle ?

Ben fit signe que oui et sentit la petite main de sa compagne saisir la sienne.

– Elle est très belle, Salica.

La sylphide se leva en entraînant Ben.

– Ben (elle parlait si bas qu'il l'entendait à peine), je t'appartiens à présent. Le Noble Seigneur et la fille des fées ne feront qu'un. Il faut que tu demandes à mon père la permission de m'emmener avec toi. Tu dois lui dire que tu as besoin de moi, car c'est la vérité, Ben. Et lorsque tu lui auras dit cela, il me laissera partir.

– Salica, commença Ben, je ne peux pas demander...

– Tu es le roi, et ta demande ne saurait être refusée, interrompit-elle en lui plaçant ses doigts sur les lèvres. Je ne suis que l'un des nombreux enfants de mon père, une fille dont la mère ne vivra jamais avec l'homme qui l'a fécondée, et dont la valeur varie avec l'humeur de son père. Tu dois me demander, Ben.

Le visage d'Annie apparut brièvement dans l'esprit de Ben, en contrepoint à la passion que cette jeune femme lui inspirait.

– Je ne peux pas faire ça.

– Tu ne comprends pas la magie des fées, Ben. Je le vois dans tes yeux, je l'entends dans ta voix. Mais Landover est vraiment le cœur de cette magie, et tu dois en accepter les conséquences. (Elle libéra sa main et s'éloigna à pas délicats.) Je dois partir. Je dois puiser ma nourriture dans le sol où ma mère a dansé. Laisse-moi, Ben. Retourne dans la forêt. Le chemin s'ouvrira de lui-même devant toi.

– Non, attends, Salica...

– Demande à m'emmener, Ben. Mon père devra accepter. (Son visage fin se leva vers les rayons de lune qui baignaient la clairière.) Oh, Ben, c'est comme si ma mère était autour de moi, qu'elle m'enveloppait, qu'elle m'attirait vers elle. Je la sens. L'essence de sa personne monte du sol. Cette nuit, je pourrai être avec elle. Va-t'en, Ben. Dépêche-toi.

Mais il restait planté devant elle, refusant de lui obéir. Pourquoi insistait-elle pour lui appartenir ? Pourquoi ne voyait-elle pas que ce qu'elle voulait était impossible ?

Elle tournoyait au centre de la clairière, belle, sensuelle, délicate. Il avait tellement envie d'elle qu'il en eut les larmes aux yeux.

– Salica ! cria-t-il en allant vers elle.

Elle cessa de tournoyer et le fixa du regard, solidement campée sur le sol de la forêt, les bras tendus vers le ciel, le visage levé. Un rayonnement émana soudain de la nymphe, le même que sa mère diffusait pendant sa danse. Salica miroita puis devint transparente et se déforma. Ben se cacha les yeux et tomba à genoux. Salica se transformait sous ses yeux, devenait une tout autre créature, ses bras et ses jambes prenaient une teinte foncée et se tordaient tout en s'écartant comme un grand parasol, et ils se fendaient et s'allongeaient...

Ben ferma un instant les yeux et Salica disparut. Un arbre avait pris sa place. C'était celui dont son nom dérivait : un saule. Elle était cet arbre.

Ben, choqué, se sentit envahi par une vague de répulsion. Il tenta de la combattre, mais il n'y avait rien à faire. Salica avait dit qu'elle allait se nourrir dans le sol. Et qu'elle sentait sa mère tendre les bras vers elle. Mon Dieu, quel être était-elle donc ?

Il attendit que la réponse lui parvienne, seul au milieu des brumes et des ombres de la forêt. Il attendit, mais la réponse ne vint pas.

Il aurait pu rester là toute la nuit si Ciboule n'avait pas fait son apparition, sorti soudain d'entre les arbres, pour le prendre par le bras et l'emmener comme un enfant turbulent. Il suivit le kobold sans rien dire, trop stupéfait pour résister. Des émotions contraires faisaient rage en lui, s'acharnaient sur lui. Salica était belle, vibrante, et le besoin qu'il avait d'elle était irrépressible. Et en même temps, il était dégoûté par cette créature qui avait tout d'un être amorphe et pouvait se changer en arbre ou en humain à volonté.

Ils furent vite rentrés. Les autres les attendaient avec inquiétude. Ils firent asseoir Ben et l'entourèrent.

– Vous auriez dû nous parler de cette sylphide, Sire, déclara calmement Questor après avoir échangé quelques mots avec Ciboule. Nous aurions pu vous dire à quoi vous attendre.

– Je l'avais déjà averti que les gens d'ici n'étaient pas comme nous, trompetta Abernathy.

Ben ne savait plus s'il devait rire ou pleurer. Questor fit taire le scribe d'un geste vif et reprit :

– Vous devez comprendre ceci : Salica est la fille d'un ondin et d'une nymphe des bois. Son père n'est qu'à demi humain et sa mère encore moins, car c'est une élémentale qui appartient à la forêt et puise sa vie dans la terre. À sa naissance, Salica a hérité de certaines caractéristiques, et il lui faut se nourrir de la même façon. Elle est polymorphe, c'est-à-dire qu'elle doit sa vie à la fois au monde animal et au monde végétal. Il est donc naturel qu'elle prenne plusieurs formes. Elle ne saurait vivre autrement. Mais je reconnais que cela doit vous paraître étrange.

Ben sentait que son conflit intérieur commençait à se résoudre.

– Pas plus étrange que tout le reste, soupira-t-il.

Il était barbouillé et épuisé. Il avait besoin de sommeil.

– Elle doit tenir à vous, ajouta Questor prudemment.

– Elle dit qu'elle m'appartient.

Questor et Abernathy se regardèrent un instant. Les kobolds contemplaient Ben de leurs yeux brillants.

– Mais ce n'est pas vrai, reprit Ben. Elle appartient à la région des lacs. Elle appartient à sa famille et à son peuple.

Abernathy grommela quelques mots incompréhensibles et s'éloigna. Questor n'ajouta rien. Ben les examina un moment puis se leva.

– Je vais me coucher, annonça-t-il.

Il quitta la pièce, quatre paire d'yeux posées sur lui. Il s'arrêta à l'entrée de sa chambre.

– On rentre à la maison, dit-il. Demain, à la première heure.

Tout le monde se tut. Il referma la porte sur lui et se retrouva seul dans le noir.

Ils quittèrent Elderew le lendemain peu après le lever du soleil. Le Maître des Eaux était là pour assister à leur départ. Questor l'avait fait mander, et il était venu de bonne grâce. Il n'avait certainement pas dormi, car les réjouissances venaient à peine de prendre fin, mais il était frais et dispos. Ben le remercia de son hospitalité au nom de sa petite troupe, et le Maître des Eaux, dont le teint était toujours aussi granuleux et le visage toujours aussi impassible qu'une pierre plate, s'inclina devant lui. Ben chercha Salica du regard mais ne la vit pas. Il repensa à l'envie qu'elle avait exprimée de le suivre jusqu'à Bon Aloi. Une partie de lui-même le désirait, mais l'autre partie ne voulait pas en entendre parler. L'indécision le céda à la nécessité, et, le temps passant, il n'eut plus à y réfléchir. Il partit sans avoir parlé d'elle à son père.

Les voyageurs prirent la route du Nord et chevauchèrent dans cette direction toute la journée. Ils quittèrent la région des lacs et gagnèrent l'étendue grise qu'était la partie ouest des plaines de Vertemotte. De là, ils gagnèrent les collines boisées qui dominaient le château. Le soleil perçait à peine la couche de nuages qui s'étendait au-dessus d'eux, et l'air sentait la pluie. Il faisait presque nuit lorsqu'ils embarquèrent dans le rase-lac et franchirent enfin les derniers mètres qui les séparaient du château. Les premières gouttes s'abattaient juste.

Il plut toute la nuit. C'était une averse régulière et abondante qui dissimulait tout ce qui se trouvait plus loin que les murailles extérieures de Bon Aloi. Cela était bien égal à Ben, qui alla chercher sa bouteille de whisky, celle qu'il conservait en vue d'un événement exceptionnel. Il réunit autour de la table Questor, Abernathy et les deux kobolds et se mit en tête de se saouler. Il le fit tout seul. Les autres se contentèrent de tremper leurs lèvres dans l'alcool, tandis qu'il vidait pratiquement la bouteille à lui tout seul. Tout en buvant, il leur parlait de sa vie dans son monde à lui, de Chicago et de ses habitants, de ses amis et de sa famille, de tout et de rien, mais surtout pas de Landover. Ils lui répondirent poliment, mais par la suite il ne put jamais se souvenir de ce qu'ils avaient dit, et d'ailleurs il s'en moquait. Quand il n'y eut plus de scotch et plus rien à raconter, il se leva et se traîna jusqu'à son lit.

Questor et Abernathy étaient tous deux à son chevet lorsqu'il ouvrit les yeux le lendemain matin. Il se sentait affreusement malade. La pluie tombait toujours.

– Bonjour, Sire, dirent-ils de concert malgré leur air sombre de porteurs de cercueil.

– Revenez quand je serai mort, grogna-t-il, et il se tourna pour se rendormir.

Il se réveilla ensuite vers midi. Cette fois, il était seul. Il ne pleuvait plus et le soleil brillait de quelques pâles rayons. Ben s'assit péniblement et regarda dans le vague. Son crâne tambourinait et il avait la bouche pâteuse. Il était si furieux contre lui-même qu'il put à peine se retenir de crier.

Il se lava, s'habilla et descendit les escaliers en prenant son temps pour observer les murs de pierre, les ornements d'argent terni, les tapisseries et les tentures usées. Il sentait la chaleur douce du château le rassurer comme une mère attentive. Il y avait longtemps qu'il n'avait senti cela. Ses mains caressèrent la pierre en retour.

Questor, Abernathy et les kobolds étaient assemblés dans la grande salle, chacun occupé à une tâche quelconque. Ils levèrent la tête à son entrée. Ben se présenta devant eux et dit :

– Je suis désolé pour hier soir. Je crois qu'il fallait que ça sorte. J'espère que vous avez tous bien dormi, car nous avons beaucoup de travail devant nous.

– Où allons-nous, Sire ? demanda Questor après avoir consulté Abernathy du regard.

– À l'école, Questor.

Les leçons commencèrent l'après-midi même. L'élève Ben avait pour professeurs ses quatre compagnons à la fois. Il avait beau être compétent, travailler dur et regorger de bonnes intentions, il n'était toujours qu'un nouveau venu en pays inconnu et ne pouvait espérer apprendre uniquement sur le terrain. Il avait des leçons à assimiler, et il était temps de se mettre à l'étude.

Il commença par Bon Aloi. Il passa le reste de la journée à explorer le château de la cave au donjon, accompagné de Questor et d'Abernathy. Le scribe résumait l'historique du château et de ses occupants depuis les temps les plus reculés, et Questor l'aidait en cas de trou de mémoire.

Le soir venu, il prit un dîner tardif qu'il occupa, ainsi que les deux heures qui suivirent, à apprendre avec Navet comment reconnaître les plantes consommables des plantes dangereuses de la vallée. Questor était resté avec eux pour servir d'interprète.

Il passa la journée du lendemain au contempleur. Les premières fois, il se fit accompagner de Questor pour visiter la vallée d'un bout à l'autre, en étudier la géographie et les provinces, villes, forteresses et châteaux, ainsi que ceux qui y habitaient. En milieu d'après-midi, il put voyager seul, se sentant plus à l'aise avec le maniement de la magie. Il apprit à étendre le champ du contempleur pour l'adapter à ses besoins et repassait mentalement les informations et les conseils que lui avait prodigués l'enchanteur.

Le lendemain et chaque jour qui suivit, il reprit ses voyages avec le contempleur, se concentrant sur l'histoire de la vallée. Il faisait correspondre les événements aux lieux et aux personnages. Là encore, Questor était son professeur, et il se montra d'une patience infinie. Mais Ben avait une bonne mémoire et était tenace. Au bout d'une semaine, il en savait assez sur Landover pour se débrouiller seul.

Il se consacra ensuite à des sorties autour de Bon Aloi, à pied cette fois. Ciboule, qui lui servait de guide et de garde du corps, l'emmena dans les forêts et les collines qui entouraient le château afin de lui montrer de plus près les organismes vivants qui y abondaient. Ils traquèrent un loup sylvestre, poursuivirent un farfadet cavernicole jusqu'à son antre et levèrent un couple de trolls des marais. Ils débusquèrent des rats de galerie, des serpents et des reptiles divers, forcèrent plusieurs chats effrayés à se réfugier dans des arbres, et observèrent de loin des aires d'oiseaux de proie. Ils passèrent également les végétaux en revue. Questor leur servit d'interprète pour la première excursion. Ensuite, il resta au château. Ben et le kobold trouvaient qu'ils se comprenaient assez bien sans lui.

Dix jours plus tard, Ben se servit du contempleur pour aller, seul, à la recherche de Strabo. Il entendait faire de cette sortie un test de la maîtrise de ses pouvoirs magiques. Au début, il avait pensé partir à la recherche de Salica, mais cela ressemblait trop à de l'espionnage, et il s'y refusa. Il reporta donc son choix sur le dragon. Celui-ci le terrifiait, et il voulait apprendre à vaincre sa peur. Il passa une longue partie de la journée à le chercher, et le trouva enfin occupé à dévorer une demi-douzaine de têtes de bétail au nord de Vertemotte. Il rongeait et broyait les carcasses, qui étaient réduites en miettes et méconnaissables. Le dragon sembla sentir la présence de Ben, qui s'approcha à une dizaine de mètres du monstre. Ses naseaux couverts d'écailles s'ouvrirent et ses dents noires claquèrent dans le vide. Ben resta sur place le temps – interminable – de compter jusqu'à cinq, puis s'éloigna rapidement, satisfait.

Au bout de deux semaines, il fut capable de réciter des épisodes d'histoire contemporaine, de citer des repères géographiques et les chemins qui y menaient, de parler des plantes comestibles et des plantes vénéneuses, des habitants de la vallée, des rouages sociaux qui régissaient les diverses races et de résumer les règles élémentaires de survie à Landover. En ce qui concernait le contempleur, il y travaillait encore. Il n'était pas encore assez sûr de lui pour entreprendre la dernière épreuve qu'il s'était fixée: partir à la recherche de Nocturna dans les profondeurs du Gouffre Noir. La sorcière ne s'aventurait jamais hors des entrailles de son domaine, et Ben ne se sentait pas tout à fait assez fort pour tenter de s'y introduire.

Il débattait toujours la question lorsqu'un autre problème, plus immédiat celui-là, se présenta à lui.

– Vous avez de la visite, Sire, annonça Abernathy.

Ben, occupé à l'étude d'une carte ancienne, releva la tête avec surprise et vit le scribe, derrière lequel se tenait Questor.

– De la visite ?

– Des lutins, Sire, précisa Questor.

– Des lutins mutins, même, ajouta Abernathy avec dédain.

Ben les regarda d'un air étonné et repoussa la carte.

– Des lutins mutins ? Qu'est-ce que c'est que ça ? Mes leçons avec Questor ne sont pas allées jusque-là, je crois.

– C'est une race de lutins plutôt lamentable, lâcha Questor.

– Tu veux dire repoussante, corrigea le chien.

– Oh, pas forcément.

– Et comment !

– Je regrette de constater que tes paroles ne sont que l'expression de tes préjugés, mon cher Abernathy.

– Elles reflètent une opinion raisonnable, mon cher Questor.

– À quoi vous jouez, là ? Vous vous prenez pour Laurel et Hardy ?

Le magicien et le scribe le regardèrent sans comprendre.

– Oui, bon, dit-il en repoussant son allusion d'un geste de la main. Dites-moi seulement qui sont vos fameux lutins mutins.

– C'est une tribu qui habite au pied des collines du Nord, sous les sommets du Melchor, répondit Questor. Ils logent dans des terriers et des tunnels qu'ils creusent dans la terre. La plupart du temps, ils restent sous terre…

– Et ils font bien, coupa Abernathy.

– … mais parfois, ils explorent la campagne environnante. Ils ne sont guère populaires, car ils ont tendance à s'approprier le bien d'autrui sans rien laisser en échange. Leurs galeries, si elles traversent des pâturages ou des champs, sont gênantes. Comme ils sont très à cheval sur la question du territoire, ils refusent de partir une fois installés quelque part. Peu leur importe à qui appartient le terrain, ils ne bougent pas d'un pouce.

– Tu ne lui as pas encore dit le pire ! rouspéta Abernathy.

– Eh bien, je t'en charge, dit Questor en s'effaçant.

– Ils mangent du chien, Sire ! aboya Abernathy, incapable de se contenir plus longtemps, babines retroussées. Ils sont cynophages !

– C'est hélas vrai, confirma Questor en poussant Abernathy de côté. Ils dévorent également des chats, et pourtant je ne t'ai jamais entendu le déplorer !

– Charmants personnages ! Et quel bon vent les amène ? demanda Ben.

– Ils ne veulent en parler qu'à vous, Sire. Allez-vous les recevoir ?

Abernathy avait tout l'air de mourir d'envie de mordre Questor, mais il parvint à se retenir, la mâchoire figée sur une sorte de demi-grognement. Questor se balançait sur ses talons en attendant la réponse de Ben.

– La liste des audiences royales n'est pas précisément surchargée, dit enfin celui-ci, et je ne vois pas pourquoi je refuserais de recevoir quelqu'un qui a fait l'effort de venir jusqu'ici.

– Voilà une déclaration dont vous vous souviendrez, Sire, railla Abernathy. Ils attendent tous les deux. Dois-je les faire entrer ?

– Mais certainement, répondit Ben en réprimant un sourire.

Le scribe sortit et revint quelques instants plus tard, accompagné des lutins mutins.

– Fillip et Sott ! annonça Abernathy en montrant les dents.

Les lutins s'avancèrent et firent une révérence si profonde que leur tête toucha le sol. Jamais Ben n'avait vu créatures plus pitoyables : mesurant à peine plus d'un mètre, ils étaient trapus et couverts de poils. Leur visage évoquait celui du furet et était intégralement couvert de barbe. Leurs vêtements auraient dégoûté le plus vilain des mendiants, et ils ne semblaient pas avoir pris le moindre bain depuis leur naissance. Leur corps et leurs vêtements étaient tout poussiéreux, la crasse et la saleté s'accumulaient dans les replis de leur peau, et leurs ongles donnaient des signes de maladie. De minuscules oreilles pointues encadraient une calotte à ruban et plumet. Leurs orteils perçaient leurs bottes, déchiquetées par leurs ongles trop longs et recourbés.

– Noble Seigneur, commença l'un.

– Puissant Seigneur, ajouta l'autre.

Ils relevèrent le visage et fixèrent sur Ben de petits yeux plissés. On aurait dit des taupes montées à la surface et éblouies par la lumière.

– Je suis Fillip, annonça l'un.

– Et je suis Sott, précisa l'autre.

– Nous sommes venus prêter serment de fidélité au roi de Landover, au nom de tous les lutins mutins.

– Nous vous transmettons leurs félicitations.

– Nos souhaits de longue vie et de bonne santé.

– De nombreuse descendance.

– Nous vous offrons notre savoir et notre expérience, afin que vous en usiez comme bon vous semblera.

– Oui, nous vous offrons nos services.

– Mais tout d'abord, nous avons un petit problème.

– Oui, un problème.

Ils se turent et attendirent, en ayant terminé avec les formalités. Ben se demandait s'ils étaient simplement à bout de souffle ou s'ils en avaient réellement fini.

– Quel genre de problème ? demanda-t-il.

Ils échangèrent un regard. Leur visage de taupe se fronça et ils découvrirent leurs petites dents acérées comme des rasoirs.

– Des trolls, dit Fillip.

– Des trolls de roche, enchérit Sott.

Ils se turent une nouvelle fois. Ben s'éclaircit la gorge. Il en savait heureusement plus long sur les trolls de roche que sur les lutins mutins.

– Et alors ? demanda-t-il.

– Ils ont emporté les nôtres.

– Pas tous, mais beaucoup.

– Ils nous ont manqués.

– Nous étions absents.

– Ils ont mis à sac nos terriers et nos galeries et ont enlevé nos congénères.

– Tous ceux qu'ils ont pu trouver.

– Ils les ont emmenés au Melchor pour travailler à la mine et aux fourneaux.

Ben commençait à comprendre. Les trolls de roche étaient une race d'êtres assez primitifs installés dans les montagnes du Melchor. Leur activité principale était l'exploitation des filons de minerai et la fabrication, dans des hauts-fourneaux, d'armes et d'armures qu'ils vendaient aux autres habitants de la vallée. Les trolls de roche n'étaient pas d'un commerce agréable, mais ils étaient discrets et n'avaient jamais eu d'ennuis avec leurs voisins, ni recouru à l'esclavage. Ben jeta un regard à Questor et à Abernathy, qui se tenaient derrière les lutins. L'enchanteur haussa les épaules et le scribe lui envoya un regard qui voulait dire : Je vous avais prévenu.

– Pourquoi les trolls de roche ont-ils enlevé vos compagnons ? demanda Ben aux lutins.

Fillip et Sott se considérèrent pensivement puis secouèrent la tête.

– Nous n'en savons rien, Sire, dit Fillip.

– Nous l'ignorons, répéta Sott.

Sans aucun doute possible, ils étaient les menteurs les plus maladroits que Ben eût jamais vus. Il décida pourtant de faire preuve de diplomatie.

– À titre personnel, vous n'avez pas une petite idée sur la question ?

– C'est une affaire délicate.

– Très délicate.

– On pourrait donner un certain nombre de raisons.

– Un certain nombre, oui.

– Il n'est pas impossible qu'en forant des galeries nous nous soyons approprié des biens que les trolls de roche considéraient comme leurs, avança Fillip.

– Il est possible que nous ayons voulu disposer de biens que nous croyions abandonnés mais qui, en fait, leur appartenaient toujours.

– Ce sont des choses qui arrivent.

– Parfois.

Ben hocha la tête. Il ne crut pas un instant que les forages des lutins mutins eussent pu ne pas être délibérés. Leur seule faute avait été de croire qu'ils s'en tireraient impunément.

– Si une erreur de ce genre arrivait, s'enquit Ben, les trolls de roche ne demanderaient-ils pas tout bêtement à récupérer leur bien ?

Les lutins, gênés, ne répondirent pas.

– Quel genre de possession aurait pu être détourné dans ce cas précis ? demanda-t-il encore.

Fillip baissa le nez vers ses bottes, au bout desquelles ses orteils s'agitaient. Sott grimaça à tel point que son visage disparut dans ses poils.

– Les trolls aiment bien les animaux de compagnie, lâcha enfin Fillip.

– Ils les aiment beaucoup, ajouta Sott.

– Surtout les paresseux à fourrure, qui sont leurs préférés.

– Ils en donnent à leurs enfants, pour jouer.

– Comment distinguer un paresseux sauvage d'un paresseux de compagnie ?

– Oui, comment les reconnaître ?

Ben fut saisi d'un terrible soupçon.

– Un animal *égaré* peut toujours être rendu à son propriétaire, non ?

– Pas toujours, répondit Fillip en essayant d'avoir l'air contrit.

– Non, pas toujours, approuva Sott.

– Vous les avez mangés, hein ? gronda Ben.

Les lutins mutins regardèrent sans un mot le bout de leurs chaussures. Puis le mur. Partout sauf en direction de Ben. Abernathy grogna longuement d'un air menaçant, et Questor le fit taire.

– Allez attendre dehors, ordonna Ben aux lutins.

Questor les accompagna à la porte, qu'il referma avec soin derrière eux.

– Alors, qu'en dites-vous ? demanda Ben à ses deux conseillers.

– J'en dis qu'il est beaucoup plus facile d'attraper un paresseux à fourrure apprivoisé que son frère sauvage.

– Moi, je dis : qu'on mange quelques lutins pour voir si ça leur plaît ! clama Abernathy.

– Je ne vous demande pas de me donner votre opinion sur ce qu'ils ont fait, dit Ben avec une certaine impatience, mais sur la meilleure façon de les aider.

Abernathy fut stupéfait. Ses oreilles se couchèrent et ses lunettes lui glissèrent du nez.

– Plutôt coucher sur un lit de puces, Sire ! Plutôt vivre avec des chats !

– Mais enfin, les trolls les ont réduits en esclavage, tout de même, insista Ben.

– Il me semble évident qu'ils l'ont bien cherché ! rétorqua le scribe. De toute manière, vous avez mieux à faire que vous occuper de ces lutins mutins !

– Ah oui ?

– Sire, interrompit Questor en s'avançant, le Melchor est une région dangereuse et les trolls de roche n'ont jamais été tellement bons sujets. C'est un peuple tribal, très primitif, hostile à toute intervention étrangère sur leur territoire. Si le vieux roi les tenait à l'ordre, c'était surtout qu'il s'abstenait de s'occuper d'eux. Lorsqu'il fallait absolument intervenir, il s'entourait d'une armée...

– Et moi, je n'ai pas d'armée, c'est cela ? termina Ben. Je ne sais même pas faire venir le Paladin.

– Sire, de mémoire d'homme, les lutins mutins n'ont créé que des ennuis ! renchérit Abernathy. Ils se rendent insupportables où qu'ils aillent ! Ce sont des cannibales et des voleurs ! Pourquoi voudriez-vous les aider dans cette affaire ?

– En effet, Sire, conclut Questor, la meilleure réponse à ce genre de demande est la négative.

– Non, Questor, répliqua Ben du tac au tac. C'est précisément une demande que je ne peux pas refuser. Vous ne comprenez pas ? Je suis venu à Landover pour être roi. Je ne peux choisir mes sujets, ni le moment où je jouerai mon rôle. C'est ainsi que fonctionnent les monarchies. Je sais au moins cela de l'histoire de mon univers. Un roi doit proclamer et appliquer les lois du royaume à tous ses sujets avec justice et équité. Il ne peut y avoir ni favoris, ni exceptions. Ce que je ferais pour les seigneurs de Vertemotte, pour les ondins d'Elderew, je dois le faire pour les lutins mutins. Si je me défile ne serait-ce qu'une fois, je crée un précédent qui me permettra de faire la même chose la prochaine fois, et celle d'après, autant qu'il me plaira.

– Mais vous n'avez aucune aide, Sire, protesta Questor.

– Peut-être. Mais si j'arrive à sauver les lutins, j'aurai leur aide la prochaine fois. Ils m'ont prêté serment, et ils sont les premiers. Cela mérite récompense. Les autres se décideront peut-être s'ils voient que le trône peut servir même des lutins mutins. Qui sait si cela ne les ferait pas changer d'avis ?

– Et les poules du royaume ont des dents, railla Abernathy.

– Pourquoi pas ? J'ai vu des choses plus curieuses depuis mon arrivée.

Ils se regardèrent un moment.

– Cette idée ne me plaît guère, dit Questor.

– À moi non plus ! proclama Abernathy.

– Alors, nous sommes d'accord, conclut Ben, car elle me plaît encore moins. Mais nous irons quand même. L'école est finie, comme dit la chanson. Il est temps de reprendre le vrai travail. Maintenant, faites entrer les lutins.

Questor et Abernathy s'inclinèrent avec soumission et quittèrent la salle en ronchonnant tout bas.

Les lutins mutins revinrent, et Ben leur annonça que leur demande était acceptée. Il les accompagnerait au Melchor afin de voir comment obtenir des trolls de roche la libération des otages. Le départ aurait lieu à l'aube. Fillip et Sott regardèrent Ben, puis tombèrent à genoux devant lui et se mirent à ramper avec une obséquiosité déplorable. Ben ordonna qu'on les fasse sortir au plus vite.

Ce soir-là, après le dîner, il se rendit au contempleur. Les lutins avaient été enfermés dans leur chambre par Abernathy, qui refusait de les laisser aller et venir dans le château, et tout le reste de sa suite était pris par les préparatifs de départ. Ben avait un peu de temps libre, qu'il décida de meubler en allant jeter un œil à la région des lacs.

La nuit était noire et nuageuse, comme tant d'autres, et les sept lunes colorées de Landover étaient à peine visibles au-dessus de l'horizon. Les étoiles lointaines ressemblaient aux lumières d'une grande rue dans le brouillard de minuit. Ben descendit à Elderew. La ville était éclairée par des torches disposées au sommet des arbres et le long des routes, et ses habitants étaient toujours dehors. On entendait des rires et des conversations, qui donnèrent à Ben le sentiment inconfortable d'être un intrus. Il glissa au-dessus de l'amphithéâtre, survola les chaumières et les commerces de la ville, la maison où il avait logé, et s'enfonça dans les bois noirs. Il retrouva la vieille pinède où la mère de Salica avait dansé. L'endroit était désert. Le saule en lequel Salica s'était transformée avait disparu. Elle était introuvable.

Il resta dans le bois un long moment et pensa à Annie. Il ne pouvait s'expliquer pourquoi, mais il éprouvait le besoin de penser à elle. Il avait besoin de sa compagnie. Mais il savait qu'Annie était partie et qu'il ne servait à rien de ressasser cette idée. Il se sentait seul, voyageur loin de chez lui et de ses amis. Il allait à la dérive. Il s'était coupé de tout, et les raisons qui l'y avaient poussé s'avéraient assez mauvaises. Il avait besoin de quelqu'un qui lui dise que tout irait bien et qu'il faisait ce qu'il fallait, que des jours meilleurs viendraient.

Mais personne ne pouvait faire cela. Il n'y avait que lui.

L'heure de minuit vint et s'écoula avant que Ben retourne à Bon Aloi. À contrecœur, il retira ses mains de la barre et se retrouva chez lui.

TROLLS DE ROCHE

Le jour succéda à la nuit, comme de juste, mais Ben se demanda en s'éveillant s'il était vraiment nécessaire qu'il en fût ainsi. Il était de méchante humeur et avait les nerfs à fleur de peau après un somme troublé par un cauchemar morbide et déprimant.

Il se demanda en ouvrant les yeux s'il existait des mondes dans lesquels le matin ne succéderait pas à la nuit, où il n'existerait que l'un ou l'autre, ou un mélange des deux. Il se demanda si, la magie du royaume s'évanouissant, Landover ne deviendrait pas l'un d'eux.

Il repoussa cette triste pensée en entreprenant une série d'activités : lever, toilette, préparation du matériel nécessaire au voyage vers le nord, petit déjeuner après avoir salué ses compagnons, chargement des paquets sur les bêtes de somme, mise en selle et départ. Il avait veillé à ne pas s'autoriser à repenser à son cauchemar. Il l'avait presque oublié, et cela valait mieux. Le roi de Landover, accompagné des membres de la Cour et des lutins mutins, prenait la route une nouvelle fois.

Ils mirent cap sur le nord et voyagèrent toute la journée, traversant des collines boisées, des cuvettes et des vallons où poussaient des buissons secs, longeant des lacs abrités par les fourrés. Ils passèrent entre Vertemotte, à l'est, et le Gouffre Noir. Le soleil brillait sur leur tête, voilé par les nuages, boule blanchâtre qui dissipait à grand-peine les ténèbres de la nuit. Le pays était lugubre et misérable. Les feuillages, les buissons étaient noirs et tachés de maladie, l'herbe était desséchée et comme brûlée par le gel, les arbres envahis de champignons qui leur dérobaient leur sève. Le royaume allait de plus en plus mal ; la vie s'en échappait.

Strabo survola la petite compagnie dans la soirée. Le dragon apparut en provenance de l'ouest, son ombre ailée plus sombre que le ciel dans lequel il volait. Les lutins mutins l'aperçurent tous deux au même moment et sautèrent du cheval qu'ils partageaient pour disparaître dans les arbustes. Le reste des voyageurs le regarda passer en silence. Il fallut un quart d'heure à Ben et à ses compagnons pour persuader les lutins mutins qu'il s'était éloigné et qu'ils pouvaient quitter leur cachette pour reprendre la chevauchée.

Cette nuit-là, ils campèrent dans un vallon abrité par des pommiers et quelques bouleaux. Le soir tomba rapidement et ils dînèrent dans le noir. Personne n'avait grand-chose à dire, et tous restaient préoccupés par leurs propres pensées. Le repas terminé, ils allèrent directement se coucher.

Le deuxième jour ressembla beaucoup au premier : gris, brumeux et désagréable. Ils quittèrent Vertemotte et atteignirent le piémont conduisant au Melchor. Les brumes du monde des fées semblaient avoir dérivé jusqu'au milieu du Melchor et formaient un manteau grisâtre qui obscurcissait tout. Ils en prirent la direction, puis y entrèrent. À midi passé, ils furent complètement avalés par le brouillard.

Ciboule menait la caravane d'un pas sûr et droit, le regard plus perçant que celui de ses compagnons. Ceux-ci suivaient sur une route de pierraille qui devint vite un sentier, puis une piste étroite et défoncée. Les falaises et l'obscurité se resserraient autour d'eux. Ils étaient au cœur du Melchor. Le soir venu, la lumière déclina rapidement et ils furent forcés de mettre pied à terre pour mener leurs chevaux à la bride, car la route devenait trop incertaine. Fillip et Sott se tenaient serrés l'un contre l'autre en marmonnant, sans cacher qu'ils étaient mal à l'aise. Ben clignait des yeux en s'efforçant de deviner ce qui s'étendait devant eux. Mais cela revenait à regarder dans un pot de peinture pour essayer d'en voir le fond.

Ben Holiday se sentait de plus en plus désemparé. Il avait tenté de le nier toute la journée, mais il avait le sentiment que cette expédition en plein pays troll, dont le but premier était de libérer des lutins mutins, avait plus d'importance qu'il ne voulait se l'avouer. C'était peut-être sa dernière chance. Il n'avait pas obtenu le moindre serment de fidélité de la part des alliés traditionnels du trône. Il n'avait pas accompli un seul acte positif depuis son accession. S'il échouait une nouvelle fois dans cette mission, à quoi en serait-il réduit ? Tout le pays saurait bientôt qu'il s'était cassé le nez. Plus personne ne lui demanderait d'aide. Il deviendrait un roi de comédie, méritant ainsi l'étiquette que Kallendbor lui avait attribuée.

La nuit tomba. La route devenait de moins en moins sûre et ils ralentirent l'allure. Le tonnerre résonnait au loin, les éclairs luisaient vivement. Un rougeoiement tamisé perçait les ténèbres. Ben l'observa sans trop savoir ce que c'était. Le tonnerre prit un son nouveau et, à mesure qu'ils approchaient, il ressemblait de moins en moins au tonnerre.

Ciboule fit signe à la compagnie d'arrêter. Il échangea quelques mots avec Questor, qui se tourna ensuite vers Ben. La lueur rouge était celle des fourneaux des trolls. Le tonnerre et les éclairs étaient le bruit des soufflets et du métal que l'on forgeait.

Avant de reprendre la marche, Ben ordonna à Abernathy de dérouler l'étendard royal.

Quelques minutes plus tard, ils atteignirent une crête, la piste étroite s'élargit, et le défilé prit fin sur une vision de l'entrée des enfers. C'était une vallée entourée de hautes falaises à pic dont le sommet se perdait dans le brouillard et la nuit. Partout, des feux. Ils faisaient rage dans de monstrueux fours dont la pierre était chauffée au rouge et dans des chaudrons de fonte. Le minerai en fusion dans des fosses creusées à même la terre bouillonnait et fumait. Tout autour de la vallée, d'autres feux brûlaient dans des lanternes qui servaient à la fois pour l'éclairage et la surveillance. Toute la scène baignait dans une lumière rouge. Une petite rivière serpentait dans la vallée, et ses eaux étaient couleur de sang. Des baraquements de pierre et de tuiles étaient construits çà et là entre les feux, jouxtés d'enclos de fil de fer tendu entre des poteaux métalliques. Dans ces enceintes se tenaient des êtres vivants : du bétail, mais aussi des humains. Dans l'enclos du centre, on dénombrait environ cinquante lutins à l'aspect misérable, portant sur leur visage de fouine une expression de peur, qu'ils cachaient en plongeant la tête dans des bols de nourriture et d'eau. On voyait également de ces lutins à l'extérieur des enclos, occupés à alimenter la fournaise. Le dos courbé, la tête baissée, le corps grillé et le poil roussi, ils charriaient du combustible, jetaient du minerai dans le feu, attisaient les fourneaux et martelaient le métal en fusion.

Les trolls veillaient à ce qu'ils ne relâchent pas leur effort. Il y en avait des centaines ; c'étaient des silhouettes noires et difformes qui se traînaient d'un feu à l'autre dans la vallée. Certains prenaient part au travail tandis que d'autres jouaient les contremaîtres. Les forts étaient des créatures maussades, aux membres forts et au visage pratiquement sans traits. Ils étaient musclés, mais disproportionnés. Leurs bras et leurs jambes étaient élancés, mais plus gros que leur maigre corps. Leur torse était plié en deux, leurs épaules trop larges pour les ligaments et les tendons qui les retenaient, leur tête oblongue et enfoncée dans le corps, qu'ils avaient poilu. Quant à leur peau, elle ressemblait à du pain trop grillé et absorbait la lueur des feux au lieu de la renvoyer. Leurs pieds noueux et tournés en dehors agrippaient le roc et la terre aussi sûrement que les sabots d'un chamois.

Ben sentit ses poumons se vider comme si l'air en avait été aspiré par le brasier. Malgré la chaleur suffocante qui déferlait sur lui, il eut des sueurs froides. Des têtes se tournèrent et des corps contrefaits s'approchèrent. Ils étaient déjà repérés. Les trolls, tout en s'avançant, les fixaient de leurs yeux jaunis.

Une vingtaine de trolls de roche furent devant eux presque immédiatement. Ils se groupèrent sans cérémonie à quelques mètres, le regard décidément menaçant. Un geyser de feu s'éleva d'une fosse derrière eux avec une explosion violente. Pas un ne se retourna.

– Montrez-leur le drapeau, Abernathy, ordonna Ben.

Le scribe abaissa la hampe de manière que le pavillon se déplie entièrement. Les trolls y jetèrent un coup d'œil distrait. Ben attendit quelques instants, interrogea Questor du regard, puis fit un pas en avant.

– Je suis Ben Holiday, roi de Landover ! proclama-t-il. Qui est votre chef ?

Les trolls ne le quittaient pas des yeux, mais aucun ne bougea. Ben s'y attendait, car il avait appris cela avec Questor.

– Qui parle en votre nom ? continua-t-il d'une voix ferme et autoritaire.

D'autres trolls s'étaient joints à l'assemblée. Ils s'écartèrent pour laisser passer un vieux personnage voûté portant un collier à clous d'argent. Il s'exprima à toute vitesse en une langue que Ben ne put comprendre.

– Il veut savoir ce que nous faisons ici, Sire, traduisit Questor. Il n'a pas l'air de bonne humeur.

– Comprend-il ce que je dis ? demanda Ben.

– Je l'ignore, Sire. C'est possible.

– Parlez-lui dans sa langue, Questor. Répétez qui je suis. Dites-lui que, puisqu'il n'a pas assisté au couronnement, je me suis rendu ici pour recueillir son serment de fidélité.

– Sire, je ne crois pas que...

– Allez, Questor ! insista Ben, le visage dur.

Questor parla brièvement, et un murmure de mécontentement parcourut les rangs des trolls assemblés. Leur chef leva le bras et ils se turent. Il s'adressa une nouvelle fois à Questor.

– Il dit qu'il ne sait rien de ce couronnement, qu'il n'y a pas de roi à Landover et qu'il n'y en a pas eu depuis la mort du vieux roi. Il refuse de prêter serment à qui que ce soit.

– Merveilleux.

Ben, sans quitter des yeux le chef des trolls, sortit lentement le médaillon de dessous sa tunique et le brandit. Un nouveau murmure se fit entendre. Les trolls de roche se regardèrent et reculèrent.

– Dites-leur que je sais manier mes pouvoirs magiques, Questor, et tenez-vous prêt à le prouver lorsque je vous ferai signe.

Questor reprit la parole. Les murmures redoublèrent. Le chef des trolls semblait ne plus comprendre. Ben attendit. La chaleur des feux l'enveloppait, et ses vêtements étaient imprégnés de sueur. Il sentait les lutins mutins qui se pressaient contre sa jambe et jetaient des regards prudents vers les trolls. Quelques secondes s'écoulèrent. Il devait agir rapidement ou perdre le mince avantage qu'il avait acquis.

– Questor, répétez à leur chef qu'il doit prêter serment au trône, et dites-lui qu'il doit me livrer en gage de sa bonne foi les lutins mutins qu'il a enlevés, afin qu'ils me servent. Qu'il le fasse sans délai, car j'ai peu de temps à lui consacrer : je dois me rendre chez la sorcière au Gouffre Noir. Et qu'il ne pose pas de conditions.

– Sire ! s'écria Questor, interloqué.

– Traduisez !

– Mais s'il vous met au défi et que je rate mon tour de magie ?

– Alors nous irons rejoindre les lutins mutins autour des feux !

– Soyez prudent, Sire ! avertit soudain Abernathy en avançant le museau.

– J'en ai assez d'être prudent ! rétorqua Ben en se retournant vers lui. Bluff ou pas bluff, il faut essayer quelque chose...

Abernathy lui coupa la parole.

– Sire, je crois qu'il comprend tout ce que nous disons !

Ben se figea sur place. Le chef des trolls le dévisageait d'un regard soudain narquois. Il avait vraiment tout compris. Il lança quelques ordres rapides et ceux qui se tenaient derrière lui se rapprochèrent de la petite compagnie.

– Utilisez vos pouvoirs, Questor ! souffla Ben.

– Mais, Sire, je ne sais pas si je peux ! protesta Questor, gris d'angoisse.

– Il va le falloir, sinon nous sommes dans de beaux draps ! Vite !

Questor hésita, puis se retourna vivement vers les trolls de roche, bras levés. Les trolls se mirent à pousser des cris tandis que Questor faisait de grands moulinets en articulant des formules.

L'air explosa de lumière, et il se mit à pleuvoir des fleurs.

Elles venaient de nulle part, par centaines : roses, pivoines, violettes, lys, pâquerettes, chrysanthèmes, orchidées, jonquilles, et bien d'autres encore. Elles se déversaient à seaux sur les voyageurs et sur les trolls, rebondissaient sur leurs épaules et s'abattaient au sol.

Il serait difficile de dire qui fut le plus surpris. Ce qui était sûr, c'est que personne ne s'attendait à cela, y compris Questor, qui fit un effort remarquable pour se remettre du premier choc et leva de nouveau les bras pour recommencer ses imprécations. Mais il était beaucoup trop lent, et les trolls se reprirent vite de leur surprise. Ils se jetèrent sur Ben et sa suite comme des joueurs sur le ballon. Ils étaient affreux. Ben cria pour avertir les autres et vit les kobolds se précipiter en avant en sifflant. Il entendit Abernathy claquer des mâchoires et sentit Fillip et Sott s'accrocher à lui.

Puis, les trolls le prirent à bras-le-corps. Il fut assailli de coups et perdit pied sous la force de la ruée. Sa tête heurta la terre et il eut un éblouissement. Enfin, tout devint noir.

Il revint à lui en plein cœur de l'enfer de Dante. Il était enchaîné à un poteau dans l'enclos central, retenu aux poignets et aux chevilles par de gros anneaux de métal. Il était à moitié assis contre le poteau et des dizaines de visages poilus le considéraient à travers la fumée. Sa tête résonnait et son corps était couvert de sueur et de saleté. La puanteur dégagée par les fours et les fosses emplissait l'air et écœurait le pauvre Ben. Partout rougeoyaient des feux, et une lumière cramoisie régnait sur toute la vallée.

Ben cligna des yeux et tourna lentement la tête. Questor et Abernathy étaient enchaînés à des poteaux près de lui ; ils étaient éveillés et chuchotaient prudemment. Les kobolds étaient eux aussi attachés par les pieds et les mains à des anneaux fixés à des piquets. Ils n'avaient pas repris connaissance. Des trolls de roche montaient la garde autour du périmètre de l'enclos, leurs silhouettes tordues glissant sans bruit dans la nuit.

– Êtes-vous conscient, Sire ?

– Êtes-vous sain et sauf ?

Fillip et Sott se montrèrent parmi la foule qui le regardait. Leurs yeux de fouine le contemplaient avec sollicitude. Ben n'avait d'autre envie à cet instant que de se libérer assez longtemps pour les étrangler tous les deux. Il avait l'impression d'être la bête curieuse d'un zoo ou d'un cirque. Pour couronner le tout, il se trouvait nul, et à cause d'eux. D'ailleurs, c'était à cause d'eux qu'il s'était aventuré dans ce pays. Bon sang, tout était leur faute !

Mais ce n'était pas vrai, et il le savait. Il était là car il avait choisi de venir, parce qu'il s'était lui-même fourré dans cette situation.

– Ça va, Sire ? demanda Fillip.

– Vous nous entendez, Sire ? demanda Sott.

Ben ravala sa colère et répondit :

– Oui, je vous entends. Ça va. Combien de temps suis-je resté inconscient ?

– Pas longtemps, Sire.

– Quelques minutes tout au plus.

– Ils nous ont tous faits prisonniers.

– Ils nous ont jetés dans cet enclos.

– Personne n'a pu s'échapper.

– Non, personne.

Que des bonnes nouvelles, se dit amèrement Ben. Il examina l'enclos. Il était tendu de fil de fer barbelé sur une hauteur de presque deux mètres. Les portes étaient faites de bois épais et fermées par des chaînes. Ben tira sur ses liens pour éprouver leur solidité, mais ils étaient bien serrés et fixés à des anneaux. S'évader ne serait pas facile.

S'évader ? Mais à quoi pensait-il ? Comment s'évader d'un endroit pareil ?

– Sire !

C'était Questor qui l'appelait, s'étant aperçu qu'il était éveillé.

– Comment allez-vous, Questor ? demanda Ben. Et Abernathy, et les kobolds ?

– Ils vont bien, je crois, répondit le visage de hibou tout couvert de suie. Je crains que Ciboule et Navet n'aient pris le plus de coups. Ils vous ont farouchement protégé, et il a fallu plus de douze trolls pour en venir à bout.

– Que vont-ils faire de nous ? s'enquit Ben.

– Je n'en sais vraiment rien, répondit le magicien. Rien de bien agréable, j'imagine.

– Ne pouvez-vous pas nous libérer par magie ?

– Eh non, car je perds mes pouvoirs lorsque mes mains sont entravées par du fer. (Il hésita un instant, puis reprit :) Sire, je regrette de n'avoir pas été à la hauteur. J'ai tenté de vous obéir, de faire intervenir mes pouvoirs, mais ils n'ont pas fonctionné. Je... je ne parviendrai jamais à en faire... ce que je veux.

Il se tut, la voix cassée.

– Ce n'est pas votre faute, protesta Ben. C'est moi qui nous ai mis dans cette situation, pas vous.

– Mais je suis enchanteur royal ! insista Questor avec véhémence. Je devrais disposer d'assez de magie pour soumettre une poignée de trolls !

– Et moi, je devrais être assez intelligent pour en faire autant ! Mais si cette fois nous avons tous les deux été inefficaces, n'en parlons plus, Questor. Oublions toute cette histoire. Trouvons plutôt un moyen de sortir de cet enclos à bestiaux !

Questor Thews, écrasé de désespoir, semblait brisé par ce qui venait d'arriver. Il n'était plus le guide sûr de lui qui avait montré le pays à Ben. Même Abernathy ne disait plus rien. Ben cessa de les regarder.

Fillip et Sott se rapprochèrent de lui à cet instant.

– J'ai soif, geignit Fillip.

– J'ai faim, pleurnicha Sott.

– Quand partirons-nous d'ici, Sire ? demanda Fillip.

– Oui, quand ? répéta Sott.

Ben les considéra sans répondre. À la saint-glinglin, peut-être ? Croyaient-ils qu'ils pourraient tout simplement s'en aller à volonté ? Ben en eut presque envie de rire.

– Laissez-moi y réfléchir, dit-il avec un sourire forcé.

Il se demandait pourquoi le Paladin n'était pas apparu lorsque les trolls avaient donné l'assaut. Fantôme ou pas fantôme, il était toujours venu lorsque Ben se trouvait menacé. Il aurait bien apprécié une petite apparition cette fois-là aussi. Il remâcha cette idée un moment avant de trancher : la seule différence entre cette fois-ci et les autres était qu'il avait oublié de penser au médaillon au moment de l'attaque. C'était cependant un lien bien ténu. Un jour, il avait tenté de faire venir le Paladin en se concentrant sur le pouvoir du médaillon, mais il ne s'était rien passé.

Il se laissa aller contre le poteau. Sa tête commençait à ne plus palpiter aussi fort. L'enfer n'était plus aussi terrible que cinq minutes auparavant. Il était même presque supportable. Il réfléchit à sa vie, se remémorant tous les événements funestes qui s'étaient succédé avant celui-ci, et desquels il avait triomphé. La comparaison échoua. Il se mit à penser à Annie et se demanda ce qu'elle aurait dit si elle avait vécu pour le voir dans cette situation. Elle s'en serait certainement mieux tirée ; toujours, elle avait récupéré et s'était adaptée plus vite que lui.

Il en eut les larmes aux yeux. Ils avaient tant partagé ! Elle était la seule véritable amie qu'il ait eue sur cette terre. Dieu, qu'il aurait voulu la revoir une fois encore !

Il s'essuya furtivement les yeux et se redressa. Il tenta de penser à Miles, mais tout ce qui lui venait à l'esprit était sa formule : Je te l'avais bien dit. Il se mit alors à dresser la liste des rêves et des souhaits qu'il ne pourrait jamais exaucer.

Il se rendit soudain compte de ce qu'il était en train de faire. Il était en train de s'apitoyer sur lui-même. Il se considérait comme un homme mort.

Il eut honte. Sa détermination de fer, qui l'avait tiré de tant de batailles, refit surface. Il ne quitterait pas le combat, jura-t-il en son for intérieur. Il gagnerait cette fois encore.

Mais comment ?

Les heures passèrent. Minuit vint, et les trolls de roche se retirèrent les uns après les autres. Certains restèrent debout pour s'occuper des fours et alimenter les feux de surveillance, mais le reste disparut dans les huttes de pierre. Questor et Abernathy s'endormirent, ainsi que la plupart des lutins mutins prisonniers. Fillip et Sott se roulèrent en boule aux pieds de Ben, qui resta seul éveillé avec les kobolds. Ceux-ci étaient couchés sur le côté, veillant sur Ben de leur regard étroit, tandis que leur sourire effrayant révélait leurs dents blanches. Ben leur rendit leur sourire une ou deux fois. Ces animaux-là étaient des durs à cuire. Ben les admirait et regrettait de les avoir attirés dans un tel guêpier.

L'aube approchait lorsque Ben sentit une main se poser légèrement sur son visage. Il somnolait et se réveilla en sursaut. L'air était froid. Les feux brûlaient au ralenti.

– Ben ?

Il regarda autour de lui et vit Salica accroupie juste devant lui, tout près du poteau. Des vêtements couleur de tuile et de terre camouflaient sa silhouette fine, et un manteau à capuche dissimulait ses cheveux et son visage. Ben cligna des yeux, la prenant pour un rêve mal oublié.

– Ben ? répéta-t-elle.

Ses yeux vert-de-mer brillaient vers lui du fond de la capuche.

– Ça va ?

Il fit oui de la tête, machinalement. Elle était bien réelle.

– Comment m'as-tu trouvé ? demanda-t-il.

– Je t'ai suivi, répondit-elle en se rapprochant encore. Je t'avais dit que je t'appartenais, Ben. Tu ne m'as pas crue ?

Elle tenait son visage à quelques centimètres du sien, et ses traits exquis étaient exempts d'ombres. Elle était d'une beauté impossible.

– Ce n'était pas une question de croire ou ne pas croire, Salica. Tu ne peux pas m'appartenir. Personne ne le peut.

– Il a été décidé il y a longtemps que je serais à toi, Ben. Pourquoi ne peux-tu comprendre cela ?

Ben se sentit complètement désarmé. Il la revoyait nue dans les eaux du lac Irrylyn, il la revoyait se changer en saule noueux au milieu des pins. Elle l'excitait et le dégoûtait à la fois, et il ne parvenait pas à maîtriser ses sentiments mêlés.

– Que fais-tu ici ? demanda-t-il.

– Je suis venue te délivrer, dit-elle en sortant un trousseau de clés de sous son manteau. Tu aurais dû me demander à mon père, Ben. Il t'aurait accordé son consentement. Mais tu ne l'as pas fait, et à cause de cela, j'ai dû m'échapper. Et maintenant, je ne peux plus retourner là-bas.

– Comment ça, tu ne peux plus retourner ?

Elle essayait les clés dans le cadenas les unes après les autres.

– Il nous est interdit de quitter la région des lacs sans la permission de mon père, sous peine d'exil perpétuel.

– Quoi ? Mais tu es sa fille !

– Plus maintenant, Ben.

– Alors, il ne fallait pas venir, bon sang ! Tu n'aurais pas dû partir, puisque tu savais ce qui allait arriver !

– Je n'avais pas le choix, répondit-elle sans baisser les yeux.

La troisième clé était la bonne, et les chaînes tombèrent. Ben regarda la sylphide avec un mélange de frustration et de colère, puis de désespoir. Elle se glissa auprès de Questor, d'Abernathy et des kobolds, qu'elle libéra les uns après les autres. Le jour commençait à éclairer le ciel au-dessus des montagnes. Les trolls ne tarderaient pas à s'éveiller.

– Nous devons partir tout de suite, Ben, dit Salica.

– Comment as-tu réussi à venir ici sans te faire prendre ?

– Nul ne peut voir les créatures des eaux si celles-ci en décident ainsi, Ben. Je suis descendue dans la vallée à minuit passé et j'ai dérobé les clés au garde. Les portes sont ouvertes, la chaîne est simplement glissée dans les anneaux. Mais il faut partir immédiatement, ou bien la supercherie sera découverte.

Elle lui tendit le trousseau de clés, et lorsqu'il le prit, ses doigts effleurèrent ceux de Salica. Il hésita, pensant aux risques qu'elle avait pris pour venir le chercher. Elle avait dû le suivre à la trace depuis qu'il avait quitté la région des lacs. Elle devait veiller sur lui depuis tout ce temps.

Il tendit la main vers elle impulsivement et la serra contre lui.

– Merci, Salica, murmura-t-il.

Elle l'entoura de ses bras et le serra à son tour. Il sentait la chaleur de son corps le brûler et accueillit cette sensation avec bonheur.

– Sire !

Questor le tirait doucement par la manche. Ben lâcha Salica et se retourna. Les lutins mutins s'étiraient et se frottaient les yeux. Certains étaient déjà éveillés.

– Il est l'heure de partir, Sire ? demanda Fillip en se levant.

– C'est l'heure ? répéta Sott.

Ben les regarda et se rappela pourquoi il était venu dans la vallée. Abernathy se pencha vers lui et dit :

– Sire, il sera assez difficile de se glisser au-dehors à cinq. Nous ne pouvons pas espérer emmener tout un régiment de lutins en plus !

Ben jeta un nouveau regard autour de lui. On apercevait des signes d'activité dans certaines huttes. Encore quelques minutes, et tout le village serait debout.

– Tout le monde vient, déclara-t-il.

– Sire ! protesta Abernathy.

– Questor ! appela Ben sans répondre au scribe. Il nous faut une diversion.

Le magicien pâlit, et son visage se noua.

– Sire, je vous ai déjà manqué une fois...

– Justement, ne recommencez pas. J'ai besoin de cette diversion, dès que nous aurons franchi les portes de l'enclos. Distrayez les trolls de roche par n'importe quel moyen. Faites exploser un fourneau, ou bien faites-leur tomber une montagne sur la tête, je ne sais pas. N'importe quoi pourvu que ça marche !

Sur ce, il prit Salica par le bras et se mit à traverser l'enclos. Ciboule et Navet ouvrirent la voie en rampant dans la pénombre. De petites silhouettes de furet se pressaient autour d'eux.

Soudain, Ben aperçut une forme contrefaite qui s'approchait des portes. Il souffla immédiatement :

– Ciboule !

Le kobold déroula les chaînes de la porte et fut dehors en un instant. Il prit le troll par surprise et le réduisit au silence avant qu'il eût pu comprendre ce qui lui arrivait.

Ben et Salica se précipitèrent au-dehors, suivis de Questor et des lutins mutins. Des cris d'alarme retentirent presque immédiatement dans le silence, des cris gutturaux qui éveillèrent tous les trolls de roche. Ils sortirent en hâte de leurs huttes. Les lutins s'éparpillèrent à une vitesse que Ben n'aurait pas crue possible. Il resta cloué sur place : il y avait des trolls partout.

– Questor ! cria-t-il frénétiquement.

Une aveuglante lueur blanche explosa dans le ciel et Strabo apparut. À cette vue, les trolls se précipitèrent pour se mettre à l'abri, et les lutins mutins se mirent à hurler de terreur. Ben n'y croyait pas. D'où sortait donc le dragon ?

Puis il s'aperçut que Strabo n'avait qu'une jambe, que ses ailes n'étaient pas centrées sur son corps, qu'il avait le cou parsemé de drôles de touffes de plumes et que le feu qu'il crachait ne brûlait rien. C'était un faux dragon. Questor avait créé la diversion demandée.

Salica, qui avait également compris, prit le bras de Ben, et ils se mirent à courir vers le col par lequel ils étaient arrivés la veille au soir. Tous les autres suivaient de près, Questor le dernier. Son dragon de pacotille commençait déjà à tomber en morceaux : son corps se désintégrait en plein vol. Ben et les fugitifs furent interceptés deux fois par des trolls, mais Ciboule les repoussa avec une rapidité effrayante. Ils furent dans le défilé en quelques instants, et la voie était libre.

Ben jeta un dernier regard en arrière. Le dragon était maintenant en miettes et des fragments de magie tombaient comme les pièces d'un puzzle défait. Les trolls étaient toujours aussi confondus.

La troupe d'évadés se précipita vers les ombres du défilé et les trolls, les feux, la vallée, la folie, tout fut oublié.

CRISTAL

Vers le milieu de la matinée, Ben et ses compagnons cessèrent enfin leur course. Ils étaient sortis du Melchor sans encombre et se retrouvaient au pied des collines d'où les lutins mutins avaient été enlevés. Ceux-ci s'étaient égaillés depuis longtemps, et les trolls de roche avaient abandonné la poursuite. Il n'y avait donc plus de raison de se presser.

Mais attention, se dit Ben en s'adossant à un tronc d'arbre, ils avaient fui. C'était un aveu terrible. Il aurait été mille fois plus satisfaisant de décrire leur départ sous le terme d'évasion, mais, à la vérité, ils s'étaient sauvés sans demander leur reste.

Installés en cercle sur le sol, ils déjeunèrent de quelques feuilles et tiges de Bonnie Blues tout proches, et se désaltérèrent à une source qui courait le long de la montagne. Ils n'avaient rien d'autre à manger ni à boire : leurs possessions, y compris les chevaux, étaient restées chez les trolls.

Ben mâchait et avalait machinalement en rassemblant ses idées. Il pourrait toujours peser le pour et le contre, ergoter sur les détails, mais la situation du roi de Landover n'était pas brillante. Ses résultats étaient lamentables : à part les quelques individus assis autour de lui, il ne s'était rallié aucun des habitants du royaume. Les seigneurs de Vertemotte, amis traditionnels du trône, l'avaient reçu froidement, puis avaient tenté de l'acheter et enfin l'avaient pratiquement jeté hors de Rhyndweir. Le

Maître des Eaux lui avait fait meilleur accueil, mais c'était parce qu'il se moquait éperdument de ce que pouvait faire ou dire la Couronne, croyant le salut de son peuple entièrement entre ses mains. Quant aux trolls de roche, ils l'avaient fait prisonnier et l'auraient très certainement fait rôtir s'il n'avait pu s'échapper de leur enclos à bestiaux, et ce grâce à la persévérance de Salica et à des circonstances favorables, qui avaient permis que Questor fasse enfin bon usage de ses pouvoirs magiques.

Il y avait les lutins mutins, évidemment. Fillip et Sott lui avaient prêté serment. Mais quelle valeur avait leur parole ? Que valait une alliance avec un peuple souterrain que tous les autres habitants du pays méprisaient pour leurs vols et leurs forfaits divers ?

– Bon, quelle est exactement notre situation ? demanda-t-il à voix haute, ce qui fit lever la tête à ses compagnons. Les seigneurs de Vertemotte me prêteront serment le jour où je les débarrasserai du dragon. Le Maître des Eaux en fera autant lorsque j'aurai arraché aux seigneurs de Vertemotte et à bien d'autres la promesse qu'ils ne pollueront plus les rivières et qu'ils travailleront tous ensemble à entretenir la propreté de la vallée. Ben voyons. Les trolls de roche, eux, me prêteront serment le jour où je retournerai au Melchor sans craindre de me voir transformer en rosbif. Simple formalité, quoi. C'est un tableau à peu près complet, non ?

Personne ne lui répondit. Questor et Abernathy échangèrent un regard, tandis que Salica semblait n'avoir pas compris. Les kobolds le regardaient de leurs yeux brillants tout en découvrant leurs dents tranchantes.

Ben rougit à la fois de honte et de colère.

– La vérité pleine et entière, c'est que je n'ai fait absolument aucun progrès. Zéro, rien, des clous. Des questions ?

– Sire, dit Questor, vous êtes beaucoup trop sévère envers vous-même.

– Ah oui ? Qu'ai-je donc dit qui n'était pas vrai, Questor Thews ?

– Ce que vous avez dit était vrai en soi, Sire, mais vous avez oublié un élément très important dans votre énumération.

– Et lequel, je vous prie ?

– La difficulté de votre position. Il n'est pas facile d'être roi de Landover, même lorsque tout va bien.

Les autres hochèrent la tête en signe d'accord.

– Non, reprit Ben, je ne peux accepter ce raisonnement. Je ne peux pas accuser les circonstances. Les circonstances, on les prend comme elles viennent et on en tire le meilleur.

– Qu'est-ce qui te fait croire que tu n'as pas accompli cela, Ben ? demanda Salica.

– Mais... Parce que je ne l'ai pas fait ! Je n'ai pas su persuader les seigneurs de Vertemotte, ni ton père, ni ces satanés trolls, de faire ce que je voulais ! Si tu ne nous avais pas suivis, et si Questor n'avait pas réussi son tour de magie, nous serions tous morts à l'heure qu'il est !

– Je ne crois pas que ma magie vous ait été d'un bien grand secours, objecta Questor, mal à l'aise.

– Vous êtes tout de même parvenu à sauver les lutins, Sire, lui rappela Abernathy. Personnellement, je trouve que c'était peine perdue, mais à supposer que leur vie ait une valeur quelconque, ils vous en sont redevables. C'est vous qui avez insisté pour que nous les prenions avec nous.

Une nouvelle fois, l'assistance approuva d'un hochement de tête. Ben reprit la parole en regardant ses compagnons tour à tour.

– Je vous remercie de votre vote de confiance, mais je crois qu'il est déplacé. Pourquoi ne pas accepter la vérité ? Je ne suis pas à la hauteur de mes responsabilités.

– Vous faites de votre mieux, Sire, et personne n'en demande davantage, insista Questor.

– Et personne ne saurait en faire plus, renchérit Abernathy. Je suis scribe royal depuis de plus nombreuses années que vous n'en avez vécu. Cela ne se conçoit peut-être pas facilement étant donné ma forme actuelle, mais je vous demande de me croire sur parole. J'ai vu des rois de Landover se succéder, le vieux roi et tous ceux qui sont venus après lui. Je les ai observés tandis qu'ils tentaient de gouverner. Je les ai vus appliquer leur sagesse et leur compassion. Certains étaient capables, d'autres non. (Il tendit la patte d'un air convaincu.) Mais je peux vous dire, Sire, que personne, et même pas le vieux roi, n'a jamais été si prometteur que vous !

Il se tut et s'assit lentement sur ses pattes de derrière. Ben était soufflé. Jamais il n'aurait espéré recevoir un si vibrant éloge de la part du scribe cynique. Il sentit la main de Salica prendre la sienne.

– Ben, tu dois croire ce qu'il a dit. La partie de moi-même qui vient de ma mère me dit que tu es exceptionnel, différent. Je te crois fait pour être roi de Landover. À mon avis, personne d'autre que toi ne devrait même essayer de le devenir.

– Les kobolds sont d'accord, ajouta Questor. Ils disent eux aussi que vous êtes différent, que vous faites preuve de courage et de force. Vous êtes le roi qu'ils veulent servir.

Ben s'adossa contre un tronc d'arbre, désespérant de leur faire comprendre qu'ils se trompaient sur son compte. Ses compagnons le contemplèrent en silence tandis qu'il cherchait un argument qui les convaincrait. Mais il ne trouvait rien à dire.

Questor se leva enfin. On aurait dit que le poids du monde écrasait ses épaules. Son visage était si tendu qu'il avait l'air de souffrir. Il se redressa lentement.

– Sire, il y a quelque chose que vous devez savoir. Je vous ai déjà dit que mon demi-frère vous avait délibérément choisi comme acheteur de Landover parce qu'il croyait que vous échoueriez et que le royaume lui reviendrait une nouvelle fois, comme c'est arrivé à chaque vente depuis la mort du vieux roi. Il voyait en vous un raté total, Sire. Il comptait là-dessus, en fait.

– Eh bien, ironisa Ben, les bras croisés, il ne sera pas déçu quand il verra quelle tournure prend la situation, hein ?

Questor s'éclaircit la gorge et dansa d'un pied sur l'autre.

– Justement, Sire, il sait très exactement comment les choses se passent, et il est très déçu.

– Écoutez, Questor, je m'en f... (Il s'arrêta net et regarda le magicien.) Que dites-vous ? Il sait ce qui se passe ici ? Exactement ? (Il se leva pour faire face à son interlocuteur.) Comment est-ce possible, Questor ? Ses pouvoirs n'atteignent plus ce monde, que je sache ? Vous avez dit qu'il n'avait rien pu emporter en quittant Landover, sauf le médaillon. Il a abandonné tout le reste. Alors comment peut-il savoir ce qui se passe ici ?

Questor restait étrangement calme, et son visage était devenu un masque mortuaire.

– Je le tiens au courant, Sire, répondit-il sans flancher.

Il y eut un silence interminable. Ben ne parvenait pas à croire ce qu'il venait d'entendre.

– Vous le tenez au courant, vous ?

– J'y suis contraint, Sire. (Cette fois, Questor baissa les yeux.) Cela fait partie du marché que j'ai conclu avec lui lors de son départ avec le fils du roi. Je serais enchanteur royal en son absence, mais je m'engageais à lui faire mon rapport sur les progrès des prétendants au trône qu'il m'enverrait. Je devais lui parler des échecs, mais aussi des réussites, le cas échéant. Il voulait se servir de ces informations pour sélectionner les candidats ; il saurait ainsi quelles faiblesses rechercher.

Tout le monde s'était levé, mais Questor n'y prêta pas attention et continua :

– Je ne veux plus de secrets entre nous. Il y en a déjà eu trop, je le crains. Alors je vais vous révéler le dernier d'entre eux. Je vous ai dit que plus de trente souverains s'étaient succédé depuis la mort du vieux roi, mais seuls les huit derniers venaient de chez Rosen. Cinq d'entre eux n'ont pas tenu jusqu'à la fin de la période d'essai. Imaginez un instant les conséquences, Sire : cela veut dire que cinq fois au moins, le magasin aurait dû rembourser le client. Par cinq fois, mon demi-frère aurait perdu la vente. Un million de dollars multiplié par cinq. Mauvaise affaire, mauvaise publicité. Ni le magasin ni mon demi-frère n'auraient pu tolérer des pertes pareilles. Cela me donne à penser que ces échecs n'ont jamais été découverts, et je crois que la plupart des ventes, sinon toutes, ont été conclues à l'insu de Rosen. Et la frustration des clients a été étouffée de la manière la plus expéditive.

– Questor, qu'êtes-vous en train de dire ? demanda Ben dans un souffle.

– Que si vous utilisiez le médaillon pour retourner dans votre monde, Sire, vous vous apercevriez que votre argent a disparu, avec une bonne partie de votre espérance de vie.

Abernathy était furieux et retroussait les babines en grognant :

– Je savais bien qu'on ne pouvait pas te faire confiance, le mage !

– Un instant, interrompit Ben en levant la main. Il n'était pas obligé de me dire tout cela, il a choisi de le faire. Pourquoi, Questor ?

– Pour que vous sachiez combien je crois en vous, Noble Seigneur Ben Holiday. Mes camarades ici présents ont tenté de faire de même, mais vous ne les avez pas écoutés. J'espère que cette confession y parviendra, et que vous croirez enfin en vous-même. Je vois en vous le roi que Landover attendait. Et mon demi-frère l'a vu aussi. Il s'est montré plus qu'inquiet lorsque vous avez refusé de renoncer là où tant d'autres l'avaient fait. Il craint que vous trouviez moyen de conserver le trône. Il a peur de vous, Sire.

– Écoute-le, Ben, dit Salica en serrant le bras du roi. Je crois ce qu'il dit.

– Mon demi-frère et moi avons conclu un autre marché, Sire, reprit Questor, tout honteux. Je dois avouer que je n'ai pas eu la force de refuser. Ses grimoires de magie, les secrets accumulés par des enchanteurs royaux depuis la nuit des temps, tout cela est caché quelque part dans le royaume. Il est le seul à savoir où. Il n'a pas pu les emporter et m'a promis de me les donner. À chaque nouvel échec d'un roi, il me révèle un peu plus de savoir. Je ne fais rien pour pousser à la roue, Sire, mais l'appât est irrésistible. J'apprends peu à peu. Je sais qu'il ne me donnera jamais ses livres, et qu'il se sert de moi comme d'un pion. Mais je crois que tôt ou tard il dira un mot de travers et me confiera un secret de trop, et alors je serai en mesure de découvrir les grimoires et d'en finir avec lui ! Je l'ai laissé se servir de moi car il n'y avait pas d'autre moyen. Mes intentions ont toujours été pures. Je veux voir ce pays retrouver sa grandeur passée. Je suis prêt à tout pour atteindre ce but. Je chéris mon pays plus que ma vie !

Ben considéra Questor sans rien dire, en proie à des sentiments mêlés. Salica lui tenait toujours le bras et ses doigts avaient resserré leur étreinte pour lui faire comprendre qu'elle croyait Questor sincère. Abernathy restait sur ses gardes. Quant aux kobolds, ils demeuraient muets aux côtés de Ben, qui ne lisait rien sur leur visage sombre.

Il se retourna vers l'enchanteur et déclara d'une voix rauque :

– Questor, vous m'avez rappelé plus d'une fois que je pouvais utiliser le médaillon pour retourner chez moi.

– Je devais mesurer la profondeur de votre engagement, Sire ! se défendit Questor. Il fallait que vous ayez le choix !

– Et si j'avais choisi de m'en servir ?

Silence interminable.

– J'aime à penser... que je vous aurais arrêté à temps, répondit enfin Questor, les larmes aux yeux.

Ben comprit qu'il était à la fois honteux et peiné, et lui répondit simplement :

– J'aimerais le croire moi aussi, Questor. (Il réfléchit un instant, puis posa la main sur l'épaule du magicien.) Comment communiquez-vous avec Meeks ? Comment lui parlez-vous ?

Questor prit un moment pour se calmer, puis fouilla dans les plis de ses vêtements. Il en sortit un objet que Ben examina. C'était le cristal que Questor Thews portait le jour de l'arrivée de Ben à Landover. Ben l'avait presque oublié. Il l'avait aperçu plusieurs fois depuis, mais n'y avait jamais fait très attention.

– Ce cristal lui appartient, Sire, expliqua Questor. Il me l'a donné en quittant le royaume. Je le réchauffe entre mes mains et son visage y apparaît. Je peux alors converser avec lui.

– Meeks a-t-il un autre moyen de communication avec Landover ?

– Je ne crois pas.

– Avez-vous assez confiance en moi pour me céder ce cristal ? demanda-t-il presque à voix basse en soupesant l'objet.

– Il est à vous, Sire, répliqua immédiatement le magicien.

Ben hocha la tête et sourit faiblement. Il rendit le cristal à Questor et lui dit :

– Appelez Meeks pour moi, voulez-vous ?

Après un instant d'hésitation, Questor plaça le cristal au creux de ses mains. Abernathy, Salica et les kobolds se rapprochèrent. Ben sentait son cœur battre à toute allure. Il ne croyait pas devoir retrouver Meeks si vite, mais à présent qu'il était sur le point de le revoir, il ne se tenait plus d'impatience.

Questor écarta délicatement les mains et souleva le cristal par sa chaîne. Meeks apparut au centre de la pierre. La surprise se lisait dans ses yeux perçants. Ben se pencha pour se mettre à hauteur.

– Bonjour, monsieur Meeks. Comment ça va, à New York ?

Le visage du vieil homme se crispa de colère, et il lui adressa un regard sinistre. Ben n'avait jamais vu une telle haine.

– Vous n'êtes pas très bavard, dites-moi, enchaîna Ben avec son plus beau sourire d'avocat. Oh, je ne vous en veux pas. Les choses ont plutôt mal tourné pour vous, hein ? (La main gantée de Meeks s'éleva en signe d'avertissement.) Ne vous donnez pas la peine de répondre, rien de ce que vous avez à dire ne m'intéresse. Je veux juste que vous sachiez quelque chose : votre petit navire est en train de couler !

Puis, il se leva et se dirigea vers quelques rochers à fleur de terre près d'une colline. Il y brisa le cristal jusqu'à ce qu'il n'en reste plus que quelques fragments, qu'il écrasa sous son talon.

– Au revoir, monsieur Meeks.

Il se retourna vers ses compagnons et alla les retrouver. Cinq paires d'yeux étaient fixées sur lui.

– Je crois que nous n'entendrons plus parler de ce Meeks, déclara-t-il. Nous voici revenus à la case départ.

– Sire, permettez-moi de dire quelques mots, dit Questor avec une agitation mal contenue. Je n'ai pas menti lorsque j'ai dit que mon demi-frère avait décelé en vous une certaine force de caractère. J'ai commis beaucoup d'erreurs et je sais qu'il vaut mieux que vous continuiez votre route sans moi, mais vous, Sire, n'abandonnez pas la lutte. Soyez le roi que vous vouliez être !

Il attendait la réponse de Ben. Celui-ci promena son regard sur ses camarades : Salica, dont les yeux brillaient d'autre chose que de simple confiance ; Abernathy, sardonique et méfiant ; Ciboule et Navet, dont la face simiesque laissait deviner un savoir bien caché. Chacun de ces visages était comme un masque de théâtre, mais la pièce n'était pas encore jouée. Qui étaient-ils vraiment, se demanda-t-il, et qui était-il, lui ?

Soudain, il se retrouva loin de tout ce qui avait été sa vie avant son voyage vers ces étranges contrées. Partis, les grands immeubles de bureaux, les avocats, le système judiciaire des États-Unis d'Amérique, les villes, les gouvernements, les codes, les lois. Seul restait ce qui n'existait pas : les dragons, les sorcières et les créatures de toutes sortes, les châteaux forts et les enchanteurs, les damoiselles et les mages, les sortilèges et l'enchantement. Il commençait une nouvelle vie dont toutes les règles étaient nouvelles. Il avait sauté dans le gouffre de l'inconnu et n'en avait toujours pas touché le fond. Il se mit à sourire.

– Questor, je n'ai nulle intention d'abandonner la lutte. Comment le pourrais-je, devant une telle manifestation de confiance ? Comment jeter l'éponge alors que j'ai des amis tels que vous derrière moi ? Non, le combat continue, et nous avec.

Salica était aux anges, les kobolds sifflaient en signe de satisfaction, Questor était soulagé. Même Abernathy hochait la tête avec approbation.

– À une condition, toutefois, reprit Ben. Nous avons commencé ensemble, et nous finirons ensemble. Le passé est le passé, Questor. Nous avons besoin de vous.

L'enchanteur leva sur Ben un regard incrédule.

– Sire, je ferais n'importe quoi si vous le vouliez, mais... je ne puis...

Il s'arrêta, gêné, et se tourna vers ses compagnons.

– On vote, lança Ben. Questor viendra-t-il avec nous ? Ciboule, Navet ? (Ils firent oui de la tête.) Salica ? (La sylphide approuva elle aussi.) Abernathy ?

Le chien le fixa du regard sans fléchir et garda le silence. Ben attendit. On aurait dit que le scribe était une statue de pierre.

– Abernathy ? répéta doucement Ben.

– Je crois qu'il est encore moins fin psychologue que magicien, mais je crois aussi qu'il est de bonne foi, répondit enfin Abernathy. Qu'il vienne donc avec nous.

– Bravo, Abernathy ! conclut Ben. Nous voilà unis une fois de plus. Allons, Questor, vous venez avec nous ?

Tout rougissant, un sourire timide au coin des lèvres, le magicien répondit :

– Oh, oui, Sire, je vous suis.

Ben jeta un regard à la ronde en se disant qu'ils étaient tous fous, puis leva les yeux vers le ciel. Le soleil n'était plus qu'une boule blanche et cotonneuse. Il était près de midi.

– Il vaudrait mieux reprendre notre route, dit-il.

– Hum... interrompit Abernathy en faisant claquer ses mâchoires. Où allons-nous, Sire ?

Ben s'avança vers le chien et posa la main sur son épaule poilue.

– Nous allons là où j'ai dit aux trolls que nous irions, Abernathy ; là où nous aurions déjà dû aller.

– C'est-à-dire ? demanda le scribe avec anxiété.

– Dans le Gouffre Noir. Chez Nocturna.

GOUFFRE NOIR

Ils crurent que Ben Holiday était devenu fou. Ils le crurent peut-être à divers degrés, mais ils étaient unanimes sur le fond. Questor et Abernathy surtout étaient atterrés et se mirent à parler tous les deux en même temps :

– Vous avez perdu l'esprit, Sire ! explosa le scribe.

– Vous ne pouvez prendre le risque de vous jeter dans les griffes de la sorcière ! gronda l'enchanteur.

Ben les laissa protester un moment, puis fit asseoir tout le monde et s'expliqua patiemment. Non, dit-il, il n'avait pas perdu la raison, mais au contraire savait très bien ce qu'il faisait. Il était risqué de s'aventurer dans le Gouffre Noir pour rencontrer Nocturna, mais presque tous les autres choix possibles étaient également risqués, et aucun n'offrait de telles possibilités.

Réfléchissez, dit-il encore. La clé qui ouvrait toutes les portes résidait dans la possession de pouvoirs magiques. C'était la magie qui avait donné naissance au royaume et à ceux qui l'avaient tout d'abord peuplé. La perte de cette magie menaçait la vie même de Landover. Qui donc était susceptible de détenir les pouvoirs dont il avait besoin pour redresser la situation ? Qui possédait les pouvoirs qui manquaient aux autres ?

Évidemment, c'était périlleux, comme toute tentative. Nul n'était allé trouver Nocturna depuis de nombreuses années ; nul n'y avait même pensé. Aucun roi de Landover n'avait songé à lui faire prêter serment d'allégeance depuis la mort du vieux roi. Abernathy interrompit Ben en disant que le vieux roi lui-même refusait d'avoir affaire avec elle. Et justement, selon Ben, c'était une raison de plus pour aller la voir. On pouvait lui parler, la persuader, qui sait ? Et si tout le reste échouait, on pouvait toujours la prendre au piège.

Ses compagnons regardèrent Ben avec horreur, mais il répondit d'un simple haussement d'épaules. D'accord, il ne serait pas question de la prendre au piège. Mais elle restait leur meilleure chance. Elle était la magicienne la plus puissante du royaume, Questor l'avait dit au cours de ses leçons. Une partie de ses pouvoirs aiderait Ben à renverser la situation en sa faveur. Il n'avait besoin que de la puissance nécessaire à la résolution de l'un de ses problèmes. Même si Nocturna refusait de livrer sa magie, elle accepterait peut-être d'organiser une rencontre avec les fées, et, pourquoi pas, d'assurer à Ben leur soutien.

Il vit que Salica s'était crispée en entendant parler des fées, et pendant un instant il ne fut plus si sûr de lui. Mais il continua sa plaidoirie. Il avait bien réfléchi et sa solution était la meilleure. Jamais il ne trouverait d'alliée plus puissante que Nocturna.

Ni plus dangereuse, ajouta Questor. Mais il n'y avait rien à faire, la question était tranchée et le voyage vers le Gouffre Noir était sur le point de commencer. Ceux qui ne voulaient pas y aller pouvaient rester en arrière. Ben comprendrait.

Personne ne se désista, mais il y eut beaucoup de regards mal à l'aise.

Il était midi, et ils prirent la route du Sud. Jusqu'au soir, ils marchèrent dans les collines. Le temps restait mauvais, les nuages s'amassaient, la menace de pluie se faisait plus précise. La brume devint brouillard à la nuit tombée, et quelques gouttes s'écrasèrent sur le sol. Les voyageurs s'arrêtèrent pour bivouaquer à l'abri de rochers que surplombaient une ligne de crête et un bois de frênes. L'obscurité et l'humidité les encerclèrent bientôt tandis qu'ils se blottissaient les uns contre les autres en dînant de quelques Bonnie Blues, de racines déterrées par Navet et d'un peu d'eau de source. L'air devint glacial, et Ben regretta soudain son bon vieux whisky.

Le dîner fut vite achevé, et ils se mirent à organiser le coucher. Ils étaient dépourvus de literie, ayant tout perdu au cours de leur évasion de chez les trolls. Questor proposa ses services magiques, et cette fois-ci, Ben accepta. Les kobolds semblaient pouvoir résister, mais les autres risquaient la pneumonie s'ils ne se protégeaient pas du froid. Et d'ailleurs, Questor avait bien prouvé qu'il maîtrisait mieux ses pouvoirs.

Hélas, il ne renouvela pas ses exploits. Dans un nuage de fumée et quelques étincelles apparurent des dizaines d'essuie-mains à fleurs. Questor marmonna quelque chose à propos du mauvais temps, puis recommença. Cette fois, il produisit des sacs de bure. Ce fut au tour d'Abernathy de s'impatienter, et les esprits s'échauffaient plus vite que les corps. Au troisième essai, l'enchanteur fit apparaître une tente à rayures colorées, garnie de coussins et de tables de toilette. Ben décida que cela ferait l'affaire.

Ils s'installèrent et s'endormirent les uns après les autres. Abernathy montait la garde tout en dormant, le museau pointé au-dehors de la tente, pas entièrement convaincu que les trolls avaient abandonné la poursuite.

Seul Ben resta éveillé. Allongé dans le noir, il écoutait le bruit de la pluie qui tambourinait sur la toile. Il était assailli de doutes qu'il avait pu jusque-là ignorer. Il sentait que le temps lui échappait inexorablement. Plus tôt qu'il ne le voudrait, la Marque d'Acier ou un autre démon contre lequel il ne pourrait pas se défendre viendrait lui régler son compte. À ce moment-là, Ben serait bien obligé d'utiliser le médaillon pour se sauver, même s'il avait juré de ne pas s'en servir. En effet, il n'avait guère d'autre choix. Que ferait-il si sa vie était réellement menacée ? Des monstres qui pouvaient le tuer d'une simple pensée, il y en avait beaucoup, et Nocturna était de ceux-là.

Il se força à penser à la sorcière. Jusque-là, il ne se l'était pas permis, car cela valait mieux. Il savait qu'il devait aller la trouver, et il ne servait à rien de se dire qu'elle était dangereuse. Elle terrifiait ses compagnons, ce que personne, sauf la Marque d'Acier, n'avait réussi à faire. Il avait vu un peu grand une nouvelle fois. Il les mettait peut-être dans une situation plus périlleuse que lorsqu'ils étaient allés chez les trolls de roche. Il se mordit la lèvre pensivement. Il ne pouvait pas leur faire prendre un risque pareil. Il n'y aurait personne pour venir les délivrer, cette fois. Il devait être plus prudent et protéger ses amis.

Sa respiration se fit plus régulière, ses yeux se fermèrent. Si seulement Salica n'avait pas dû tout abandonner pour le rejoindre ! Elle aurait dû se montrer moins impulsive. À cause de cela, il se sentait responsable d'elle, et il ne le voulait pas. Quant à elle, elle ne demandait que cela, évidemment. Elle avait du monde une conception puérile : leur sort prédit par des plantes entrelacées autour d'un lit conjugal, leurs vies réunies parce qu'ils s'étaient rencontrés par hasard au cours d'un bain de minuit... Elle attendait de lui quelque chose qu'il n'était pas prêt à donner.

Il laissa vagabonder ses pensées et son obstination céda lentement. Ce n'était peut-être pas elle qui avait tort, mais lui. Il n'avait pas ce qu'elle lui demandait : à la mort d'Annie, il avait perdu tout ce qu'il y avait de bon en lui. Il n'aimait pas se dire cela, mais la vérité était peut-être là.

Il fut surpris de constater qu'il avait les larmes aux yeux. Il les essuya en silence, se félicitant que personne n'ait pu le voir ainsi.

Il se laissa aller à ses pensées et se retira en lui-même. Ses rêves l'emportèrent, et il s'assoupit.

Il s'éveilla de bonne heure, alors que le jour n'était encore qu'une rougeur diffuse sur l'horizon des collines embrumées. Ses compagnons étaient eux aussi éveillés ; ils s'étiraient pour faire disparaître les crampes dues au froid et à l'humidité, et bâillaient en signe de protestation contre la courte durée de la nuit. La pluie avait cessé, remplacée par les gouttes qui tombaient des feuilles des arbres. Ben sortit de la tente et s'avança dans le demi-jour jusqu'à un filet d'eau qui coulait en cascade sur les rochers, au milieu d'un épais fourré. Il se penchait pour boire dans ses mains lorsqu'il aperçut deux museaux de furet qui perçaient dans les branchages. Il bondit en arrière, un juron sur les lèvres.

– Noble Seigneur, dit une voix.

– Puissant Seigneur, dit une autre.

Fillip et Sott. Ben se ressaisit et maîtrisa à grand-peine son désir de les étrangler sur place. Il attendit patiemment qu'ils sortent de leur cachette. Les lutins mutins étaient tout crottés par la pluie et leurs vêtements étaient déchirés. Ils avaient l'air encore plus sales que d'habitude, ce qui paraissait pourtant difficile. Ils s'avancèrent en se dandinant, les yeux levés sur Ben.

– Nous avons eu quelques difficultés à échapper aux trolls de roche, Sire, expliqua Fillip.

– Ils nous ont pourchassés jusqu'à la nuit, et ensuite nous ne retrouvions plus votre trace, ajouta Sott.

– Nous redoutions que vous n'ayez été repris.

– Nous craignions que vous n'ayez pu vous évader.

– Mais nous avons retrouvé votre piste et vous avons suivi.

– Nous avons la vue basse, mais l'odorat très fin.

Ben secoua la tête, désemparé.

– Mais quel besoin aviez-vous de me retrouver ? demanda-t-il en s'agenouillant pour être à leur hauteur. Pourquoi ne pas retourner chez vous avec vos frères ?

– Oh non, Sire !

– Jamais de la vie !

– Nous avons promis de vous servir si vous nous aidiez à libérer notre peuple.

– Nous avons donné notre parole.

– Vous avez tenu votre engagement, Sire.

– Et maintenant c'est notre tour.

Ben n'y croyait pas. La dernière chose qu'il attendait de la part de ces deux personnages était la loyauté. C'était aussi la dernière chose dont il avait besoin. Fillip et Sott étaient plus une source d'ennuis qu'une aide précieuse.

Il fut sur le point de le leur dire, mais lut dans leurs petits yeux de taupe une détermination de fer. Il se rappela que les lutins mutins avaient été les premiers à venir lui prêter serment, alors que tous ses autres sujets refusaient. Il lui parut injuste de les renvoyer alors qu'ils étaient si désireux de l'aider.

Il se redressa lentement sans les quitter des yeux.

– Nous allons au Gouffre Noir, annonça-t-il. Je veux aller parler à Nocturna.

Fillip et Sott échangèrent un regard et hochèrent la tête.

– Dans ce cas, nous pourrons vous prêter assistance, Sire.

– Oui, nous le pourrons.

– Nous sommes déjà allés au Gouffre Noir en de nombreuses occasions.

– Nous en connaissons bien les moindres recoins.

– Comment, c'est vrai ? demanda Ben, sidéré.

– Oui, Sire.

– La sorcière ne fait guère attention à des créatures telles que nous.

– Elle ne nous voit même pas.

– Nous vous guiderons et vous ne courrez aucun danger, Sire.

– Puis nous vous montrerons la sortie.

Ben tendit la main.

– Topez là, mes amis !

Les lutins sourirent de toutes leurs dents et serrèrent tour à tour la main de Ben entre leurs pattes crasseuses.

– Une question, dit Ben. Pourquoi avoir attendu si longtemps pour vous montrer ? Depuis combien de temps étiez-vous cachés là dans les buissons ?

– Depuis hier soir, Sire.

– Nous avions peur du chien...

Ben les emmena au camp et annonça que les lutins les accompagneraient jusqu'au Gouffre Noir. Abernathy, scandalisé, ne se priva pas d'exprimer son opinion en termes clairs. Les kobolds leur sifflèrent au visage, et même Salica paraissait peu convaincue. Mais Ben resta ferme. Les lutins mutins viendraient avec eux.

Ils reprirent la route peu après le lever du soleil. Après un petit déjeuner composé de Bonnie Blues, Questor fit disparaître la tente dans un éclair de lumière et un nuage de fumée (ce qui terrifia les lutins), et ils partirent enfin. Guidés par Ciboule, ils marchèrent vers le sud, puis l'ouest, selon un itinéraire qui les conduisit d'abord aux frontières du pays des collines, puis vers les forêts et les lacs qui bordent Vertemotte. Ils furent pris dans de nombreuses averses, et souvent le brouillard était si épais qu'il formait un rideau de vapeur froide. La vallée était bouchée par les nuages et par un curieux voile bleuâtre qui se mêlait à la cime des arbres et aux lointaines montagnes sombres. Ben fut stupéfait de constater que des fleurs s'ouvraient sous l'averse. Elles étaient de couleur pastel, fragiles, et ne tenaient que quelques minutes avant de se faner. Questor expliqua qu'elles s'appelaient – manque total d'originalité – des fleurs de pluie. Elles apparaissaient avec l'ondée, puis s'éteignaient. Jadis, elles avaient joui d'une espérance de vie de plus de douze heures, mais elles aussi étaient frappées de maladie et ne pouvaient plus vivre que quelques instants.

Les voyageurs firent une pause rapide en milieu de matinée, et s'installèrent en aval d'une source dont les berges étaient envahies de roseaux, de lys et de cyprès. La source était trouble, et rien de ce qui poussait alentour ne semblait sain. Ciboule partit en quête d'eau potable. Il pleuvait de nouveau, et les autres se groupèrent par deux ou trois sous les branches des arbres. Ben attendit un instant, puis son regard rencontra celui de Salica, et il la prit à part pour pouvoir lui parler.

– Salica, dit-il, sachant que ce qu'il avait à expliquer serait délicat, j'ai bien réfléchi, et je ne crois pas que tu devrais venir avec nous au Gouffre Noir. Je crois que tu devrais retourner chez toi à Elderew.

– Je ne veux pas retourner là-bas, Ben, répondit Salica sans baisser les yeux. Je veux rester avec toi.

– Je sais bien. Mais c'est trop dangereux.

– Ce n'est pas plus dangereux pour moi que pour toi. Tu auras peut-être encore besoin de mon aide. Je reste.

– Je vais écrire à ton père pour lui expliquer que c'est moi qui ai voulu te garder jusqu'à maintenant, afin que tu n'aies pas d'ennuis avec lui. J'irai m'expliquer en personne par la suite.

– Je ne veux pas partir, Ben, répéta Salica.

La teinte verte de sa peau était assombrie par l'ombre du cyprès, et il sembla à Ben qu'elle faisait partie de l'arbre.

– Je te remercie de vouloir courir les mêmes risques que moi, reprit-il, mais il n'y a pas de raison que tu le fasses. Je ne le permettrai pas, Salica.

Elle releva un peu le visage, et ses yeux brûlèrent soudain d'un feu nouveau.

– Tu n'as pas à me dire ce que je dois faire, Ben. C'est à moi de décider. (Elle se tut un instant, et ses yeux passaient directement à travers Ben.) Pourquoi ne pas me dire ce que tu as derrière la tête, roi de Landover ?

Il la regarda avec surprise, puis hocha lentement le menton.

– Très bien. Je ne sais pas comment dire cela. Si je pouvais te garder auprès de moi en restant honnête avec moi-même, je le ferais. Mais je ne peux pas. Je ne suis pas amoureux de toi, Salica. Il est possible que les créatures féeriques découvrent l'amour d'un simple regard, mais avec moi c'est différent. Je ne crois pas aux présages des plantes grimpantes. Je ne crois pas que toi et moi soyons faits pour nous aimer. Nous sommes faits pour être amis, mais cela ne suffit pas pour que je te laisse risquer ta vie pour moi !

Salica lui prit les mains.

– Tu ne comprends toujours pas, Ben. Je t'appartiens parce que c'est ainsi. C'est une vérité tissée dans la toile magique du royaume, et bien que tu ne le voies pas, cela arrivera. Je ressens de l'amour pour toi parce que j'aime à la façon des fées : au premier regard, et par promesse. Je ne te demande pas d'en faire autant. Mais un jour viendra où tu m'aimeras, Ben. C'est inéluctable.

– Peut-être, concéda-t-il en serrant les mains de Salica presque malgré lui, sur le point de reconnaître qu'elle avait raison. Mais je ne t'aime pas encore. Tu es la plus belle créature que j'aie jamais vue, et je te désire tant que je dois me battre contre moi-même. Mais je ne peux pas croire en ce futur que tu sembles voir si clairement. Tu ne m'appartiens pas ! Tu n'appartiens qu'à toi-même !

– Je ne suis à personne si je ne suis pas à toi, protesta-t-elle avec insistance. Aurais-tu peur de moi, Ben ? Je lis dans tes yeux une peur que je ne comprends pas.

Ben prit une profonde inspiration.

– Il y a eu quelqu'un d'autre, Salica. Quelqu'un qui était vraiment à moi, et à qui j'appartenais. Elle s'appelait Annie. C'était ma femme, et je l'aimais profondément. Elle n'était pas aussi belle que toi, mais elle était jolie, et... exceptionnelle. Elle est morte accidentellement il y a deux ans et je... je ne peux pas l'oublier, ni cesser de l'aimer, ni aimer quelqu'un d'autre.

Sa voix se brisa. Il n'avait pas cru qu'il serait si difficile de parler d'Annie, même après si longtemps.

– Tu ne m'as pas dit pourquoi tu avais peur, Ben, répéta Salica d'une voix douce mais ferme.

– Je ne sais pas pourquoi ! Je ne sais pas. Je crois que c'est parce que, à la mort d'Annie, j'ai perdu une partie de moi-même, une partie si précieuse que je ne suis pas sûr de la retrouver un jour. Parfois, j'ai l'impression que je ne ressens plus rien. J'ai l'impression de faire semblant...

Salica eut soudain les larmes aux yeux.

– Ne pleure pas, je t'en prie, lui dit-il.

Elle eut un sourire amer et répondit :

– Je pense que tu as peur de te laisser aller à m'aimer parce que je suis très différente d'elle. Tu as peur, parce que si tu m'aimais, tu la perdrais un peu.

Je ne veux pas de cela. Je te veux tel que tu es, étais et seras : toi tout entier. Mais c'est impossible, puisque tu as peur de moi.

Il voulut lui dire qu'elle se trompait, mais se ravisa. Elle avait raison, il avait peur d'elle. Il la revit en train de danser à minuit dans la clairière de vieux sapins, de se changer en saule, de s'enraciner dans le sol sur lequel sa mère avait dansé. Elle n'était pas humaine. Comment aimer une créature si différente d'Annie ?

– Je t'attendrai aussi longtemps qu'il le faudra, Ben, mais je ne te quitterai pas, même si tu me l'ordonnais, même si tu m'en suppliais. Je t'appartiens. Ma place est auprès de toi. Je resterai, et qu'importent les risques encourus ! Je resterai, même si je dois donner ma vie pour sauver la tienne ! Ne me demande plus jamais de partir.

Elle s'éloigna rapidement. Ben la suivit du regard et sut qu'il lui obéirait.

Le petit groupe arriva au Gouffre Noir peu avant midi. La pluie avait cessé et le jour était plus clair, mais le ciel restait couvert. L'air sentait l'humidité, et il faisait plus frais.

Ben et ses compagnons s'arrêtèrent au bord du Gouffre Noir et regardèrent vers le fond. Toute la crevasse, à l'exception du bord, était envahie d'un brouillard qui se traînait sur les quelques arbres et les crêtes qui hérissaient l'obscurité comme les os d'un corps brisé. Des buissons poussaient partout sur le bord et les côtés du gouffre, ronces, fourrés, tous lugubres et chétifs. On ne voyait aucun mouvement dans le trou. Aucun son n'en montait. C'était comme une tombe ouverte qui attendait son occupant.

Ben l'examina avec méfiance. C'était un endroit bien plus terrible de près que depuis le rassurant contempleur. C'était un monstre, un abîme informe et tentaculaire, creusé à même la terre puis abandonné à la pourriture. Ben aperçut un groupe de Bonnie Blues qui poussaient près du bord. Ils étaient noircis, desséchés.

– Sire, il n'est pas trop tard pour revenir sur votre décision, conseilla Questor.

Ben secoua la tête. Sa décision était prise une fois pour toutes.

– Si on attendait demain matin ? demanda Abernathy.

– Non. Assez pris de retard. Je descends immédiatement. (Il se tourna vers ses amis et expliqua en les regardant tour à tour :) Je veux que vous m'écoutiez attentivement et sans protester. Fillip et Sott vont venir avec moi pour me servir de guides. Ils ont dit qu'ils connaissaient le Gouffre Noir. Je prendrai également l'un d'entre vous, et le reste attendra ici.

– Sire, non ! s'exclama Questor.

– Vous allez confier votre sort à ces cynophages ? gronda Abernathy.

– Vous pourriez avoir besoin de notre protection ! insista Questor.

– C'est de la folie d'y aller seul ! conclut Abernathy.

Seule Salica ne disait rien, mais son regard était si intense que Ben le sentait posé sur lui. Il leva les mains pour faire taire l'assistance.

– Assez ! J'ai dit : pas d'interruptions. Je sais ce que je fais. J'y ai bien réfléchi. Nous n'allons pas recommencer comme au Melchor. Si je ne reviens pas à l'heure dite, je veux que quelqu'un puisse venir à la rescousse.

– Il sera peut-être trop tard pour vous à ce moment-là, Sire, lâcha Abernathy.

– Vous avez dit que vous prendriez une autre personne, Sire, rappela Questor. J'imagine que vous vouliez parler de moi. Vous aurez besoin de mes pouvoirs magiques.

– C'est probable, Questor, mais uniquement si j'ai des ennuis avec Nocturna. Vous resterez ici avec Abernathy et les kobolds. Je prends Salica avec moi.

– Vous allez emmener la fille ? s'étonna Questor. Mais en quoi vous protégera-t-elle ?

– En rien. Je ne recherche pas un protecteur, mais un médiateur. Je ne veux pas que la sorcière pense que le roi de Landover a besoin de protection, et c'est ce qu'elle se dirait à coup sûr si j'allais la voir entouré de vous tous. Salica est une créature féerique, comme Nocturna. Elles ont des origines communes, et à nous deux nous trouverons peut-être un moyen de rallier la sorcière à notre cause.

– Vous ne la connaissez pas, Sire ! insista Questor.

– Ça non, alors ! reprit Abernathy.

Salica s'avança et prit le bras de Ben.

– Ils ont probablement raison, Ben. Nocturna n'offrira pas son aide pour mes beaux yeux. Elle se moque tout autant des habitants de la région des lacs que de la cour de Bon Aloi. Elle ne respecte personne. Elle est très dangereuse.

Ben remarqua qu'elle ne demandait pas à rester en arrière. Elle avait déjà retiré ses bottes et son manteau, et se tenait près de lui, pieds nus, vêtue d'une culotte courte et d'une tunique sans manches.

– Je sais, répondit-il. C'est pourquoi Questor, Abernathy et les kobolds vont attendre ici. Si nous descendons tous ensemble, nous serons tous victimes du même piège éventuel. Mais si les plus forts d'entre nous restent en arrière, nos chances d'être secourus en sont grandement accrues. Vous comprenez ?

La petite assemblée grogna son assentiment.

– Je répète, avec tout le respect que je vous dois, que cette expédition est à la fois dangereuse et stupide, Sire, déclara Abernathy.

– Je respecte cette opinion, mais je suis bien décidé. Quel que soit le risque, je ne veux le partager qu'avec quelqu'un qui l'aurait couru de toute manière. Si je pouvais y aller sans faire courir de danger à quiconque, je le ferais. Malheureusement, c'est impossible.

– Personne ne vous demande de descendre chez Nocturna, souligna Questor.

– Je sais. Je ne saurais avoir de meilleurs amis que vous. Mais nous sommes au pied du mur, Questor. Vous avez fait tout ce que vous pouviez pour moi. Le temps passe, les choix se font plus rares. Je dois faire bouger les choses si je veux rester roi de Landover. Je suis responsable envers vous, envers le pays, envers moi-même.

Questor ne répondit pas. Ben jeta un regard à la ronde. Silence total. Il hocha la tête et prit la main de Salica. Il dut se battre contre le froid qui l'envahissait soudain.

– Prenez la tête, ordonna-t-il à Fillip et à Sott.

Et ils commencèrent la descente.

NOCTURNA

C'était comme s'ils étaient descendus dans une mare d'eau croupie. La brume vint à leur rencontre, lécha leurs bottes, s'enroula autour de leurs cuisses et enserra leur taille. Elle atteignit leurs épaules, puis leur cou. Un instant plus tard, ils étaient complètement submergés. Ben dut lutter pour résister à cette marée suffocante.

Il serrait bien fort la main de Salica.

Ce brouillard impénétrable les enveloppait comme une couverture étouffante. Il leur collait aux doigts avec une insistance humide et provoquait des démangeaisons que rien ne calmait. L'air était saturé d'une odeur de bois et de terre pourris, ce qui donnait au brouillard la texture d'un liquide toxique qu'on leur aurait jeté au visage. Il s'en dégageait une désagréable chaleur, comme si une énorme bête était prise au piège dans la fange et transpirait de terreur tandis que la vie la quittait.

Ben s'aperçut que cette terreur était la sienne, et se mit à lutter contre. Le dos et les aisselles de sa tunique étaient mouillés, sa respiration irrégulière. Il n'avait jamais eu si peur, y compris lorsque la Marque d'Acier était venu l'attaquer dans le tunnel temporel. C'était même pire que sa rencontre avec le dragon, car en l'occurrence il avait peur de quelque chose qu'il ne voyait pas. Ses pieds avançaient mécaniquement sur la pente couverte de taillis. Il se rendait à peine compte du mouvement. Il distinguait la silhouette trapue des lutins à quelques pas devant lui, tandis qu'ils ouvraient la piste comme des chiens de chasse. À ses côtés était Salica, que sa couleur verte faisait ressembler à un fantôme. Ses cheveux, ses poils soyeux la suivaient, comme soulevés par le brouillard. Mais c'était ce qu'il ne voyait pas et ne pouvait que deviner qui mobilisait toute l'attention de Ben. Il croyait percevoir clairement ce qui se cachait dans l'ombre.

De sa main libre, il chercha le médaillon sous sa tunique et le caressa à travers l'étoffe pour se rassurer. Les minutes passaient et les quatre compagnons marchaient toujours à tâtons, les yeux écarquillés. Puis, le terrain devint plan, la brume s'éclaircit et les broussailles laissèrent la place à des arbustes et à une forêt. Ils avaient atteint un plateau situé plusieurs dizaines de mètres au-dessus du fond du gouffre. Ben cligna des yeux, ayant retrouvé la vue. Les arbres s'étendaient devant lui en un enchevêtrement inextricable de troncs, de branches et de lianes.

Ben passa devant les lutins pour gagner un petit promontoire qui dominait la pente, et il regarda vers le bas. Il en eut le souffle coupé.

Le Gouffre Noir s'étendait à perte de vue, à perte d'imagination. Il avait tant grandi que ses parois ne pouvaient plus le contenir. Il était devenu aussi grand que tout Landover !

– Salica ! appela-t-il.

Elle fut auprès de lui en un instant. Il désigna du doigt la forêt, l'étendue sans fin avec, dans les yeux, une terreur qui trahissait ses efforts pour comprendre ce qu'il voyait. Elle saisit immédiatement la situation et serra les mains de Ben dans les siennes.

– Ce n'est qu'une illusion, Ben. Ce que tu vois n'existe pas vraiment. Ce n'est qu'un tour de magie. Nocturna a créé mille reflets de son antre afin de nous faire peur et de nous éloigner.

Ben regarda de nouveau vers le bas mais ne vit rien de changé. Il fit tout de même un signe de tête pour montrer qu'il avait compris.

– Évidemment. Ce n'est qu'un sortilège destiné à nous faire fuir. (Il respira profondément et se calma aussitôt.) Tu veux que je te dise, Salica ? C'est plutôt efficace. Comment se fait-il que tu ne sois pas tombée dans le piège ?

– C'est mon côté fée qui m'a avertie, répondit-elle avec un sourire.

Ils reprirent la descente. Fillip et Sott ne semblaient pas gênés par l'illusion. C'était probablement à cause de leur vue, si basse qu'ils n'avaient rien remarqué. Parfois, l'ignorance est un avantage.

Ils arrivèrent enfin au fond et firent une pause. La végétation touffue semblait infinie. Des troncs noueux, des branches d'arbres se contorsionnaient comme des toiles d'araignée contre le ciel de brume. Les lianes s'enroulaient comme des serpents, les broussailles s'étouffaient les unes les autres. La terre était humide et molle.

Fillip et Sott humèrent l'air un instant, puis reprirent leur marche, suivis de Ben et de Salica. Ils se frayèrent un chemin et découvrirent des pistes insoupçonnées. Le mur du gouffre disparut derrière eux et la jungle se referma. Il y régnait un silence inquiétant. On n'entendait ni ne voyait aucune créature vivante. Ni cris d'animaux, ni vols d'oiseaux, ni bourdonnements d'insectes. La lumière du soleil était filtrée par les nuages. Ils avaient l'impression d'avoir été avalés vivants. D'avoir été pris au piège.

Ils n'allèrent pas loin avant de rencontrer les lézards.

Les voyageurs se trouvaient au bord d'un profond ravin, prêts à amorcer la descente, lorsque Ben s'aperçut que quelque chose bougeait au fond. Il fit arrêter les autres et jeta un regard prudent dans les ténèbres. Des dizaines de lézards grouillaient dans le ravin. Des corps couverts d'écailles d'un vert noirâtre glissaient les uns sur les autres, et des langues d'aspect redoutable s'agitaient dans les airs. Il y en avait de toutes les tailles ; certains étaient aussi gros que des alligators, tandis que d'autres avaient l'envergure d'une grenouille. Ils bloquaient totalement la voie.

Salica prit la main de Ben en souriant avec confiance.

– Encore une illusion, Ben...

– Par ici, Sire, annonça Fillip.

– Venez, Sire, ajouta Sott.

Ils descendirent dans le trou, et tous les lézards disparurent. Ben s'était remis à transpirer et aurait bien voulu se sentir moins bête.

D'autres illusions les attendaient, et Ben s'y laissa prendre chaque fois. Ils virent un monstrueux frêne tout couvert de grosses chauves-souris, un ruisseau où nageaient des poissons semblables à des piranhas, et surtout une clairière où des bras vaguement humains sortaient de terre et tendaient leurs doigts crochus vers tout ce qui tentait de passer. Chaque fois, Salica et les lutins marchaient sans hésiter, et les dangers imaginaires s'évaporaient.

Plus d'une heure s'était écoulée lorsqu'ils atteignirent le marais, vers midi. Le chemin était coupé par une vaste étendue de roseaux et de sables mouvants qui fumait et bouillonnait comme sous la pression de gaz souterrains.

Ben consulta Salica du regard.

– Encore une hallucination, hein ?

– Non, c'est un véritable marais.

Les lutins s'étaient remis à humer l'air. Au milieu du marécage, Ben vit un corbeau posé sur un arbre mort. C'était un gros oiseau très laid, avec une ligne de blanc sur le crâne. Il le regardait de ses petits yeux sombres, la tête penchée pensivement.

Ben se tourna vers ses camarades.

– Alors, qu'est-ce qu'on fait ?

– Il y a un sentier plus loin, Sire, répondit Fillip.

– Oui, un chemin qui permet de passer de l'autre côté, précisa Sott.

Les deux lutins reprirent leur progression, longeant la rive, le nez en l'air. Ben et Salica les suivaient de loin. Au bout d'une trentaine de mètres, les deux guides changèrent de direction et s'avancèrent dans le marais. Il avait exactement le même aspect qu'ailleurs, mais à cet endroit, la terre était assez ferme pour soutenir leur poids. Ils arrivèrent à bon port en quelques minutes. Ben se retourna vers le corbeau. L'animal l'observait toujours.

– Allons, pas de paranoïa, murmura Ben.

Ce fut de nouveau la jungle. Ils ne marchaient pas depuis longtemps lorsque Fillip et Sott commencèrent à s'agiter. Ben pressa le pas pour les rattraper et s'aperçut qu'ils avaient délogé une famille de souris arboricoles, qu'ils avaient entrepris de dévorer avec des raffinements de cruauté. Ben leur appliqua un coup de pied au derrière et leur ordonna sévèrement de se remettre en marche.

Il oublia bientôt les malheureux rongeurs : l'obstacle suivant était une muraille de ronces. Hautes de plus de trois mètres, celles-ci se mêlaient aux arbres et aux lianes de la forêt. Ben se tourna encore une fois vers Salica, qui soupira :

– Elles sont vraies.

Fillip et Sott, le museau levé, arpentaient le mur dans les deux sens. C'est alors que Ben revit le corbeau. Il était posé au sommet des ronces, juste audessus des quatre voyageurs, et les observait. Ses yeux perçants se fixèrent sur Ben. Celui-ci lui rendit son regard et aurait pu jurer que l'oiseau lui avait adressé un clin d'œil.

– Par ici, Sire, appela Fillip.

– Il y a un passage, annonça Sott.

Les lutins s'avancèrent dans les ronces comme si elles n'avaient pas été là : elles s'écartaient d'elles-mêmes. Ben se retourna, mais le corbeau était parti.

Il le revit toutefois à plusieurs reprises, au sommet d'arbres ou posé sur des troncs abattus, le considérant de ses yeux insondables. Ben ne le vit jamais voler et ne l'entendit jamais croasser. Croyant qu'il pouvait s'agir d'une illusion de plus, il demanda à Salica si elle le voyait aussi. Elle répondit que oui, sans pouvoir dire ce qu'il faisait là.

– On dirait que c'est le seul oiseau de tout le gouffre, remarqua Ben.

– En effet, approuva-t-elle. Il appartient peut-être à Nocturna.

L'idée n'était pas très rassurante, mais Ben n'y pouvait rien et s'efforça de n'y plus penser. La jungle était de moins en moins touffue, les troncs, les branches et les lianes cédaient la place à de petites clairières où des nappes de brouillard restaient comme suspendues. Le ciel était plus clair, ce qui indiquait que la sortie n'était pas loin. Mais la paroi opposée du précipice n'était toujours pas en vue. Le Gouffre Noir était aussi vaste et infini qu'il avait semblé au premier regard.

– Quelqu'un peut-il me dire si nous sommes encore loin ? demanda Ben.

Pour toute réponse, il vit trois têtes se secouer en signe d'ignorance.

Mais tout à coup, la végétation s'effaça et ils se trouvèrent au pied d'un château fort de proportions telles que le reste du monde paraissait minuscule. Il montait vers le ciel comme une montagne ; le sommet des tours disparaissait dans les nuages, les murs filaient jusqu'à la ligne d'horizon. Des tourelles, des créneaux, des parapets, des remparts s'étageaient selon une géométrie étourdissante. L'ensemble, construit sur un plateau ceint par une jungle épaisse, était si vaste qu'il aurait pu abriter une ville tout entière. Un chemin caillouteux menait aux portes, qui étaient ouvertes devant la herse relevée.

Ben regardait le bâtiment sans trop y croire. Il ne pouvait rien exister de si grand. Il s'agissait forcément d'une illusion, d'un tour de magie, comme les visions le long du chemin...

– Quel est cet endroit, Salica ? balbutia-t-il.

– Je l'ignore, répondit-elle en contemplant le château. Je ne comprends pas. Ce n'est pas une illusion, mais pourtant c'en est une. Je sens qu'il y a de la magie là-dessous, mais elle n'explique qu'en partie ce que nous voyons.

Les lutins mutins étaient tout aussi déroutés. Ils se balançaient d'un pied sur l'autre et tendaient leur museau de fouine vers une hypothétique odeur familière. Ils n'en décelèrent aucune et se mirent à marmonner dans leur barbe.

Ben se força à détourner son regard pour tenter de voir autre chose, un indice quelconque qui l'aiderait à comprendre. Il ne distingua d'abord que la jungle et le brouillard. Puis il aperçut le corbeau.

Il était perché sur une branche à plusieurs dizaines de mètres, les ailes soigneusement repliées, les yeux fixés sur Ben. C'était bien le même corbeau à plumage noir brillant et à crête blanche. Ben ne pouvait s'expliquer pourquoi, mais il était certain que l'oiseau comprenait tout ce qui se passait. Il enrageait que cet animal restât bien tranquillement assis à les regarder, comme au spectacle.

– En route, dit-il enfin.

Ils se mirent à monter la côte à pas prudents. Le château approchait sans s'évanouir ni trembloter.

Au contraire, il devenait plus menaçant à mesure que les détails de la pierre usée se dessinaient et que le bruit du vent, qui sifflait dans les tours et les remparts, augmentait. Ben était en tête, suivi de Salica. Les lutins fermaient la marche et portaient une expression d'angoisse sur leur visage velu. Des feuilles sèches et des brindilles craquaient sous leurs pieds. La moiteur de la jungle avait cédé la place à un souffle glacé.

L'entrée du château béait devant eux comme une bouche noire hérissée de dents de fer. Ben ralentit et jeta un regard prudent dans les ténèbres qui régnaient au-dedans. Il distingua à grand-peine une sorte de cour où se trouvaient quelques tables et des bancs, et un trône usé par les intempéries, couvert de poussière et de toiles d'araignée. Au-delà, rien que du noir.

Il avança encore un peu, toujours suivi de ses compagnons. Ils passèrent sous la herse pour entrer dans la cour. Elle était immense, mal tenue et déserte. Leurs pas résonnaient en cadence. Ben était parvenu au milieu de cette cour lorsqu'il vit une nouvelle fois le corbeau, arrivé avant eux. Il s'était installé sur le trône et regardait Ben droit dans les yeux. Ben ralentit, puis s'arrêta. L'oiseau cligna des yeux, et soudain ceux-ci virèrent au rouge sang.

– Nocturna ! avertit Salica.

Le corbeau s'était mis à se transformer dans une aura de lumière rouge, tandis que l'ombre qu'il projetait sur le trône s'enflait comme un génie qui sort de sa bouteille. Les lutins mutins, le souffle court, se précipitèrent au-dehors. Salica resta près de Ben, agrippée à sa main comme à une bouée de sauvetage. Le corbeau se transforma en une créature encore plus noire et Ben se dit qu'il avait peut-être commis une énorme erreur.

Le cercle de lumière rouge disparut avec le corbeau. À sa place, sur le trône délabré, était assise Nocturna.

– Bienvenue au Gouffre Noir, noble et puissant seigneur, salua-t-elle d'une voix faible et sifflante.

Elle n'était pas telle que Ben l'avait imaginée et ne ressemblait pas du tout à une sorcière. Cependant, il ne faisait pas de doute qu'elle en était une. Grande, le visage bien dessiné, elle avait la peau blanche et fine, et les cheveux noirs à l'exception d'une mèche blanche sur le dessus. Elle n'était ni jeune ni vieille. Ses traits sans âge avaient l'aspect du marbre sculpté, comme s'ils étaient nés de la main d'un artiste pour survivre à toute existence humaine. Ben ignorait quel artiste avait créé la sorcière et s'il était un dieu ou un démon, mais il était évident qu'il avait bien réfléchi à son œuvre. Nocturna était une femme remarquable.

Elle se leva en agitant les pans d'une robe noire autour de sa silhouette fine et élancée. Elle descendit du trône et s'avança vers Ben et Salica.

– Vous avez fait preuve de plus de ténacité que je n'en attendais de la part d'un prétendant au trône. La magie ne vous effraie pas comme elle le devrait. Est-ce parce que vous êtes stupide, ou imprudent ?

– C'est parce que je suis bien décidé à ne pas me laisser effrayer, répondit Ben avec une certaine présence d'esprit.

– C'est peut-être dommage pour vous, alors, murmura-t-elle tandis que ses yeux passaient du rouge au vert. Je n'ai jamais aimé aucun des rois de Landover, et vous pas plus que les autres. Peu m'importe que vous veniez d'un autre monde, peu m'importe pourquoi vous êtes ici. Si vous attendez de moi quelque chose, vous êtes un imbécile. Je n'ai rien à donner.

Ben avait les mains moites. Les choses commençaient mal.

– Et si moi, j'avais quelque chose à vous donner ?

Nocturna se mit à rire en agitant sa crinière noire.

– Vous voulez me donner quelque chose, vous ? Le roi de Landover va faire un cadeau à la sorcière du Gouffre Noir ? (Elle cessa soudain de rire.) Oui, vous êtes un imbécile. Vous ne possédez rien qui puisse m'intéresser.

– Vous vous trompez peut-être.

Ben attendit sans rien ajouter. Nocturna s'approcha de lui, baissant vers lui son visage de spectre sous lequel on devinait ses os.

– Je sais qui tu es, roitelet. Je t'ai vu voyager de Vertemotte à la région des lacs, puis au Melchor et enfin jusqu'ici. Je sais que tu cherches à obtenir l'allégeance des habitants de la vallée, et que tu ne règnes que sur cette malheureuse fillette, le charlatan Questor Thews, un chien, deux kobolds et une paire de lutins lamentables. Tu détiens le médaillon, mais pas la magie qui va avec. Le Paladin n'est pas revenu pour toi. La Marque d'Acier te traque. Bientôt, tu ne seras plus qu'un souvenir !

Elle le dominait d'une tête et sa silhouette sombre faisait à Ben l'effet d'un fantôme flottant dans les airs.

– Et qu'est-ce que tu m'offres, roitelet ?

Ben fit un pas en avant et répondit :

– Ma protection.

La sorcière le regarda sans mot dire. Ben soutint son regard et essaya de la faire reculer par la seule force de sa volonté. Mais elle ne bougea pas.

– Je suis roi de Landover, Nocturna, et j'ai bien l'intention de le rester longtemps. Je ne suis pas le roitelet que tu dis, ni un imbécile. Je ne suis pas de ce monde, c'est vrai, et je ne sais pas tout ce que je devrais savoir. Mais j'en sais assez long sur Landover pour comprendre quels sont ses problèmes. Landover a besoin de moi. Tu as besoin de moi. Si tu me perds, tu risques de te perdre toi-même.

Nocturna le regardait comme s'il était fou. Elle se tourna ensuite vers Salica comme pour lui demander confirmation de cette folie. Elle reporta sur Ben son regard brillant.

– De quel danger suis-je menacée ?

– La magie déserte le pays, Nocturna, elle dépérit car il n'y a pas de roi à Landover. Tout tombe en ruine et le mal s'enracine de plus belle. Je le vois et je sais quelle en est la cause. Tu as besoin de moi, sorcière. La Marque d'Acier réclame qu'on lui livre le royaume, et tôt ou tard il l'obtiendra. Il ne tolérera pas ta présence et te chassera. Il ne supportera pas une puissance supérieure à la sienne.

– La Marque n'osera jamais me défier ! grinça Nocturna avec fureur.

– Pas dans l'immédiat, en tout cas, concéda Ben. Pas ici, dans le Gouffre Noir. Mais que se passera-t-il si le reste du pays se dessèche et que seul reste le Gouffre Noir ? Tu seras seule, et la Marque régnera partout. Il aura alors assez de force pour t'attaquer !

Ben échafaudait des hypothèses, mais il vit dans le regard de la sorcière qu'il avait frappé juste. Nocturna se redressa, sa silhouette se détachant dans la pénombre.

– Et tu te crois capable de me protéger ?

– Oui, car si les habitants de la vallée me prêtent serment, la Marque d'Acier y réfléchira à deux fois avant de me lancer un défi. Il ne gagnerait jamais seul contre tous. Je crois qu'il ne s'y risquerait même pas. Et si tu me jures fidélité la première, les autres seront bien obligés de suivre. Tu es le personnage le plus puissant du royaume, Nocturna, c'est toi qui détiens le plus de pouvoirs magiques. Je ne te demande pas davantage, et en retour je te garantis que le Gouffre Noir t'appartiendra, à toi seule, et pour toujours. Nul ne viendra jamais t'y déranger.

– Tu ne me proposes rien que je ne possède déjà, répondit la sorcière avec un demi-sourire. Je n'ai pas besoin de toi pour me défendre contre la Marque d'Acier. Je fais ce qui me plaît. Je n'aurais qu'à appeler les autres à mon aide, et ils viendraient, parce qu'ils ont peur !

Aïe, pensa Ben, ça se corse.

– Ils ne viendront pas, Nocturna. Ils iront se cacher ou prendront la fuite, ou encore ils te combattront. Ils ne se laisseront pas diriger par toi comme par moi.

– Les gens de la région des lacs ne céderont jamais, Nocturna, murmura Salica.

– De la part de la fille du Maître des Eaux, je ne m'attendais pas à autre chose, ricana Nocturna. Mais tu te trompes sur mon compte, sylphide. J'ai le pouvoir de vous rendre malades à tel point que ton père ne pourrait vous guérir. Et plus vite que *ceci* !

Elle tendit la main, saisit le poignet de Salica et en un instant le bras de Salica fut noirci et fané. La sylphide poussa un hurlement tandis que Ben la libérait. Son bras redevint immédiatement sain. Salica était rouge et avait les larmes aux yeux. Ben se tourna vivement vers la sorcière.

– Je t'accorde une certaine détermination, roitelet. Et un certain courage. Mais je ne t'accorde pas mon allégeance. Si tu tiens tant à l'obtenir, tu dois d'abord me prouver que tu la mérites. Si tu étais moins fort que la Marque d'Acier, j'y perdrais, et passer un accord directement avec le démon me serait plus facile. D'ailleurs, je n'aurais qu'à m'assurer sa fidélité par un sortilège. Non, je ne risquerai rien sur toi jusqu'à ce que je sache quelle est ta force.

Ben comprit qu'il était dans une situation délicate. Nocturna avait pris une décision sur laquelle

elle ne reviendrait pas. Mais elle était sa dernière chance, il ne pouvait pas abandonner. Il sentait son courage le quitter.

– Nocturna, déclara-t-il, nous avons besoin l'un de l'autre. Comment puis-je te convaincre que je possède la force nécessaire pour être roi ?

La sorcière réfléchit un moment, les cheveux ramenés sur le visage. Elle releva lentement la tête. Un sourire inquiétant était né sur ses lèvres.

– Tu as peut-être raison, nous pourrions avoir besoin l'un de l'autre. Et il existe quelque chose qui pourrait nous aider tous les deux. Que dirais-tu d'un moyen magique qui libérerait Vertemotte de l'emprise du dragon ?

– De Strabo ?

– Oui, de Strabo. Ce moyen existe, il peut te rendre maître du dragon et te permettre de décider de tous ses mouvements. Il t'obéira. Tu pourras le chasser de Vertemotte, et obtenir ainsi le serment des seigneurs.

– Alors tu sais cela aussi, dit Ben en tentant de gagner du temps. Tu accepterais de me livrer ce secret, Nocturna ? Tu ne m'as pourtant laissé aucun doute sur l'opinion que tu as de moi.

Le sourire de la sorcière ressemblait de plus en plus à celui d'un loup devant la proie dont il va se régaler.

– Je n'ai jamais parlé de te livrer ce moyen, roitelet de mon cœur. J'ai dit que je te dirais où le trouver. Il n'est pas en ma possession. Tu devras aller le chercher là où il est et me le rapporter. Ensuite, nous partagerons. Si tu y parviens, je croirai en ta force et te reconnaîtrai pour mon roi. Réussis, et je garantis ton avenir.

– Ben... commença Salica d'une petite voix.

Mais Ben la fit taire d'un geste.

– Où se trouve ce moyen magique ?

– Dans les brumes, répondit la sorcière. Au pays des fées.

Salica saisit la main de Ben en criant :

– Non ! Non, Ben !

– Il s'agit d'une poudre, continuait Nocturna, appelée poussière d'Io. Elle pousse sur des arbustes bleu nuit à feuilles argentées et se développe dans des gousses de la taille de mon poing. (Elle brandit un poing à la face de Ben.) Rapportes-en deux gousses, une pour chacun de nous. La poudre contenue dans l'une d'elles suffira à te rendre maître du dragon !

– Ben, tu ne peux pas aller dans le monde des fées, suppliait Salica. Pourquoi n'y vas-tu pas toi-même, Nocturna ? Pourquoi envoyer Ben Holiday à ta place ?

– Je ne peux pas retourner là-bas, sylphide. J'en ai été chassée et il m'est interdit d'y pénétrer sous peine de mort. (Elle se remit à sourire froidement à Ben.) Mais notre héros aura peut-être plus de chance... Après tout, il a le droit de s'y rendre.

Salica fit se retourner Ben de force.

– N'y va pas, Ben. Ce serait aller à une mort certaine. Personne ne peut entrer dans le monde des fées et y survivre sans y être né. Écoute-moi ! Mon peuple l'a quitté parce que, dans ce monde, il n'est de réalité que la projection des émotions et de la pensée, de l'abstraction et de l'imaginaire. Il n'existait aucune réalité à part ce que nous étions, et aucune vérité que nous-mêmes ! Ben, tu ne survivrais pas dans un tel environnement. Il faut de la discipline, des connaissances qui te manquent. Tu seras détruit !

– Peut-être pas, répondit Ben. Je suis peut-être plus capable que tu ne le crois.

– Non, Ben, insista Salica en pleurant. Tu seras détruit...

Sa voix et son visage étaient si convaincants que Ben en fut ébranlé. Il la regarda dans les yeux et se ferma à la supplication qu'il y lisait. Il l'attira lentement contre lui.

– Je dois y aller, souffla-t-il, si bas qu'elle seule put entendre. Je n'ai pas le choix !

– C'est un piège, Ben ! Elle se moque de toi ! Je décèle la traîtrise dans sa voix ! Maintenant, je vois ce qu'est ce château ! C'est une projection de ses pouvoirs contre les brumes ! En allant au bout de ce château, on se retrouve chez les fées. Ben, la sorcière a tout manigancé. Elle savait que tu viendrais, elle savait pourquoi ! Depuis le début !

Ben la repoussa doucement.

– Cela ne change rien. Je dois tout de même relever le défi. Mais je serai prudent, je te le promets. Je ferai bien attention. (Après une hésitation, il se pencha et l'embrassa doucement sur les lèvres.) Je reviendrai.

Il s'éloigna, se sentant vide et désorienté, comme un petit morceau de vie à la dérive au milieu d'une mer de débris et de vents contraires. Il allait se trouver seul pour la première fois depuis son arrivée à Landover, et avait peur à en perdre la raison.

– Où dois-je aller ? demanda-t-il à Nocturna d'une voix qui se voulait calme.

– Suis ce couloir. (Elle montrait du doigt un long corridor sombre dans lequel la brume ondulait comme un être vivant.) Tu trouveras une porte tout au bout. Le pays des fées est derrière.

Ben fit un signe de tête et passa devant elle sans un mot. Dans son esprit résonnaient des conseils de prudence qu'il était bien obligé d'ignorer. À l'entrée du couloir, il ralentit et se retourna. Salica était toujours au même endroit, son étrange et beau visage inondé de larmes. Il fut soudain surpris. Comment cette jeune fille pouvait-elle tant tenir à lui ? Il n'était qu'un étranger pour elle, un homme rencontré par hasard. Elle se cachait la vérité avec des fables et des rêves et voyait de l'amour où il n'y en avait pas. Il ne comprenait pas.

Nocturna suivait Ben du regard, le visage impassible.

Il tourna les talons et s'enfonça dans la brume.

Tout disparut en un instant. La brume se ferma sur Ben comme un linceul et il se retrouva seul. Devant lui, le couloir s'étirait et ondulait comme un serpent, éclairé par des paires de torchères qui diffusaient un faible halo. Ben suivit le corridor à l'aveuglette. Il distinguait à demi les parois de pierre noircies par la fumée et rongées d'humidité contre lesquelles brillaient ces pâles lumières ; c'était à peine s'il entendait le bruit de ses propres bottes qui s'abattaient sur le sol.

Il marcha longtemps, et la peur qui l'avait d'abord saisi s'étendit en lui comme un cancer. Il se mit à penser à la mort.

Mais le couloir avait une fin : une porte de bois ferré ornée d'une grande poignée courbe. Ben n'hésita pas. Il saisit la poignée et la tourna. La porte s'ouvrit sans effort et il entra vivement.

Il était dans un ascenseur. À droite des portes fermées, auxquelles il faisait face, se trouvait un panneau de boutons lumineux qui lui indiqua qu'il montait.

Il était si stupéfait que pendant un instant il ne put que regarder les portes et les boutons. Puis il se retourna pour chercher la porte par laquelle il était entré. Elle avait disparu. À sa place ne restait que la paroi du fond de l'ascenseur : faux bois façon chêne rehaussé de plastique noir. Il fit glisser ses doigts le long des angles à la recherche d'un verrou caché, mais n'en trouva pas.

L'ascenseur s'arrêta au cinquième, où un homme de ménage monta.

– 'Jour, salua-t-il aimablement en poussant le bouton marqué d'un huit.

Ben répondit d'un signe de tête. Qu'est-ce qui se passait donc ? Il examina le panneau de contrôle et lui trouva un air familier. Il jeta alors un regard alentour et se rendit compte qu'il était dans l'ascenseur de l'immeuble où était installé son cabinet d'avocat.

Il était de retour à Chicago !

Sa tête se mit à tourner. Quelque chose n'allait pas. C'était la seule explication. Sinon, comment expliquer sa présence à cet endroit ? Il s'appuya au mur. Il ne voyait qu'une hypothèse : il avait complètement traversé la brume et était repassé du monde des fées à son monde d'origine.

L'ascenseur s'immobilisa au huitième pour laisser l'homme descendre. Ben le regarda sortir et les portes se refermèrent. Il ne l'avait jamais vu, et pourtant il pensait connaître tout le personnel de l'immeuble, au moins de vue. On nettoyait les bureaux le dimanche, et c'était le seul moment où le personnel d'entretien avait le droit de prendre l'ascenseur. Lui aussi était toujours là le dimanche pour finir des papiers. Mais il ne connaissait pas cet homme. Pourquoi ?

C'était certainement un nouveau, songea-t-il. Pourtant, les nouveaux n'étaient pas autorisés à nettoyer les bureaux seuls le dimanche, à cause de l'accès à... Il arrêta net le cours de ses pensées. Il sourit et ressentit un soudain vertige. Dimanche ! C'était dimanche ! Il en riait presque. Depuis son arrivée à Landover, il n'avait pas une fois demandé quel jour on était !

La cabine reprit sa montée. Il vit les boutons s'allumer tour à tour. L'ascenseur l'emmenait à son bureau. Mais il n'avait appuyé sur aucun bouton. Il baissa les yeux, désorienté, et sursauta. Il ne portait plus les vêtements qu'il avait sur lui lorsque Nocturna l'avait envoyé en mission dans les brumes. Il portait un survêtement et des chaussures de sport, les mêmes que le jour de son départ pour la Virginie.

Que se passait-il ?

Au quinzième étage, l'ascenseur s'arrêta et les portes s'ouvrirent sans bruit. Ben sortit. C'était un couloir. En quelques pas, il fut devant les portes en verre qui donnaient sur la réception du cabinet Holiday et Bennett. Elles étaient ouvertes. Il entra.

Miles Bennett, qui se trouvait devant le bureau d'accueil, se retourna et lâcha les papiers qu'il avait à la main.

– Ben !

Ben le regarda fixement. C'était bien Miles qui se tenait devant lui, mais pas celui qu'il avait récemment quitté. Celui-ci n'était que l'enveloppe de l'autre. Il n'était plus potelé, mais bouffi. Son visage était couperosé comme celui d'un ivrogne. Ses cheveux noirs étaient devenus gris et clairsemés. Son visage était sillonné de rides.

Son associé revint de sa surprise première et donna libre cours à une rancœur non déguisée.

– Tiens, tiens, Ben Holiday ! lança-t-il avec mépris. Je veux bien être pendu si ce n'est pas ce bon vieux Ben !

– Bonjour, Miles, dit Ben en tendant la main.

Mais Miles ne la prit pas.

– Incroyable. C'est vraiment toi. Je croyais ne jamais te revoir, je croyais que personne ne te reverrait jamais. Bon Dieu ! J'étais persuadé que tu étais en enfer à pousser des wagonnets, Ben.

Ben sourit d'un air mal à l'aise.

– Dis donc, Miles, ça ne fait pas si longtemps, tout de même.

– Ah non ? (Miles sourit devant la stupéfaction croissante de Ben.) Oui, tu as raison, Ben. Dix ans. Personne n'a reçu de tes nouvelles depuis dix ans. Personne, même pas moi, ton associé, au cas où tu l'aurais oublié ! Pauvre nul, va ! Tu ne sais même pas ce qui t'est arrivé pendant que tu te promenais avec tes fées, hein ? Eh bien, laisse-moi te mettre au courant, Ben. Tu es ruiné ! Tu as tout perdu !

– Quoi ? demanda Ben, soudain envahi d'un frisson glacé.

– Oui, tout. Voilà ce qui arrive quand on est déclaré légalement mort. Ils prennent tout et le donnent aux héritiers, ou à l'État. Tu te souviens de ton droit, Ben ? Tu te rappelles comment ça marche ? Tu te rappelles quelque chose, au moins ?

– Ça fait dix ans que je suis parti ?

– Tout ce pour quoi tu as travaillé a disparu, continua Miles. Tout est fini. Tu n'as même plus ta place dans ce cabinet. Tu n'es qu'une série d'anecdotes que je raconte à mes petits nouveaux !

Ben se retourna et lut ce qui était écrit sur les portes de verre : *Bennett et Cie*.

– Miles, je croyais que cela ne faisait que quelques semaines… balbutia Ben, désemparé.

– Quelques semaines ? Oh, va te faire voir ! (Miles s'était mis à pleurer.) Tous ces dragons du système judiciaire que tu voulais pourfendre, toutes ces sorcières et ces enchanteurs de l'injustice que tu voulais mettre au pas… Pourquoi tu n'es pas resté pour t'en occuper ? Pourquoi tu es parti pour ton espèce de royaume enchanté ? Tu n'avais jamais abandonné avant ça, Ben. Tu étais trop têtu pour capituler. C'est peut-être pour ça que tu étais si bon avocat. Tu étais bon, tu sais. Jamais vu personne de meilleur. Tu aurais pu gagner n'importe quelle affaire. Et moi, j'aurais donné un bras rien que pour t'aider. Je t'admirais à ce point-là. Mais non, tu ne pouvais pas survivre dans le même monde que nous. Il te fallait ton univers à toi ! Il a fallu que tu quittes le navire en me laissant avec les rats ! C'est ce qui est arrivé, tu sais. Les rats sont sortis de leur trou et ont tout envahi. Ils tournaient autour du fromage. Je ne pouvais pas m'en tirer seul ! J'ai essayé, mais c'était toi que les clients voulaient, la boîte ne pouvait pas marcher sans toi, et on a coulé ! (Il sanglotait.)

» Mais regardez-le, celui-là ! Il n'a pas pris une ride. Quant à moi... Un vieux poivrot plus bon à rien... (Il s'avança vers Ben, les muscles de son cou tendus sous sa chemise.) Tu sais ce que je suis, Ben ? Je suis un poids mort, voilà. Je prends de la place, et les petits jeunes essaient de trouver un moyen de me pousser vers la porte. Et un jour, ils y arriveront ! Ils vont me virer de mon propre bureau...

Il s'effondra. Cela rendait Ben malade de voir son vieil ami perdre toute dignité. Il voulait aller à lui mais ne parvenait pas à bouger.

– Miles...

– Fiche-moi le camp, Ben, interrompit Miles d'une voix rauque. Tu n'as plus ta place ici. Ils t'ont tout pris il y a longtemps. Tu es mort. Fous le camp !

Il quitta la réception et se traîna jusqu'à son bureau. Ben resta cloué sur place, puis le suivit. Lorsqu'il arriva au bureau de Miles, il trouva la porte fermée. Il tourna la poignée et entra.

Il était dans une pommeraie dont les arbres étaient chargés de fruits mûrs. L'herbe verte ondulait doucement sous la brise d'été, et l'air était empli d'un parfum de chèvrefeuille. On voyait au loin une prairie ceinte d'une clôture de bois peinte en blanc, dans laquelle paissaient des chevaux. Il y avait une écurie toute proche, et une longue maison de brique et de bois de sapin s'élevait sur une colline ombragée.

Interloqué, il se retourna, sachant déjà que Miles, le bureau, l'ascenseur, tout aurait disparu. Il avait vu juste. Avait-il tout imaginé ? Cette terrible confrontation avec Miles le hantait toujours, et les émotions qu'elle avait provoquées le taraudaient.

Il regarda ses vêtements. Sa tenue de sport avait été remplacée par un pantalon léger, une chemisette et des mocassins.

– Ben ?

C'était Annie. Elle était exactement comme dans son souvenir : petite et séduisante, avec de grands yeux bruns, un nez mutin et des cheveux auburn qui lui tombaient sur les épaules. Elle portait une robe d'été blanche ornée de rubans à la taille et à l'encolure. Sa peau pâle était parsemée de taches de rousseur, et l'air qui l'entourait paraissait onduler dans la lumière et la chaleur de midi.

– Annie ? murmura-t-il. Ô mon Dieu, Annie, c'est vraiment toi ?

Elle lui sourit de son joli sourire de petite fille, celui qu'elle avait lorsqu'elle trouvait Ben amusant. Il sut alors que c'était bien elle.

– Annie... répéta-t-il, les larmes aux yeux.

Il s'avança vers elle, aveuglé par les larmes, mais elle leva les mains pour l'avertir.

– Non, Ben. Ne me touche pas. Tu ne dois pas essayer de me toucher.

Elle recula d'un pas tandis qu'il s'arrêtait de marcher sans comprendre.

– Ben, je ne suis plus en vie, murmura-t-elle en pleurant à son tour. Je suis un fantôme. Je ne suis que l'image de ton souvenir. Si tu essaies de me saisir, je disparaîtrai.

– Mais... Qu'est-ce que tu fais là si tu es un fantôme ?

Elle se mit à rire, et il sembla à Ben qu'il ne l'avait jamais perdue.

– Ben Holiday ! Tu as toujours la mémoire sélective ! Tu ne te souviens pas de cet endroit ? Tu ne sais pas où nous sommes ?

Il jeta un regard alentour, revit la prairie, l'écurie, les chevaux, la maison sur la colline, et soudain il se souvint.

– La maison de tes parents ! s'écria-t-il. C'est la maison de campagne de tes parents, bon sang ! J'avais oublié ! Je ne suis pas venu ici depuis… oh, je ne sais plus combien de temps…

Les yeux d'Annie se plissèrent tandis qu'elle riait et racontait :

– C'était là que tu venais te cacher quand la vie citadine te submergeait. Mes parents te charriaient parce que tu étais un gars de la ville, et que tu ne savais pas reconnaître le devant du derrière d'un cheval. Tu disais qu'il n'y avait pas grande différence. Mais tu adorais cette propriété, Ben. Tu aimais la sensation de liberté qu'elle te procurait. C'est pour ça que j'y viens toujours, tu sais. Cela me rappelle mes années avec toi. Nous n'avons pas passé longtemps ici, mais c'est ici que je me souviens le mieux de toi.

– Tu sais, Annie, j'ai toujours adoré cet endroit, toujours.

Elle croisa les bras sur sa poitrine et son sourire s'effaça.

– Pourtant, tu n'as pas gardé la maison. Tu n'es même pas revenu en visite.

– Tes parents n'étaient plus là, Annie. C'était trop... trop dur de revenir après t'avoir perdue toi aussi.

– Tu aurais dû garder la maison, Ben. Tu aurais été heureux ici. Nous aurions pu être ensemble malgré tout. Tu aurais pu au moins me rendre visite. Mais tu n'es jamais venu. Je t'attends, mais tu n'es pas là. Tu me manques horriblement, Ben. J'ai besoin de t'avoir auprès de moi... même si je ne peux pas te toucher ni te serrer dans mes bras comme avant. Le simple fait de t'avoir près de moi me fait du bien. Je ne peux pas t'apparaître en ville. Là-bas, tu ne vois rien. Je n'aime pas la ville. Si je dois rester fantôme, je préfère hanter la campagne, où tout est vert et frais. Mais à quoi bon m'installer ici si tu ne viens pas ?

– Je suis désolé, Annie, s'excusa Ben. Je n'aurais jamais cru pouvoir te retrouver. Je serais venu, si j'avais pu soupçonner que tu étais ici.

– Non, je ne crois pas, Ben, répondit-elle en souriant. Je crois que je ne compte plus pour toi. Même ta présence aujourd'hui est accidentelle. Je sais où en est ta vie, les fantômes ont une vue plus perçante que les vivants. Je sais que tu as choisi de me quitter et d'aller vers un autre monde, dans lequel je ne serai plus qu'un souvenir. Je sais que tu as rencontré une femme. Elle est très jolie, et elle t'aime.

– Annie ! (Ben la toucha presque en dépit de l'interdiction.) Annie, je ne suis pas amoureux d'elle, mais de toi. Je n'ai jamais aimé que toi. Je suis parti parce que je ne supportais pas ce qui m'arrivait après ta mort ! Je croyais que je devais essayer quelque chose, sous peine de me perdre complètement !

– Mais tu n'es jamais venu me chercher, insista Annie d'une voix douce mais douloureuse. Tu m'as abandonnée, et à présent je t'ai perdu pour toujours. Tu es dans ton nouvel univers et je ne pourrai jamais te retrouver là-bas.

Ben s'efforça de trouver quelque chose à répondre. C'était de la folie ! Comment cette situation était-elle possible ? Mais il se ressaisit. Peut-être n'était-elle pas possible, justement. C'était peut-être une illusion, un tour joué par les brumes enchantées du pays des fées, dans lesquelles rien n'est vrai. L'énormité de cette idée le frappa. Annie était bien réelle, non ? Comment pouvait-il en être autrement ?

– Papa ?

Il fit volte-face. À l'ombre d'un pommier immense, à quelques mètres de lui, se tenait un petit enfant de deux ans tout au plus, dont le visage était le reflet de celui d'Annie.

– C'est ta fille, Ben, annonça celle-ci. Elle s'appelle Beth.

– Papa ? appelait la fillette en tendant ses petits bras.

Mais Annie la saisit et la retint près d'elle. Ben tomba lentement à genoux, courbé en avant, les bras serrés autour du torse pour s'empêcher de trembler.

– Beth, répéta-t-il d'une voix sans timbre.

– Papa, appela en souriant la petite fille.

– Elle vit avec moi, dit Annie en ravalant ses larmes. Nous visitons le pays et j'essaie de lui apprendre ce qu'aurait pu être sa vie si...

Elle ne put achever et cacha son visage contre l'épaule de Beth.

– Ne pleure pas, maman, implora la petite fille. Tout va bien.

Ben trébucha en avant et s'étala sur le sol. Il eut un moment de vertige et tenta de reprendre son souffle. Une rafale de vent frais passa sur lui et le soleil disparut. Il cligna des yeux, et ses mains se refermèrent sur la terre qui devenait sèche et dure.

Annie, Beth ! Où étaient passées sa femme et sa fille ?

Il se releva lentement. Il se trouvait au sommet d'une vallée envahie de brouillard et d'obscurité. Cette vallée ressemblait à une créature morte dans d'affreuses et interminables souffrances. Les forêts étaient dépourvues de feuilles et de lianes, les branches et les troncs étaient pourris, les plaines stériles, l'herbe gelée, les fleurs décolorées. Des montagnes se dressaient vers le ciel, mais leurs flancs n'étaient que sécheresse et désolation. Quelques habitations et châteaux parsemaient la vallée çà et là, mal entretenus et délabrés. Des eaux saumâtres de plusieurs lacs croupis s'élevaient des vapeurs immondes.

Ben, horrifié, retint son souffle. Il reconnaissait cette vallée. C'était Landover. Il regarda ses vêtements : c'étaient ceux qu'il portait lors de son voyage vers le Gouffre Noir.

– Non…

Annie et Beth étaient oubliées. Il rechercha désespérément quelque signe de vie sur cette terre ravagée, quelque mouvement dans les châteaux, mais n'en décela aucun. Il essaya de distinguer Bon Aloi, mais ne trouva qu'une île déserte au milieu d'un lac noir. Il tenta de retrouver le Gouffre Noir, Rhyndweir, la région des lacs, le Melchor et tous les repères qui lui étaient familiers. À chaque essai, il ne put voir que dévastation. Tout avait disparu. Landover n'était plus qu'un cimetière.

– Mon Dieu, non ! souffla-t-il. C'est impossible...

Alors, une ombre se matérialisa devant lui dans la brume.

– Ainsi, le roi de Landover a enfin retrouvé son chemin, grinça une voix ironique.

C'était Questor Thews ; ses habits gris et ses écharpes aux couleurs vives étaient tachés et déchirés, ses cheveux blancs et sa barbe étaient en bataille. Il lui manquait une jambe, et il se déplaçait péniblement en s'appuyant sur une béquille. Des traces de coups et des cicatrices zébraient son visage et ses bras. Il avait les doigts noircis par une quelconque maladie, et ses yeux brillaient de fièvre.

– Questor ! s'exclama Ben, horrifié.

– Oui, Sire, Questor Thews, jadis enchanteur royal et conseiller des rois de Landover, aujourd'hui mendiant sans feu ni lieu, errant dans un pays où seuls survivent les oubliés. Cela vous plaît de me voir ainsi ?

Sa voix était si amère que Ben recula.

– Hein ? Mais comment cela pourrait-il me plaire ? Que s'est-il passé, Questor ?

– Vous êtes bien sûr de n'en rien savoir, Sire ? Alors, regardez autour de vous. Voilà ce qui s'est passé ! Le royaume est mort d'un manque de magie, et quand il est mort, ses habitants sont morts avec lui. Il ne reste rien, Sire, tout est fini !

– Mais... mais comment cela a-t-il pu arriver ?

– C'est arrivé parce que le roi de Landover a abandonné le trône ! rétorqua Questor avec une colère douloureuse. C'est arrivé parce que vous n'étiez pas là pour l'empêcher ! Vous êtes allé au pays des fées poursuivre vos chimères, et nous n'avons plus eu qu'à nous en tirer comme nous le pouvions ! Oh, nous avons bien essayé d'aller vous chercher, mais une fois entré dans le monde des fées, vous étiez perdu à tout jamais. Je vous avais averti, Sire. Je vous avais expliqué que nul ne pouvait s'aventurer là-bas et en revenir vivant. Mais vous ne m'avez pas écouté. Non, vous n'aviez d'oreilles que pour votre propre folie. Vous êtes resté au loin durant un an, Sire. Une année entière ! Personne n'a pu vous retrouver. Le médaillon était perdu avec vous. Tout espoir de désigner un autre roi était vain. Ce fut notre fin à tous ! (Il s'avança davantage, appuyé sur sa béquille.)

» La magie s'est évanouie très vite. Le mal s'est répandu. Bientôt, les créatures du royaume, humaines ou non, sont tombées malades et sont mortes. Tout s'est passé si vite que l'on n'a pu se défendre, ni le Maître des Eaux avec ses pouvoirs de guérison, ni Nocturna. Aujourd'hui, tout le monde est mort ou déplacé. Il ne reste que quelques malheureux comme moi !

Nous ne sommes en vie que parce que nous n'arrivons pas à mourir ! (Sa voix se brisa.) Je croyais que vous nous reviendriez à temps, Sire, j'espérais sans fin. J'avais tort. Je croyais en vous au lieu de m'apercevoir que vous n'en valiez pas la peine !

– Questor, interrompit Ben, ne...

Une main tachetée s'éleva en signe de protestation.

– Il ne reste plus à la Marque d'Acier et à ses démons qu'à venir s'installer. Il n'y a personne pour s'y opposer, alors... Pourquoi n'êtes-vous pas revenu plus tôt ? Pourquoi vous être absenté si longtemps alors que vous saviez qu'on avait besoin de vous ? J'aimais tant ce monde et ses habitants ! Je croyais que vous partagiez ce sentiment. Ah ! si j'en avais encore la force, je prendrais cette béquille pour vous…

Son corps fut agité de tremblements et il souleva la béquille d'un air menaçant. Ben recula, mais Questor ne put soulever la canne que de quelques centimètres avant de s'effondrer au sol comme une poupée de chiffon. Des larmes coulaient sur son visage ravagé.

– Si vous saviez combien je vous hais ! cria-t-il. Savez-vous comme je vous déteste ? En avez-vous la moindre idée, seulement ? Je vais vous montrer ! (La folie se lisait dans ses yeux.) Savez-vous ce qu'il est advenu de votre chère sylphide, après votre départ ? Regardez dans la vallée, près de ce lac ! Là où les ténèbres sont le plus profondes ! Voyez-vous ce tronc noirci et tordu, ces racines pourries ?

Ben ne put en entendre davantage. Il se mit à courir sans réfléchir, fou d'une colère et d'une horreur incontrôlables, tentant désespérément d'échapper aux paroles de ce vieillard haineux qui le rendait coupable de tous les malheurs du pays. Il courut sans direction, il courut en avant dans les brumes et les ombres. Des cris résonnaient à ses oreilles, venus de son esprit ou du dehors, il ne le savait pas. Son univers s'écroulait autour de lui comme un château de cartes soufflé par le vent. Il avait tout perdu : son ancien et son nouveau monde, ses anciens et ses nouveaux amis, son passé et son avenir. Des visages familiers défilaient devant lui, Miles, Annie, Questor, et, d'une voix accusatrice, lui rappelaient ses échecs. Il fléchissait sous leurs paroles et le récit des malheurs qu'il avait causés.

Il se mit à courir encore plus vite en mêlant ses cris aux battements affolés de son cœur.

Puis, tout à coup, il cessa de bouger. Il courait toujours, mais le sol avait disparu de sous ses pieds. Il était suspendu dans les airs. Il ressentit une douleur subite et se tordit violemment en en cherchant la cause.

Des serres griffues avaient saisi ses épaules et s'enfonçaient profondément dans ses vêtements et dans sa chair. Une silhouette massive le surplombait. C'était un corps couvert d'écailles qui sentait le rance et la pourriture, corrompu par la maladie du royaume. Ben leva les yeux et vit la gueule de Strabo s'ouvrir tandis que le dragon baissait la tête vers lui.

Il hurla... Un banc de brume passa sur son visage...

Tout recommençait. Le temps, l'espace changeaient. Il ferma les yeux et les maintint clos. Quelque chose ne tournait pas rond du tout. Son instinct le lui indiquait. Son instinct l'informait que les changements spatiaux et temporels qu'il vivait étaient impossibles. Ils semblaient avoir lieu, mais étaient irréels. Ils étaient illusion, rêve, ou autre chose de ce genre. En tout cas, ils le vidaient et le déchiraient. Il devait les arrêter avant qu'il soit trop tard.

Il se cacha sans bruit dans l'obscurité de son esprit, les yeux et la bouche bien fermés. Il se força à se concentrer sur le bruit des battements de son cœur, sur la sensation du sang qui coulait dans ses veines, sur le silence qui l'entourait. Calme-toi, sois paisible, se disait-il. Ne cède pas à ce qui semble t'arriver.

Il retrouva peu à peu sa maîtrise. Mais il n'ouvrit pas les yeux pour autant. Il avait peur qu'une nouvelle horreur l'attende s'il les rouvrait trop tôt. Il devait d'abord comprendre ce qui lui arrivait.

Il se mit à raisonner avec méthode. Il n'était allé nulle part. Il était toujours au pays des fées, dans les brumes. Il ne s'était écoulé ni un, ni dix ans, c'était impossible. Les changements de temps et d'époque n'étaient que des illusions créées par ce monde étrange ou par sa réaction à cet environnement. Ce qu'il devait faire, c'était découvrir quelle en était la cause. Il devait comprendre pourquoi.

Il construisit son raisonnement pierre par pierre. La première fut de se dire que rien de ce qu'il avait vu n'était réel. Si rien n'était réel, alors tout était faux, et alors il devait y avoir une explication à la forme prise par ces illusions. Pourquoi avait-il ces visions-là et pas d'autres ? Il se retira encore plus profondément dans son esprit, là où il fait toujours noir, là où l'on entend rien que le son de la pensée. Questor, Miles, Annie, pourquoi les avait-il vus ainsi ? Il se détendit dans l'obscurité. Salica l'avait averti des dangers du pays des fées. Qu'avait-elle donc dit ? Elle avait expliqué qu'au pays des fées la réalité n'était que la projection d'émotions et de pensées. Elle avait ajouté qu'il n'y existait aucune réalité, aucune vérité à part ce qu'on était. Si telle était la vérité, ce qu'il avait vu était la projection de ses propres peurs. De ses émotions...

C'était évident : la peur est l'émotion la plus puissante de toutes, la moins contrôlable. Voilà pourquoi il avait parcouru le temps et l'espace pour assister aux malheurs qui avaient frappé ses amis et sa famille : sa peur avait donné corps à ses craintes les plus profondes. Il avait peur d'échouer dans son entreprise depuis le moment où il avait décidé d'aller à Landover. Le résultat d'un tel échec correspondait aux scénarios qu'il venait de vivre. Il serait coupé de son ancienne existence sans espoir de retour, serait dépouillé de tout ce qu'il avait compté trouver dans sa nouvelle vie, et trahirait famille et amis. Il serait un homme brisé.

Il se sentit soudain soulagé. Maintenant, il comprenait. Et il savait ce qu'il devait faire. S'il arrivait à contrôler ses émotions, il pourrait faire cesser ces cauchemars. S'il s'interdisait la peur, consciente ou subconsciente, il retournerait dans le présent. C'était un défi de taille, mais c'était sa seule chance.

Il lui fallut quelques instants pour reprendre ses esprits et se concentrer sur la tâche qui l'attendait. Il se répétait qu'il fallait penser à l'avocat qu'il était jadis, aux talents oratoires qui avaient fait de lui ce brillant plaideur. Il devait se rappeler que tout ce qu'il venait de voir était un mensonge, une création imaginaire. Il se représenta le monde qu'il avait vu en traversant le passage temporel qui l'avait conduit à Landover : la forêt et son linceul de brume.

Lentement, très lentement, il ouvrit les yeux. La forêt était là, profonde, solitaire, vierge. De pâles visions dansaient dans la brume, mais Ben ne s'en inquiéta pas. Il respirait profondément, se laissant porter par l'obscurité fraîche et paisible. Avec prudence, il se mit à la recherche de ce qu'il était venu prendre : la poussière d'Io. Il crut voir quelques reflets argentés et bleu nuit, mais ce n'était pas cela. Il continuait à dériver, et soudain il se mit à tomber en morceaux comme de la glace jetée sur une pierre. Il se démolissait, se séparait en fragments indépendants. Il força frénétiquement ce sentiment à mourir en lui, pour bientôt sentir sous ses pieds la solidité du sol.

La sensation disparut. La brume se referma. Il n'était plus seul. On chuchotait autour de lui.

– Soyez le bienvenu, roi de Landover.

– Vous vous êtes trouvé, et ce faisant vous nous avez trouvées.

Il tenta de parler, mais s'aperçut qu'il en était incapable. Des visages se pressaient autour de lui, fins et nets, dont les traits étaient légèrement atténués par la pénombre. C'étaient les visages qu'il avait déjà vus en arrivant à Landover. C'étaient les fées.

– Rien ne se perd si nous ne le jugeons perdu, Noble Seigneur. Croyez qu'une chose est retrouvée, et elle l'est. Les visions nées de la peur engendrent nos échecs. Les visions nées de l'espoir engendrent notre réussite.

– Le possible vit en nous, et il n'appartient qu'à nous de le découvrir. Pouvez-vous donner naissance aux rêves qui vous habitent, Noble Seigneur ? Regardez dans la brume, et voyez...

Ben regarda. Les brumes se mirent à tourbillonner et s'ouvrirent devant lui. Un pays d'une incroyable beauté apparut, inondé de soleil. La vie y était florissante et gorgée d'énergie. Il y avait un enthousiasme, un espoir qui dépassaient ce que Ben aurait cru possible. À cette vue, Ben appela ce monde de tous ses vœux.

Mais la vision s'estompa lentement. Les voix chuchotaient toujours.

– Autre lieu, autre temps pour ces visions, Noble Seigneur. Autre vie. Des liens tels que celui-là doivent attendre de naître...

– Vous êtes un enfant parmi les anciens, Noble Seigneur, mais un enfant prometteur. Vous avez su voir la vérité qui se cachait derrière les mensonges, et vous savez qu'elle n'appartient qu'à vous. Vous avez gagné le droit d'en découvrir davantage.

Alors, montrez-moi donc, avait envie de crier Ben. Mais il en était toujours incapable.

– Vous avez démasqué la peur qui vous aurait détruit, Noble Seigneur. Vous avez fait preuve de présence. Mais la peur revêt bien des costumes et prend bien des formes. Vous devez apprendre à les reconnaître. Vous devrez vous souvenir de ce qu'elles cachent lorsqu'elles seront près de vous.

La gorge de Ben s'agitait en vain. Il ne comprenait pas. Que voulaient dire les fées ?

– Vous devez rentrer, Noble Seigneur, Landover a besoin de votre aide. Son roi doit aller à son secours.

– Mais prenez donc ce que vous êtes venu chercher...

Ben vit apparaître devant lui un arbuste bleu nuit à feuilles d'argent. Il sentit quelque chose au creux de chacune de ses mains. Il baissa les yeux et vit qu'il tenait une paire de gousses oblongues.

– La poussière d'Io, Noble Seigneur. Respirez-la, et vous appartiendrez à celui qui vous l'aura administrée jusqu'à ce qu'il vous libère. Il suffit d'une fois. Mais attention. La sorcière Nocturna en a besoin pour accomplir ses projets et n'entend pas la partager avec vous. Lorsque vous l'aurez rapportée, vous n'aurez plus aucune valeur pour elle.

– Soyez plus rapide qu'elle, Noble Seigneur. Soyez vif.

Ben hocha la tête sans un mot, portant sur le visage une expression déterminée.

– Partez à présent. Vous n'avez perdu qu'un jour. Mais il est perdu à tout jamais. Vous ramener plus vite causerait en vous des dommages irréparables. Comprenez donc que les choses doivent absolument être comme vous les trouvez.

– Revenez-nous, Sire, lorsque la magie aura été retrouvée.

– Revenez-nous lorsque le besoin s'en fera sentir.

– Revenez-...

– ... nous...

Les voix, les visages et les fines silhouettes disparurent. La brume se roula en un tourbillon serré et se retira.

Ben Holiday cligna des yeux. Il était de retour dans le Gouffre Noir, une gousse de poussière d'Io serrée dans chaque main. Il jeta un regard alentour et vit qu'il était seul. Des fragments de ses rencontres imaginaires avec Miles, Annie et Questor filèrent dans sa mémoire, tranchants comme de petits rasoirs. Il fit une grimace de douleur et les écarta. Ils n'étaient pas véridiques. C'étaient des mensonges. Sa rencontre avec les fées était la seule vérité.

Il leva les gousses à hauteur de ses yeux et les observa pensivement. Il ne put s'empêcher de sourire comme le chat du Cheshire d'*Alice au pays des merveilles.* Il avait fait l'impossible. Il était allé au pays des fées et, malgré tous les obstacles, en était revenu.

Il se sentait renaître.

POUSSIÈRE D'IO

Son sourire et l'euphorie qui l'accompagnait durèrent environ trente secondes, soit juste le temps qu'il fallut à Ben pour se rappeler l'avertissement des fées concernant Nocturna.

Il inspecta rapidement les environs. Nulle trace de la sorcière. Mais il savait qu'elle se cachait là quelque part, qu'elle l'attendait, et qu'elle avait l'intention de se débarrasser de lui dès l'instant où elle aurait mis la main sur la poussière d'Io. Elle devait nourrir ce projet depuis le début : envoyer Ben chez les fées pour qu'il fasse ce dont elle était incapable, puis l'éliminer à son retour. Ben fronça les sourcils. Savait-elle donc qu'il reviendrait ? Probablement pas. S'il y était resté, cela n'aurait rien changé pour Nocturna. Elle avait tenté sa chance avec lui, c'était tout. Cependant, d'après ce qu'avaient dit les fées, la sorcière attendait le retour de Ben. Cela n'était guère rassurant. Comment la sorcière pouvait-elle savoir qu'il réussirait là où tant d'autres avaient échoué ?

Il referma ses mains sur les gousses et inspira profondément pour se calmer. Il n'avait pas le temps de s'inquiéter de ce que la sorcière savait ou non. Il devait retrouver Salica et quitter le Gouffre Noir aussi vite que possible. Il avait peur pour la sylphide. Nocturna ne l'avait certainement pas mieux traitée qu'elle n'avait traité Ben. Il avait pu lui arriver n'importe quoi, et il en était responsable. Les fées avaient dit : Un jour de perdu. C'était bien long. Salica n'était pas de taille à résister à Nocturna. De plus, le reste de ses compagnons avaient dû descendre dans le Gouffre Noir pour chercher leur roi et devaient être tombés aux mains de la sorcière à leur tour.

Il serra les dents et tenta de s'orienter. Partout il n'y avait que la forêt embrumée, et toutes les directions se ressemblaient. Les nuages étaient bas, dissimulant à la fois le soleil et le ciel. Aucun élément ne lui permettait de savoir où il était ni où aller.

– Bon sang ! souffla-t-il.

Oubliant toute prudence, il se mit à marcher. Pour une fois, il allait réussir. Il détenait le moyen de débarrasser Vertemotte du dragon Strabo et de s'assurer par là le soutien de ses plus puissants alliés. Cela représentait un pas de géant dans la direction du but qu'il s'était fixé. Les petits sauts de puce qu'il avait tentés jusqu'à présent ne comptaient pas. Il se moquait bien qu'il y eût une douzaine de Nocturna prêtes à lui sauter dessus dans la forêt. Il n'allait pas laisser cette chance lui glisser entre les doigts.

Une paire de museaux poilus apparut dans les fourrés juste devant lui, et il fit un bond en arrière en poussant un cri de surprise.

– Noble Seigneur !

– Puissant Seigneur !

C'étaient Fillip et Sott. Ben eut un soupir de soulagement et attendit que son cœur redescende à sa place normale. Son courage invincible n'avait pas fière allure ! Les lutins mutins sortirent précautionneusement des taillis en remuant le nez.

– Sire, est-ce vraiment vous ? Nous croyions ne jamais vous revoir vivant ! s'exclama Fillip.

– Non, jamais ! Nous vous pensions égaré dans les brumes ! ajouta Sott.

– Où étiez-vous ? demanda Ben en se souvenant de leur fuite du château de la sorcière.

– Cachés !

– À l'affût !
– La sorcière nous a cherchés longtemps.
– Mais elle ne nous a pas trouvés.
– Nous nous étions enterrés.
– Dans des terriers.
– Bien joué, complimenta Ben. Où est-elle en ce moment ?
– Là où vous l'avez quittée, Sire.
– Elle vous attend toujours.
– Et Salica ?

Fillip jeta un regard à Sott. Sott baissa le nez. Ben s'agenouilla devant eux, l'estomac noué.

– Qu'est-il arrivé à Salica ?

Les deux visages velus se plissèrent et deux paires de pattes crasseuses se tordirent.

– Sire, nous n'en savons rien, avoua enfin Fillip.
– Non, rien du tout.
– Ne vous voyant pas revenir, les autres sont partis à votre recherche.
– Ils sont descendus dans la vallée.
– Nous ne savions même pas qu'ils y étaient.
– Sinon, nous les aurions avertis.
– Mais nous étions cachés.
– Nous avions peur.

Ben balaya leurs prétextes d'un revers de la main.

– Allez-vous me dire ce qui s'est passé, à la fin ?
– Elle les a tous faits prisonniers, Sire, dit Fillip.
– Oui, tous, ajouta Sott.
– Maintenant ils ont disparu.
– Sans laisser de trace.

Ben, devenu pâle, s'assit sur ses talons. Ses craintes s'étaient réalisées. Salica, Questor, Abernathy, les kobolds, tous étaient entre les griffes de Nocturna. Et par sa faute. Il réfléchit longuement à ce dilemme, puis se releva. Plus question de penser à s'échapper. Pas sans ses amis. Poussière d'Io ou pas, il n'allait pas les abandonner.

– Pouvez-vous me conduire jusqu'à Nocturna ? demanda-t-il aux lutins.

Fillip et Sott le considérèrent avec effroi.

– Non, Sire ! chuchota l'un.

– Non, non ! répéta l'autre.

– Elle vous capturerait à votre tour.

– Elle vous ferait disparaître comme les autres.

C'est bien possible, songea Ben. Mais il sourit aux lutins d'un air rassurant et dit :

– Peut-être pas.

Il tira l'une des gousses de poussière d'Io de sous sa tunique et l'éleva devant ses yeux.

– Peut-être pas.

Il lui fallut environ cinq minutes pour se préparer à sa rencontre avec Nocturna. Ensuite, il exposa le plan qu'il avait formé aux lutins, qui l'écoutèrent attentivement quoique avec perplexité. Ils n'avaient pas l'air de très bien saisir ce qu'il disait, mais il était inutile d'essayer d'entrer dans les détails.

– Tâchez seulement de vous rappeler ce que vous devez faire, et à quel moment, conclut-il.

Ils se mirent en marche dans la forêt, les lutins en avant et Ben derrière eux. La lumière de l'après-midi déclinait et devenait peu à peu crépusculaire. Ben jetait des regards inquiets alentour, s'arrêtant brièvement à la vue d'ombres mouvantes. Le pays des fées n'était pas loin derrière, et avec lui se trouvaient les fantômes de son imagination. Il sentait toujours leurs yeux posés sur lui, les vivants et les morts, le passé et le présent, le vieux monde et le nouveau. Si ce qu'il avait vu n'était qu'illusion, c'était une illusion durable et vraisemblable. Il n'avait encore trahi personne de la manière qu'il avait vue, mais cela pouvait arriver. Il pouvait encore les trahir.

Les minutes passèrent à une cadence que Ben trouva intolérable. Il voulait presser les lutins, leur dire d'allonger le pas. Mais il conserva son allure.

Fillip et Sott ne prenaient pas de risques, et avec Nocturna c'était la moindre des choses.

Enfin, une clairière presque invisible dans la pénombre s'ouvrit derrière un rideau de pins et de broussailles touffues. Fillip et Sott se jetèrent à plat ventre et vérifièrent que Ben en faisait autant. Il s'allongea lui aussi et rampa prudemment sur environ un mètre.

Nocturna se tenait comme une statue sur son trône poussiéreux et couvert de toiles d'araignée, les yeux fixés sur le sol à ses pieds. Des tables et des bancs abîmés étaient arrangés autour d'elle, entourés de grands flambeaux dans lesquels dansaient de minuscules flammes qui dispersaient à peine l'obscurité. La cour, la herse, le château lui-même avaient disparu. Il ne restait plus que la forêt et quelques vieux meubles en ruine pour abriter la sorcière.

Ses yeux rouge sang clignèrent, mais ne se levèrent pas.

Ben recula, toujours sur le ventre, emmenant les lutins avec lui. Lorsqu'ils se trouvèrent en sécurité loin des oreilles de Nocturna, il leur indiqua que c'était à eux de jouer. Ils s'éloignèrent sans bruit entre les arbres sous le regard de Ben, qui leva ensuite les yeux vers le ciel pour dire une prière silencieuse. Puis il s'assit et attendit.

Il laissa passer un quart d'heure, s'efforçant de mesurer le temps du mieux qu'il pouvait. Il se leva et se mit en marche d'un pas décidé. Il traversa le rideau de pins et de broussailles pour entrer dans la clairière où se trouvait Nocturna.

Celle-ci releva lentement la tête à son approche. Son visage dur exprimait un mélange de plaisir, de surprise – et d'autre chose. D'impatience. Ben avança prudemment vers elle, sachant qu'il lui fallait rester sur ses gardes. Il était toujours à une dizaine de pas d'elle lorsqu'elle se dressa et lui fit signe de faire halte.

– Tu l'as trouvée ? demanda-t-elle.

Ben répondit d'un hochement de tête.

Nocturna passa sa main fine dans ses cheveux noir corbeau pour lisser la mèche blanche qui les divisait comme une ligne d'écume dans une eau glauque.

– Je t'ai traité de roitelet, mais je savais que tu valais mieux que cela, murmura-t-elle avec un large sourire.

Debout devant lui, elle était grande et majestueuse, entourée de drapés qui contrastaient avec sa peau de marbre.

– Je savais que tu étais... exceptionnel. Je vois toujours ces choses-là. La poussière d'Io... montre-la-moi.

Ben regarda alentour comme s'il cherchait quelque chose.

– Où est Salica ?

Les yeux rouges se rétrécirent jusqu'à devenir de simples fentes.

– Elle attend à l'abri. Maintenant, fais voir !

Ben fit un pas, mais elle leva sa main comme un bouclier et siffla :

– Reste où tu es !

Ben sortit lentement sa main gauche de sa poche et montra une des gousses.

– De la poussière d'Io ! s'écria Nocturna en trépignant de joie. (Toute tremblante, elle fit signe à Ben de s'approcher encore.) Apporte. Mais fais attention !

Ben obéit, mais s'arrêta juste au moment où elle allait pouvoir le toucher.

– Je crois que tu devrais d'abord me dire où est Salica, sorcière.

– La poussière avant, insista Nocturna en tendant le bras.

Il la laissa saisir la gousse et lança son signal :

– Ah, tout va bien, je la vois dans les arbres, là-bas. Salica ! Par ici !

Comme il prononçait ces mots, il passa devant la sorcière en priant pour que son appel soit entendu. On remuait dans les buissons et quelque chose en sortit. Nocturna, surprise, se retourna, mais n'eut pas le temps de protester. Vif comme l'éclair, Ben sortit sa main droite de sa poche et lui jeta une poignée de poussière d'Io en pleine figure. La sorcière suffoqua, les traits déformés par la rage et l'horreur qui l'avaient saisie. Ben lui jeta une seconde poignée de poudre, qu'elle respira également. Elle se prit les pieds dans sa robe lorsque Ben la poussa violemment en arrière. Elle lâcha la gousse qu'elle tenait et s'effondra à terre, ligotée par ses vêtements amples.

Ben lui sauta dessus comme un chat.

– Ne me touche pas ! lança-t-il. N'essaie pas de m'atteindre ! Tu m'appartiens. Tu feras tout ce que je voudrai, tout ce que je te dirai, et rien d'autre. Dis-moi que tu as compris.

– J'ai compris, répondit Nocturna qui grimaçait de fureur et le foudroyait du regard.

Ben inspira profondément et se remit sur ses pieds.

– Bon. Debout ! ordonna-t-il.

Elle obéit et se releva avec raideur, comme poussée de l'intérieur par une volonté de fer qu'elle combattait sans pouvoir la maîtriser.

– Je te détruirai, roitelet, menaça-t-elle. Je te punirai par des souffrances dont tu n'as aucune idée !

– Pas aujourd'hui, en tout cas, répondit Ben, plus pour se rassurer que pour mater la sorcière. (Il regarda autour de lui et cria :) Fillip ! Sott !

Les lutins mutins sortirent prudemment des buissons où ils s'étaient cachés en attendant le signal de Ben ; ils avaient agité le feuillage pour faire croire à

Nocturna que Salica répondait à l'appel de Ben. L'air tendu, ils dirigèrent leurs yeux de fouine vers la sorcière.

– Grand Seigneur...

– Puissant Seigneur...

Ils s'avancèrent à pas très lents, prêts à déguerpir au premier signe de danger. Nocturna leur jeta un regard meurtrier qui leur fit courber l'échine.

– Elle ne peut plus vous faire de mal, les rassura Ben.

Il alla ramasser la gousse jetée par Nocturna et l'exhiba devant la sorcière.

– Vide, dit-il en désignant une minuscule ouverture ménagée au bout de la gousse. Je l'ai vidée de sa poussière dans ma poche, afin de m'en servir contre toi. C'est à peu près le sort que tu me réservais, non ? Je veux que tu restes ici et que tu fasses uniquement ce que je te dirai de faire. Commençons par quelques questions. Mais tu dois me dire la vérité, Nocturna. Compris ?

La sorcière répondit d'un signe de tête et Ben sortit de sa poche la seconde gousse de poussière d'Io.

– La poussière contenue à l'intérieur de ceci suffira-t-elle à m'assurer le contrôle du dragon ?

– Je ne sais pas, répondit Nocturna avec un sourire.

Voilà une chose que Ben n'avait pas prévue. Il fut soudain saisi d'un doute.

– T'ai-je donné assez de poussière pour que tu ne puisses me désobéir ?

– Oui.

– Pendant combien de temps ?

– Je ne sais pas, répéta-t-elle.

Ben s'efforça de garder une expression neutre. Manifestement, il n'avait pas une grande marge d'erreur.

– Si tu sens que ton besoin de m'obéir diminue, tu devras me le dire. Compris ?

– Compris, s'inclina Nocturna avec des flammes dans les yeux.

Mais Ben ne lui faisait pas confiance. Il ne voulait qu'une chose : en finir au plus vite et quitter le Gouffre Noir. Fillip et Sott avaient l'air de partager cet avis : accroupis sous l'une des tables, ils avaient enfoui leur museau dans leur pelage comme des autruches désorientées qui se cachent dans le sable.

– Qu'as-tu fait de Salica et des autres individus qui m'accompagnaient ?

– Je les ai faits prisonniers.

– Qu'as-tu fait d'eux ?

– Je les ai gardés un certain temps, et ensuite je les ai renvoyés.

Elle avait l'air si satisfaite du tour que prenaient les choses que Ben hésita malgré lui.

– Comment ça, renvoyés ?

– Ils ne me servaient à rien, alors je les ai renvoyés.

Quelque chose clochait. Nocturna n'avait pas prévu de relâcher Ben, et n'aurait donc jamais rendu la liberté à ses amis. Il la regarda dans les yeux, qui passèrent soudain du rouge au vert.

– Où les as-tu envoyés ? demanda-t-il enfin.

– À Abaddon. Chez la Marque d'Acier.

Ben sentit son sang se glacer. Les cauchemars qu'il avait eus se réalisaient tout de même. Il avait manqué de parole à ses amis.

– Fais-les revenir ! ordonna-t-il. Fais-les revenir immédiatement !

– Je ne peux pas. Ils sont trop loin.

Ben saisit la sorcière par le devant de sa robe et martela :

– Tu les as envoyés là-bas, alors tu dois pouvoir les ramener !

– Je ne peux pas, roitelet, répondit-elle, ravie, car à Abaddon, ils sont en dehors du rayon d'action de mes pouvoirs ! Ils sont pris au piège !

Ben la lâcha et recula de quelques pas en luttant pour reprendre le contrôle de lui-même. Il aurait dû prévoir cela ! Il aurait dû prendre des mesures pour éviter que cela n'arrive ! Il regardait çà et là dans la clairière, en proie à une colère mêlée de dégoût tandis qu'il passait en revue les possibilités qui s'offraient à lui.

– Tu vas aller à Abaddon et les ramener ! ordonna-t-il.

La sorcière répondit par un sourire presque extatique.

– Je ne peux pas faire cela non plus, roitelet ! Je n'ai aucun pouvoir là-bas ! Je serais aussi vulnérable qu'eux !

– Alors j'irai moi-même. Par où y entre-t-on, sorcière ?

Elle se mit à rire, le visage tendu.

– Il n'y a pas d'entrée, pauvre idiot ! Abaddon est impénétrable ! Seuls quelques...

Elle était si emportée par son triomphe qu'elle avait failli en dire trop. Elle referma la bouche, mais il était déjà trop tard.

– Quelques quoi ? Hein ? Qui, à part les démons, peut y entrer ? Toi ? (Elle secoua la tête.) Alors qui ? Parle, bon sang !

Nocturna frissonna et se redressa avant de crier sa réponse :

– Strabo !

– Le dragon... murmura Ben qui comprenait tout. (Il réfléchit un instant, puis revint sur la sorcière.) Pourquoi le dragon peut-il y entrer et pas toi ?

– Sa magie est plus variée que la mienne, elle va plus loin...

Et est plus puissante, songea Ben pour compléter sa phrase. Il se sentit soudain tout mou, trempé de sueur, las jusqu'à l'épuisement. C'était évident : lorsqu'il avait rencontré Strabo pour la première fois dans le tunnel, il se trouvait toujours au beau milieu des brumes du monde des fées. Si le dragon pouvait aller dans ce monde-là, il pouvait aller à Abaddon.

Et emmener Ben avec lui.

Il esquissa un sourire. Cette rencontre soudaine du hasard et de la nécessité lui donnait le tournis. Il avait pensé n'utiliser la poussière d'Io que pour chasser le dragon de Landover. C'était déjà assez difficile et dangereux en soi. Mais maintenant, il lui fallait se servir de cette poudre pour forcer Strabo à l'emmener à Abaddon, où ses amis étaient retenus prisonniers, puis à les en faire ressortir. La tâche était de taille. Il devait l'accomplir seul, sans aide ni escorte. Malgré cela, il ne pensa pas une seconde qu'il pouvait éviter de se lancer. Ses compagnons avaient assez risqué pour lui, à plusieurs reprises. Il avait le devoir moral, plus que royal, d'en faire autant pour eux.

Ses yeux rencontrèrent ceux de la sorcière, où il lut une satisfaction pleine et entière.

– Tu as juré de me détruire, Nocturna, mais c'est moi qui devrais te réduire en miettes, murmura-t-il.

Fillip et Sott, entre-temps, étaient sortis de sous la table et tiraient sur le pantalon de Ben.

– On peut y aller, maintenant, Sire ?

– On peut partir d'ici ?

– Elle me fait peur.

– Elle nous veut du mal.

Ben vit qu'ils avaient effectivement peur. Ils remuaient le nez avec impatience et avaient l'air d'enfants sales que l'on s'apprête à punir. Il les plaignait. Ils avaient beaucoup enduré pour lui.

– Une minute encore, assura-t-il. Nocturna, combien de temps s'est-il écoulé depuis que tu as envoyé mes amis à Abaddon ?

– Je me suis débarrassée d'eux ce matin, très tôt.

– Leur as-tu causé le moindre mal ?

– Non.

– Alors, ils vont bien ?

– Peut-être, répondit la sorcière en riant, si les démons ne sont pas encore lassés d'eux.

Il réprima le désir de l'étrangler.

– Lorsque je serai à Abaddon, comment les trouverai-je ?

– Le dragon les trouvera pour toi… s'il obéit toujours !

Ben hocha la tête. C'était un problème de plus. Combien de temps la poussière d'Io soumettrait-elle le dragon ? Au bout de combien de temps ses effets s'estomperaient-ils ? Il n'y avait qu'un moyen de le découvrir.

– Où puis-je trouver le dragon ? demanda-t-il encore.

– Partout, roitelet, grinça Nocturna.

– Évidemment. Alors, où puis-je attendre Strabo pour être sûr de le voir ?

– Aux sources de feu ! Il habite dans les flammes liquides !

– Sire ! supplia Fillip.

– Sire ! gémit Sott.

Ben leur répondit d'un signe. La journée était presque finie, le soleil déclinait, le crépuscule jetait des ombres parmi les arbres. Il ne voulait pas rester dans le Gouffre Noir après la tombée de la nuit.

Il s'avança en direction de Nocturna et dit :

– Je suis roi de Landover. Tu n'es peut-être pas de cet avis, et d'autres avec toi, mais jusqu'à nouvel ordre il en sera ainsi. Un roi a certaines responsabilités, et parmi elles, celle de protéger ses sujets. Tu t'es permis de me défier et de placer des personnes qui sont non seulement mes sujets, mais aussi mes amis, dans une situation extrêmement dangereuse. Si dangereuse que je ne les reverrai peut-être jamais !

» Tu as scellé ton sort, Nocturna. Ce que tu as fait à mes amis, je te le fais à présent. Je t'ordonne de te transformer en corbeau et de voler vers le monde des fées. Ne détourne pas ton vol. Va jusqu'à ce que tu sois retournée dans ton ancien univers, et continue à voler jusqu'à ce qu'arrive ce qui doit arriver.

La sorcière tremblait de rage et d'indignation, et une lueur de peur s'alluma soudain dans ses yeux de braise.

– La magie des fées va me consumer ! soufflat-elle.

– Fais ce que je t'ai dit, Nocturna. Tout de suite !

Elle se raidit, puis un halo de lumière écarlate l'enveloppa. Des flammes s'élevèrent vers le ciel dans les flambeaux métalliques. La sorcière et la lumière disparurent et à leur place se trouvait le corbeau. Il déploya ses ailes en hurlant et s'envola dans la forêt.

Ben le suivit du regard en se demandant s'il n'allait pas revenir. Mais non. Nocturna était partie. Il ignorait ce qui lui arriverait lorsqu'elle rejoindrait les brumes, mais il se doutait bien que ce ne serait pas très agréable. Tant pis. Il lui avait au moins laissé la chance de survie qu'elle n'avait pas accordée à ses amis. Ce n'était que justice.

Il n'était tout de même pas si sûr de lui.

– Sortons d'ici, murmura-t-il à Fillip et à Sott.

Cette nuit-là, Ben dormit dans un bosquet de peupliers à quelques kilomètres au sud de la lisière du Gouffre Noir. En s'éveillant, à l'aube, il commença son voyage vers les sources de feu, situées à l'est.

Malgré leur résistance, il emmena avec lui Fillip et Sott. Il n'avait pas le choix : il craignait de se perdre ou de se tromper de route sans eux. Il avait du pays une connaissance assez générale, l'ayant étudié au château, mais il courait toujours le risque de se trouver face à un élément non abordé au cours de ses leçons, ou bien de tomber dans le piège de son ignorance. Il ne pouvait se permettre de prendre ce risque. Il n'avait pas de temps à perdre, et les lutins mutins auraient donc à rester avec lui un peu plus longtemps.

Le voyage dura presque trois jours, et aurait été plus long encore si Fillip et Sott n'avaient mis la main sur une paire de chevaux de trait dont la prime jeunesse était loin derrière eux. Ils étaient si ensellés et leur démarche était si rude que Ben sentait ses os s'entrechoquer rien qu'à les regarder déambuler dans le campement. Les chevaucher était pire encore, mais la cadence en fut tout de même améliorée, et au vu des kilomètres supplémentaires parcourus, Ben se fit une raison. Il ne demanda pas aux lutins où ils avaient trouvé ces chevaux. En l'occurrence, les principes moraux devaient céder le pas à la nécessité.

Ayant traversé les collines boisées au pied du Gouffre Noir, ils longèrent les grandes plaines de Vertemotte et atteignirent enfin les terres vierges qui s'étendaient à l'extrémité est de la vallée. La chevauchée n'en finissait pas. Ben était rongé par la peur en pensant au sort de ses amis ; il pouvait se passer bien des choses, toutes affreuses, avant son arrivée. Quant à Fillip et à Sott, c'est la peur d'y laisser leur peau qui les rongeait. Ils se voyaient dans le rôle de l'agneau sacrificiel que l'on amène à la table du dragon. Les trois compagnons échangèrent aussi peu de paroles que possible, gênés de participer à ce voyage.

En cours de route, Ben pensa fréquemment à Nocturna. Ce n'était pas réjouissant. Il ne pouvait se pardonner d'avoir si mal utilisé les pouvoirs que la poussière d'Io lui avaient donnés sur la sorcière. Il aurait pu faire bien des choses, par exemple la forcer à faire venir le dragon ou à l'attirer, tout au moins. En supposant qu'elle en ait été incapable, il aurait pu lui ordonner d'utiliser ses pouvoirs pour l'envoyer, lui, vers le dragon. Il aurait ainsi gagné trois jours de randonnée à dos de cheval de trait ! Il aurait également dû la forcer à lui céder un peu de sa magie. Une protection supplémentaire aurait été bienvenue. Enfin, il n'aurait jamais dû la laisser partir si facilement, après ce qu'elle avait commis. Son devoir était de s'assurer qu'elle ne lui cause plus jamais de problèmes. À tout le moins, il aurait dû lui faire prêter serment, au cas où elle réchappe du monde des fées.

Tandis que le voyage progressait, il y pensa de moins en moins, et enfin plus du tout. Avec des *si* et des *j'aurais dû*, on pouvait refaire le monde, mais à quoi bon ? Il avait fait de son mieux, mais n'avait pas pensé à tout. Un serment arraché par magie ne valait probablement rien. Les choses étaient très bien ainsi, et il saurait trouver le moyen d'obtenir ce qu'il voulait.

Le troisième jour, ils arrivèrent aux sources de feu. Les lutins l'avaient conduit loin dans les terres vierges. C'était un affreux pays de plaines stériles et sablonneuses, de collines d'herbes rases et de broussailles, de marécages visqueux où coulaient des boues rougeâtres et des sables mouvants, de forêts pétrifiées dans lesquelles les arbres enchevêtrés ressemblaient à des os pointés vers le ciel. La lumière y était plus sinistre que dans n'importe quel autre coin du royaume, et le sol était couleur de végétaux mourants et de terre ouverte. Même les Bonnie Blues n'y poussaient pas. Les trois voyageurs avaient franchi des collines et des crêtes envahies de bruyères rabougries et se trouvaient à présent dans une forêt d'arbres morts qui dominait un profond ravin. Ils menaient leurs chevaux à la bride, car il était impossible de les monter tant le sous-bois était épais.

– Là-bas, Sire ! s'écria soudain Fillip en tirant sur la manche de Ben.

– Les sources de feu, Sire, précisa Sott, le doigt tendu.

Ben regarda entre les arbres. Il ne voyait rien. Il scruta de nouveau et vit enfin une lueur qui dansait dans l'obscurité.

– Approchons encore un peu, dit-il, je ne vois rien d'ici.

Il fit encore quelques mètres, puis s'arrêta. Fillip et Sott restaient immobiles. Ils échangèrent un regard, puis regardèrent Ben. Leur nez remuait au milieu de leur visage, qu'ils tenaient baissé.

– C'est assez près, Sire, conseilla Fillip.

– Nous n'irons pas plus loin, annonça Sott.

– Nous sommes sans défense contre le dragon.

– Oui, sans défense.

– Il nous dévorerait sans se poser de questions.

– Il nous grillerait jusqu'à l'os !

– Le dragon est trop dangereux, Sire, laissez-le et allons-nous-en.

– Laissez-le donc, Sire. Laissez-le tranquille.

Ben les observa un instant puis secoua la tête.

– Je ne peux pas, mes amis. J'ai besoin de lui. (Il se retourna vers eux en souriant et leur posa la main sur l'épaule.) Voulez-vous attendre ici jusqu'à mon retour ?

– Nous attendrons, Sire, répondit Fillip. Jusqu'à ce que vous reveniez.

– Si vous revenez, murmura Sott en se frottant les paumes.

Ben les laissa en compagnie des chevaux et se fraya un chemin dans les buissons entremêlés. Il faisait bien attention de cheminer en silence. Au loin, il voyait des geysers de vapeur s'élever derrière la crête. La lueur dansante était plus forte et éclairait le ciel. Il y avait aussi une odeur... une odeur qui rappelait désagréablement celle de la viande faisandée.

Ben était couvert de sueur et de poussière, mais il gardait tout son sang-froid. Il avait redouté cet instant jusqu'au moment où il était effectivement arrivé. Il glissa une main dans les poches de sa tunique. Ce qui restait de la gousse vidée se trouvait dans sa poche droite, et la gousse entière dans la gauche. Il n'avait pas vraiment formé de plan, ne sachant pas quelle sorte de plan pourrait se montrer efficace. Son unique objectif était de s'approcher le plus possible du dragon et d'espérer qu'une occasion se présenterait.

En tant que roi de Landover, il aurait dû avoir un projet un peu meilleur, mais il ne parvenait pas à imaginer autre chose.

Il atteignit la ligne de crête et se pencha à l'intérieur. Devant lui s'étendait un large ravin informe, piqueté de cratères de toutes les tailles ; ceux-ci étaient emplis d'un liquide bleu non identifié sur lequel dansaient des flammes jaunes, qui se reflétaient sur la brume. Entre les cratères, le sol du ravin était encombré de fourrés et de monticules de terre qui formaient un labyrinthe d'obstacles suffisants pour décourager quiconque songerait à s'y aventurer. Le dragon n'était pas là.

– Forcément... murmura Ben.

Il se demanda quoi faire. Il pouvait attendre sur place le retour de Strabo, ou bien descendre dans le ravin. Il choisit la seconde solution. Il tenait à être tout près du dragon pour l'affrontement final.

Il passa par-dessus la crête et se mit à descendre. Une petite voix intérieure lui répétait qu'il avait perdu la raison. Il était d'accord avec elle. Il ne parvenait pas à croire qu'il était en train de faire ce qu'il faisait. Le dragon le terrorisait. Il aurait mille fois préféré faire demi-tour et déguerpir à toute allure, même sur des jambes flageolantes. Il n'était pas spécialement courageux. Il était tout bêtement à bout. Il ne s'en était pas encore rendu compte.

Je ne les laisserai pas tomber, se dit-il en songeant à Salica et aux autres. Quoi qu'il arrive, je ne les abandonnerai pas.

Il atteignit le fond du ravin et regarda autour de lui. Il voyait à peine où il allait mais il s'avança avec décision. Il se disait que le milieu des sources était le meilleur poste de surveillance. Pas trop près du milieu tout de même. Sa respiration était irrégulière. Il aurait bien voulu appeler le Paladin. Il aurait bien voulu que Questor et les kobolds soient avec lui. Il aurait souhaité la présence de n'importe qui. Et tant qu'il y était, il aurait bien voulu être ailleurs.

La vapeur et la chaleur le suffoquaient. L'odeur était atroce. Le sol était couvert d'ossements dont certains étaient tout récents. Il se força à ne pas y prêter attention. Sa route était bloquée par des broussailles et des arbustes, mais il avançait tout de même. Il contourna un tas de rochers et le squelette d'un animal assez grand. Il se dit qu'il était arrivé suffisamment loin. Juste devant lui se trouvait un énorme monceau de terre terminé par un repli rocheux. Cela lui sembla une bonne cachette. Il décida d'y attendre le retour du dragon.

Soudain, il se demanda combien de temps cela pourrait prendre. Strabo habitait peut-être au milieu des sources de feu, mais cela ne voulait pas dire qu'il y venait souvent. Il ne rentrait peut-être qu'une fois par an ! Ben s'en voulait. Il aurait dû demander à la sorcière, il aurait dû...

Il s'arrêta net. Il n'était plus qu'à trois mètres de sa cachette, et le monceau de terre venait de bouger.

Il écarquilla les yeux. Non, il avait dû rêver.

Le monceau remua une nouvelle fois.

– Mon Dieu... murmura-t-il.

Un petit nuage de poussière s'éleva de ce qu'il avait pris pour une pointe de rocher et un œil immense s'ouvrit.

Ben Holiday, avocat de premier plan, aventurier intrépide, prétendant au trône de Landover, venait de faire une grosse, une très grosse bêtise.

Le dragon s'étira paresseusement, secoua la couche de terre et de poussière qui le couvrait et se déroula. Il gardait les yeux fixés sur Ben, comme un serpent qui hypnotise sa proie. Ben restait paralysé. Il aurait dû jeter la poussière d'Io. Il aurait dû faire demi-tour et s'enfuir. Il aurait dû agir, faire n'importe quoi, mais il ne pouvait pas bouger d'un pouce. Il n'avait plus qu'à hurler. Dans un éclair d'humour noir, il se demanda à quelle sauce il allait être mangé.

Strabo cligna des yeux. Sa tête écailleuse se balança lentement et ses naseaux s'ouvrirent en grand. Ses dents noires se montrèrent et il agita une longue langue fourchue.

– On s'est déjà vus, non ? demanda-t-il.

Ben n'en croyait pas ses oreilles. De la part du dragon, il s'attendait à un certain nombre de choses, mais pas à l'entendre parler. Cela changeait tout. Cela réduisit la peur que Ben en avait. En un instant, toute sa perspective sur ce qui lui arrivait en fut bouleversée. Si on pouvait lui parler, on pouvait peut-être le raisonner ! Ben ne pensait plus à la sauce qui l'accompagnerait. Il ne pensait plus à se défendre. Il cherchait une réponse appropriée.

La tête du dragon se releva d'un coup.

– Les brumes à la lisière du monde des fées ! C'est là que nous nous sommes vus ! Il y a plusieurs semaines, si je ne m'abuse. Je dormais et vous êtes passé devant moi. Vous m'avez regardé si fort que cela m'a réveillé. C'était assez grossier, je dois dire. C'était bien vous, oui ?

Ben opina machinalement tandis que dans son esprit apparaissait l'image du dragon qui le faisait s'envoler d'un souffle comme un fétu de paille. Il avait du mal à se faire à l'idée que le dragon fût doué de la parole. Sa voix était drôle, elle ressemblait un peu au sifflement d'une machine qui se réverbère contre les murs d'une chambre d'écho.

– Qui êtes-vous ? demanda encore Strabo. Que faisiez-vous dans les brumes ? (Il découvrit les dents en retroussant ses lèvres.) Êtes-vous une fée ?

– Non, dit Ben, non. Je suis Ben Holiday, je viens de Chicago. C'est dans un autre monde. Je suis le nouveau roi de Landover.

– Ah bon ?

Le dragon n'avait pas l'air impressionné.

– Oui, poursuivit Ben en reprenant courage. Vous savez, j'ignorais que les dragons parlaient.

Strabo fit onduler son long corps de serpent pour appuyer son dos sur une série de petites mares de feu. Les flammes léchaient presque sa peau écailleuse.

– Oh non, encore un... soupira-t-il.
– Un quoi ? demanda Ben.
– Un de ces humains qui croient que les dragons sont des bêtes illettrées et stupides qui passent leur temps à harceler de pauvres paysans travailleurs jusqu'à ce qu'un champion vienne les pourfendre. Vous n'êtes pas de ceux-là, hein ?
– Euh... je crois que si.
– Vous lisez trop de contes de fées, Ben Holiday. Qui répand ces racontars sur les dragons ? Pas les dragons eux-mêmes, vous pouvez en être sûr. Non, ce sont les humains qui racontent ces mensonges, et ils ne vont pas se donner le rôle du méchant tandis que le dragon sera la victime, vous comprenez ? Il faut remonter à la source, comme on dit. Il est bien plus facile de mettre le dragon dans la peau du méchant, de celui qui brûle les récoltes, dévore le bétail et les paysans, capture les belles princesses et met au défi les chevaliers en armure. Tout ça, ça fait de beaux livres, mais ce n'est pas la vérité.

Ben n'en revenait pas. Sur quel dragon était-il tombé ?
– Il y avait des dragons avant l'apparition des hommes, vous savez. Il y avait des dragons avant même la plupart des créatures féeriques. (Strabo se pencha un peu. Il avait une haleine épouvantable.) Les problèmes n'ont pas commencé avec les dragons. Ils ont commencé avec l'arrivée des autres. Personne ne voulait des dragons. Ils prenaient trop de place. Tout le monde avait peur d'eux et de ce qu'ils étaient capables de faire, même s'il ne s'agissait que de quelques individus qui donnaient mauvaise réputation à toute l'espèce ! Et nos pouvoirs étaient si supérieurs aux leurs qu'ils ne pouvaient pas nous contrôler à leur guise.
» Mais quand on veut noyer son dragon, on l'accuse de la rage, et ils ont tout fait pour se débarrasser de

nous. On nous a exilés, chassés, détruits, les uns après les autres, jusqu'à ce qu'il ne reste plus que moi. Et ils me feraient un sort à moi aussi, s'ils le pouvaient.

Il ne précisa pas qui « ils » étaient, mais Ben comprit qu'il voulait dire tout le monde en général.

– Est-ce à dire que vous n'êtes pas responsable de tous les méfaits que l'on vous reproche ? demanda Ben sans trop y croire.

– Oh, ne soyez pas idiot, Ben Holiday ! Bien sûr que j'en suis responsable ! Je suis responsable de presque tout ! Je tue les humains et leurs animaux domestiques lorsque l'envie m'en prend. Je mets le feu à leurs champs et à leurs maisons si je le désire. Je leur vole leurs femmes parce que cela m'amuse. Je les hais.

» Mais il n'en a pas toujours été ainsi. C'est devenu ainsi lorsque j'ai compris qu'il me serait plus facile d'être celui qu'ils croyaient que de tenter de survivre dans la peau de celui que j'étais réellement... (Il rassembla ses souvenirs.) Je suis âgé de presque mille ans, et depuis deux siècles je suis seul. Il n'y a plus de dragons que dans les légendes. Je suis le dernier de mon espèce, comme le Paladin. Vous le connaissez, Holiday ?

Ben regarda sans un mot le dragon boire les flammes liquides d'une source de feu.

– Pourquoi me dire tout cela ? se décida-t-il à demander.

– Parce que vous êtes là, répondit le dragon. Et d'ailleurs, que venez-vous faire ici ?

Ben se souvint tout d'un coup de la raison de sa venue et hésita.

– Eh bien...

– Ah, mais oui. Vous êtes le nouveau roi de Landover. Félicitations.

– Merci. Cela ne fait pas longtemps.

– Je m'en doute, sinon vous ne seriez pas ici.

– Ah bon ?

– Sûrement pas. (Il se pencha sur Ben.) Du temps du vieux roi, j'étais maintenu en exil dans ces terres désolées. Le reste de la vallée m'était interdit. On avait posté le Paladin pour me tenir à distance, car il était aussi fort que moi. Parfois, la nuit, je survolais les environs, mais je ne me montrais à aucun humain et je ne me mêlais pas de leurs affaires... (Il y eut un lourd silence.) Je me suis promis qu'un jour je retrouverais ma liberté. Cette vallée m'appartient autant qu'aux autres. Et lorsque le vieux roi est mort, le Paladin a disparu et j'ai été libre, Ben Holiday, libre. Nul roi ne me remettra en résidence surveillée.

Ben se rendit compte que l'atmosphère était en train de changer, mais fit semblant de n'avoir rien remarqué.

– Je ne suis pas là pour ça, dit-il.

– Mais vous êtes venu me demander de prêter serment au trône, exact ?

– J'y ai pensé, reconnut Ben.

Les naseaux de Strabo se dilatèrent avec un grand bruit sifflant. Il riait.

– Quel courage, Ben Holiday ! Mais c'est peine perdue. Je n'ai jamais prêté serment à aucun roi de Landover, pas une fois en mille ans. Pourquoi le ferais-je ? Je ne suis pas comme les autres ! Je ne suis pas coincé à Landover comme eux. Je peux aller où je le désire.

– Tiens donc, articula Ben, de plus en plus mal à l'aise.

Le dragon changea de position et replia sa queue derrière l'endroit où se tenait Ben.

– Enfin... presque n'importe où. Je ne peux pas aller bien loin dans le monde des fées, ni dans les mondes où l'on ne croit pas aux dragons. On croit aux dragons dans votre monde ?

– Je crains que non, répondit Ben en secouant la tête.

– Cela explique que je n'y sois jamais allé. Je ne me rends que dans des pays où les dragons sont bien réels. Cela me donne environ une demi-douzaine de destinations. J'y ai surtout chassé. J'ai bien dû trouver à manger lorsque le vieux roi m'a banni de la vallée. Mais chasser au-delà de la vallée est un travail bien fatigant. Il est plus facile de le faire ici. Et plus satisfaisant !

Décidément, l'ambiance tournait vinaigre... On pouvait parler à ce dragon, mais il semblait impossible de le raisonner. Ben se sentait pris au piège.

– Dans ce cas, dit-il, je crois qu'il est inutile que je vous demande de vous en passer.

Strabo se releva légèrement en secouant la poussière qui le couvrait en partie.

– Intéressante conversation, Holiday, mais l'audience est terminée. Ce qui veut dire que vous êtes terminé.

– Un instant, ne nous précipitons pas ! débita Ben le plus vite possible. Nous n'allons pas briser là, voyons. Je crois que nous devrions échanger encore quelques mots !

– Je comprends que vous y teniez, répondit doucement le dragon, mais je m'ennuie.

– D'accord, d'accord, changeons de sujet !

– Ça ne servirait à rien.

– Eh bien, dans ce cas, je n'ai plus qu'à me retirer, hein ? Allez, je m'en vais, au revoir, à la prochaine...

Le dragon se dressa au-dessus du malheureux Ben.

– Cela ne ferait que retarder l'inévitable. Vous reviendriez tôt ou tard. Il le faut bien, puisque vous êtes roi de Landover. Regardez les choses en face, Holiday, je suis l'ennemi. Il faudra que l'un de nous détruise l'autre. Et je préférerais que ce soit moi qui vous détruise.

Ben, affolé, lançait des regards dans tous les sens.

– Mais enfin, qui dit que nous devons nous détruire ?

– Qui ? Mais il en est ainsi depuis qu'il y a des dragons et des rois. C'est comme ça, voilà tout.

Ben était si frustré qu'il se disloquait.

– Alors, pourquoi m'avoir débité toute cette conférence sur les calomnies dont les humains ont accablé les dragons ? Pourquoi avez-vous perdu votre temps à me raconter cela si vous aviez de toute façon l'intention de me rôtir ensuite ?

Le dragon se mit à rire.

– Curieuse manière d'exprimer les choses ! Oui, en effet, pourquoi me suis-je imposé de vous raconter tout cela ? (Il réfléchit un instant, puis haussa les épaules.) Disons que c'était un bon passe-temps. Il n'y a pas grand-chose à faire par ici, vous savez.

Ben vit son dernier espoir s'envoler. C'était la fin. Il avait évité bien des dangers, dans les brumes enchantées d'abord, puis face à Nocturna. Mais cette fois, il était cuit... Il regarda le dragon se relever au-dessus de lui et souffler lentement. Un jet de flammes, et c'en serait fini de lui. Il tentait désespérément de trouver quelque échappatoire. Il fallait agir ! Il n'allait pas rester bien sage le temps de se faire dévorer, enfin !

– Un instant ! cria-t-il. Ne faites pas ça ! (Il plongea la main dans sa tunique et en sortit le médaillon.) J'ai encore ceci. Je peux en utiliser les pouvoirs s'il le faut.

Strabo exhala un mélange de vapeur, de fumée et de flammes. Il examina le médaillon et darda sa langue fourchue.

– Vous n'en maîtrisez pas les pouvoirs, Holiday.

– Erreur, répondit Ben, jouant le tout pour le tout. Je ferai venir le Paladin si vous ne me laissez pas la vie sauve.

Il y eut un long silence. Le dragon le considérait sans rien dire, d'un air pensif. Ben récita une prière silencieuse. C'était son ultime chance de salut. Le Paladin était apparu lorsqu'il était en danger. Peut-être viendrait-il encore...

Il referma sa main autour du médaillon et sentit le relief de la gravure s'imprimer dans sa paume. Il lui vint soudain une révélation inattendue. À quoi pensait-il ? Il pouvait s'échapper à l'instant même, s'il le désirait ! Il avait oublié que le médaillon lui donnait ce pouvoir ! Il retournerait chez lui en un éclair, et pour cela il n'avait qu'à retirer le bijou !

Mais cela signifiait abandonner ses amis à Abaddon, quitter Landover pour toujours. Cela signifiait qu'il baissait les bras.

Évidemment, cela voulait aussi dire qu'il aurait la vie sauve. Il en était toujours à peser le pour et le contre lorsque le dragon reprit la parole :

– Je crois que vous mentez, Holiday, dit-il avant de reprendre son souffle.

Adieu la vie, pensa Ben en se préparant à essayer de fuir.

Mais soudain un vif éclair surgit dans les vapeurs et le brouillard qui s'élevaient des sources de feu, et le Paladin apparut ! Ben n'en croyait pas ses yeux. Il se matérialisa dans le néant, sa silhouette solitaire et usée montée sur un cheval fatigué, sa lance tendue devant lui. Strabo se retourna, surpris. Des flammes sortirent de sa gueule avec un rugissement terrible, enveloppèrent le chevalier et sa monture, puis disparurent en fumée. Ben frémit dans la chaleur intense. Il détourna son regard, puis regarda rapidement ce qui s'était passé.

Le Paladin était intact.

Strabo se dressa lentement sur ses énormes pattes arrière, déploya ses ailes comme un bouclier et chercha Ben du regard.

– Vingt ans ! Ça fait vingt ans ! murmurait-il. Je le croyais disparu pour toujours ! Comment l'avez-vous fait revenir, Holiday, comment ?

Ben, que cette soudaine apparition surprenait autant que Strabo, se préparait à balbutier une réponse quelconque, mais se reprit à temps. C'était l'occasion qu'il lui fallait.

– C'est le médaillon ! Le médaillon l'a fait revenir ! La formule magique est inscrite ici, sur l'avers. Voyez vous-même !

Il tendit le médaillon qui se balançait au bout de sa chaîne, de manière que la lumière s'y réfléchisse. Strabo pencha le cou vers le sol, approchant sa tête cuirassée. Il ouvrit sa gueule immense et tira la langue. Ben retint son souffle. L'ombre du dragon le couvrait entièrement.

– Regardez, on voit des lettres, ajouta-t-il en priant intérieurement : *Un peu plus près, encore un peu...*

Une patte crochue se tendit vers le médaillon.

À ce moment, Ben sortit sa main libre de la poche de sa tunique et jeta une poignée de poussière d'Io en plein dans les naseaux de Strabo. Surpris, celui-ci renifla instinctivement, puis éternua si fort que Ben en perdit un instant l'équilibre, sans toutefois tomber. Il reprit le médaillon, plongea la main dans son autre poche et en sortit la gousse. Strabo cherchait son attaquant, balançait la tête de part et d'autre, les mâchoires ouvertes. Ben y lança la gousse tout entière. D'un geste précis, le dragon la saisit au vol, la broya avec rage et la réduisit en miettes.

Trop tard, il comprit son erreur. La poussière d'Io volait en tous sens, sortait en jets des naseaux du monstre. Strabo poussa un rugissement abominable et lança des flammes. Ben se jeta de côté, effectua deux roulades, se releva tant bien que mal et se précipita vers les rochers qu'il avait repérés en arrivant. Il bondit derrière, suivi à quelques mètres d'un jet de feu. Strabo était devenu complètement fou. Il fouettait l'air avec force, et son corps massif écrasait la terre et la végétation. Un jet de flammes immenses s'éleva vers le ciel lorsqu'il toussa. Il rugissait et crachait dans toutes les directions. L'air était empli de fumée et le jour avait disparu. Le Paladin s'éclipsa. Les sources de feu s'éteignirent. Ben se recroquevilla dans son abri en priant d'avoir été assez rapide pour n'être pas vu du dragon.

Au bout d'un certain temps, les battements d'ailes s'espacèrent, les flammes disparurent, et le calme revint. Ben attendit patiemment tout en écoutant les bruits étouffés du dragon qui marchait non loin.

– Holiday ?

La voix du dragon était chargée de colère. Ben resta où il était.

– Holiday ? C'était de la poussière d'Io, Holiday ! Toute une gousse de poussière d'Io ! Où l'avez-vous trouvée ? Vous avez dit que vous ne veniez pas du pays des fées. Vous avez menti !

Ben attendit. Il n'avait encore rien entendu de rassurant. Il écoutait Strabo qui allait et venait quelque part sur sa gauche, il écoutait le son lourd de son corps qui traînait au sol.

– Savez-vous combien cette magie-là est dangereuse, Holiday ? Savez-vous quel mal vous m'avez causé ? Pourquoi m'avez-vous piégé ainsi ?

Il s'immobilisa. Ben entendit le dragon se retourner, puis comprit que la bête buvait. Il s'était peut-être trompé, pensa-t-il. Une gousse entière, c'était excessif. Et si le dragon était blessé ?

Il entendit un long soupir.

– Holiday, pourquoi m'avez-vous fait ça ? Que voulez-vous de moi ? Dites-le donc, qu'on en finisse !

Cette fois, il semblait plus vexé qu'en colère. Ben se décida à crier depuis sa cachette :

– Je veux que vous me juriez de ne me faire aucun mal !

– C'est bon, je le jure.

– Je veux que vous me promettiez de faire tout ce que je vous dirai et rien d'autre. D'ailleurs, vous n'avez pas le choix.

– Je sais, Holiday ! J'accepte ! Dites-moi ce que vous voulez !

Avec mille précautions, Ben sortit de derrière les rochers. Des traces de fumée planaient au-dessus des sources de feu, obscurcissant tout. Strabo était accroupi entre deux cratères à quelques dizaines de mètres, portant sur le visage l'expression d'un animal pris au piège. Sa tête affreuse se balançait lentement, ses yeux aux lourdes paupières aperçurent Ben. Celui-ci se tendit, prêt à plonger derrière les rochers. Mais le dragon ne fit que le regarder.

– Viens ici, ordonna Ben.

Le dragon s'exécuta docilement. Il y avait néanmoins dans ses yeux une haine sans bornes.

– Libérez-moi, dit-il. Libérez-moi et je vous épargnerai.

– Je ne peux pas faire ça, répondit Ben.

– Vous ne pouvez pas, ou vous ne voulez pas ? murmura le dragon d'une voix aussi râpeuse que du papier de verre. Vous ne pourrez me maintenir éternellement dans cet état, et lorsque je serai libre…

– Bon, si on passait sur les menaces ?

– … il ne restera de vous pas même de quoi emplir le dé à coudre d'un gnome, pas même de quoi nourrir le plus minuscule des farfadets cavernicoles, et je vous ferai tant souffrir que…

– Tu m'écoutes, oui ou non ?

Le dragon leva la tête avec dédain.

– Je ne vous prêterai pas serment, Holiday ! Il n'aurait aucune valeur, d'ailleurs.

– J'en suis conscient, approuva Ben. Je ne veux pas de ton allégeance.

Il y eut un long silence, durant lequel le dragon examina Ben. La curiosité avait remplacé la haine dans ses yeux. Le pire était passé. Le dragon était à sa disposition. Momentanément, bien sûr. Ben sentit sa tension retomber et sa peur disparaître. Il avait évité un danger de plus. Il remit à son cou le médaillon qu'il tenait toujours à la main. Il chercha le Paladin du regard, mais il avait disparu.

– Comme un fantôme… chuchota-t-il.

Il se retourna vers le dragon. Strabo le toisait toujours. Sa langue redoutable s'agitait dans l'air embrumé.

– C'est bon, Holiday, j'abandonne. Qu'est-ce que vous voulez de moi ?

Ben répondit avec un sourire :

– Mets-toi donc à l'aise, et je vais tout t'expliquer.

ABADDON

Le soir tombait déjà lorsque Ben attacha sur Strabo la dernière lanière de son harnais de cuir improvisé. Il ordonna au dragon de se coucher et enfourcha sa monture. Il s'installa soigneusement sur la selle, disposée à l'articulation de plusieurs groupes d'épines qui hérissaient le dos du dragon. Il testa la résistance des sangles et glissa les pieds dans les étriers de fer.

Il avait un harnais, c'était déjà ça. Il l'avait bricolé à partir de lanières retrouvées au milieu des ossements. Il était passé autour du cou du dragon, juste au-dessus des antérieurs, et la selle se trouvait en avant des hanches de l'animal. Les rênes couraient le long de son cou, jusqu'à sa tête. Ben se doutait bien qu'il ne pourrait diriger le dragon comme un cheval ; les rênes n'étaient là que pour le retenir en cas de chute.

– Si vous tombez, tant pis pour vous, Holiday, avait averti le dragon.

– À toi de faire en sorte que je ne tombe pas, avait répondu Ben. Je t'ordonne de faire le nécessaire en ce sens.

Mais il ne pouvait être certain que Strabo lui obéirait là-dessus. Ils s'apprêtaient à descendre dans les bas-fonds d'Abaddon, où leur vie à tous les deux se trouverait menacée. Strabo aurait du mal à protéger son cavalier et lui-même, et l'opération de sauvetage de ses amis ne se présentait pas exactement comme une promenade de santé.

– Eh bien, Holiday, qu'est-ce que vous fabriquez là-haut, vous admirez le paysage ? demanda Strabo avec impatience.

– Très bien, approuva Ben, brutalement tiré de ses réflexions. Envole-toi.

Le dragon déploya largement ses ailes et quitta le sol en titubant. Ben se cramponnait aux rênes et au harnais tout en regardant le sol s'éloigner rapidement. Il aperçut quelques ronciers, fourrés et forêts de bois mort s'estomper dans la brume et les ombres du soir, puis ce furent les ténèbres. Fillip et Sott étaient quelque part en bas, bien cachés. Il était retourné leur dire qu'il allait se rendre à Abaddon à dos de dragon, pour secourir ses compagnons, et les avait renvoyés à Bon Aloi afin qu'ils y attendent son retour. Ils n'avaient pas traîné, portant sur leur visage horrifié la conviction qu'ils ne reverraient jamais Ben.

C'était peut-être vrai. Il aurait peut-être dû leur dire de rentrer chez eux et de ne plus penser à lui. Ils ne se le seraient sûrement pas permis, songea Ben. Ils prenaient leur serment de fidélité très au sérieux.

Il se remémora tous les services que lui avaient rendus ces deux petits cannibales crasseux et voleurs. Qui l'eût cru ? Il pria en silence qu'il ne leur arrive rien.

Strabo quitta les terres vierges de l'Est pour atteindre les confins de Vertemotte, puis continuer vers l'ouest. Le jour disparut, la nuit s'installa tout à fait et les lunes de Landover se mirent à briller. Ce soir-là, elles étaient toutes visibles ; leurs couleurs passaient à travers le sempiternel brouillard de la vallée : blanc, pêche, mauve passé, vieux rose, vert de mer, béryl, turquoise et jade. Elles ressemblaient à de gros ballons de baudruche, et Ben se demanda à quelle heure la fête devait commencer.

Les minutes s'écoulaient avec rapidité. Le corps massif de Strabo ondulait sous Ben au rythme des battements d'ailes. Des courants d'air froid frappaient Ben en plein visage et le glaçaient. Landover semblait un grand bol de soupe fumante au-dessus duquel il était suspendu. La sensation que lui procurait le vol était euphorisante, mais également terrifiante. Il n'aimait déjà guère l'équitation, alors à dos de dragon... Strabo volait à allure régulière, mais cela n'empêchait pas Ben de rester sur ses gardes. Il savait que les pouvoirs de la poussière d'Io s'épuiseraient tôt ou tard, et que cela marquerait la fin de sa petite existence.

– Ce voyage est une idiotie ! lui cria Strabo comme s'il lisait dans ses pensées. Tout ça pour quelques malheureux humains !

– Mes amis ! répondit Ben contre le vent.

– Vos amis ne me sont rien !

– Ça tombe bien : tu ne comptes pas pour eux. Sauf pour Questor, qui te voue un certain respect.

– Le magicien ? Peuh !

– Contente-toi de m'obéir ! conclut Ben.

– Je vous hais, Ben Holiday !

– Désolé, mais je m'en fiche !

– Oui, pour l'instant. Mais tôt ou tard je serai libre de votre influence, et alors vous regretterez d'avoir ainsi profité de moi !

Sur ce, il tourna la tête pour regarder devant lui et sa voix froide et mécanique s'éteignit dans le vent. Ben ne disait plus rien. Il s'agrippa de plus belle aux rênes et aux sangles.

Ils s'enfonçaient de plus en plus loin dans le territoire de Vertemotte, vers le centre de la vallée. Ben ne savait pas où ils allaient. Il savait que le dragon l'emmenait à Abaddon, mais il n'avait pas la moindre idée de l'endroit où cela se trouvait. Abaddon était l'enfer de Landover, mais ses entrées étaient des couloirs temporels semblables à celui qui lui avait permis de venir de son monde d'origine. Il ne s'agissait pourtant pas des mêmes couloirs. Ceux-ci ne se trouvaient pas dans les brumes qui ceignaient la vallée. Ils étaient dissimulés au cœur même de Landover, avait expliqué Strabo, en un endroit secret que seuls les démons et les dragons pouvaient localiser...

Soudain, Strabo ralentit et se mit à décrire un grand cercle. Ben baissa les yeux. La vallée était rendue invisible par le brouillard et l'obscurité. Les ailes de Strabo s'ouvrirent encore davantage et il se mit à planer de biais dans le vent nocturne.

– Tenez-vous bien, Holiday ! cria-t-il par-dessus son épaule.

Strabo plongea soudain en une descente vertigineuse. Ses ailes se replièrent et son long cou se tendit vers l'avant. Ils descendaient de plus en plus vite, et le vent hurlait aux oreilles de Ben. Le sol se rapprochait et devenait plus net avec chaque seconde qui passait. Ben était glacé de terreur. Ils allaient trop vite ! Ils allaient se fracasser au beau milieu de Vertemotte !

Et puis soudain, une gerbe de feu jaillit de la gorge de Strabo, formant un arc d'un rouge éclatant. L'air sembla fondre sous la chaleur comme une feuille de cellophane qui se tord et se troue. Ben cligna des yeux pour se protéger du courant d'air et vit un trou noir s'ouvrir dans la nuit. Le feu s'éteignit, mais le trou demeura. Ils y entrèrent et s'enfoncèrent dans le vide ténébreux. Landover disparut. Vertemotte disparut. Le trou se referma derrière eux avec un bruit de ventouse, puis ce fut le silence.

Strabo se remit en position de vol. Ben put se relever un peu, car depuis un moment il se tenait tout contre le dos du dragon, pétrifié. Le monde avait changé radicalement. Plus de lunes, plus d'étoiles. Seulement un ciel d'un noir d'encre qui planait sur une chaîne de pics acérés et de gorges insondables. Des éclairs dansaient à l'endroit où le ciel et la terre se rencontraient, et donnaient le long de l'horizon un curieux spectacle de feux d'artifice. On entendait le grondement lointain de volcans, et leur lueur rouge vacillait au sommet de cônes rocheux le long desquels des torrents de lave dégoulinaient comme du sang. La terre tremblait et grognait sous la force des éruptions, tandis que des geysers de flammes et de roche en fusion explosaient vers le ciel.

– Abaddon ! annonça Strabo d'une voix sifflante.

Il se mit à descendre à une vitesse effrayante, et Ben sentit son estomac se soulever. Des montagnes passaient près d'eux à toute allure, le feu des volcans s'élevait en tous sens. Ben comprit avec horreur qu'Abaddon était un cauchemar réalisé. Il n'avait jamais vu contrée si inhospitalière. Rien n'y pouvait survivre.

Trempé de sueur, à bout de souffle, Ben demanda :

– C'est encore loin ?

– Je crois bien, Holiday, répondit le dragon en riant cruellement. Quelque chose qui ne va pas ? Vous ne vous attendiez pas à ça, peut-être ?

– Tout va bien. Fais ce que tu dois faire et amène-moi à mes amis.

– Mesurez vos paroles, Holiday.

Ben commença à se dire qu'il était venu en vain. Ses amis étaient prisonniers dans cet enfer depuis bientôt cinq jours !

Strabo s'inclina vers la gauche, passa entre deux monstrueux pics volcaniques et entama la descente. Le vent sifflait, des langues de feu s'enroulaient autour des massifs de part et d'autre des deux voyageurs. Ben jeta un regard vers la lave. Des créatures y nageaient ! On y jouait !

Enfin, ils quittèrent les montagnes pour entrer dans une vallée cernée de sommets découpés. Strabo plongea à pic et ne se redressa qu'à quelque quinze mètres du sol. Là aussi, des mares de lave bouillonnaient et crachaient vers le ciel des rochers et des flammes. La terre stérile était craquelée et fendue de crevasses sans fond. Partout s'agitaient des créatures, des êtres à peine humains, difformes et minuscules. À la vue du dragon, ils poussèrent des cris qui furent rapidement couverts par le grondement des volcans. Ben entendit Strabo leur hurler sa réponse.

Ben était si serré contre le dos de l'animal qu'il sentait les pulsations de son sang. Les sangles et les lanières commençaient à souffrir de l'effort imposé par le vol du dragon. Ben les sentait se détendre peu à peu.

Devant eux apparut un énorme gouffre ardent, apparemment profond de plusieurs centaines de mètres. Un petit disque de pierre, de moins de quatre mètres de diamètre, était suspendu à la paroi au-dessus de la bouche du puits et dansait au bout de ses chaînes de fer, tandis que le feu qui brûlait au-dessous venait en lécher les bords inférieurs.

Ben eut le souffle coupé. Il y avait une poignée de silhouettes à plat ventre sur ce disque, qui tentaient de garder l'équilibre. Ses amis !

Strabo plongea vers eux, poursuivi par des monstres volants de diverses apparences. Plusieurs centaines d'autres démons étaient assemblés autour de la fournaise et jetaient des pierres aux malheureux tout en secouant les chaînes qui retenaient le disque de pierre. Tous poussaient des cris de joie. Ben comprit qu'il s'agissait d'un jeu. Les démons avaient acculé ou déposé ses amis à cet endroit et attendaient à présent qu'ils tombent dans la lave !

Les démons se tournèrent et hurlèrent à la vue du dragon. Des mains se tendirent vers les goupilles qui retenaient les chaînes. Ils tentaient de faire basculer le disque de pierre et ceux qu'il portait avant que Ben ne puisse les atteindre.

Ben était comme fou. Les chaînes tombaient les unes après les autres, le disque se balançait et dansait. Strabo souffla du feu sur les démons et en réduisit plusieurs dizaines en cendres, mais les autres s'acharnaient toujours sur les chaînes. Ben, furieux, se mit à crier en reconnaissant clairement le visage de Questor Thews, d'Abernathy, des kobolds et de Salica ! Strabo s'éleva vivement au-delà de la crête du puits. Trop tard, songea Ben. Ils allaient arriver trop tard !

Le temps se figea. Ben assistait aux événements avec un détachement effrayant, comme s'il avait été suspendu à l'instant qui les voyait se dérouler. Les chaînes tombèrent tout à fait et le disque de pierre plongea. Ses amis se jetèrent à plat ventre tandis qu'ils commençaient à dévaler la pente vers le puits.

Strabo se jeta vers le disque et l'atteignit au moment même où ses occupants glissaient à leur perte. Ses serres en saisirent deux. D'un claquement précis des mâchoires, il en attrapa un autre, et sa grande tête se tourna pour déposer un kobold devant Ben. Le second kobold sauta vers le harnais et s'agrippa aux lanières.

La dernière silhouette dégringolait vers le brasier. C'était celle de Questor Thews.

Ben le regarda tomber et vit avec horreur les robes grises et les ceintures colorées s'agiter comme un parachute déchiré. Strabo descendit, puis remonta aussitôt. Il était trop loin du magicien pour le rattraper. Il ne pouvait pas le sauver.

– Questor ! hurla Ben.

Alors arriva quelque chose de réellement magique, de si bizarre que même après ce qui venait de se passer, Ben en resta stupéfait. La chute de Questor sembla ralentir, puis s'arrêter. Les bras du magicien se tendirent dans la lumière écarlate, et il remonta lentement pour sortir du gouffre. Il n'y avait qu'une explication possible : Questor Thews avait enfin trouvé la bonne formule au bon moment ! Il avait maîtrisé ses pouvoirs !

Strabo s'élevait toujours, grillant du bout de la langue les démons ailés qui tentaient de l'attaquer. Il atteignit Questor Thews en pleine lévitation, se plaça sous lui et le déposa sur son dos juste derrière Ben.

Celui-ci se retourna. Questor était comme statufié, le visage couleur de cendre, ses yeux brillants de surprise.

– Tout est dans le mouvement des doigts, Sire, balbutia-t-il avant de s'évanouir.

Ben se pencha pour le retenir solidement tandis que Strabo prenait de l'altitude. Les démons lançaient vers eux une cacophonie d'épithètes qui s'éteignit rapidement à mesure qu'ils prenaient de la distance. Le sol perdit ses détails pour devenir une masse noire crevée de trous irréguliers et de fentes rougeoyantes.

Strabo cracha une gerbe de feu devant eux, et le ciel se remit à fondre. Une ouverture se forma, à travers laquelle se glissèrent le dragon et ses passagers.

Ben fut ébloui par le changement soudain de lumière. Lorsqu'il rouvrit les yeux, les étoiles et les lunes colorées éclairaient le ciel nocturne.

Ils étaient de retour à Landover.

Il fallut plusieurs minutes à Ben pour s'orienter. Ils étaient bien à Landover, mais pas à Vertemotte. Ils étaient plus loin au nord, presque à la lisière de la vallée. Strabo vola en cercle au-dessus d'une épaisse forêt, puis descendit lentement vers une prairie déserte.

Ben mit pied à terre. Ciboule et Navet le saluèrent avec des sifflements de joie et une exhibition de dents luisantes, si agités qu'ils se contenaient à peine. Abernathy tomba rudement au sol, se releva, s'ébroua et maudit le jour où il avait accepté de se joindre à eux. Questor, qui avait repris connaissance, se laissa descendre le long des lanières du harnais et se traîna jusqu'à Ben, à peine conscient de ses gestes, sans quitter le dragon du regard.

– Je n'aurais jamais cru voir le jour où cette bête merveilleuse serait matée ! Strabo, le dernier des dragons, la plus grande des créatures enchantées, mise au service du roi de Landover. C'est grâce à la poussière d'Io, bien sûr, mais tout de même... (Il buta contre Ben et retrouva soudain ses esprits.) Sire, vous êtes sain et sauf ! Comment vous avez trouvé la sortie du monde des fées, ça, je ne le saurai jamais ! Quant à savoir comment vous avez accompli ceci...

Son enthousiasme lui coupa momentanément la parole, et il se contenta de saisir la main de Ben pour la secouer vigoureusement. Ben sourit malgré lui.

– Ne vous voyant pas revenir, nous sommes allés à votre recherche à la fin du premier jour, et la sorcière nous a faits prisonniers, expliqua le magicien. Elle nous a envoyés à Abaddon et nous a abandonnés aux démons sur ce morceau de rocher. Presque cinq jours, Sire ! Nous sommes restés coincés là pendant presque cinq jours de tortures et d'humiliations aux mains de ces abominables monstres !

Les kobolds lui coupèrent la parole par des sifflements stridents. Questor hocha la tête et son euphorie s'évanouit.

– Oui, vous avez raison, j'avais oublié, reprit-il. (Il saisit le bras de Ben et continua :) Je m'égare, Sire, alors qu'il y a plus urgent. La sylphide est très mal.

(Il eut une hésitation et tira Ben vers lui.) Je suis désolé, Sire, mais je crois qu'elle va mourir.

Le sourire de Ben s'effaça en un instant. Ils se précipitèrent vers l'endroit où Strabo, qui les observait de ses yeux aux paupières lourdes, s'était couché. Abernathy était déjà là, agenouillé dans l'herbe près de la sylphide inerte. Ben s'agenouilla à côté de lui, et les autres formèrent un cercle autour d'eux.

– Au moment où elle aurait dû s'unir à la terre, elle se trouvait à Abaddon, murmura Questor. Elle n'a pu empêcher la transformation, mais le roc l'a rejetée.

Ben frissonna. Salica avait tenté de prendre racine, incapable de résister à l'appel de la nature, mais n'avait que partiellement réussi. Sa peau était ridée et ressemblait à de l'écorce, ses doigts et ses orteils étaient devenus des branches fines, et son corps s'était tordu et fendillé. Elle était si hideuse à voir que Ben avait peine à maintenir son regard sur elle.

– Elle respire encore, Sire, annonça Abernathy à voix basse.

Ben luttait contre la répulsion que lui inspirait ce spectacle.

– Nous devons absolument la sauver, dit-il en s'efforçant de trouver une idée.

Le corps de Salica fut soudain pris de convulsions, et de nouvelles racines apparurent près de son poignet. Elle battit des paupières et referma les yeux. Elle était à l'agonie. Ben fut saisi par la colère comme une brindille par le feu.

– Questor, utilisez donc vos pouvoirs !

– Non, Sire, répondit-il. Je ne possède nul pouvoir qui puisse la guérir. Une seule chose peut la sauver : elle doit parvenir à se transformer complètement.

– Mais bon sang, comment voulez-vous qu'elle fasse ? Sa vie ne tient qu'à un fil ! s'écria Ben en se tournant vers Questor.

Tout le monde se tut. Ben regardait la jeune fille. Jamais il n'aurait dû la laisser seule avec Nocturna. D'ailleurs, il n'aurait jamais dû lui permettre de venir avec lui. Ce qui arrivait était sa faute. Ce serait sa faute si elle mourait... Il jura à mi-voix et repoussa cette pensée. Il se mit à réfléchir.

Et soudain, il se souvint.

– Les vieux pins ! s'exclama-t-il. La pinède à Elderew, là où sa mère a dansé et où elle s'est transformée ! Elle était très attachée à cet endroit ! Elle pourrait peut-être y achever la transformation !

Il était déjà debout et donnait des ordres à ses compagnons.

– Allons, aidez-moi à la porter ! Strabo, penche-toi !

Ils déposèrent la sylphide sur le dragon et l'y attachèrent avant de monter à leur tour, se retenant tant bien que mal au harnais de fortune. Ben était installé devant la jeune malade, Questor et Abernathy étaient derrière elle, et les kobolds se partageaient les étriers.

Strabo poussa un grognement impatient en réponse aux ordres de Ben et s'envola dans la nuit. Ils prirent la route du Sud ; le dragon planait et battait des ailes pour gagner le plus de vitesse possible, malgré le vent qui menaçait d'arracher les passagers à leur monture. Les minutes passèrent et les collines disparurent pour laisser la place à Vertemotte. Ben tendit la main et toucha la peau de Salica ; elle était rêche, froide et dure. La fin était proche. Ils n'auraient pas le temps. Vertemotte s'estompa au loin et soudain apparurent les forêts et les rivières de la région des lacs. Le dragon piqua du nez tout en évitant les sommets des arbres et des monts. Ben tremblait d'impatience et de frustration. Il serrait toujours le bras de Salica, et il lui semblait sentir la vie s'en échapper.

Enfin, Strabo vira à gauche et plongea dans la forêt. Les arbres se précipitèrent à leur rencontre, puis apparut une petite clairière. Ils furent au sol en un instant. Ben descendit sans un mot, suivi de ses amis qui s'affairèrent avec lui à détacher Salica. La forêt les entourait comme un mur, la brume se faufilait en rubans entre les troncs. Ciboule siffla et ouvrit la marche d'un pas sûr. Portant la sylphide inerte, ils cheminèrent à tâtons parmi les arbres en trébuchant dans l'obscurité.

Ils furent dans la pinède en quelques instants. Les pins montaient une garde silencieuse. Ben fit avancer la procession jusqu'au centre du bosquet, à l'endroit exact où la mère de Salica avait dansé la nuit précédant leur départ d'Elderew.

Ils déposèrent délicatement la mourante. Ben devinait le poignet de la jeune fille à travers l'enchevêtrement de racines et de rejets qui avaient percé sa peau. Elle était froide et inanimée.

– Elle ne respire plus, Sire ! souffla Questor.

Ben perdit la tête. Il souleva la sylphide dans ses bras et la tint serrée contre lui en pleurant.

– Bon sang, Salica, tu ne peux pas mourir ! Tu ne peux pas me faire ça ! (Il la berçait en frottant sa peau rude contre son visage.) Salica, réponds !

Et tout à coup ce fut Annie qu'il serrait, Annie au corps brisé et ensanglanté après l'accident qui l'avait emportée. La sensation était si terrible qu'il suffoqua. Il sentait des os, du sang et des chairs meurtries ; il sentait la petite vie fragile de son enfant à naître.

– Mon Dieu, non ! gémit-il.

Il releva la tête et l'image disparut. Il tenait Salica. Il se pencha pour déposer un baiser sur sa joue et un autre sur ses lèvres tandis que ses larmes inondaient le visage de la jeune fille. Il avait perdu Annie et l'enfant qu'elle portait. Il ne supporterait pas de perdre Salica.

– Ne meurs pas, suppliait-il. Je ne veux pas que tu meures, Salica, je t'en prie !

Son corps frêle bougea légèrement comme pour répondre à cet appel, et ses yeux s'ouvrirent devant ceux de Ben. Il y plongea son regard, ne voyant plus ce visage et ce corps ravagés, ni la dévastation causée par la transformation inachevée. Il ne voyait plus que la petite flamme de vie qui brûlait toujours tout au fond.

– Reviens, Salica, tu dois vivre !

Elle referma les yeux. Mais son corps bougeait plus fort, et les convulsions devinrent des spasmes : elle tentait de reprendre le contrôle de ses muscles. Elle avala et dit :

– Ben. Aide-moi. Soutiens-moi.

Il la releva prestement tandis que les autres s'écartaient. Il la maintint debout et sentit que la vie reprenait ses droits en elle, que la métamorphose allait avoir lieu. Ses racines s'enfoncèrent dans la terre, ses branches s'étendirent et se divisèrent, son tronc s'étira et durcit.

Puis le silence retomba. Ben leva les yeux. La transformation était terminée. Salica était redevenue le saule qui lui donnait son nom. Tout était résolu.

Il ferma lentement les yeux.

– Merci.

Il baissa la tête, enserra le tronc dans ses bras et se mit à pleurer.

Le démon fit son apparition vers l'aube, sorti des ténèbres, sa silhouette noire et contrefaite enveloppée d'une cuirasse. Tout se passa très vite. Le vent chuchotait, le brouillard tournoyait, et le démon était là.

Ben s'éveilla presque instantanément. Il s'était assoupi mais n'avait dormi que par courtes périodes, saisi de crampes à cause de sa position contre le tronc de Salica. Strabo était probablement resté dans la clairière où Ben l'avait laissé.

Le démon s'approcha et Ben alla à sa rencontre. Les kobolds s'interposèrent immédiatement, tentant de barrer le passage. Abernathy se réveilla en sursaut et donna un coup de pied à Questor. Celui-ci se mit debout à grand-peine. La tête casquée du démon tourna lentement, et ses yeux cramoisis parcoururent la petite troupe et la pinède.

Puis, il parla. Ben ne comprit aucune de ses paroles et son discours s'acheva presque avant d'avoir commencé. Questor hésita, puis se tourna vers Ben.

– La Marque d'Acier vous lance un défi, Sire. Il vous invite à le combattre dans trois jours, au Cœur.

Ben hocha la tête sans un mot. Ce qui lui avait été promis depuis le début était enfin là. Son heure était venue. Il n'était qu'à moitié réveillé, épuisé par les épreuves des jours passés, mais il saisit immédiatement l'importance capitale du défi.

La Marque d'Acier en avait assez de lui. Le démon était en colère. Mais peut-être, qui sait ? le démon était-il également inquiet. Questor avait expliqué à Ben qu'il ne lançait ses défis qu'au milieu de l'hiver, et on en était encore loin. Le démon précipitait les événements.

Ben réfléchit à tout cela, tenta de faire le tour de la situation, puis secoua la tête, impuissant. Cela n'avait aucune importance. Il avait décidé de rester à Landover depuis longtemps, et rien ne le ferait revenir là-dessus. Il fut surpris de se découvrir si résolu.

Surpris et satisfait. Il fit un signe de tête au messager et dit :

– J'y serai.

Le démon s'en alla dans un tourbillon de brume. Ben le suivit du regard, puis se tourna vers la première lueur du jour, qui perçait entre les arbres. Ce n'était encore qu'un vague rayon argenté contre l'horizon lointain.

– Retournez vous coucher, dit-il à ses amis.

Il se rassit contre Salica, appuya sa joue contre son écorce rude et ferma les yeux.

Lorsqu'il s'éveilla pour la deuxième fois, le jour était levé. Ben était étalé de tout son long contre la terre, à l'ombre des grands pins. Sa tête était posée sur les genoux de Salica, qui le tenait au creux de ses bras. Elle s'était une nouvelle fois métamorphosée.

– Ben, souffla-t-elle.

Il regarda ses bras fins, son corps, son visage. Elle était telle qu'il l'avait vue la première fois, dans les eaux du lac Irrylyn. Sa couleur, sa beauté, son rayonnement étaient revenus. Elle était la vision qu'il avait désirée tout en redoutant de la chercher. Mais ce n'était plus cette vision qui comptait pour lui ; c'était la vie qui l'animait. Sa répulsion, sa peur, son sentiment d'éloignement, tout était oublié. Il ne restait plus que l'espoir.

– J'ai besoin de toi, murmura-t-il avec sincérité.

– Je sais, Ben, répondit-elle. Je l'ai toujours su.

Elle pencha son visage vers le sien et l'embrassa, tandis qu'il tendait la main pour l'attirer plus près.

La première chose que fit Ben ce matin-là fut de libérer Strabo du sort qu'il lui avait jeté grâce à la poussière d'Io. Il lui rendit sa liberté à la condition que le dragon ne chasserait plus à Vertemotte ni dans aucune partie habitée de la vallée, et qu'il ne s'en prendrait à aucun des sujets de Ben tant que celui-ci serait roi.

– La durée de votre règne à Landover n'est qu'une goutte d'eau dans l'océan de ma vie, Holiday, remarqua froidement le dragon, les yeux fermés.

– Dans ce cas, cette condition sera facile à accepter, rétorqua Ben.

– Les conditions posées par un humain ne sont jamais faciles à accepter, surtout lorsqu'il s'agit d'un humain aussi fourbe que vous.

– La flatterie ne te mènera nulle part, Strabo. Acceptes-tu, oui ou non ?

La gueule couverte d'écailles s'ouvrit largement sur des dents étincelantes.

– Vous courez toujours le risque que ma promesse n'ait aucune valeur : me l'extorquer par magie lui retire peut-être toute sincérité !

– Oui ou non ? soupira Ben.

Strabo poussa un sifflement venu de loin.

– Oui !

Il déploya ses ailes de cuir et tendit son long cou vers le ciel.

– N'importe quoi pour échapper à votre autorité ! Comprenez-moi bien, Holiday : les choses n'en resteront pas là entre nous. Un jour, on se retrouvera et vous paierez votre dette envers moi !

Il prit son essor dans un battement d'ailes, s'éleva jusqu'à la cime des arbres, s'inclina vers l'est et disparut dans le soleil levant. Ben le regarda partir, puis passa à autre chose.

Questor Thews ne comprenait pas. Il fut d'abord stupéfait, puis furieux, et enfin perplexe. À quoi pensait donc son roi ? Pourquoi relâcher ainsi Strabo ? Le dragon était un allié puissant, une arme que nul n'aurait osé affronter, un moyen infaillible de s'assurer la fidélité des sujets.

– Justement, expliqua Ben, c'est exactement pourquoi je ne le garde pas. J'en serais réduit à me servir de lui comme d'un bâton de gendarme. Les sujets du royaume me prêteraient serment, mais non par respect : par peur du dragon. Cela ne vaudrait rien. Et puis Strabo est une arme à double tranchant. Tôt ou tard, les effets de la poussière d'Io vont s'atténuer, et alors que ferai-je ? Il sera sur moi en un instant. Non, Questor, il vaut mieux le laisser aller dès maintenant et prendre les risques qui s'imposent.

– Vous ne croyez pas si bien dire, Sire. Les risques s'imposeront en effet. Que vous arrivera-t-il lorsque vous vous trouverez face à la Marque d'Acier ? Strabo aurait pu vous protéger ! Vous auriez pu au moins le garder avec vous jusque-là !

– Non, Questor, répéta Ben. Cette lutte est la mienne, pas celle du dragon.

Heureusement, ils n'eurent plus l'occasion de revenir sur la question. Le Maître des Eaux, averti par son peuple qu'il se passait des choses curieuses dans la pinède, fit son apparition. Ben l'accueillit en s'excusant de cette intrusion sur son territoire, et expliqua brièvement ce qui leur était arrivé depuis quelques semaines. Il précisa que Salica l'avait suivi à sa demande, qu'il aurait dû le prévenir plus tôt et qu'il souhaitait garder la sylphide à ses côtés quelque temps encore. Il proposa une nouvelle rencontre trois jours plus tard, au Cœur. Il se garda bien de parler du défi lancé par la Marque d'Acier.

– Pour quelle raison voulez-vous me revoir dans trois jours, Noble Seigneur ? demanda le Maître des Eaux.

– Je vous redemanderai de me prêter serment, et cette fois j'ai tout lieu de croire que vous ne me le refuserez plus.

– Très bien. J'y serai.

Il embrassa rapidement Salica, lui donna la permission de rester avec Ben et s'en alla. Ben et ses amis se retrouvèrent seuls.

Salica s'approcha et saisit la main de Ben.

– Il n'a aucune intention de te prêter serment, murmura-t-elle de façon que les autres ne puissent entendre.

– Je sais bien, mais j'espère qu'il n'aura pas le choix.

Il était temps de partir. Ben envoya Ciboule en avant, porteur d'un message destiné à Kallendbor et aux autres seigneurs de Vertemotte. Il avait fait ce qu'ils demandaient : les débarrasser de Strabo. À présent c'était leur tour. Ils devaient eux aussi le retrouver trois jours plus tard et lui prêter serment au Cœur.

Tandis que Ciboule s'enfonçait dans la forêt, Ben et le reste de la petite troupe prirent la route de Bon Aloi.

Il leur fallut longtemps pour rentrer, car cette fois ils voyageaient à pied. Mais ce n'était pas grave. Cela donnait à Ben le temps de réfléchir, et il avait de quoi faire. Questor et Abernathy lui posèrent de nombreuses questions sur la manière dont il comptait affronter la Marque d'Acier, mais il refusa de leur répondre. En vérité, il n'avait encore formé aucun plan et ne voulait pas qu'ils le sachent. Mieux valait qu'ils le croient discret.

Il passa beaucoup de temps à étudier le pays à mesure qu'ils le traversaient, et à imaginer ce qu'il avait été avant que la magie vienne à manquer. Le souvenir de sa vision chez les fées lui revenait souvent : le tableau merveilleux d'une contrée d'où brume, ténèbres et plantes desséchées étaient absentes. Depuis combien de temps la vallée n'avait-elle connu cela ? Et combien de temps faudrait-il pour la restaurer ? Sa vision était plus qu'un souvenir, c'était une promesse. Il eut une pensée pour les habitants de la vallée et leur existence sur une terre soudain dure et stérile. Il revoyait le visage des quelques spectateurs de son couronnement, de tous ceux qui se tenaient le long des routes conduisant à Rhyndweir. Tout cela pourrait changer si le cancer qui rongeait la magie était jugulé.

La présence d'un roi dévoué à son pays et à ses sujets pouvait accomplir ce miracle, avait expliqué Questor. Vingt ans de vacance du trône avaient créé le problème.

Pourtant cette idée était difficile à comprendre pour Ben. Comment une chose aussi simple que la présence d'un roi pouvait-elle influencer la vie de la vallée ? Un roi n'est jamais qu'un homme, un symbole. Comment un seul homme pouvait-il changer tant de choses ?

Le premier jour du voyage de retour fut interminable. La nuit était tombée et ses compagnons dormaient à poings fermés, que Ben veillait toujours. Il veilla très tard.

Le deuxième jour passa plus vite, et vers midi ils atteignirent Bon Aloi. Ciboule les attendait à la porte, déjà revenu de son expédition à Vertemotte. Il parla vite, ponctuant ses phrases de gestes vifs. Ben ne comprenait rien à ce qu'il disait.

– Votre message a été délivré, Sire, traduisit Questor. Les seigneurs de Vertemotte répondent qu'ils se rendront au Cœur comme vous le leur demandez, mais ils réservent leur décision quant à vous prêter serment.

– Ça ne m'étonne pas, grogna Ben.

Il traversa rapidement le couloir menant à la cour intérieure, suivi des autres. Il venait d'entrer dans la grande salle du château lorsqu'une paire de créatures débraillées sortit d'une alcôve pour venir se jeter à ses pieds.

– Noble Seigneur !

– Puissant Seigneur !

Les lutins mutins se traînaient à genoux devant lui et gémissaient de manière si pitoyable que c'en était gênant. Leur fourrure était tachée et hirsute, leurs pattes souillées de boue, et ils avaient l'allure de bêtes tirées d'un égout.

– Sire, nous vous avons cru dévoré par le dragon !

– Nous vous avons cru perdu dans les profondeurs des enfers !

– Vous possédez bien des dons, Sire.

– Oui, vous êtes revenu d'entre les morts !

Ben avait envie de les renvoyer à la semaine prochaine d'un coup de pied bien appliqué.

– Allez-vous me lâcher ! ordonna-t-il.

Ils s'étaient accrochés à son pantalon et lui embrassaient les pieds. Il tenta de les faire tomber en secouant la jambe, mais ils ne lâchèrent pas prise.

– Lâchez-moi immédiatement ! cria-t-il.

Ils retombèrent, toujours face contre terre, et levèrent vers lui leurs yeux implorants.

– Noble Seigneur...

– Puissant Seigneur...

Ben les interrompit.

– Ciboule, Navet ! Jetez-moi ces deux clowns poisseux dans un bain et ne les laissez ressortir que lorsqu'ils auront repris une apparence présentable !

Les kobolds tirèrent hors de la pièce les lutins qui se répandaient toujours en salamalecs. Ben, soudain fatigué, poussa un soupir.

– Questor, je veux qu'Abernathy et vous jetiez un œil aux archives du château. Voyez s'il y a une indication, quelle qu'elle soit, sur la façon dont le royaume, son roi et la magie sont liés. Je sais que nous l'avons déjà fait, mais... nous sommes peut-être passés à côté de quelque chose.

Sur ce, il sortit.

– Oui, Sire, répondit Questor. Nous avons peut-être raté quelque chose. Il n'est pas inutile de recommencer nos recherches.

Et, suivi d'Abernathy, il disparut dans le couloir.

Après le départ des autres, Ben resta un moment dans le vestibule avec Salica, puis prit la sylphide par la main et l'emmena avec lui au contempleur. Il ressentait le besoin d'explorer la vallée une dernière fois (à cette pensée, il se mordit la langue), et voulait emmener la jeune fille. Ils ne s'étaient guère parlé depuis la guérison de celle-ci, mais ils étaient restés l'un près de l'autre. Sa présence aidait Ben. Elle lui donnait de la force.

– Je veux que tu saches quelque chose, Salica, commença-t-il tandis qu'ils se tenaient tous deux sur la plate-forme du contempleur. J'ignore comment tout cela finira, mais je sais que quoi qu'il arrive, je suis bien heureux de t'avoir eue pour amie.

Elle ne répondit pas. Elie serra sa main sur celle de Ben. Ils saisirent la rambarde et les murs du château s'effacèrent. Ils passèrent tout l'après-midi dehors.

Cette nuit-là, Ben dormit comme un loir et ne se leva qu'à midi le lendemain. Questor le rejoignit dans l'escalier. Il avait l'air épuisé.

– Ne me dites rien, dit Ben en souriant. Laissez-moi deviner.

– Il n'y a rien à deviner, Sire. Abernathy et moi avons travaillé toute la nuit mais n'avons rien trouvé. Je suis désolé.

Ben passa la main autour des épaules frêles de son enchanteur royal.

– Pas d'inquiétude, dit-il, vous avez fait ce que vous avez pu. Allez vous coucher. On se verra au dîner.

Après avoir mangé quelques fruits et bu du vin sous le regard de Navet, Ben se rendit seul à la chapelle du Paladin. Il resta un moment agenouillé dans l'obscurité et se demanda ce qu'il était advenu du champion. Pourquoi ne revenait-il pas ?

Il rentra à Bon Aloi en fin d'après-midi. Il prit son temps pour traverser salles et couloirs et caresser les pierres du château, pour sentir la chaleur qui l'habitait. Le pouvoir magique qui lui donnait la vie brûlait toujours profondément, mais s'évanouissait peu à peu. Le Ternissement empirait. La décoloration s'enfonçait de plus en plus dans la pierre. La magie ne tiendrait plus longtemps. Il se rappela alors la promesse qu'il s'était faite : un jour, il saurait rendre la santé à son château. Mais quand ?

Il rassembla ses amis pour le dîner dans la grande salle. Il n'y avait pas grand-chose à se mettre sous la dent : le garde-manger était presque vide, car la magie ne parvenait plus à produire assez de nourriture. Mais chacun soutint que le dîner était parfait. Il n'y eut ni plaintes ni disputes. Tous prenaient soin de ne faire aucune allusion à ce que l'avenir réservait.

Vers la fin du repas, Ben se leva. Il articula avec peine :

– Je vous prie de bien vouloir m'excuser, mais j'aimerais prendre quelques heures de repos avant de… euh… (Il se tut un instant.) J'ai pensé partir aux environs de minuit. Je ne vous demande pas de m'accompagner. En vérité, j'aimerais mieux que personne ne me suive. Je vous remercie de la fidélité dont vous avez fait preuve jusqu'à maintenant. Je ne saurais rêver meilleurs amis. J'aimerais pouvoir faire quelque chose pour…

– Sire, interrompit Questor en se levant, n'en dites pas davantage. Nous avons déjà décidé que nous irions avec vous demain. C'est la moindre des choses. Et maintenant, allez donc vous coucher…

Tous les regards étaient tournés vers Ben, qui hocha lentement la tête et sourit.

– Merci. Merci à tous.

Il quitta la pièce et s'arrêta un instant dans le couloir qui en sortait. Puis il monta dans sa chambre.

Salica vint le réveiller à minuit.

Dans la pénombre de la chambre, ils s'étreignirent longuement. Ben ferma les yeux en sentant sur sa bouche la chaleur des lèvres de Salica.

– J'ai peur de ce qui va arriver, Salica, murmura-t-il. Pas de ce qui va m'arriver à moi… Non, c'est faux. J'ai très peur de ce qui risque de m'arriver, mais je redoute encore plus ce qui s'abattra sur Landover si la Marque d'Acier me tue. Si je ne survis pas à ce combat, Landover sera peut-être perdu. Et je crains d'être battu, car j'ignore comment le vaincre !

Elle le serra plus fort et répondit d'une voix sévère :

– Ben ! Tu dois croire en toi-même ! Tu as déjà accompli bien des choses dont tu ne te croyais pas capable. Les réponses qu'il te faut sont là. Tu les as toujours trouvées lorsque tu en avais besoin. Je sais que tu peux le faire une nouvelle fois.

– Je ne peux plus découvrir ces réponses, Salica. La Marque d'Acier ne m'en a pas laissé le temps.

– Tu as tout le temps nécessaire.

– Salica, écoute-moi, dit Ben en éloignant son visage. Une seule chose peut éviter que la Marque me tue : le Paladin. S'il vient prendre ma défense, j'ai une chance de m'en sortir. Il est possible qu'il vienne. Il m'a déjà sauvé plusieurs fois depuis mon arrivée dans la vallée. Mais c'est un fantôme ! Il n'a ni substance, ni force ! Il n'est qu'une ombre, et les ombres ne font jamais peur bien longtemps ! Ce n'est pas d'un fantôme que j'ai besoin, mais du véritable Paladin, en chair et en os ! Et je ne sais même pas s'il existe toujours !

Les yeux verts de Salica restaient calmes malgré la fureur de Ben.

– S'il t'est déjà venu en aide, il reviendra certainement. Te souviens-tu du jour où je t'ai dit que tu étais celui qu'avaient annoncé les présages enroulés autour du lit de mes parents ? Sur le moment, tu ne m'as pas crue, mais depuis tu as compris que c'était vrai. Je t'ai aussi dit autre chose, Ben. Je t'ai dit que je te trouvais différent, que je sentais que tu étais fait pour être roi de Landover. Je le crois toujours. Et je crois que le Paladin viendra à ton secours. Qu'il te protégera.

Ben la contempla longuement sans rien dire. Puis il l'embrassa légèrement sur les lèvres.

– Il n'y a qu'un moyen de le savoir, conclut-il.

L'aube entra dans le Cœur sur ses pattes de velours. Les premières lueurs argentées commençaient à peine à éclairer le ciel à l'est au-dessus des arbres. Ben et ses amis étaient arrivés depuis plusieurs heures et étaient assemblés sur l'estrade.

Toute la nuit il arriva d'autres personnes : le Maître des Eaux, entouré de plusieurs dizaines de ses sujets, se tenait à la lisière de la clairière. Les seigneurs de Vertemotte étaient venus vêtus de leur cuirasse de bataille et armés jusqu'aux dents. Leurs destriers piaffaient près de chevaliers qui se tenaient aussi droits et immobiles que des statues de fer. Les créatures féeriques et les humains se faisaient face de part et d'autre des rangées de coussins de velours blanc.

Ben était assis sur le trône placé au centre de l'estrade, entouré de Salica d'un côté et de Questor et d'Abernathy de l'autre. Les kobolds étaient accroupis à ses pieds. Quant à Fillip et à Sott, ils se tenaient loin des regards : une fois de plus, ils étaient partis se cacher.

– Sire, souffla Questor à son oreille, l'aube approche. Vous ne portez ni armure ni armes. Laissez-moi vous équiper correctement.

Ben leva les yeux vers la figure d'épouvantail qui se penchait sur lui, sur ses écharpes vives et sa robe grise, ses cheveux et sa barbe ébouriffés, et sur son visage ridé et anxieux.

– Non, Questor. Ni armes ni cuirasse. Ils ne me serviraient à rien contre une créature telle que la Marque. Je ne pourrais le vaincre de cette manière. Je dois trouver une autre voie.

Questor Thews s'éclaircit la gorge et reprit :

– Avez-vous une idée précise, Sire ?

Ben sentit le froid qui le glaçait se mettre à le brûler.

– Peut-être, répondit-il.

Questor reprit sa position. Les ombres qui entouraient la clairière s'effaçaient avec l'apparition du jour. Des formes se détachaient peu à peu de chaque côté : les seigneurs de Vertemotte et le Maître des Eaux et sa famille. Ben se leva et gagna le bord de l'estrade. Les silhouettes cuirassées des seigneurs et les minces ombres des habitants des eaux convergèrent vers lui.

Il prit une profonde inspiration. Inutile d'y aller par quatre chemins.

– La Marque d'Acier viendra se mesurer à moi dès l'aube. Vous rallierez-vous à moi pour le combattre ?

Silence complet. Ben examina chaque visage et reprit :

– Très bien. Je vais m'exprimer différemment. Kallendbor, les seigneurs de Vertemotte m'ont donné leur parole qu'ils prêteraient serment de fidélité au trône si je les débarrassais du dragon Strabo. Je l'ai fait. Il est banni de Vertemotte et de toutes les régions habitées de la vallée. Je vous demande donc de me jurer allégeance. Si votre parole vaut quelque chose, vous ne refuserez pas.

Il attendit. Kallendbor semblait hésiter.

– Quelle garantie avons-nous que le dragon est parti pour de bon ? demanda enfin Strehan d'un ton rude.

Il n'est pas parti pour de bon, pensa Ben. Il ne restera au loin que tant que je serai roi, alors vous avez intérêt à faire en sorte que je vive longtemps !

Mais il ne dit pas cela. Il ignora la question de Strehan et garda les yeux fixés sur Kallendbor.

– Une fois que vous m'aurez juré fidélité, j'ordonnerai que les habitants de Vertemotte cessent toute pollution des eaux qui irriguent et alimentent la région des lacs. Votre peuple et celui du Maître des Eaux travailleront ensemble à restaurer et à préserver la pureté de ces cours d'eau.

» Vous, Maître des Eaux, tiendrez alors votre promesse et me prêterez serment à votre tour. Et vous recommencerez à enseigner aux gens de Vertemotte les secrets de la guérison. Vous les aiderez à comprendre.

Il marqua une pause et dévisagea le Maître des Eaux. Ses traits de statue trahissaient une certaine incrédulité. Personne ne prit la parole.

Le vent caressa soudain son visage d'une rafale vive et rapide. Au loin, on entendait un grondement sourd semblable à celui du tonnerre. Ben s'obligea à rester calme – en apparence. L'aube était là.

– Je ne forcerai personne à se ranger à mes côtés contre la Marque d'Acier, dit-il enfin.

Il sentit la main de Questor se poser sur son bras mais ne réagit pas. La clairière était plongée dans le silence, à part le sifflement du vent et le roulement de tonnerre qui approchait. Les ombres de la nuit se transformèrent en raies argentées avant de disparaître tout à fait. Les habitants de la région des lacs reculèrent et s'enfoncèrent dans la forêt. Les chevaliers et leurs destriers commençaient à perdre contenance.

– Noble Seigneur, commença Kallendbor en avançant d'un pas, peu importe quelles promesses nous lient. Puisque la Marque d'Acier vous a défié, vous êtes un homme mort. Il en serait de même si nous choisissions de vous porter assistance. Aucun d'entre nous, seigneur ou créature féerique, ne fait le poids face à la Marque. Sa force est telle que seule la magie la plus puissante peut en venir à bout. Or, nous ne possédons pas ces pouvoirs. Les humains ne les ont jamais eus et les habitants de la région des lacs les ont depuis longtemps perdus. Seul le Paladin possède la force nécessaire – et le Paladin est parti.

Le Maître des Eaux s'avança à son tour sous le regard inquiet de l'assistance. Le vent s'était levé et sifflait doucement, le tonnerre résonnait à travers la terre de la forêt. La clairière s'était soudain vidée, et il ne restait que les rangées de coussins disposés régulièrement comme des pierres tombales.

– La magie des fées a banni les démons il y a des siècles, Noble Seigneur, et les a tenus au loin. Le talisman de ce pouvoir était le Paladin, et personne ici ne saurait se mesurer à la Marque d'Acier sans la présence du Paladin. Je regrette, Noble Seigneur, mais ce combat est le vôtre.

Il tourna les talons et s'éloigna, suivi de toute sa famille qui se hâtait.

– Que la force soit avec vous, roi de comédie, murmura Kallendbor avant de s'en aller, lui aussi accompagné de ses seigneurs.

Ben, debout au bord de l'estrade, les regarda partir. Puis il secoua la tête avec découragement. Il ne comptait pas vraiment sur leur aide, alors...

Tout à coup, le tonnerre secoua l'estrade sur ses fondations, parcourant la terre comme un lourd et long grondement de colère. La pâle lueur de l'aurore disparut, obscurcie par les ombres qui apparaissaient.

– Sire, attention ! cria Questor à l'oreille de Ben, ses habits flottant dans le vent.

Salica, Abernathy et les kobolds entourèrent Ben en un instant et joignirent leurs mains autour de lui pour le protéger. Ciboule et Navet sifflaient férocement.

Les ténèbres se firent plus profondes.

– Reculez ! Tous ! ordonna Ben. Descendez de l'estrade immédiatement !

– Non, Sire ! répondit Questor.

Ils résistaient tous, mais il les écarta d'un mouvement brusque. Le vent se mettait à hurler avec fureur.

– J'ai dit reculez, bon sang ! Laissez-moi, et tout de suite !

Abernathy s'éloigna. Les kobolds découvrirent leurs longues dents en hésitant encore. Ben s'empara de Salica et la jeta dans leurs pattes, repoussant tout le monde. Ils s'en allèrent tandis que Salica, choquée, jetait en arrière des regards désespérés. Mais Questor Thews restait inflexible.

– Je puis vous être utile, Sire ! Je maîtrise bien mes pouvoirs, maintenant, et je...

Ben l'avait saisi par les épaules et le faisait tourner, tout en luttant contre le vent qui se déchaînait.

– Non, Questor ! Personne ne m'aidera cette fois-ci. Descendez de l'estrade immédiatement !

D'une bourrade énergique, il envoya le magicien à plusieurs mètres de là et lui fit signe de s'éloigner davantage. Questor regarda brièvement en arrière, lut dans les yeux de Ben sa détermination, et s'en alla pour de bon.

Ben était désormais seul. Les drapeaux disposés sur l'estrade flottaient et claquaient sous la violence du vent. Les étançons d'argent fléchissaient et tremblaient sur leur base. Un tonnerre terrifiant grondait continûment.

Ben frissonna. Pas mal, les effets spéciaux, pensa-t-il.

Les ombres et le brouillard se rejoignaient en un tourbillon au bout de la clairière, séparant les humains des créatures enchantées abrités sous les arbres. Il y eut une explosion de tonnerre et les démons apparurent.

C'était une horde de formes sombres et contrefaites, qui passaient d'un coup de l'invisibilité à la présence matérielle. Les reptiles qui leur servaient de monture rugissaient et piétinaient la terre. Armes et cuirasses s'entrechoquaient et claquaient comme des os. La masse des démons grandissait et envahissait l'aube comme une tache. Ils se rapprochaient de l'estrade et se pressaient contre les coussins.

Le vent et le tonnerre se turent et furent remplacés par le son des respirations et les grondements des bêtes. Les démons occupaient presque tout le

Cœur. Ben Holiday et ses quelques alliés n'étaient qu'un îlot dans une mer de silhouettes noires.

L'armée se fendit en son milieu et une immense créature ailée apparut ; moitié serpent, moitié loup, elle portait sur son dos un cauchemar en armure. Ben inspira profondément et se redressa résolument.

La Marque d'Acier était là.

MÉDAILLON

Ce fut l'instant le plus terrifiant de toute la vie de Ben Holiday.

La Marque d'Acier fit avancer son serpent-loup parmi les rangs de ses démons et couvrit lentement la distance qui les séparait. Son armure noire était cabossée et zébrée de traces de coups, mais elle reluisait d'un éclat malsain dans le demi-jour. Des armes dépassaient de leurs fourreaux et de leurs étuis : épées, haches, dagues, et bien d'autres. Le long du dos et des membres de la Marque couraient des rangées d'épines pointues comme les piquants d'un porc-épic. Le heaume à tête de mort était fermé. Mais à travers les fentes pratiquées dans le métal rougeoyaient deux yeux féroces.

Ben n'avait jamais remarqué cela, mais la Marque mesurait au moins deux mètres cinquante. Il était immense.

Le serpent-loup leva sa tête écailleuse, ouvrit la gueule et montra les dents. Il poussa un cri qui rappelait un jet de vapeur sous pression et lécha l'air matinal de sa langue fourchue.

Tout autour, le souffle des démons lui répondit avec impatience.

Ben fut soudain paralysé. Depuis son arrivée à Landover, il avait déjà eu peur des choses qu'il avait rencontrées et des dangers qu'il avait affrontés, mais jamais de cette façon. Il s'était cru à la hauteur, mais ce n'était pas vrai. La Marque d'Acier allait le tuer et il ignorait comment l'éviter. Il était pris au piège de sa peur, figé comme un animal acculé par un prédateur acharné. Il aurait pris la fuite s'il avait pu, mais il en était incapable. Il ne pouvait que rester là, à regarder le démon marcher sur lui, en attendant l'inévitable.

Il lui fallut fournir un énorme effort pour glisser sa main sous sa tunique et saisir le médaillon. La surface gravée imprimait contre sa paume le château sur l'île, le soleil levant et le chevalier sur sa monture. Ce médaillon était le dernier espoir de Ben, et il s'y agrippait comme un naufragé à sa bouée.

Au secours... pria-t-il silencieusement.

Les démons poussèrent un sifflement impatient. La Marque d'Acier fit ralentir son serpent-loup et la visière de son casque se releva.

Il n'est pas trop tard, hurla Ben dans le silence de son esprit, je peux encore m'enfuir. Je peux utiliser le médaillon pour me sauver !

Il revint alors quelque chose à sa mémoire, quelque chose d'indéfinissable. La peur revêt bien des costumes, avaient averti les fées. Il faut apprendre à les reconnaître. Ces mots n'étaient qu'une pensée fugitive, mais ils suffirent à desserrer l'étau de sa terreur et à lui permettre de retrouver la raison. Les vannes s'ouvraient. Des extraits de conversation et des souvenirs d'événements concernant le médaillon lui revenaient en masse. Ils tournoyaient comme des fétus de paille charriés par le courant, et Ben tentait désespérément de les attraper.

La voix de Salica murmurait : Les réponses dont tu as besoin sont en toi.

Mais il était impossible de les trouver !

Enfin, sa mémoire se referma sur un avertissement parmi tant d'autres, qu'il avait presque oublié dans le chaos des semaines passées. Il venait de

Meeks et figurait dans la lettre qui accompagnait le médaillon.

Nul ne peut vous le prendre.

Il se répéta ces mots, soupçonnant qu'ils avaient un sens caché important sans pouvoir comprendre lequel. Le médaillon était sa clé. Il l'avait toujours su. Il avait prêté serment dessus. Il symbolisait sa fonction et était reconnu par tous comme la preuve de sa légitimité. C'était lui qui permettait de gagner et de quitter Landover. C'était le lien entre les rois de Landover et le Paladin.

La Marque enfonça ses éperons de fer dans les flancs de sa monture, et la bête s'avança encore un peu, sifflant de rage. L'armée des démons suivait de près.

Il ne peut pas me retirer le médaillon, se répéta Ben. Il le lui faut pourtant, mais il ne peut pas me l'arracher. Je le sais. Il attend que je m'en serve pour quitter Landover à tout jamais. C'est cela qu'il veut. Il compte là-dessus.

Meeks aussi comptait là-dessus. Tous ses ennemis, en fait...

Et cela suffisait pour qu'il n'en fasse rien.

Il sortit le médaillon au grand jour et le laissa retomber sur sa poitrine afin que tous puissent le voir. Il ne l'ôterait pas. Il ne s'en servirait pas pour fuir. Il ne quitterait pas Landover après tant d'efforts pour y rester. Sa place était là, mort ou vif. Il était chez lui.

Il s'y engageait.

Il repensa soudain au Paladin.

La Marque d'Acier était tout près de lui, et une lance hérissée de piquants s'abaissa vers sa poitrine. Ben ne ressentait plus rien qu'une détermination et une volonté inflexibles.

Ce fut suffisant.

Un éclair brilla à l'extrémité de la clairière, aveuglant de blancheur contre la noirceur et les ombres. La Marque d'Acier se retourna et il y eut dans les rangs des démons un rugissement de rage.

Le Paladin s'avança dans la lumière.

Ben frissonna. Au plus profond de lui-même, quelque chose était attiré par cette apparition, comme par un aimant invisible. C'était comme si le fantôme le faisait venir à lui.

Le Paladin s'avança vers la lisière de la forêt et s'arrêta. Derrière lui, la lumière disparut. Mais il ne s'effaça pas avec elle comme les autres fois. Il resta bien réel.

Ben se tordait intérieurement, se séparait de son être d'une manière qu'il n'aurait jamais crue possible. Il avait envie de crier. Que lui arrivait-il ? Les démons, devenus fous, hurlaient et tournaient dans tous les sens comme s'ils avaient perdu tout repère. La Marque donna des talons et s'avança parmi eux, mais sa monture les piétinait et les écrasait comme s'ils n'avaient été que de simples brins d'herbe. Ben entendit Questor et Salica lui crier quelque chose ; et il entendit le son de sa propre voix qui leur répondait.

Dans la confusion et la douleur, Ben s'aperçut qu'il se passait une chose grandiose et terrible. Le Paladin n'était plus un fantôme. Il était bien réel !

Il sentit le médaillon brûler contre sa poitrine en un éclair de lumière argentée. Puis il se transforma en un morceau de glace, redevint ardent, et ensuite prit une forme qui n'était ni l'un ni l'autre. Il le vit alors filer à travers la clairière vers l'endroit où se tenait le Paladin.

Il se vit partir avec le médaillon, qui le portait.

Il n'eut que le temps d'une révélation fulgurante. Il y avait une question qu'il n'avait jamais posée, que personne n'avait jamais posée : Qui était le Paladin ? À présent il le savait.

C'était lui.

Tout ce qu'il avait suffi de faire pour le découvrir était de se donner complètement à ce royaume où le mot magie avait un sens bien précis. Tout ce qu'il fallait faire pour que le Paladin revienne, c'était d'éliminer définitivement la possibilité de partir et s'engager à rester pour toujours.

Ben se trouvait monté sur le cheval de guerre du Paladin. L'armure d'argent se referma sur lui comme une carapace. Les boucles et autres attaches se fermèrent, les vis et les pinces se serrèrent, et le monde ne fut plus qu'un flot de souvenirs. Il était submergé parmi ces souvenirs comme un nageur qui remonte pour respirer. Il s'y perdit, se transforma et renaquit. Il venait de mille autres lieux et époques, il avait vécu mille autres vies. Ces souvenirs étaient désormais les siens. Il était un guerrier dont l'adresse au combat et l'expérience étaient sans égales. Il était un champion invaincu.

Ben Holiday cessa d'exister. Ben Holiday devint le Paladin.

Il aperçut rapidement le roi de Landover debout comme une statue au milieu de l'estrade. Le temps et le mouvement étaient immobilisés. Puis il éperonna son cheval et oublia tout, à l'exception du monstrueux démon noir qui lui avait imposé ce combat.

Ils se heurtèrent en un affreux fracas d'armures et d'armes. La lance à piquants de la Marque et celle de Ben, faite de chêne blanc, se fendirent et se brisèrent. Les montures poussèrent des cris et tremblèrent sous le choc de l'impact, puis se croisèrent et allèrent faire demi-tour plus loin. Des doigts gainés de métal se refermèrent autour de manches de haches, et deux lames recourbées s'élevèrent dans l'air matinal.

Ils revinrent l'un vers l'autre. La Marque était si monstrueux et si noir qu'il faisait paraître toute petite la silhouette cabossée et usée du chevalier d'argent. Le combat était manifestement inégal. Ils se heurtèrent une nouvelle fois dans un bruit de ferraille. Les lames de haches s'enfoncèrent profondément, se coincèrent dans des articulations de métal, entaillèrent les cuirasses. Les deux cavaliers perdirent l'équilibre et oscillèrent dangereusement sur leur monture. Ils firent demi-tour et se séparèrent tout en se frappant à coups de hache. Le Paladin fut poussé en arrière et tomba de cheval en se retenant au harnais du serpent-loup.

Tout semblait fini pour lui. Le serpent-loup se tordait violemment et cherchait à l'achever d'un coup de dents. Mais le Paladin était juste un peu trop loin pour lui. La Marque d'Acier leva sa hache à deux mains. Il l'abattit et assena coup après coup pour tenter de réduire en pièces le heaume de son adversaire.

Le Paladin était pendu au harnais et se tortillait pour éviter ces coups redoutables. Il ne pouvait se permettre de relâcher son étreinte. S'il tombait en arrière, le poids de son armure l'empêcherait de se relever et il serait piétiné à mort. Il tendit la main au hasard pour tenter de saisir son assaillant et ne put trouver que le harnais qui retenait les armes autour de la taille du démon.

Il referma les doigts sur une dague à deux tranchants.

Il sortit l'arme de son étui et l'enfonça vivement dans le genou de la Marque, point faible de son armure articulée. La Marque sursauta et sa main laissa échapper la hache de guerre. Le Paladin s'acharnait à vouloir le déséquilibrer, à le faire tomber de sa monture. Le serpent-loup se retourna sauvagement et cria de rage en sentant son cavalier glisser peu à peu. La Marque se retenait désespérément à son harnais en lançant des coups de pied au Paladin. Les coussins de cérémonie et autres accessoires furent balayés tandis que les combattants roulaient vers le centre du Cœur, et des cris s'élevèrent parmi les démons qui se trouvaient sur le chemin.

Soudain, le Paladin sortit la dague du genou de son adversaire pour l'enfoncer dans l'épaule du serpent-loup, à l'endroit où celle-ci rejoignait son corps couvert d'écailles. Le monstre se cabra et rua, jetant à terre chevalier et démon.

Le Paladin retomba à quatre pattes et, étourdi par la chute, s'efforça de retrouver l'équilibre. La Marque s'était étalé à quelques mètres, mais il avançait déjà d'un pas solide malgré le poids écrasant de son armure. Ses mains descendirent vers une immense épée qu'il portait à la ceinture.

Le Paladin se releva tant bien que mal et sortit lui aussi sa grande épée, à l'instant même où la Marque arrivait sur lui. Les lames de métal s'entrechoquèrent avec un bruit assourdissant qui déchira le silence. Le Paladin fut repoussé par la silhouette plus puissante de la Marque, mais ne perdit pas pied. Ils revinrent l'un sur l'autre et les épées résonnèrent de nouveau. Les combattants titubaient d'un bout à l'autre du Cœur tandis que leurs armes s'abattaient dans le demi-jour.

Le Paladin ressentit soudain un sentiment inconnu. Il était en train de perdre le combat.

À cet instant, la Marque le feinta et retourna son épée de manière que le second tranchant descende vers les pieds du Paladin. Le coup, qui rebondit sur l'armure noircie, prit le chevalier par surprise et le força à s'effacer sur le côté. Il s'effondra lourdement et son arme vola loin de lui. La Marque d'Acier fut sur lui en une seconde. L'épée géante du démon s'abattit et la lame alla se loger entre les omoplates du chevalier, coincée entre deux plaques de métal. Si la Marque avait pu libérer son arme à cet instant, c'en aurait été fini du Paladin. Mais le démon serrait son épée et tentait de la dégager, refusant de lâcher prise. Cela donnait au Paladin une dernière chance. Il remonta à tâtons le long du corps de son adversaire et retourna se servir parmi les armes que celui-ci portait à la ceinture.

Il saisit une masse d'armes à tête de fer.

Une main serrée sur le corps de la Marque, l'autre brandissant la masse, le Paladin se souleva. La boule alla s'écraser sur le heaume à tête de mort. Il leva l'arme une deuxième fois, de toute sa puissance. La visière de métal se fendit largement, révélant un visage cauchemardesque fait de sang et de traits difformes. Une lueur argentée s'échappa du corps du Paladin. Une fois encore, la masse s'éleva et retomba, et la tête de mort vola en éclats.

La Marque d'Acier s'effondra à terre en un tas de métal noir. Le Paladin se leva lentement et s'éloigna.

Le Cœur était pris dans un silence, un calme dont l'absence même de bruit était effroyable. Puis, le vent se leva avec un hurlement, le tonnerre résonna dans la forêt et l'air chargé d'ombres et de ténèbres tournoya. La porte d'Abaddon s'ouvrit devant les démons qui s'y engouffrèrent en hurlant et en gémissant pour retourner à jamais dans leurs enfers.

La clairière était de nouveau déserte. La lumière d'un jour nouveau tomba sur le Paladin, qui enfourchait sa monture, et fit briller son armure qui n'était plus terne ni usée, mais comme neuve. Un rayon se refléta un instant sur le médaillon que portait le roi de Landover, debout seul au bord de l'estrade.

Puis, la lumière décrut et le Paladin disparut.

Ben Holiday respira l'air tout neuf et sentit la chaleur du soleil irradier son corps. Il se crut un instant léger comme une plume sous les vêtements du roi de

Landover, libéré de la cuirasse du Paladin. Le temps et le mouvement dégelèrent et accélérèrent jusqu'à ce que tout ce qui venait de se passer fût passé.

Il était redevenu lui-même. Le rêve, le cauchemar, n'importe, tout cela était fini et il avait survécu.

Quelques ombres bougèrent sous les arbres et émergèrent dans la clairière. Humains et créatures féeriques, seigneurs de Vertemotte, Maître des Eaux et sa famille, tous avançaient prudemment parmi les débris du combat. Les amis de Ben sortirent de leur cachette au pied de l'estrade, complètement stupéfaits. Salica souriait.

– Sire… commença Questor.

Mais il s'arrêta, pris de court. Il s'agenouilla lentement devant l'estrade.

– Sire… murmura-t-il.

Salica, Abernathy et les kobolds s'agenouillèrent avec lui. Fillip et Sott firent leur apparition, comme par magie, et imitèrent leurs amis. Partout dans la clairière, les seigneurs de Vertemotte, Strehan, Kallendbor, le Maître des Eaux et ses sujets, tous ceux qui étaient venus, mirent un genou en terre.

– Sire… dirent-ils avec déférence.

Sire… répéta silencieusement Ben.

ROI

Après cela, tout fut simple. Même le monarque néophyte qu'était Ben n'eut guère de mal à savoir quoi faire de tous ces sujets stupéfaits. Il les fit relever et les conduisit à Bon Aloi pour le festin de la victoire. Jusque-là, les choses avaient été difficiles et le redeviendraient peut-être dès le lendemain. Mais le reste de la journée se présentait sous les meilleurs auspices.

Il fit embarquer ses amis, le Maître des Eaux et sa famille, et les seigneurs de Vertemotte dans le rase-lac, tandis que les soldats et autres suivants étaient invités à camper sur le rivage. Il fallut plusieurs traversées pour acheminer tout le monde, et Ben se promit de faire construire un pont avant la prochaine fête.

Il assembla ses invités dans la grande salle et les fit asseoir autour d'une série de tables à tréteaux disposées les unes au bout des autres. Il se souvint un peu tard que Bon Aloi n'avait peut-être pas de quoi nourrir tout ce monde-là, mais son inquiétude était vaine : le château, comme s'il avait senti la victoire, avait retrouvé une énergie nouvelle et fournit généreusement ce qu'il fallait.

Ce fut un festin magnifique, une fête à laquelle tous participèrent. On but et on mangea avec appétit, on proposa des toasts, on conta des aventures. Il régnait une camaraderie qui effaçait toute méfiance éventuelle. Un à un, les convives se levèrent à la demande de Questor et prononcèrent un serment de loyauté et de soutien inconditionnel au nouveau roi de Landover.

– Longue vie à Ben Holiday ! dit le Maître des Eaux. Que vos succès futurs soient à la mesure de celui d'aujourd'hui !

– Que vous puissiez garder la magie et l'utiliser à bon escient, Sire, déclara Strehan, le front plissé.

– Noble Seigneur ! cria Fillip.

– Puissant Seigneur ! cria Sott.

Ah ! ce fut une drôle de salade, mais elle était bienvenue. Les uns après les autres, tous lui présentèrent leur allégeance et leurs vœux de réussite ; et, chaque fois, Ben remercia avec courtoisie. Il y avait lieu de se déclarer optimiste, même si les lendemains devaient s'avérer difficiles. Le Paladin était revenu, la magie avait repris des forces dans la vallée, et Landover pouvait enfin espérer retrouver son allure pastorale d'antan. Ce serait lent, mais cela aurait lieu. La brume disparaîtrait et il ferait de nouveau soleil. Le Ternissement s'effacerait et Bon Aloi mériterait son nom une nouvelle fois. La maladie qui frappait les Bonnie Blues serait anéantie. Les forêts, les prairies, les collines guériraient, les lacs et les rivières seraient purifiés. Les animaux sauvages pourraient proliférer. Tout renaîtrait.

Et un jour, un jour encore lointain, peut-être le dernier qu'il vivrait, la vision splendide qu'il avait eue chez les fées se réaliserait.

Cela peut arriver, se dit-il. Je n'ai qu'à y croire. Je n'ai qu'à rester honnête et fidèle. Je n'ai qu'à continuer à y travailler.

À la fin du tour de table, il se leva.

– Je suis avant tout votre serviteur, déclara-t-il d'une voix posée. Le vôtre et celui du royaume. Je vous demande d'être la même chose les uns envers les autres. Nous avons beaucoup à faire. Nous devons cesser de polluer les cours d'eau et de ravager les forêts de nos voisins. Nous devons travailler ensemble et nous enseigner mutuellement comment protéger et respecter notre terre. Nous devons former des alliances commerciales qui faciliteront les échanges entre les peuples. Nous devons mettre en place des programmes de travaux publics pour réparer nos routes. Réviser nos lois et établir des tribunaux pour les appliquer. Échanger des ambassadeurs, ici et parmi tous les habitants de la vallée, et nous réunir régulièrement à Bon Aloi afin d'exprimer nos doléances d'une manière mesurée et constructive. Nous devons trouver le moyen d'être amis.

Tous levèrent leur verre en son honneur, plus pour accepter l'intention que pour jurer qu'elle était réalisable. Il en était conscient, mais c'était un bon début. Bien d'autres idées devaient être réalisées : un système d'imposition, une monnaie commune, un recensement, etc. Il y avait d'autres projets, auxquels il n'avait même pas encore commencé à penser. Mais l'heure viendrait où il trouverait comment tout mettre en place.

Il repensa à la bataille entre le Paladin et la Marque d'Acier. Il n'avait encore révélé à personne qu'il avait découvert le lien entre le chevalier et lui-même. Il n'était pas certain de l'avouer un jour. Il se demandait s'il pourrait faire revenir le Paladin au besoin. Il croyait que oui. Mais il était terrifié à l'idée de la transformation qu'il avait subie : les sentiments et les émotions partagés avec son champion, les souvenirs de batailles et de mises à mort. Il secoua la tête. Il faudrait une très, très bonne raison pour qu'il convoque de nouveau le Paladin...

L'un des seigneurs proposa de boire à la santé du nouveau roi. Ben remercia et but. On pouvait compter sur lui de ce côté-là, pensa-t-il.

Il changea de sujet. Il devait se mettre immédiatement à restaurer le Cœur. La bataille avec la Marque avait causé de nombreux dégâts. Le sol avait été défoncé, les coussins de velours blanc déchirés, les mâts porte-drapeaux brisés. Il fallait absolument réparer tout cela. Le Cœur avait une valeur particulière pour tous, mais encore plus pour lui.

– Ben.

Salica quitta son siège et vint s'asseoir près de lui en levant son verre.

– Au bonheur de notre roi, dit-elle d'une voix bien douce au milieu du bruit ambiant.

– Je crois que j'ai trouvé le bonheur, Salica. Toi et les autres m'avez aidé à le découvrir.

– C'est vrai ? demanda-t-elle en l'observant de près. Alors, la douleur d'avoir perdu quelqu'un dans ta vie précédente ne te hante plus ?

Elle voulait parler d'Annie. L'image de sa femme disparue passa brièvement dans l'esprit de Ben. Sa vie d'avant était terminée. Il n'y retournerait pas. Il se sentait désormais capable d'accepter cela. Il n'oublierait jamais Annie, mais il pouvait se permettre de la laisser reposer en paix.

– La douleur ne me hante plus, répondit-il.

Les yeux verts de Salica s'étaient fixés sur les siens.

– Peut-être me permettras-tu de rester auprès de toi assez longtemps pour t'en assurer, Ben Holiday ?

– Je n'y renoncerais pour rien au monde.

Elle se pencha sur lui et déposa un baiser sur son front, un sur sa joue et un dernier sur ses lèvres. Autour d'eux, la fête continuait.

Il était plus de minuit lorsque le festin prit fin et que les invités se retirèrent dans les appartements qui leur avaient été réservés. Ben avait salué tout le monde et pensait avec délices à rejoindre son propre lit lorsque Questor vint le trouver, l'air légèrement embarrassé.

– Sire, commença-t-il. Sire, je regrette de venir vous troubler avec un problème si dérisoire à cette heure-ci, mais il faut résoudre la question, et je vous crois le plus qualifié de nous tous pour vous en occuper. (Il s'éclaircit la gorge.) Il semblerait que l'un des seigneurs soit venu au château accompagné d'un compagnon canin, et celui-ci a disparu.

– Un chien ? demanda Ben en haussant les sourcils.

– Je n'ai rien dit à Abernathy...

– Je vois. (Ben jeta un regard à la ronde, mais Fillip et Sott n'étaient pas en vue.) Et vous pensez que...

– Simple hypothèse, Sire.

Ben poussa un soupir. Les ennuis du lendemain lui tombaient déjà dessus. D'ailleurs, c'était déjà demain. Il sourit malgré lui.

– Allons, Questor, partons à la recherche des lutins et voyons s'ils se sont offert une petite gourmandise interdite.

Le Noble Seigneur Ben Holiday, roi de Landover, commençait sa journée plus tôt que prévu.

3667

Achevé d'imprimer en Europe (France)
par Brodard et Taupin à La Flèche (Sarthe)
le 20 juillet 2001. 8490
Dépôt légal juillet 2000. ISBN 2-290-31498-6
1er dépôt légal dans la collection : septembre 1985

Éditions J'ai lu
84, rue de Grenelle, 75007 Paris
Diffusion France et étranger : Flammarion